# 元末明初杂剧研究

王 平◎著

中国文史出版社

图书在版编目（CIP）数据

元末明初杂剧研究／王平著. -- 北京：中国文史
出版社，2024.7. -- ISBN 978 - 7 - 5205 - 4753 - 6

Ⅰ. I207. 37

中国国家版本馆 CIP 数据核字第 202450RR43 号

责任编辑：程　凤

出版发行：**中国文史出版社**

社　　址：北京市海淀区西八里庄路 69 号　　邮编：100142
电　　话：010 - 81136606　81136602　81136603　81136605（发行部）
传　　真：010 - 81136655
印　　装：廊坊市海涛印刷有限公司
经　　销：全国新华书店
开　　本：787 × 1092　1/16
印　　张：19
字　　数：240 千字
版　　次：2025 年 2 月北京第 1 版
印　　次：2025 年 2 月第 1 次印刷
定　　价：78.00 元

## 本书资助学科及学术平台

浙江传媒学院浙江省一流学科（A 类）"戏剧与影视学"
浙江传媒学院浙江省影视与戏剧研究中心

## 本书依托项目

国家社科基金一般项目《元末明初戏曲研究》
（11BZW064）

教育部哲学社会科学研究重大课题攻关项目《徽班文献
资料整理与研究》（18JZD020）

浙江省哲学社会科学领军人才培育课题（引进人才支
持）《浙江戏曲声腔及其遗存研究》（23YJRC09ZD）

《元末明初杂剧研究》终于杀青了，王平请我来作序，我非常高兴。

2002年，我在苏州大学带博士，王平是我的第一个博士。博士论文选题时，我给了他三个建议：第一，做安徽戏曲研究；第二，做张潮研究；第三，做元末明初杂剧研究。对他来说，前两个较容易，第三个较难。

第一个容易，是因为王平的硕士论文研究安徽贵池傩戏，除了贵池傩戏，还对安徽戏曲做了较为深入的探索，有大量的积累。第二个容易，是因为王平在读硕期间，我刚被任命为教育部首批人文社科基地"安徽大学徽学研究中心"主任，大家同甘共苦，创建中心，王平、耿传友、董玉洪、潘华云等弟子不仅出力，还介入徽学资料整理和研究。王平不仅参与校点《新安名族志》，还对歙人张潮有所了解，如就此展开研究，也是较为容易的。第三个是有难度的。作为杂剧史上的一个过渡期和转折期，元末明初杂剧还有很多问题悬而未决，可以说是学术上一块比较难啃的"骨头"。做这方面的研究，不仅要根据相关的戏曲典籍做梳理、分析、研究工作，还要从海量的经史子集中，对相关问题进行深入细致的考据考证。这个研究，其难度远远超过其他，要想在短期内取得成效是极其困难的。但是，它是有价值的，花时间和精力是值得的。

王平选择了最难的一个，做得很辛苦，也很成功。博士毕业时，论文答辩委员会一致给予好评，尤其是王水照、吴新雷等先生对之赞赏有加。王平是一个咬定青山不放松的人。20多年来，他一直深耕元末明初杂剧研究，陆陆续续在相关刊物上发表了近十篇与之相关的论文。今天的这部专著，也是他多年辛苦努力的结晶。

王平淳朴、善良、尊师、睦友、敬业。博士毕业后，先在安庆师范大学工作，后人才引进至浙江传媒学院。在不同的工作单位，都有良好的口碑，也取得了诸多成绩，是我为之骄傲的一个学生。

关于本书，除绪论外分列六章，主要内容就是梳理、考述元末明初有名姓杂剧家作品和无名氏杂剧。在书中，笔者厘清了这个时期40位杂剧作家及其154种杂剧的相关信息；揭开了"杂剧史上的一道亮丽风景"——元末明初约147种无名氏杂剧的美丽面纱；深入探讨了这个时期诸多独特的戏曲文学现象，如：杂剧南移、无名氏杂剧涌现、藩王及依附藩王的杂剧创作、正统至成化间的杂剧真空期等；阐明了元末明初是杂剧史的一个过渡期和转折期的学术观点。书中关于萧德祥、秦简夫、汤舜民、陈肃、朱棣等人的专论，以及关于佚名杂剧《郭桓盗官粮》《邢台记》《危太朴衣锦还乡》的考证，参阅了大量文献资料，内容丰赡，结论严谨，对同行和学人有所启发，对邵曾祺等人的著作也有丰富和补充。

本书以考据考证为主，用力甚勤，学问扎实，价值甚高，是一本高质量的学术专著。对于本书的出版，我表示祝贺！

朱万曙

2024年6月18日

# 绪 论

## 一、研究缘起

元末明初杂剧研究是杂剧研究中一个很重要但未能得到深入的部分。

说这个研究重要，是因为它不仅关系到对元末明初杂剧的认识，也关系到对整个杂剧发展史的认识。

长期以来，我们习惯于以朝代更替来作为中国杂剧发展转折的分水岭，比如我们经常提到元（代）杂剧、明（代）杂剧、清（代）杂剧等。从惯常的思维角度大家都能接受，但深入地考察整个杂剧的发展过程，细致地把握杂剧在不同时段的律动状态，我们就会发现杂剧发展变化并没有随朝代转变而立即发生变化，政权交替并不是杂剧发展变化的决定性因素，它不能直接导致杂剧的变革。作为整个杂剧发展史中的一环，元末明初杂剧带有很浓厚的"变革"色彩，它是北杂剧向南杂剧转变的关键时期，在中国杂剧发展史上具有重要的地位。因此我们说，以元明朝代更替来对待杂剧的发展是有很大的局限性的，必须根据杂剧发展过程的内在律动性来探究这个问题。为了更清楚地讨论这个问题，在"绪论"中特辟"四、关于元末明初杂剧断代划分的认识"一节对此作专门论述。

说元末明初杂剧未能得到深入研究，是因为这个时期出现了诸多文学现象，它们的状貌在目前还未能得到清晰的描绘，它们的本质和原因还未能得到深入的揭示，它们所引起的反应和后果还有待于进一步探究。这些文学现象重要的有：杂剧南移；涌现出众多的无名氏杂剧作品；文学侍从依附于王室创作杂剧；藩王杂剧家（朱权、朱有燉等）出现；诸多戏曲理论家著录当时杂剧创作状况并总结杂剧创作理论；正统至成化间出现杂剧创作的空白；等等。除了这些现象，还有一些处于浅层次研究状态的问题有待于向纵深推进，比如元末明初杂剧在杂剧史上的地位如何？北杂剧怎样转变到南杂剧？怎样看待这个时期为数不少的作家以及他们的作品？如何认识元明间数量众多的无名氏作品？如何看待此期杂剧理论对杂剧创作的影响？元末明初杂剧与当时的社会文化思潮存在什么样的联系？它们在艺术上呈现出什么样的特色？元末明初杂剧对后来杂剧的影响究竟如何？……这些问题关涉整个杂剧史，有些在过去不为人所提及，有些还处在浅层次研究状态。为了丰富中国戏剧戏曲研究的内容，对杂剧相关问题进行更加精细化、深层次的开掘，我们特将元末明初杂剧作为对象进行专题研究。

为了更好地研究元末明初杂剧，我们有必要对造成该研究不能深入的原因和以往的研究状况作出简要的分析和回顾。

元末明初杂剧为什么未能得到深入研究？造成的原因应该有很多，比如：年代相对较早，很多文献资料被湮没；该时期跨越元代和明代两个朝代，不易对当时杂剧相关现象（包括作家、作品等）作出明确判断；杂剧变化发展的轨迹明晰性不强，要想厘清其发展脉络难度较大；等等。除此之外，以往的研究对元末明初杂剧没有给予足够的关注亦是最重要的原因之一。就以往的研究而言，过去的杂剧研究重视"一代之文学"——元杂剧，而元以后的杂剧研究则显得相对"冷清"，作为夹在两个朝代之间的元末明初杂剧，亦被长期忽视了。这一点，通过对杂剧研究史的简单回顾，我们就可以明确看出。

"世之为此学者自余始。"（王国维《宋元戏曲史·序》）学术史表明：自王国维作《宋元戏曲史》开风气之先，杂剧研究即成为一代之学问，后来治杂剧者辈出。纵观百年杂剧研究史，可谓成就巨大，蔚为大观。

20 世纪初，继王国维之后有吴梅、姚华、王季烈、齐如山、郑振铎、赵万里、贺昌群等一代学者，先后研究杂剧；三四十年代徐调孚、傅惜华、钱南扬、王季思、董每戡、赵景深、冯沅君、孙楷第、隋树森、邵曾祺、卢前、谭正璧、凌景埏、郑骞、吴晓铃、李啸仓、严敦易、叶德均、周贻白以及日本学者盐谷温、青木正儿、吉川幸次郎等一大批戏曲学家，将杂剧研究引入广泛、深入的阶段。这些前辈在"出乎自然""古所未有，而后人所不能仿佛"（王国维《宋元戏曲史·序》）的元杂剧的原始材料之发掘，版本的考订，剧本、曲谱、剧目的整理，戏曲史的编撰，曲家及作品的考论等诸多方面取得了令人瞩目的成就，陈中凡先生评价他们"有时超过明清学者的范围"①。

20 世纪 50—60 年代，随着马克思主义方法论的引入，杂剧研究者更多注重作家作品产生的历史条件、反映的社会状况以及人民性等问题，元杂剧知名作者及他们的作品成为当时的研究热点，最具声势的为 50 年代末的"关汉卿"热，60 年代初的《西厢记》大讨论；其他还有包公戏研究、水浒戏研究，《汉宫秋》《梧桐雨》《墙头马上》等具体作品以及其作者的研究。这个时期的元剧文献搜集、整理以及剧目考订也获得巨大成就：《古本戏曲丛刊》第四集、《元人杂剧钩沉》、《现存元人杂剧书录》、《元代杂剧全目》等先后付梓。60 年代末至 70 年代末，杂剧研究情势一片黯淡。而此时的港、台杂剧研究呈旺盛势头，出现了郑骞、张敬、汪经昌、曾永义、罗锦堂等一批杂剧研究家，曾、罗二人在明杂剧研究上收获颇丰。

---

① 　陈中凡：《元曲研究的成就及其存在的问题》，《文学评论》1960 年第 6 期。

70 年代末（一般认为始于 1978 年）以来，杂剧研究出现了新的趋势：由过去的重文本研究逐渐扩展到杂剧剧场、演员表演、声腔音乐等戏曲综合性因素研究上，较之过去来说，其研究空间更大，更符合作为一门综合性艺术的研究。90 年代以后，元杂剧研究却未见多大起色。与此同时，明杂剧的研究势头日渐高涨，出现了廖奔、徐子方、戚世隽等一批研究明杂剧的学者，他们的研究成果也陆续问世。

相比之下，元末明初杂剧的研究却被忽略了。

不可否认，过去有一些学者曾对元末明初杂剧有所涉及，比如吴梅《中国戏曲概论》曾就元明杂剧进行比较；郑振铎等人 30 年代发现天一阁抄本《录鬼簿》，对元末明初杂剧的材料发掘功不可没；傅惜华《元代杂剧全目》《明代杂剧全目》和邵曾祺《元明北杂剧总目考略》等，对此期剧目的整理影响后人；孙楷第的《元曲家考略》考证了一些元明之间的杂剧家；各种"文学史"或"戏曲史"在相关章节对此期作家作品作了或多或少的介绍；现当代一些研究杂剧史或断代杂剧史（元代和明代）专著，部分内容涉猎该时段的杂剧的相关情况；等等。

但是，这些研究，皆非专为元末明初杂剧之研究，它们大多只是对元末明初杂剧有所"涉及"。总体上看，这些研究是依附于元杂剧或明杂剧的。到目前为止，还没有一部以元末明初杂剧为对象，将之作为一个整体的进行全面、系统研究的专著，这不能不令人惋惜。

就单篇论文来说，过去有一些学者的研究涉及元末明初杂剧这个领域。笔者根据观察所得出的印象是：20 世纪 80 年代之前单篇论文涉及元末明初杂剧者相对较少，但 80 年代以后逐渐增多。这表明人们越来越意识到元末明初杂剧中有值得关注和探索的东西。王季思、李修生、刘荫柏、王永健、俞为民、廖奔、么书仪、吕薇芬、杜桂萍、徐子方、戚世隽、陆林、朱恒夫、谢柏良等一批学者多有相关专文论及元代末期和明代初期的杂剧，他们的论文或论及此期杂剧的存在状态；或探寻此期杂

剧的发展趋势；或考证此期的某些曲家及剧目；或挖掘此期作品内在的
思想、社会价值；或探索其外在形式变革……但是，很明显：这些学者
的论文大多是将相关问题或划分到元代杂剧的末期，或划分到明代杂剧
的初期去进行探讨，而不是将元末明初杂剧作为一个整体，将它看作杂
剧史上的一个独立阶段，并从这个独特视角来进行考察。

由于元末明初杂剧研究非常重要，我们就没有理由不去研究它；又
由于元末明初杂剧长期以来被学界所忽略，还有很多问题有待于进一步
深化认识，就给相关研究提供了开掘的空间。基于此，本书拟将元末明
初杂剧作为一个整体，力求对之进行综合、系统、较为细致的探讨。

## 二、元明杂剧分期问题的检讨

本课题研究的难点之一就是元末明初杂剧上下限的界定。应该说，
其上限的时间与以往的元杂剧分期研究有关，它直接联系学术史上所提
到的元杂剧的最后一个阶段（或者说末期）的起点时间；而其下限与以
往研究中所涉及的明代杂剧史上的第一阶段（或云明初杂剧）有直接关
系。而过去在元、明杂剧（尤其是元杂剧）的分期上，观点可谓多种多
样。为了清楚明白地界定本书的论述范围，有必要对以往有关元、明杂
剧分期研究的主要观点进行整理、查核和研讨。

### （一）关于元杂剧分期的不同观点

自 20 世纪初王国维首开近代元杂剧研究风气以来，元杂剧分期就一
直是诸家研究的重要方面，先后出现了"三期说""二期说""四期说"
等，以下试作简单梳理。

1. "三期说"。持此说者人数众多，但在具体时间划分上，多有不
同。以下列举几种具有代表性的分法：

（1）王国维在 1915 年完成的《宋元戏曲史》中首先给元杂剧进行分
期，它们是：①"蒙古时代"（1234—1279 年）；②"一统时代"（1280—

1340 年）；③"至正时代"（1341—1368 年)①。

王国维的观点得到了很多学者的支持，贺昌群的《元曲概论》（商务印书馆 1933 年版）、傅惜华的《元代杂剧全目》（作家出版社 1957 年版）、盐谷温（日本）的《元曲概论》（商务印书馆 1958 年版）、顾学颉的《元明杂剧》（上海古籍出版社 1979 年版）等著述从之。

（2）青木正儿（日本）的"三期"是：①"初期"（"元灭金的时候至元灭南宋一统南北之略后"，即约 1234—1280 年）；②"中期"（"至顺元年之略前"，即约 1280—1330 年）；③"后期"（至"明洪武年间"，即 1330—洪武年间)②。

（3）张庚、郭汉城将整个元代和明代初期看作一个整体，并将这个时期的北杂剧作家分为三期：①第一期"分别活动于金末（1200 年）前后至元成宗元贞、大德（1295—1307 年）前后的 100 来年的时间内"；②第二期"活动时期约在元贞、大德以后，到元亡（1368 年）前后"；③第三期"大约是活动于元末至正二十年（1360 年）至明初正统十四年（1449 年）之间的作家"③。

（4）李修生提出初、中、晚"三期"为："初期，自蒙古灭金至元世祖忽必烈至元三十一年（1234—1294），中期，自元成宗铁穆耳元贞元年至元文宗图帖睦尔至顺三年（1295—1332），晚期为元顺帝帖睦尔统治时期（1333—1368)"④。

（5）王毅《关于元杂剧分期问题的商榷》的"发展的三个时期"分别是：①酝酿时期（1234—约 1283）；②繁荣时期（1284 年前后的"忽必烈后期"—1332 年的"至顺年间"）；③衰退期（包括"元顺帝在位"

---

① 王国维：《宋元戏曲史》（二十世纪国学丛书），上海：华东师范大学出版社,1995 年版,第 92 页。
② 青木正儿：《元人杂剧概说》,北京:中国戏剧出版社,1957 年版,第 46—47 页。
③ 张庚、郭汉城：《中国戏曲通史》,北京:中国戏剧出版社,1980 年版,第 127 页。
④ 李修生：《元杂剧史》,南京:江苏古籍出版社,2002 年版,第 108 页。

的时期，即 1333—1368 年）①。

（6）王星琦《元曲艺术风格的研究》（江苏文艺出版社 1996 年版）的"三期"分别从"作家"和"创作"两方面考虑：其一从"作家"方面考虑：①前期（1279 年元灭宋—1330 年）；②中期（1330—至正十年，即 1350 年）；③后期（1350—"由元入明的一些作家"）；其二从"创作"方面考虑：①前期（1279—1324 年）；②中期（1324—1336 年）；③（1336—"入明之初"）②；等等。

2. "二期说"。这种分期方法主要见于一些文学史或戏曲史，以下列举几种重要的著述及其著述中所持的观点：

（1）郑振铎《插图本中国文学史》提出"第一期从关、王到公元 1300 年，第二期从公元 1300 年到元末"。③

（2）中国社科院文研所编著的《中国文学史》认为"大德年间（1297—1307 年）前后，作家活动的中心逐渐由大都向临安（杭州）南移……由南移开始直到元末，是元末杂剧发展的后期阶段"。④ 章培恒、骆玉明的《中国文学史》、刘荫柏的《元代杂剧史》也与之一致。

（3）游国恩、王起等人编著的《中国文学史》也认为"大约从大德末年开始，杂剧活动中心逐渐由大都移向杭州，从此直到元末是元杂剧发展的后期阶段"。⑤

（4）袁行霈等人编著的《中国文学史》在"第六编·元代文学"中将"北方戏剧圈"和"南方戏剧圈"中元杂剧情况作了分述，其"第五章·北方戏剧圈的杂剧创作"尽管没有分期，但却以钟嗣成《录鬼簿》所录的 56 人作为"元杂剧创作的第一批作家"，他们的"创作活动年代，大

① 王毅：《关于元杂剧分期问题的商榷》，《湖北大学学报》1985 年第 2 期。

② 王星琦：《元曲艺术风格的研究》，南京：江苏文艺出版社，1996 年版，第 56—57 页。

③ 郑振铎：《插图本中国文学史》，北京：作家出版社，1957 年版，第 639 页。

④ 中国社科院文学研究所中国文学史编写组编著：《中国文学史》，北京：人民文学出版社，1962 年版，第 715 页。

⑤ 游国恩、王起等编著：《中国文学史》，北京：人民文学出版社，1964 年版，第 228 页。

致是从蒙古灭金（1234 年）至元成宗元贞、大德年间（1295—1307 年），这也正是元杂剧从兴起到繁荣鼎盛的时期"①；其"第六章·南方戏剧圈的杂剧创作"的分期是"大致可分为三个发展阶段"（即元世祖至元十三年至大德年间；元武宗至大到元文宗天历、至顺年间；元顺帝至明初)②。

（5）许金榜的观点是"元杂剧的发展历程大体上可分为两个阶段。元仁宗延祐年间（1314—1320 年）为前期，此后为后期"。③

（6）"元杂剧的前后两期年代断限似可作以下划分：前期自世祖至元八年（1271 年）建国号为'大元'、至至元三十一年（1294 年），后期自成宗元贞元年（1295 年）、至顺帝至正二十八年（1368 年)"。④……还有其他，此处不再一一列举。

3. "四期说"。主要以徐扶明为代表。他给元杂剧的分期是"第一个时期，北杂剧初起与金代……第二个时期，北杂剧的黄金时代，大约从元代初年到大德年间（1271—1307 年）……第三个时期，北杂剧继续发展，大约从至大年间到至顺年间（1308—1333 年）……第四个时期，北杂剧的衰落，大约从元代元统年间到明代初期（1333—1439 年)"。⑤

**（二）关于明杂剧分期有关观点的检视**

明代杂剧的研究，20 世纪二三十年代就已开始，至 80 年代以前有诸多学者参与其中。如吴梅、郑振铎、赵景深、傅惜华、谭正璧、顾学颉、黄芝冈、青木正儿（日本）、八木泽元（日本）、陈万鼐（中国台湾）、曾永义（中国台湾）、罗锦堂（中国香港）等均进行过研究，他们在明杂剧资料搜集、整理、考据、分析等方面取得了重大成就，对明杂剧的系统研究也形成了一定规模，但相对元杂剧来说，远未达到"红火"的

---

① 袁行霈主编:《中国文学史》(第三卷),北京:高等教育出版社,2005 年版,第 249 页。
② 袁行霈主编:《中国文学史》(第三卷),北京:高等教育出版社,2005 年版,第 266 页。
③ 许金榜:《中国戏曲文学史》,北京:中国文学出版社,1994 年版,第 60 页。
④ 李春祥:《元杂剧史稿》,郑州:河南大学出版社,1989 年版,第 53—54 页。
⑤ 徐扶明:《元代杂剧艺术》,上海:上海文艺出版社,1981 年版,第 30 页。

地步。80 年代以后，明杂剧的研究达到了一个新阶段，在明杂剧的分期问题上，也形成了若干种不同见解，其代表性观点有"二期说"和"三期说"两种。

持"二期说"者一般以弘治至嘉靖为界将明杂剧分为两个阶段。如顾学颉认为"明代杂剧，约可以分为两个时期，即自明洪武建国起至弘治、正德间（1368—1521 年）为第一期；自嘉靖至明末（1522—1644 年）为第二期"。①戚世隽也认为"一是明前期的宫廷杂剧创作阶段，二是从弘治年间康海、王九思开始的明中后期的文人杂剧创作阶段"。②袁行霈的《中国文学史》将"明代的杂剧流变"分成"明初宫廷派剧作家的杂剧创作"和"明代中后期的杂剧转型"两节来写，明显是承认"二期说"的，其"明初"和"明代中后期"的分界线在"明代中叶嘉靖前后"。③

持"三期说"者有曾永义（中国台湾）、徐子方等，曾永义提出将明宪宗成化以前的约 120 年（1368—1487 年）划归第一阶段；将明孝宗弘治到世宗嘉靖（1488—1566 年）的约 80 年时间划归第二阶段；第三阶段则为明穆宗隆庆至明亡的约 80 年时间（1567—1644 年)④。徐子方认为明杂剧"前期为洪武开国至宪宗成化前，表现特征为宫廷北杂剧由盛转衰；中期为孝宗弘治至世宗嘉靖，表现特征为文人南杂剧的产生和形成；后期为穆宗隆庆至明亡，特征为杂剧复古与昆曲杂剧的兴盛"。⑤

**（三）从以往关于元、明杂剧分期看其对元末和明初杂剧上、下限的界定**

1. 关于"元末杂剧"：就以往的元杂剧研究来说，不管是"四期说"

---

① 顾学颉：《元明杂剧》，上海：上海古籍出版社，1979 年版，第 132 页。

② 戚世隽：《明代杂剧研究》，广州：广东高等教育出版社，2001 年版，第 57 页。

③ 袁行霈主编：《中国文学史》（第四卷），北京：高等教育出版社，2005 年版，第 81—83 页。

④ 曾永义：《明代杂剧演进的情势》，《中国古代文学论文精选丛刊》，戏剧类·二，台北：幼狮文化事业公司，1990 年版，第 515—536 页。

⑤ 徐子方：《明杂剧分期论》，《艺术百家》2011 年第 3 期。

"三期说"，还是"二期说"，在元杂剧的起始时间上，大家看法比较一致，大多倾向于以王国维的"蒙古时期"（1234 年）作为开始的观点，但涉及中、后期时间，则易出现分歧，尤其在元杂剧的后期（即"元末"）划分上——这涉及对元末杂剧的上下限的不同界定。

（1）先看"元末"杂剧的上限划分。早的将"大德年间（1297 — 1307 年）的前后"作为界限（见中国社科院文研所编著的《中国文学史》所持的"二期说"）；迟的以至正十年（1350 年）作为界限（见王星琦《元曲艺术风格的研究》所持的"三期说"）。尽管这两种划分有近 50 年的时差，但是，大多数学者以至顺（约 1330 年）前后为元杂剧末期的上限。

（2）再看"元末"杂剧的下限划分。基本是两种意见：一种以元朝灭亡为界，一种将"元末"的下限延至明初洪武或正统年间。很明显，这两种意见前者依据了历史学上的朝代更替标准，后者则更多地考虑到杂剧的内在发展变化。

2. 关于"明初杂剧"：从以往的明杂剧研究看，尽管有"二期说""三期说"之分，但看得出来大多数学者还是将明宪宗成化（1465—1487 年）时期作为下一阶段的分界线。换句话说，他们将明杂剧的第一时期分界线放到成化前后，值得注意的是，成化年间距明朝建国大约百年。但是，也有部分学者将分界线划到了嘉靖时期（1522—1566 年）。之所以出现如此的差异，笔者认为可能与明代正统到嘉靖年间杂剧剧坛发生了一些重大变故有关。这期间，许多宫廷御用杂剧家（如"国朝十六子"中的杂剧家）相继退出剧坛；最为著名的杂剧家"二朱"（朱权、朱有燉，皆为皇族作家）先后去世（朱有燉去世时间为英宗正统四年，即 1439 年）；"二朱"去世后，杂剧创作有一个近 60 年的"沉寂时期"，几乎没出现有影响的作家和作品，直到弘治、嘉靖时代的王九思、康海出现……这些变故对学者们判断杂剧在明代的发展进程，应该是有一些影响的。

至于"三期说",就是将"二期说"的第二阶段（这个时期有近两个世纪）又做了一次划分。

### 三、本书的研究范围

综合考察以上各家对元明杂剧的分期，可以看出诸家观点不一致地方颇多，尤其在元末杂剧和明初杂剧的分期上确实差异很大。不过，如果我们将整个杂剧的发展史当作一个整体进行考察，我们就会发现：这些划分的大部分不同程度地存在着一个共同的问题：即在于以朝代更替决定元明杂剧的分期，而不是以杂剧的内在发展轨迹来作划分的标准。

如此众多的划分，基本依赖元末明初的现存所能发现的戏曲资料，有些划分考虑了相关典籍的不同版本。这些戏曲典籍，都成书或修订于元末明初，不同程度地记录了当时和以前的杂剧资料，是后人研究杂剧不可或缺的原始依据。甚至可以说：明以来的杂剧研究，很大程度上依赖这些著作。其中主要有：元末钟嗣成的《录鬼簿》，专录元代末期以前的金元杂剧作家及其作品名目，钟嗣成将这批杂剧作家称作"已死未死之鬼，作不死之鬼"[1]；明宁献王朱权《太和正音谱》"采摭当代群英词章，及元之老儒所作，依声定调，按名分谱"[2]，其中的"元之老儒"主要是指元代的散曲及杂剧作家，而"当代群英"则是指明初洪武时期活跃于散曲及杂剧领域的作家们；附在明初贾仲明增补本《录鬼簿》后，为无名氏所撰的蓝格抄本《录鬼簿续编》，更将注意力集中到元明间杂剧作家作品及无名氏作品上；等等。

在各种划分中，对这些典籍中的材料的利用是不同的，比如，王国

---

[1] （元）钟嗣成：《录鬼簿·序》（《中国古典戏曲论著集成》二），北京：中国戏剧出版社，1959年版，第101页。

[2] （明）朱权：《太和正音谱·序》（《中国古典戏曲论著集成》三），北京：中国戏剧出版社，1959年版，第11页。

维的"三期说",是依据曹栋亭本《录鬼簿》"前辈已死名公才人""方今已亡名公才人""方今才人"的分类而定;郑振铎的"两期说"则将"前辈已死名公才人"归为前期,将"方今已亡名公才人"和"方今才人"纳入后期;但李春祥的"两期"就依据天一阁蓝格抄本《录鬼簿》中相关作家的两期分法而立论①。至于有的学者将元杂剧的末期划到明初,则明显受《太和正音谱》和《录鬼簿续编》的影响;而在明杂剧的前期划分上,许多研究者不仅考虑上列几种典籍中的相关信息,还考虑了《太和正音谱》的作者朱权本人及其侄子朱有燉的有关情况,因为在明初杂剧发展中叔侄二人所起的作用相当大。

本书也必须依据这几种典籍,以确定自己的研究范围。界定如下:

1. 上限的界定:根据曹栋亭本《录鬼簿》而定。以钟嗣成在至正五年(1345年)二月后修订的《录鬼簿》的时间为上限,此年还健在的杂剧作家皆作为考察对象。

2. 下限的界定:根据《录鬼簿续编》而定。以无名氏《录鬼簿续编》成书年代为下限,时间约在洪熙或宣德初年(1425—1426年),在此以前的作家和作品皆作为考察对象。

3. 无名氏作品以《太和正音谱》和《录鬼簿续编》所录为主要考察对象,兼及其他相关著述材料。

之所以做这样的上下限界定,是考虑到几方面原因,以下简要说明之:

其一,钟嗣成的《录鬼簿》是我们确定元末杂剧的主要依据,因为不同的版本牵涉到不同的成书年代。现存的几个版本主要有:明《说集》钞本、明孟称舜刻本、明贾仲明增补过的天一阁蓝格钞本、清尤贞起钞

---

① 天一阁蓝格钞本《录鬼簿》是未经钟嗣成最后改订的版本之一,其中记载元杂剧作家两类:其一为"前辈才人有所编传奇行于世者五十六人";其二为"方今才人相知者为之作传以〔凌波仙〕曲吊之"。李春祥:《钟嗣成〈录鬼簿〉划分元杂剧为"两期说"》,《河南师范大学学报(哲社版)》1983年第5期。

本、曹寅《楝亭藏书十二种》刻本（简称"曹楝亭本"）等。后来的诸本多以以上版本为基础，进行校订，它们包括贵池刘世珩的暖红室汇刻传奇本（简称"暖红室本"）、王国维的《录鬼簿》校注本（以曹楝亭本为底本）、马廉的《录鬼簿新校注》本（以天一阁本为底本）、上海古籍出版社编的《录鬼簿》（外四种）以及中国戏曲研究院编的《中国古典戏曲论著集成》所收的《录鬼簿》（以曹楝亭本为底本）等。

这几个版本中，《说集》本应该最接近钟嗣成原著，孟称舜刻本的内容与之基本相同。我们可以从钟嗣成的自序中知道，该书初成于至顺元年（1330 年）。而两书中有关周文质的记载，又让我们得出一个结论：该书在元统二年（1334 年）十一月后有过一次修订①。

《说集》本和孟称舜刻本将杂剧作家乔吉列名于"方今知名才人"，而到了"曹楝亭本"中却将他列名"方今已亡名公才人，余相知者，为之作传，以〔凌波曲〕吊之"，并在他的小传中标明"至正五年二月，卒于家"。这表明钟嗣成的《录鬼簿》在至正五年还未最后成书，换句话说：《录鬼簿》至少在至正五年二月后又作了一次修订。元至正五年即公元 1345 年。

"曹楝亭本"《录鬼簿》是一个在元至正五年（1345 年）后的修订本，此外再也不见修订时间更迟的本子了。这个版本的《录鬼簿》成书年代，应最接近元朝结束的时间，所以我们选此本来作为我们的研究对象。根据该书"方今才人相知者，纪其姓名行实并所编"中所录杂剧作家，知作者在至正五年修订此书时，还有十三位杂剧作者在世②，他们应当是典型的"元末明初"人。故以此作为上限。

---

① 该书"方今已死名公才人相知者"作家小传"周文质"条下载："元统二年，余自吴江回，公已抱病……十一月五日卒于正寝，呜呼哀哉！始余编此集，公及见之，题其姓名于未死鬼之列。"由此可知元统二年后该书作过一次修订。

② "方今才人相知者，纪其姓名行实并所编"共录 13 位杂剧作家，但其中记载屈子敬"以学官除路教而卒"，当排除。但加上作者钟嗣成自己，故仍为 13 人。

其二，无名氏《录鬼簿续编》成书约在洪熙元年（1425 年）和正统元年（1436 年）之间①，该书中涉及的杂剧作家应作为本书的考察对象。这些作家包括钟嗣成、邾经、张鸣善、陈伯将、罗贯中、汪元亨、汤舜民、谷子敬等，还有与《录鬼簿续编》作者大约同时的贾仲明等。他们亦是典型的"元末明初"人。洪熙或宣德初年以前，皇室杂剧作家朱权已创作杂剧 12 种，其《太和正音谱》也早已完成。朱权之侄——仅小他一岁的朱有燉，共创作杂剧 31 本，目前已确知其中的 7 本杂剧问世于 1426 年之前，它们是《辰钩月》《庆朔堂》《小桃红》《得驺虞》《曲江池》《义勇辞金》《悟真如》。这些皆可作为本书的考察对象。

其三，元明间无名氏杂剧目除《太和正音谱》和《录鬼簿续编》记载外，《永乐大典》《元曲选目》《也是园书目》《宝文堂书目》《今乐考证》《曲录》等明清著述也有记录，但大部分见于前两种，有些剧目可考证出作者，有些非元末明初人作品，尚需辨析。

## 四、关于元末明初杂剧断代划分的认识②

大部分文学史或戏曲史（包括杂剧专史）在涉及杂剧的发展阶段时，往往分为元（代）杂剧和明（代）杂剧。文学史方面：黄人《中国文学史》被认为是中国首部文学史（始撰于 1904 年，上海国学扶轮社 1910年出版），就将"金元人乐府目"（注：此处"乐府"包括杂剧）和"乐

---

① 《录鬼簿续编》"汤舜民"条载："文皇帝在燕邸时，宠遇甚厚。永乐间，恩赍常及"；"贾仲明"条载："尝传文皇帝于燕邸，甚宠爱之。每有宴会，应制之作，无不称赏"。"文皇帝"乃永乐皇帝朱棣死后谥号，朱棣于永乐二十二年（1424 年）七月死于征途之榆木川。本书既然提到朱棣谥号，成书肯定在他死之后。又据该书的"罗贯中"条载：作者与他"至正甲辰复会。别来又六十余年"。至正甲辰乃至正二十四年（1364 年），后推 60 年即为永乐二十二年（1424 年），但"余年"二字表明至少有一年以上，十年以下。由此可知：《录鬼簿续编》成书当在洪熙元年（1425 年）之后，正统元年（1436 年）之前，最大可能是两者之间的宣德时期。

② 本节原为笔者 2005 年博士学位论文《元末明初杂剧研究》"导言"（三）部分，后经修改，以《元末明初杂剧断代划分异议》为题发表于《文艺争鸣》2010 年第 7 月号（下半月）（总第 181 期）。本节在以上材料基础上作了一定程度的修改。

府格势"归属"中世文学史"之"元代文学",而将"明人杂剧"五种①归属"近世文学史"之"明之新文学""曲本"类。之后,绝大部分中国文学史皆将元、明杂剧分开②。戏曲史方面:王国维《宋元戏曲史》专论元(杂)剧,并将之分为三期:"蒙古时代""一统时代""至正时代"③。此后,许多学者承续王国维之划分标准,区分元、明杂剧,如吴梅《中国戏曲概论》、卢前《中国戏剧概论》、周贻白《中国戏剧史长编》,等等。此外,还有大量断代文学史或戏曲史著述分论元杂剧或明杂剧,此处不做罗列。

应该说,这种将元代灭亡、明代建立作为杂剧分界线的看法,其着眼点更多地聚焦于朝代兴替这个因素。这种以改朝换代的历史断代方法作为杂剧的断代划分标准,能说明"一代有一代之文学"的论断,在研究上有显而易见的方便之处,但与真实相悖之处亦是明显的。文学史的发展实际往往证实:文学的发展变化与改朝换代往往并不是同步发生的。因此,笼统地将本身具有特定性质和演化轨迹的文学艺术,依附于社会结构的变迁,是有问题的。

就本书所研究的对象杂剧而言,亦是如此:作为能与唐之诗、宋之词比肩的杂剧艺术,并不是简单地随元朝灭亡而遽尔消逝,随明朝建立而发生质变,而是在元末明初这个阶段继续以其自身的方式曲折地发展变化着。在相关研究中,我们得到这样的认识:在杂剧艺术的发展历程中,元末明初杂剧明显具有连贯性,自成一体。将杂剧在元和明之间隔

① 黄人著,杨旭辉点校:《中国文学史》,苏州:苏州大学出版社,2015年版,第266、270、313页。
② 重要的有:郑振铎《插图本中国文学史》(北平朴社1932年出版)、刘麟生《中国文学史》(世界书局1933年版)、林庚《中国文学史》(20世纪40年代编写)、游国恩《中国文学史》(人民出版社1958年版)、中国科学院文学研究所《中国文学史》(人民文学出版社1962年版)、袁行霈《中国文学史》(高等教育出版社1999年版)、袁世硕《中国古代文学史》(高等教育出版社2015年版),等等。这些文学史皆分列元杂剧和明杂剧。
③ 《二十世纪国学丛书·宋元戏曲史》,王国维:《宋元戏曲史》(二十世纪国学丛书),上海:华东师范大学出版社,1995年版,第92页。

断，将人为地割裂元末明初杂剧的整体性，会带来一些认识上的偏差，以下将展开进一步讨论。

（一）

考察戏曲史，当以与这个时期相关的历史文献资料为据。

应该说，研究元明易代之际的杂剧，所依据的资料相对来说还是较为丰富的，能列举的最接近那个时代的可以作为直接依据的戏曲原始文献，就有周德清的《中原音韵》、夏庭芝的《青楼集》、钟嗣成的《录鬼簿》、朱权的《太和正音谱》、无名氏的《录鬼簿续编》等等，它们较为直接地记录了元末明初时期杂剧的发展状况；除此之外，明正统以后的诸多文献，或多或少间接涉及元末明初杂剧相关信息，如《南词叙录》《顾曲杂言》《曲律》《远山堂剧品》《曲品》，别本《传奇汇考标目》，《重订曲海总目》《也是园藏书古今杂剧目录》《今乐考证》《中国古典戏曲序跋汇编》《列朝诗集小传》《珍珠船》《至正直记》《弇州史料》《四库全书总目提要》《南村辍耕录》《南濠诗话》《七修类稿》《西湖游览志余》《草木子》《柘轩集》《始丰稿》《梧溪集》《蜕庵集》等，这些明清著述或包含在曲论中，或在野乘笔记中，大多零星论及元末明初杂剧，皆可作为有重要参考价值的资料纳入我们的视野。

梳理和解读这些文献，明显看到：无论从所记载的杂剧作家生卒年或生平看，还是从所记载的杂剧作品产生时代看，存在很难明确划分他们（它们）归属时代的情况。而另一种情况更不允许我们将元末明初杂剧割裂开：这个时期出现了大量无名氏杂剧。尽管根据相关文献可以大致判定这些无名氏杂剧产生于元末明初，但无法确定它们究竟属于元代还是明代。以下就这三个方面稍作展开。

其一，元末明初一些杂剧家生活年代跨越两个朝代。

首先，讨论一些被认为是"元代"的杂剧家相关情况。

根据钟嗣成《录鬼簿》的记载，有一批作家（包括钟嗣成自己）在至正五年（1345 年）后还在世，如吴仁卿、秦简夫、赵善庆、汪勉之、萧德祥、陆登善、朱凯、王晔、王仲元，等等，他们与钟嗣成同时或稍后，过去很多学者将他们划到元代。

但是，实际的情况是比较复杂的：第一种情况是能证实这批杂剧家中有的人在元末前已去世，如钟嗣成①、萧德祥，无疑他们属元朝人。第二种情况是许多人的生卒年是悬而未决的疑案，如：王仲元、王晔、朱凯等，相关资料表明他们在元亡时，年龄在六七十岁，到了明朝他们是亡故还是健在？尚未有定论。第三种情况是有的杂剧家明显活到了明初，如张鸣善②。除张鸣善外，《录鬼簿》中还有多少杂剧家在明初还活着，尚需进一步考证。

其次，再看一些被认为是"明代"的杂剧家。

在一些著述中，一批与贾仲明稍前或稍后的杂剧家被划归明初，但经考证他们中一些人是由元入明者。如：邾仲谊③明洪武十一年（1378年）还在世③；谷子敬、汤舜民、杨景贤、贾仲明、丁野夫等，在元明两代都有活动的记录，这在《太和正音谱》和《录鬼簿续编》等元明之际有关杂剧的著作中，皆有不同程度的提及，此处不作赘述。这些擅长杂剧创作的作家，生命跨越两朝，硬性地将他们分属于 1368 年之前或之后，不仅会割裂这些人的生命完整性，而且会割裂他们的杂剧创作历史。

---

① 关于钟嗣成，冯沅君认为生于 1279 年，卒于 1360 年，见《古剧说汇》"古剧四考"跋注九十五（冯沅君《古剧说汇》，北京：作家出版社，1956 年版，第 65 页）；《中国大百科全书·戏曲曲艺卷》也持同样看法（《中国大百科全书·戏曲曲艺》，北京：中国大百科全书出版社，1983 年版，第 608 页）。

② 根据元末明初人王逢《梧溪集》、明张翥《蜕庵集》、明无名氏天一阁本《录鬼簿续编》等资料，我们知道张鸣善与苏昌龄、杨维桢（1296—1370 年）等大约同年，苏、杨"服其才"。至正初（1341 年左右）寓扬州时，张鸣善曾"还武昌"，1366 年为夏庭芝《青楼集》作序，明初"谢病隐吴江"。（见后面相关章节关于张鸣善考证）。

③ 根据明人邵亨贞《蚁术诗词选》和徐一夔《始丰稿》卷八《送邾仲谊就养序》的记载：洪武元年至五年（1368—1372 年）邾仲谊足迹常在松、常间。洪武十一年（1378 年），邾仲谊方自杭之京师，就其子启文养。（见后面相关章节关于邾仲谊考证）。

其二，当时的一些杂剧作家的作品无法判断作于元代还是明代。

根据生卒年，能确认一些跨越了元明两个朝代的杂剧家。对于这些元末明初杂剧家而言，要想确考他们的杂剧作品究竟是作于元末还是明初，基本是难以做到了。

成书于1398年的《太和正音谱》，在"国朝三十三本"中，记载了8位作家的作品，除本书作者朱权（"丹丘先生"）自己的12种，能确定作于明初外①，其余作品我们无法肯定它们一定也都创作于明初。成书大约于宣德前后的明无名氏《录鬼簿续编》，也存在这样的情况，其中绝大部分作家兼跨元明两代，除上面提到的谷、汤、杨、贾、丁诸人，还有罗贯中、汪元亨、刘君锡、陆进之、李士英、须子寿、金文质等。比如罗贯中、汪元亨、刘君锡，他们在元朝时就与《录鬼簿续编》的作者有交往。罗贯中"与余为忘年交，遭时多变，各天一方。至正甲辰复会。别来又六十余年，竟不知其所终"；汪元亨"至正间，与余交于吴门"；刘君锡曾为"故元省掾"，"时与邢允恭友让，暨余辈交"。②他们的杂剧《风云会》《连环谏》《蜚虎子》（以上罗贯中），《班竹记》《仁宗认母》《桃源洞》（以上汪元亨），《东门宴》《三丧不举》《来生债》（以上刘君锡）等，俱未载作于何时。同样，陆进之的《升仙会》《百花亭》，李士英的《折征衣》《群花会》《诗禅记》，须子寿的《潺水母》《碧梧堂》，金文质的《松荫记》《娇红记》《三官斋》等，也没有明载作于何年。在元明之交这个特殊时期，有如此多作家的杂剧作品创作年代尚且不清，却能去划分具体朝代归属，不能不令人感到有臆断之嫌。

其三，数目众多的元末明初无名氏杂剧，无法确定其时代归属。

元末明初的杂剧名目单上，开列了一批无名氏杂剧。这些杂剧，在

---

① 朱权生于1378年，明初人。后文在多处有论及朱权者。

② 皆见于无名氏《录鬼簿续编》（《中国古典戏曲论著集成》二），北京：中国戏剧出版社，1959年版，第281、285页。

明初以来的诸典籍中就标上"无名""失载"等字眼，它们构成了这个时期杂剧创作的壮丽奇观。它们不知起于何时，歇于何地；其数量惊人，远远超过以前的无名氏作品；许多作品质量，堪称佳作。这些弥足珍贵的无名氏杂剧，我们可以大致确定为元末明初时人留下，但目前尚无可能确考它们究竟成于何人之手，只能统称为"元末明初无名氏杂剧"，或"元明间无名氏杂剧"。

　　关于元末明初无名氏杂剧，《太和正音谱》的"古今无名杂剧"及"乐府"目下曲谱中所载共 113 种，《录鬼簿续编》"诸公传奇，失载名目"者共收 78 种，这些都可视为元末明初无名氏杂剧。此外，《永乐大典》《也是园书目》《曲海总目提要》《今乐考证》《曲录》等著作中也录有部分元末明初无名氏杂剧作品。过去，曾有一些戏曲研究者经考订辨别，但由于收录这些剧目的相关文献的作者、年代、资料来源、版本等诸多因素，存在极其复杂的状况，所以认定数目也不尽相同。相关成果中，以邵曾祺和傅惜华的研究较有影响。邵曾祺在《元明北杂剧总目考略》收录"元末明初""佚名作者的作品"为 112 种[①]；而傅惜华的统计则是："元代无名氏杂剧家作品，计 50 种；元明之间无名氏杂剧家作品，计 187 种。"[②] 尽管他们在作品数量上各自得出了自己的考证结果，并大致确定了"元末明初"或称"元明间"无名氏杂剧的范围，但是他们却都无法区分这些杂剧中究竟哪些是"元代"的，哪些是"明代"的。目前的研究也没有多大的进展，因为到现在为止，还没有足够的资料来解决这个问题。

　　既然有如此多的无名氏剧目不能断定其具体朝代，那么，要想在这个时期进行杂剧史的断代，而不去作某些理由不充足的"推断"；不去割

---

　　① 邵曾祺所收录以前的"元人作品"仅为 15 种。见《元明北杂剧总目考略》"佚名作者的作品"之"元人作品"和"元末明初人作品"，郑州：中州古籍出版社，1985 年版，第 476—583 页。

　　② 傅惜华：《元代杂剧全目》"例言"，北京：作家出版社，1957 年版。

裂整体内容；不去省简，甚至忽略那些不为自己所用的论点，或者与自己观点相抵牾的材料……那是很难做到的。

不谈元明易代时的杂剧则已，一谈就不可避免地涉及以上诸问题。以往的认识与现存文献是如此的不一致，使我们不能不得出一个结论：过去按断代划分元末明初时期的杂剧与真实情况不符。

## （二）

如前所述，就文献所及，从一些杂剧家生卒年、生平、创作、诸多无名氏杂剧等角度，我们很难准确划出元杂剧和明杂剧的时间节点。那么，从杂剧演化的角度是否也能得出相应的结论？

经考察，我们认为元末明初杂剧有其内在一致性和前后继承性，或者说元末明初杂剧构成了其内在闭合环，是整个杂剧发展史中的一个重要阶段，具有其独特地位。

对于元末明初杂剧的内在一致性，很多学者看得很清楚，如傅惜华的《元代杂剧全目》就单列"元末明初"（或"元明间"）无名氏作品诸目录，邵曾祺的《元明北杂剧总目考略》亦单列"元末明初作家作品"。这些学者的分类应该说是符合实际的。尽管在涉及具体作家作品时有差别，但他们的著作是将"元末明初"视作一个整体的。

许多文学史和杂剧史，也不同程度地对元末明初杂剧的前后继承性作过探讨，且提出了很多较为中肯的观点，如吴志达等编的《明清文学史》写道："明初，北杂剧余波尚存，一批由元入明的杂剧作家及其作品，如……基本上是元后期的继续"[1]；李修生在《元杂剧史》中指出：明前期"北曲杂剧的创作完全继承元杂剧的余绪"[2]；廖奔认为明代前叶

---

[1] 吴志达等编：《明清文学史》"明代卷"，武汉：武汉大学出版社，1991年版，第163页。
[2] 李修生：《元杂剧史》，南京：江苏古籍出版社，1996年版，第287页。

的北曲杂剧，是"由元代继承下来的"①；而较早的日本学者青木正儿的观点更是明白干脆："明初的杂剧，和元代末期的杂剧并没有什么变化，不过是元末杂剧的延长而已。"② ……

为什么会得出如此结论？起码有两个重要因素起关键作用，那就是：当时的杂剧剧坛发展态势和杂剧创作情况。

杂剧史一般认为，自关（汉卿）、郑（廷玉）、白（朴）、马（致远）、王（实甫）等名家以后，为人们所赞叹的"秀华夷""锦社稷""承平世"美好局面③已永不再来，杂剧开始走下坡路。如果要绘制北杂剧的发展脉络，我们将会看到这是一条"抛物线"：金末是起点，其顶点当在大德（1297—1307 年）前后，随后开始下降。尽管下降的趋势在各个时期有急有缓④，但其过程没有中断，一直到明初，此后，"杂剧有几十年的沉寂"⑤。这条"抛物线"告诉我们：自高峰以后的杂剧，在元朝灭亡时并没有戛然而止。换句话说，杂剧在元明之交并没有断裂。需要说明的是，这个"断裂"的出现推迟到了明藩王杂剧作家朱有燉以后，"断裂"之后的"裂缝"很长，时间跨度有近 50 年光景⑥。

这就是当时杂剧剧坛的发展态势，它表明：元末明初杂剧相沿而下，中间没有可分的空隙。

---

① 廖奔：《明代杂剧概说》，《戏曲研究》第 30 辑，北京：文化艺术出版社，1989 年 9 月版，第 186 页。

② 青木正儿：《元人杂剧概说》，北京：中国戏剧出版社，1957 年版，第 125 页。

③ 见天一阁本：《录鬼簿》贾仲明补狄君厚挽词（《中国古典戏曲论著集成》二），北京：中国戏剧出版社，1959 年版，第 202、589 条注释。

④ 据李修生研究，元至顺（1330—1332 年）前后"继续处于繁盛时期"，持相近观点者还有王毅、王星琦等，这说明元杂剧高峰后的一段时间下降趋势不明显，较缓。

⑤ 袁行霈主编：《中国文学史》"第四卷"，北京：高等教育出版社，2003 年版，第 105 页。本书将这个时间的上限定在明景泰年间（1450—1456 年）。

⑥ 从现有的资料看，朱有燉（1379—1439 年）同时代的杂剧作家在他死后还活着者（如朱权），未见杂剧著录的记载。明初少数几个有杂剧著录的作家（如马惟翰、陈铎）生卒年尚有争论，其杂剧创作时间当在景泰之后，且艺术成就不高。朱有燉之后的大部分杂剧作家（如王九思、陈沂、康海、杨慎等）生于成化初年（1465 年）之后，他们的杂剧创作当接近成化末年（1487 年），但基本上为"南杂剧"。

从杂剧创作看，元末明初的杂剧作品，基本属北杂剧。现存资料以无名氏《录鬼簿续编》记载元末明初杂剧作家最多，其所录有22人。据邵曾祺《元明北杂剧总目考略》统计，共有88种杂剧列于他们名下，其中仅有13种曲本存世。尽管这些存世剧作大多经明人改动过，但著作权仍标在这22人中的8人名下。这13种作品分别为：罗贯中一种（《赵太祖龙虎风云会》）；谷子敬一种（《吕洞宾三度城南柳》）；杨景贤一种（《西游记》）；李唐宾一种（《李云英风送梧桐叶》）；高茂卿一种（《翠红乡儿女两团圆》）；刘君锡一种（《庞居士误放来生债》）；刘东生一种（《金童玉女娇红记》）；贾仲明六种（《山神庙裴度还带》《荆楚臣重对玉梳记》《萧淑兰寄情菩萨蛮》《李素兰风月玉壶春》《铁拐李度金童玉女》《吕洞宾桃柳升仙梦》）。从现存的剧本看，除贾仲明的《铁拐李度金童玉女》和《吕洞宾桃柳升仙梦》在体制上对过去的杂剧模式有所突破外①，其他均为"中规中矩"的北杂剧②。

朱权的《太和正音谱》中所录的"国朝三十三本"杂剧名目③，除以上论及的刘东生、杨景言、贾仲明、谷子敬四人诸作品外，另有朱权（即"丹丘先生"）12种，王子一4种，汤舜民2种，杨文奎4种，其中朱权的《卓文君私奔相如》《冲漠子独步大罗天》和王子一的《刘晨阮肇误入天台》3种存，从存本看，皆合元剧体式。

对于这些现象，明人李开先就曾经有过精辟的总结："国初如刘东生、王子一……诸名家，尚有金元风格"④；一向偏重元杂剧的近人王国

---

① 《铁拐李度金童玉女》中出现了歌舞场面，在《吕洞宾桃柳升仙梦》中应用了"南北合套"和男女合唱的方式。

② 尽管杨景贤《西游记》和刘东生《金童玉女娇红记》的折数分别为24折和8折2楔子，但前者分为六本，每本四折，后者分上下两卷，每卷四折一楔子。实未出北杂剧规范。

③ 本名目下实际数量只有30种，另3种误入"古今无名杂剧一百一十本"之末，分别为《危太朴衣锦还乡》《郭桓盗官粮》《陶侃拿苏峻》三剧。

④ （明）李开先：《西野春游词序》，路工辑校《李开先集》（上册），北京：中华书局，1959年版，第335页。

维，在《宋元戏曲史》"余论"中也认为"明初杂剧，如谷子敬、贾仲名辈，矜重典丽，尚似元代中叶之作"①。李开先和王国维的话是实事求是的，我们完全可以将之看作元末明初那批杂剧作家作品的定性，表明了它们对元代中期杂剧的继承关系。

元末明初杂剧还有其前后继承性，这种继承关系颇合文学艺术的某些规律：文学艺术的发展有时与社会发展不同步。正如有些谙熟这段史实的研究者所注意到的：元末杂剧"作为一种相当成熟的文学样式，还是以其文体的惯性在明代文坛占有一席之地"②。换句话说，正因为有"文体的惯性"，元末明初杂剧作家如罗贯中、谷子敬、杨景贤、李唐宾、高茂卿、刘君锡、刘东生、贾仲明等人的创作保持了元人特质，他们的作品基本保持元人北杂剧品格。这一点，即使在杂剧史北曲向南曲"转变的关键和枢纽"③人物——朱有燉身上也有明显的体现。

我们知道，朱有燉的杂剧在很多方面对元人有所突破，但其作品大部分未出元人范式。他步追马致远之清丽雅正；在衬字、叠字、俗语、成语、典故、诗文等许多方面深得元剧精髓；至于音韵上，更以《中原音韵》为矩式。明人祁彪佳就对其推崇备至，他评朱有燉的《刘盼春守志香囊怨》曰"按律之曲，精到者又恐笔钝耳。此剧毫锋铦利，以现成语簇出新裁，元人'韦曲'之调，当无能出其右者"④；吴梅曾校阅朱有燉杂剧22种，仅发现很少的不甚合律的地方，因此认为"此皆大醇中小疵也"。⑤对于这位典型的明初人，明人沈德符评价其作品最为中肯："我

---

① 王国维：《宋元戏曲史》（二十世纪国学丛书），上海：华东师范大学出版社，1995年版，第156页。

② 袁行霈主编：《中国文学史》"第四卷"，北京：高等教育出版社，2003年版，第102页。

③ 曾永义：《明杂剧概论》，台北：学海出版社，1980年版，第194页。

④ （明）祁彪佳：《远山堂剧品》（《中国古典戏曲论著集成》六），北京：中国戏剧出版社，1959年版，第140页。

⑤ 吴梅：《吴梅戏曲论文集》之《瞿安读曲记·〈牡丹品〉》，北京：中国戏剧出版社，1983年版，第399页。

朝填词高手如……惟周宪王所作杂剧最火,其刻本名《诚斋乐府》,至今行世,虽警拔稍逊古人,而调入弦索,稳叶流丽,犹有金、元风范。"①

## (三)

以上分析表明:以朝代划分元末明初杂剧,明显有悖于史实,割裂了其前后相继性、内在一致性。

除此之外,这种划分还抹杀了元末明初杂剧在杂剧史上转折或过渡地位。元末明初是一个特殊的阶段,对杂剧的未来走向具有重要价值。

徐子方在论及明代杂剧发展时,提出明代杂剧历史进程有两次重大转变,一次在明初,是"平民化向贵族化过渡",另一次在明英宗正统年间朱有燉、朱权去世以后,它一直持续到了明代中后期,"由贵族化向文人化的过渡"②。戚世隽《明代杂剧研究》也认为杂剧在明代有两个时期"一是明前期的宫廷杂剧创作阶段,二是从弘治年间康海、王九思开始的明中后期的文人杂剧创作阶段"③。

可以看出,徐、戚二先生都倾向于明杂剧有两个阶段,但二人在前、后期时间的节点确定上是取"正统"年间还是取"弘治"年间?存在差异。

之所以造成这个差异,恐怕与杂剧史在这个时期出现一个"奇特"现象有关,因为从现有资料看,从明"英宗正统四年(1439年)周宪王去世后,直到宪宗成化末(1487年),50年间,北剧没有一个有名氏作家"④。可能由于观测点的不同,前者把这近50年的时间放到了第二个阶段,而后者却将之纳入了第一个阶段,应该说两位学者的观点并没有多

---

① (明)沈德符:《顾曲杂言》"填词名手"(《中国古典戏曲论著集成》四),北京:中国戏剧出版社,1959年版,第206页。

② 徐子方:《明杂剧史》,北京:中华书局,2003年版,第8—11页。

③ 戚世隽:《明代杂剧研究》,广州:广东高等教育出版社,2001年版,第57页。

④ 曾永义:《明代杂剧演进的情势》,《中国古代文学论文精选丛刊》,戏剧类(二),台北:幼狮文化事业公司,1990年版,第516页。

大的矛盾。相反，他们都看到了周宪王之后杂剧发生了变化。我们认为这种变化是本质性的，是完全有别于之前杂剧的。

如果要探究这些变化或转变何时发生？当不可不归之于元末明初。考察整个杂剧发展的历史进程就会发现：元末明初在杂剧史上地位非常特殊——它是一个转变的枢纽，或者说是杂剧史上的一个过渡期。

张庚、郭汉城曾对明初北杂剧作过几点总结："政治目的都异常明确"，神仙道化戏"畸形发展""韬晦之作的出现"①。应该说，这些总结真实反映了当时杂剧在创作主题和内容上的某些突出现象。

其实，这些特点早在元末就已经很明显了。比如秦简夫，他的杂剧"政治"性非常强，其代表作《东堂老劝破家子弟》《义士死赵礼让肥》《陶贤母剪发待宾》，皆是带有浓厚教化色彩的"伦理道德剧"；又如王晔、陈伯将、钟嗣成等，他们的杂剧《破阴阳八卦桃花女》《晋刘阮误入桃源》《宴瑶池王母蟠桃会》等，自然可归诸"神仙道化"剧一类。

很明显，这些作品已经有别于以前关汉卿、王实甫、白朴等杂剧中充满叛逆精神、富于战斗性色彩。

到了明初，为了讴歌"礼乐之盛，声教之美，薄海内外，莫不咸被仁风于帝泽"②，北杂剧的创作在内容上，更体现出封建专制统治达到极致的特质，最典型的当推"二朱"和"国朝十六子"等杂剧作家的某些作品。

我们当然可以从主题、内容等角度去理解这些（当然远不止这些）特点，并且将它们放到朝代更迭这样特殊历史时期去考察，这有助于使我们从社会的深层次去探索元末明初杂剧的内在变化。

但是，元末明初杂剧的主题或内容上的变化却没有左右其以后的杂

---

① 张庚、郭汉城：《中国戏曲通史》，北京：中国戏剧出版社，1980 年版，第 154—155 页。

② （明）朱权：《太和正音谱》"自序"（蔡毅《中国古典戏曲序跋汇编》），济南：齐鲁书社，1989 年版，第 114 页。

剧创作格调，换句话说它对今后的杂剧创作内容和风格影响不大。嘉靖以后的许多杂剧家如王九思、康海、徐渭、冯惟敏等，创作特点迥异于元末明初，其针砭时弊、嬉笑怒骂、离经叛道等风格很好地体现在《东郭先生误救中山狼》《杜子美沽酒游春记》《狂鼓史渔阳三弄》《僧尼共犯》等作品中。这些作品并没有承袭元末明初，相反却走向了对它反动的道路，反映了时代的精神。

那么，我们为什么还要认定元末明初是一个转折期呢？这是因为元末明初杂剧的其他许多方面的变化既有异于以前的杂剧，又异于其后的杂剧，进而开启了向新一代杂剧——南杂剧转化之风。其变化主要表现在以下几个方面：杂剧作家队伍发生了以中下层文人为主的"书会才人"的创作向上层文人乃至皇族发展的转变；杂剧的欣赏者由农村的"愚夫愚妇"和城镇的市井细民占大多数一变而为王公、贵族、士大夫为主体；杂剧的表演地点也由城镇的瓦肆、勾栏，乡镇的庙会、戏台，转向宫廷、王府的豪华戏楼、士夫豪宅的氍毹；创作上由不问"关目之拙劣"、不讳"思想之鄙陋"、不顾"人物之矛盾"的"自然"① 流露，向以"驱俗入雅和以雅化俗，合雅俗为一体而又力求俗不伤雅"② 的风格转变；文本的作用由以表演为主要目的的"场上之曲"发展为文人施呈"才情"、吟咏玩赏的"案头之曲"；作品的形式上完成了"北杂剧"向"南杂剧"转变，等等。

较之以往的杂剧来说，这些变化是多方面的，甚至可以说是较为彻底的"变革"，影响了明以后的杂剧走向，正如曾永义所说："明代的杂剧，它一方面继承元人的衣钵，一方面又逐渐从兴盛的南传奇汲取滋养……杂剧在明代并非衰亡，而是另有发展，另有革新。"③

---

① 王国维：《宋元戏曲史》（二十世纪国学丛书），上海：华东师范大学出版社，1995 年版，第120 页。

② 张大新：《元末雅俗文化的交融与戏剧形态的蜕变》，《文学评论》2004 年第 1 期，第 68 页。

③ 曾永义：《明杂剧概论》，台北：学海出版社，1980 年版，第 87 页。

以上的那些转变，有些是关系到杂剧文本的，更多的是外在于文本的。当然，文本形式的变化是最重要的变化因素之一，但之所以将诸多非文本的因素纳入我们的视野，是因为杂剧是一门综合性很强的艺术。过去我们似乎更强调研究思想、情感、结构、曲词、声韵等文本的因素，而忽略了创作者、观众、剧场、演员、表演程式等与杂剧密切相关的因素，其实失之偏颇。因为这些因素在早期戏曲活动中与"娱乐""教化"等功能结合紧密，有时作用超过了文本本身，元末明初的情况也是如此。杂剧的魅力不仅在于作品本身，在许多场合相当依赖于诸多文本之外的因素。

这个时期杂剧文本发生的巨大变化，正如上文已论及的，不是主要体现在内容上，而是体现在文本的表现形式上。其表现形式变化一般来说，在于编排上打破用四大套的惯例，出现了四折以上的剧目；表演方式上突破了一人主唱的惯例；角色由少到多；曲调的运用由纯用北曲向"南北曲合套"发展；此外，角色的穿插运用；歌舞场面的出现，等等。表现形式的变化，规定了北杂剧向南杂剧的根本转换趋势。

正如西方学者马科林在《中国戏剧：从起源到现在》中论述清代戏曲时所指出："从社会文化史角度看，改朝换代往往并不意味着文化也发生了截然的断裂"[1]，元末明初的杂剧也是如此。从现存文献看，以朝代更替来划分杂剧史，是有违于戏曲史实的。对杂剧研究来说，这种违背不仅割裂了北杂剧的前后承续关系，而且截断了杂剧发展系统链中的一个相对完整又具有关键意义的阶段——元末明初阶段。元末明初在杂剧史上是一个过渡期，也是一个转变的枢纽——是杂剧发展史上的一个关键转折点。这个时期的杂剧创作内容总体来说趋于保守，以宣扬教化、歌功颂德、传播消极避世思想为主，但在杂剧的创作主体、接受者、曲

---

[1] Mackerras , Colin , ed . ,Chinese Theater : From Its Origins to the Present Day. Honolulu, 1983. [澳大利亚]马克林主编：《中国戏剧：从起源到现在》，檀香山，夏威夷大学，1983 年版，第 92 页。

本的艺术风格、运用手法、表现方式、戏曲的表演方式等诸多方面皆有所突破，并最终完成了由"北杂剧"向"南杂剧"的转变，将杂剧由民间和中下层书会文人创作推向宫廷和殿堂，完成了文人化进程，使杂剧在明清两代最终成为只有文人雅士才能玩赏的艺术。

所以，我们可以这样说：元末明初杂剧的归属，既不属于元代，也不属于明代，它是一个具有明显独立完整特点的发展过程，只属于杂剧史上元末明初这个特定阶段。

# | 第一章 |

# 元末明初有名氏杂剧作家与作品述考

元末明初杂剧作家和作品存在一系列尚未澄清的问题。如：哪些人属元末明初杂剧家？哪些作品属元末明初杂剧？这些作家作品的相关情况如何？诸如此类的问题还很多，有的现在还没有被梳理清楚，基本处于一团乱麻的状态；有的因没有被认识到位而困扰着学者，以致造成学界认识上的诸多差异。因此，澄清这些问题，考述这个时期的杂剧作家与作品是本课题研究的基本且重要的工作。

在开始这个工作前，有必要对元末明初杂剧发展中两种创作类型（有名氏杂剧创作、无名氏杂剧创作）的相关情况作简单介绍。

元末明初杂剧是杂剧史上一个完整的并具有自身独特性的发展阶段，它上承元杂剧的中期，下接明宣德以后的杂剧。就作品而言，分为有名姓作家作品和无名氏作品两种类型；就创作主体而言，亦分两种类型：一种为有名氏的作家创作，一种为无名氏创作。

纵观中国戏曲史我们发现，杂剧的发展有其显著的演化轨迹。一般认为：杂剧从元初发展到元代中期，在元贞（1295—1296 年）、大德

（1297—1307 年）年间达到了一个高峰期①，此后杂剧开始"衰微"或"衰退"。这种看法是符合杂剧发展史实际的。作为整个杂剧发展链中的一段，元末明初杂剧相比元贞、大德这个杂剧发展高峰来说，其创作成就整体亦呈现下降趋势。

但是，任何事物都应该具体问题具体分析：元末明初杂剧的"衰退"，并不是简单地表现出全面"衰退"，而是"衰退"中有发展，发展中有"衰退"。

这个时期，有名姓的作家作品，尽管在数量和质量上，无法与杂剧发展盛期相比，但还是出现了像秦简夫、罗贯中、贾仲明、杨景贤、朱权、朱有燉等一大批有影响的杂剧作家，他们的杂剧作品在内容、形式风格上经常表现出与以往作品诸多不同，尤其在形式和艺术风格上有新的突破，体现了"新"特色，开明代、清代杂剧创作之先风。

此期的无名氏作品，可谓中国杂剧史上一个闪光点。它们不仅在数量上远远超过其以前的无名氏杂剧②，而且出现了许多有较高质量的作品，比如《冻苏秦衣锦还乡》《神奴儿大闹开封府》《随何赚风魔蒯通》

---

① 明初贾仲明在为钟嗣成《录鬼簿》记载的杂剧家赵子祥和李郎所作的挽词中说："一时人物出元贞，击壤讴歌贺太平"，"乐府词章性，传奇之末情，考兴在大德、元贞"（见天一阁本《录鬼簿》贾仲明补狄君厚挽词。《中国古典戏曲论著集成》二，北京：中国戏剧出版社，1959 年版，第 188、192 页，第 469、504 条注释），挽词反复申明元贞、大德乃是杂剧史上的兴盛阶段。近现代许多研究者亦持相同的观点，如：张庚、郭汉城认为"元贞、大德（1295—1307 年）之际，北杂剧是十分繁荣的"（《中国戏曲通史》，北京：中国戏剧出版社，1992 年版，第 83 页）；廖奔认为"在元成宗即位后的元贞、大德年间（1295—1307 年），北杂剧创作和演出都达到了其历史上的极盛"（《中国戏曲发展史》第二卷，太原：山西教育出版社，2000 年版，第 39 页）；袁行霈主编的《中国文学史》认为"从蒙古灭金（1234 年）到元成宗元贞、大德年间（1295—1307 年），这也正是元杂剧从兴起到繁荣鼎盛的时期"（袁行霈主编《中国文学史》卷三，北京：高等教育出版社，2005 年版，第 249 页）。观点比较相同或接近的还很多，此处不一一列举。

② 傅惜华《元代杂剧全目》（北京：作家出版社，1957 年版）"例言"云："元代无名氏杂剧家作品，计 50 种；元明之间无名氏杂剧家作品，计 187 种。"元明间杂剧超过其以前的 3.7 倍。而据邵曾祺《元明北杂剧总目考略》（郑州：中州古籍出版社，1985 年版）统计："佚名作者的作品"中"元末明初"者为 112 种，而其以前的"元人作品"仅为 15 种，元末明初的数量是其以前的 7 倍以上。尽管两者有所区别，但都说明一点：元末明初无名氏作品的数量远远超过以前。

《谢金吾诈拆清风府》《两军师隔江斗智》等诸多作品，流传至今①。因此在元末明初杂剧的研究上，我们有必要将有名氏的作家作品与无名氏的作家作品进行区别考察。需要说明的是：为论述方便起见，本章主要梳理并论述有名有姓的元末明初杂剧创作情况，而该期的无名氏创作在另外章节考述。

## 第一节　元末明初有名氏杂剧创作的发展

我们认为，研究元末明初杂剧，必须区分有名姓（氏）作家作品和无名氏作品。这是因为：其一，杂剧发展史表明，元末明初之前杂剧的历史，大部分由那些能考知姓名、字、号、生平、家世、籍里等的有名姓作家作品构成，但到了元末明初却突然出现大量的无名氏杂剧作品，这可以被看成杂剧史上的特殊现象；其二，元末明初杂剧作家作品明显区分为有名氏和无名氏两大块，从数量上看两者几乎相差不大，各占半壁江山。所以，我们要研究此期杂剧的发展态势，当然应该从这两方面入手。

就元末明初杂剧的创作成就而言，有名氏创作和无名氏创作两种类型清晰表现出截然相反的发展态势。

从有名姓可考的作家创作看，元末明初杂剧在整个北杂剧发展中所占比重较轻，尽管比稍前的元代中期杂剧有所发展，但相对于杂剧发展盛期来说，还是不可同日而语的。元末明初杂剧发展至明初的宣德、正统年间，竟告消亡。考察整个北杂剧的变化，我们就会发现：北杂剧在元末明初阶段的发展状况是相当复杂的，决不可简单归结为"衰退"或

---

　　① 顾学颉辑录现存"元明间无名氏作家"作品共77种。这些剧目作品多收录于《元曲选》本、《古名家杂剧》本、《元人杂剧选》本、脉望馆钞校内府本、脉望馆于小谷钞本、脉望馆钞校来历不明本、《群英类选》本等。见顾学颉《元明杂剧》，上海：上海古籍出版社，1979年版，第163—165页。

"衰亡"趋势,而应该根据其实际情况,描述为"有所发展"到"突然结束"这样一个过程。

从无名氏创作来看,在元末明初急速地发展起来,几乎呈直线上升状,到了明宣德、正统年间,发展速度变慢。具体的情况是:北杂剧无名氏创作在元末明初七八十年光景中,以惊人的数量突然涌现出来,并留下了许多优秀作品;但在此之后,又突然开始减少。

以下就元末明初有名氏和无名氏杂剧创作发展状况分别进行详细论述。

## 一、从北杂剧发展看元末明初有名氏杂剧创作

要了解有名姓作家作品情况,必须先了解在此以前的杂剧发展史。

学界普遍认为:北杂剧为元杂剧主要形式,一直持续到明初。南北合套尽管在元代初见端倪,但却是在散曲中应用,直到元末明初才开始在杂剧中出现[1]。明中期,南杂剧才兴盛起来[2],进而取代北杂剧,在明清两代成为杂剧的主导潮流,因此,元末明初以前的杂剧主要是北杂剧。这些看法无疑是正确的,为了更清晰地理解这些观点,有必要对北杂剧的形成与发展情况作出简单梳理。

北杂剧的兴起与宋金杂剧、金院本有密切关系。胡祗遹说:"乐音与

---

① 钟嗣成《录鬼簿》中提到"以南北词调和腔,自(沈)和甫始,如《潇湘八景》《欢喜冤家》等,极为工巧"。但很多人认为沈作乃散曲,而非杂剧。真正的杂剧的"南北合套",当"自明代初年的贾仲明开始"(见刘荫柏先生《北曲在明代衰亡史考》,《复旦学报(社科版)》1985 年第 2 期)。周贻白先生也在《明人杂剧选·后记》中指出"到了元代末年……有了南北合套"。

② 最早提到"南杂剧"的当为明万历胡文焕编辑的《群音类选》,其后吕天成在其《曲品》中简称"南杂剧"为"南剧"。一般认为它"是晚至明代嘉、隆年间才出现的"(见张正学《南杂剧的得名、创制与时地考述》,《重庆三峡学院学报》2002 年第 6 期)。徐渭、汪道昆等人已开始创作南杂剧,但它与元末明初贾仲明、朱有燉等人北曲夹南曲、南北曲混用、南北合套的北杂剧还是有很大的不同。它是"明初北曲杂剧受南曲戏文影响的必然结果"(见王永健《关于南杂剧的几个问题》,《艺术百家》1997 年第 2 期),是"文人剧的成熟标志"[见徐子方《文人剧和南杂剧——明代杂剧艺术论系列之一》,《东南大学学报(哲社版)》2003 年第 5 卷第 1 期]。

政通，而伎剧亦随时尚而变。近代教坊院本之外，再变而为杂剧"①；夏庭芝《青楼集志》指出："金则院本、杂剧合而为一，至我朝乃分院本、杂剧而为二"②；陶宗仪认为："金有院本、杂剧、诸宫调。院本、杂剧，其实一也。国朝院本、杂剧，始厘而二之。"③ 胡祗遹，元前期人；夏庭芝，元中后期在世；陶宗仪，由元入明。三人观点基本一致，都认为元杂剧源于宋金杂剧和金院本，应该是可以被当成定论的。

北杂剧在元前期迅速发展，大约在元成宗孛儿只斤·铁穆耳执政的"元贞""大德"（1295—1307 年）前后，很快达到其高峰。贾仲明在为《录鬼簿》中狄君厚作的挽词中，是这样深切怀念并热情加以赞美这个时期的："元贞、大德秀华夷，至大、皇庆锦社稷，延祐、至治承平世。养人才编传奇，一时气候云集。"④ 在这个时期，白朴⑤、关汉卿⑥、马致

---

　　① （元）胡祗遹：《赠宋氏序》(《中国古代戏曲序跋集》)，北京：中国戏剧出版社，1990 年版，第 6 页。

　　② （元）夏庭芝：《青楼集志》(《中国古典戏曲论著集成》二)，北京：中国戏剧出版社，1959 年版，第 7 页。

　　③ 见明·陶宗仪：《南村辍耕录》(卷二十五"院本名目")，北京：中华书局 1959 年版，第 306 页。

　　④ 见天一阁本《录鬼簿》贾仲明补狄君厚挽词。《中国古典戏曲论著集成》二，北京：中国戏剧出版社，1959 年版，第 202 页，第 589 条注释。

　　⑤ 关于白朴生活年代，因其诗集《天籁集》前王博文序称："甫七岁，遭壬辰之难"，可知其生于 1232 年。但其卒年众说纷纭，其中苏明仁主张在 1312 年之后（见《白朴年谱》，载 1933 年燕京大学国文学会《文学年报》第一期），冯沅君、傅惜华等观点与之相近，本文从之。

　　⑥ 关汉卿的生活年代，学术界分歧很大，基本上可分为三种看法：其一是金代遗民，卒于 1280 年左右，观点相近者有赵万里（见《关汉卿史料新得》，《戏剧论丛》1957 年第 2 期）、蔡美彪（见《关于关汉卿生平》，《戏剧论丛》1957 年第 2 期）、赵兴勤（《略论关汉卿的生卒年代》，《徐州师院学报》1980 年第 1 期）等；其二生于 1230 年前后，卒于 1300 年左右，持此论者有王季思（见《关汉卿不是金遗民》，1936 年 3 月 19 日《天津益世报》"读书周刊"40 期）、吴晓铃（见《再论关汉卿的年代》，1937 年燕京大学国文学会《文学年报》）等；其三生于金亡后的蒙古时代，卒于 1320 年前后，持论相近者有孙楷第（《关汉卿行年考》，1954 年 3 月 15 日《光明日报》）、赵景深（《关汉卿和他的杂剧》，《戏曲笔谈》，中华书局，1963 年版）、刘荫柏（《元代杂剧史》，石家庄：花山文艺出版社，1990 年版，第 46—47 页）等。笔者同意第三种观点。

远①、郑廷玉②等一大批在元杂剧史上彪炳千秋的杂剧作家，正处于创作盛期，他们创作了大量的、最优秀的作品，也因此带来了将近50年的杂剧"繁荣期"③。此后，北杂剧开始走下坡路，这个时期大约以钟嗣成《录鬼簿》中"方今"已死和未死杂剧作家生活时代为界。

然而，杂剧在这个"下坡"路上并没有一直发展下去，到元末明初呈现了一定的"有所发展"迹象，其"有所发展"的标志为：此期出现了以钟嗣成、秦简夫、贾仲明、杨景贤、朱权、朱有燉为代表的40位杂剧作家和他们创作的150余种杂剧。

但是，令人奇怪和遗憾的是：正当元末明初阶段北杂剧有所发展的时候，它突然衰落了，其时间大约在明初朱有燉去世（1439年）前后。这个突然衰落的结果导致北杂剧几成绝响——此后的几十年竟形成杂剧史上的一个"断裂"或"真空"。过了将近40年④，至明成化末（1487年）以后，才有王九思、陈沂、康海、杨慎等杂剧作家出现，但他们的创作多为向南杂剧过渡的作品。元末明初之后，南杂剧开始成为杂剧创作的主要形式，而与此相关的作家群、杂剧受众、杂剧审美趣味、舞台表现方式等许多层面的因素都不同程度地发生了变化。

以上是北杂剧的简要发展史。从有名姓可考的杂剧作家作品看，较清晰地给人们呈现出一幅倒"V"字形的元杂剧发展图——准确地说呈"几"字形：其起点是金末元初的元杂剧起始阶段，时间大约在1234年前后；经过近七八十年的发展，元杂剧达到其鼎盛时期；在持续近半个

---

① 关于马致远生活时期，冯沅君在《古剧说汇》中提出生于1250年前后，卒于1321—1323年，学术界大多认同之。

② 郑廷玉的生平、经历记载不详，仅知是彰德(今河南安阳)人。周德清《中原音韵·自序》谈及乐府时云"其备，则自关、郑、白、马一新制作"，此"郑"当为郑廷玉。论者一般认为，郑廷玉与关汉卿、白朴、马致远齐名，为同时代人。

③ 陆林先生将这个时间具体到1275年前后至1320年前后，认为此期是"元剧繁荣期"，见陆林《元代戏剧学研究》，合肥：安徽文艺出版社，1999年版，第232—234页。笔者深以为是，本文从之。

④ 周贻白认为是60年，始于宣德丙午年，即1426年，见《中国戏曲史长编》。

世纪的"繁荣"之后，开始有所下降；当北杂剧进入元末明初阶段，尽管较"繁荣期"呈现出衰落迹象，然仍以"惯性"发展着，并一度出现杂剧发展迅速的局面，这种局面一直持续到明宣德、正统年间；但此后，北杂剧发展几乎完全停滞，"自宣德丙午（1426 年）至成化丙午（1486年），撰杂剧者仅朱有燉一人，其他方面的作者，在这 60 年中间，可谓渺无消息，至少是没有较为知名的作家"。① 朱有燉之后的 40 年间不见有影响的杂剧作家和杂剧作品，成为杂剧史上颇费猜测的"断层"；"断层"之后是明清杂剧时期，以"南杂剧"创作为主。

## 二、相关资料的统计分析

以上就是元初至元末明初有名氏的杂剧发展趋势，这并不是凭空杜撰的，下列相关史料的统计，即可说明之：

1. 钟嗣成的《录鬼簿》在记录元末之前的杂剧作家作品方面，应该是我们目前所能看到最多又最有说服力的专著。本书体例基本按时间编排，主要分两类作家：一类为前辈名公才人；一类为方今名公才人②。其中"前辈已死名公才人，有所编传奇行于世者"标目下所录为前一类，他们基本为"繁荣期"杂剧作者，共计 56 人，有剧本 348 本；而"方今已亡名公才人，余相知者，为之作传，以〔凌波曲〕吊之"和"方今才人相知者，纪其姓名行实并所编"二标目下所著录当为后一类，可视为"繁荣期"之后的作者，仅有 24 人，剧作 105 本。

钟嗣成对两类作家的记载表明：元杂剧"繁荣期"之后的杂剧创作远不如"繁荣期"的了。也许钟嗣成的记载还是不很全面，但至少可以说明在元末人（我们可以将钟嗣成作为一个代表）眼里，当时的元杂剧在创作数量上已较"前辈"时代锐减了。

---

① 周贻白:《中国戏剧史长编》,北京:人民文学出版社,1960 年版,第351 页。
② 天一阁本《录鬼簿》即是按此排列,分别为"前辈才人"和"方今才人"。

2. 当今学者所搜罗的资料基本上也反映了这种趋势。傅惜华在《元代杂剧全目》中将元代杂剧分为"初期""中期""末期",三期基本与钟嗣成《录鬼簿》对应。"前期"对应"前辈已死名公才人",录作家58人,作品393种(其中现存82种,有佚曲者29种);"中期"对应"方今已亡名公才人",录作家19人,作品78种(其中19种存,4种有佚曲);"末期"对应"方今才人相知者",录作家12人,作品41种(其中25种存,2种有佚曲)。

另外,傅惜华在《明代杂剧全目》的"明前期作家"中收26位杂剧作家,他们的作品有134种(其中47种存,1种有残曲)。

需要说明的是在傅惜华所收集资料中,元杂剧的"末期"和明杂剧的"前期"正好相当于本论文的元末明初阶段。因此可将它们合并为一个阶段,这样,就形成了这样三个时期:A.元"初期"、B.元"中期"、C.元杂剧的"末期"和明杂剧的"前期"。

三个时期中共计有名姓杂剧作家115人,创作杂剧646种。统计结果显示,各个时期作家作品所占份额具体如下:

"初期"作家占46.95%,作品占60.83%;

"中期"作家占16.52%,作品占12.07%;

元"末期"和明"前期"作家占33.04%,作品占27.08%。

由此我们可以看出:元杂剧"初期"为杂剧的高峰期,在元初至明宣德、正统所有北杂剧中,它所占份额超过一半;元杂剧"中期"为快速衰落期,作家、作品数量的下降幅度很大,接近3~5倍;而元"末期"和明"前期"作家、作品较"中期"而言,不仅没有减少,反而有大幅度的增加,较"初期"仅减少一半。

以上统计表明,有名氏的作家创作,在经历了元杂剧兴盛之后,确实在逐渐萎缩,但到了元末明初阶段并未继续下降,而是反过来出现了发展。傅惜华的资料收录应该是较全面的,尽管他在具体作家作品的区

分上还有可商讨的地方，但由他的资料所作的统计分析还是有相当的价
值和说服力的。

3. 笔者根据本论文的界定范围，仔细检阅《录鬼簿》《太和正音
谱》《录鬼簿续编》等文献，参考《元明北杂剧总目考略》（邵曾祺）、
《元代杂剧全目》（傅惜华）、《古典戏曲存目汇考》（庄一拂）等戏曲
目录专著，钩稽元初到宣德之前不同时期的杂剧作家作品相关信息，作
出统计如下：元末明初之前共有北杂剧有名姓作家 117 人，他们共创作
北杂剧约 625 种，现存约 134 种，有佚文（曲）者 39 种。其中分三个
时期：

A. "高峰期"：相当于"前辈已死名公才人"阶段，这个时期有杂
剧作家 58 人，作品 393 种，现存 82 种，有佚曲（文）者 29 种；

B. "衰落期"：在"高峰期"与"元末明初"之间（相当于"方今
已亡名公才人"），此期有作家约 19 人，作品约 78 种，其中 19 种存，4
种有佚曲（文）；

C. "元末明初"时期：此期作家约 40 人，作品约 154 种，其中 33
种有相关存本，6 种有佚曲（文）。

三个时期有名姓北杂剧作家在元初到宣德之前全部有名姓北杂剧作
家中所占的百分比各自为：

"高峰期"作家约占 49.57%，作品占 62.88%；

"衰落期"作家占 16.24%，作品占 12.48%；

"元末明初"作家占 34.19%，作品占 24.64%。

以上统计分析基本接近傅惜华的统计结果，它再一次表明：元末明
初的杂剧作家作品在数量上尽管无法与元贞、大德前后"高峰期"相
提并论，但远远超过了"高峰期"与"元末明初"之间的"衰落期"。
应该说：元末明初杂剧的发展在一定程度上出现了"有所发展""中
兴"的景象，这也是元末明初杂剧在杂剧史上有其重要位置的原因

之一。

研究作为特定文学形式的杂剧，一定数量的具体的作家、作品当然可以说明某些时期的动态趋势，但具体作家作品以及与他们有联系的相关因素，亦是评价其整体时代品质的必不可少的标准。从作家作品的品质来考察，也能看出与数量统计较为接近的状况。

尽管"元末明初"有名氏的杂剧作家确实还不能与此前关（汉卿）、郑（廷玉）、白（朴）、马（致远）、王（实甫）等杂剧大家相抗衡，但还是出现了像秦简夫、萧德祥、罗贯中那样的优秀杂剧作家，他们的《赵礼让肥》《剪发待宾》《东堂老》《四园春》《杀狗劝夫》《龙虎风云会》等杂剧作品，自有其可取之处，因而被后人选入不同的刻本中，流传下来。那些被称为"御用文人"的杂剧家（如"国朝十六子"中的贾仲明、杨景贤、汤舜民等）以及藩王杂剧家（如"二朱"），他们的一些杂剧作品在表现的内容上显得媚俗，是宣传教化之作，有为上层统治者服务的目的，但是，他们的创作亦多有佳作。就作品题材而言，其中的许多作品关涉现实的道德问题，能反映时代的呼声；写人世间悲欢离合，颇见真情实意；写家庭、夫妻、恋人之间的情感纠葛，常常缠绵悱恻，优美动人；即使是一向颇遭诟责的"神仙道化"剧，亦有它想象丰富、曲折蕴藉的特点。就作品的艺术特点来说，这些作家可谓成就相当之大，许多作品在探索北杂剧的新形式方面，实开风气之先。贾仲明、刘东生、朱权、朱有燉等许多杂剧家力倡杂剧中兴，敢为人先、勇于改革，由于他们的努力，终于带来了当时杂剧的"掉尾一振"，甚至可以说是一时繁荣。

总体来说，在元末明初阶段，有名氏作家的杂剧创作停止了衰落趋势。主要表现在作家作品数量较以往有所回升，创作作品的品质以"新"求变，变化中见发展和提高。

## 第二节　有名氏作家及作品述考

### 一、元末明初有名氏杂剧家考述

要想确定元末明初有名氏作家作品，必须对记载这些作家作品的相关典籍作一梳理。"导言"部分本论文已经设定"研究范围"上限约在至正五年（1345 年）前后，下限约在洪熙或宣德初年（1425—1426 年）前后，在此期间活动的有名姓的作家所创作的作品皆应纳入我们的研究视野。根据这个"研究范围"，笔者依据相关典籍（以元末至清代六种戏曲著作《录鬼簿》《太和正音谱》《录鬼簿续编》《重订曲海总目》《也是园藏书古今杂剧目录》《今乐考证》为主要考察对象）中提供的相关信息，搜罗出符合入选条件的元末明初杂剧作家 40 名，列成"相关典籍著录元末明初作家作品情况一览表"，并做相关考述。

表一　相关典籍著录元末明初作家作品情况一览表

| 作家姓名 | 《录鬼簿》（元）钟嗣成　著 | 《太和正音谱》（明初）朱权　著 | 《录鬼簿续编》（明初）无名氏　著 | 《重订曲海总目》（清）黄文旸　著 | 《也是园藏书古今杂剧目录》（清）黄丕烈　著 | 《今乐考证》（清）姚燮　著 |
|---|---|---|---|---|---|---|
| 吴仁卿 | 入"方今才人相知者，纪其姓名行实并所编" | "古今群英乐府格式"入"元 187 人" | 未著录 | 未著录 | 未著录 | 入"著录二元杂剧" |
| 秦简夫 | 同上 | 同上 | 未著录 | 入"元人杂剧" | 题"元"人 | 同上 |
| 赵善庆 | 同上 | 同上（作"赵文宝"） | 未著录 | 未著录 | 未著录 | 同上 |
| 汪勉之 | 同上 | 未著录 | 未著录 | 未著录 | 未著录 | 未著录 |
| 萧德祥 | 同上 | 未著录 | 未著录 | 未著录 | 未著录 | 入"著录二元杂剧" |

续表

| 作家姓名 | 《录鬼簿》（元）钟嗣成 著 | 《太和正音谱》（明初）朱权 著 | 《录鬼簿续编》（明初）无名氏 著 | 《重订曲海总目》（清）黄文旸 著 | 《也是园藏书古今杂剧目录》（清）黄丕烈 著 | 《今乐考证》（清）姚燮 著 |
|---|---|---|---|---|---|---|
| 陆登善 | 同上 | 未著录 | 未著录 | 未著录 | 未著录 | 同上 |
| 朱凯 | 同上 | 未著录 | 未著录 | 入"元人杂剧" | 未著录 | 同上 |
| 王晔 | 同上 | "古今群英乐府格式"入"以下150人" | 未著录 | 同上（"王晔"误作"王煜"） | 未著录 | 同上 |
| 王仲元 | 同上 | 同上 | 未著录 | 未著录 | 未著录 | 同上 |
| 孙子羽 | 同上 | 同上 | 未著录 | 未著录 | 未著录 | 未著录 |
| 张鸣善 | 同上 | 同"吴仁卿"条 | 著录 | 未著录 | 未著录 | 入"著录二元杂剧" |
| 钟嗣成 | 本书作者 | 同上 | 著录 | 未著录 | 未著录 | 同上 |
| 陈伯将 | 未著录 | 未著录 | 著录 | 未著录 | 未著录 | 未著录 |
| 罗贯中 | 未著录 | 未著录 | 著录 | 入"元人杂剧" | 题"元"人 | 入"著录一元杂剧" |
| 汪元亨 | 未著录 | 未著录 | 著录 | 未著录 | 未著录 | 未著录 |
| 谷子敬 | 未著录 | 入"国朝十六人""国朝三十三本" | 著录 | 入"元人杂剧" | 题"本（明）朝"人 | 入"著录三明杂剧" |
| 丁野夫 | 未著录 | 未著录 | 著录 | 未著录 | 未著录 | 未著录 |
| 郏仲谊 | 至正庚子（1360年）七月八日为本书题词 | 未著录 | 著录 | 未著录 | 未著录 | 入"著录三明杂剧" |
| 陆进之 | 未著录 | 未著录 | 著录 | 未著录 | 未著录 | 未著录 |
| 李士英 | 未著录 | 未著录 | 著录 | 未著录 | 未著录 | 未著录 |
| 须子寿 | 未著录 | 未著录 | 著录 | 未著录 | 未著录 | 未著录 |
| 金文质 | 未著录 | 未著录 | 著录 | 未著录 | 未著录 | 未著录 |

| 作家姓名 | 《录鬼簿》（元）钟嗣成 著 | 《太和正音谱》（明初）朱权 著 | 《录鬼簿续编》（明初）无名氏 著 | 《重订曲海总目》（清）黄文旸 著 | 《也是园藏书古今杂剧目录》（清）黄丕烈 著 | 《今乐考证》（清）姚燮 著 |
|---|---|---|---|---|---|---|
| 汤舜民 | 未著录 | 入"国朝三十三本""国朝十六人" | 著录 | 未著录 | 未著录 | 入"著录三明杂剧" |
| 杨景贤 | 未著录 | 同上 | 著录 | 入"元人杂剧" | 未著录 | 同上 |
| 李唐宾 | 未著录 | 同上 | 著录 | 未著录 | 未著录 | 未著录 |
| 高茂卿 | 未著录 | 未著录 | 著录 | 未著录 | 未著录 | 未著录 |
| 刘君锡 | 未著录 | 未著录 | 著录 | 未著录 | 未著录 | 未著录 |
| 陶国瑛 | 未著录 | 未著录 | 著录 | 未著录 | 未著录 | 未著录 |
| 唐以初 | 未著录 | 未著录 | 著录 | 未著录 | 未著录 | 未著录 |
| 詹时雨 | 未著录 | 未著录 | 著录 | 未著录 | 未著录 | 未著录 |
| 刘东生 | 未著录 | 入"国朝三十三本""国朝十六人" | 著录 | 未著录 | 未著录 | 未著录 |
| 贾仲名 | 未著录 | 同上 | 著录 | 入"元人杂剧" | 题"本（明）朝"人 | 入"著录三明杂剧" |
| 王子一 | 未著录 | 同上 | 未著录 | 同上 | 题"元、本（明）朝"人 | 同上 |
| 杨文奎 | 未著录 | 同上 | 未著录 | 同上 | 题"本（明）朝"人 | 同上 |
| 黄元吉 | 未著录 | 未著录 | 未著录 | 未著录 | 未题朝代，在"元、本朝"和"本朝"之间 | 同上 |
| 朱权 | 未著录 | 本书作者 | 未著录 | 未著录 | 题"元、本（明）朝"人 | 入"著录二元杂剧" |
| 朱有燉 | 未著录 | 未著录 | 未著录 | 入"明人杂剧" | 未题朝代，录杂剧十六种 | 入"著录三明杂剧" |

| 作家姓名 | 《录鬼簿》（元）钟嗣成 著 | 《太和正音谱》（明初）朱权 著 | 《录鬼簿续编》（明初）无名氏 著 | 《重订曲海总目》（清）黄文旸 著 | 《也是园藏书古今杂剧目录》（清）黄丕烈 著 | 《今乐考证》（清）姚燮 著 |
|---|---|---|---|---|---|---|
| 李致远 | 未著录 | 有"散套" | 未著录 | 入"元人杂剧" | 未著录 | 同上 |
| 王生 | 未著录 | 未著录 | 未著录 | 未著录 | 未著录 | 未著录 |
| 宋让 | 未著录 | 未著录 | 未著录 | 未著录 | 未著录 | 未著录 |

表一涉及吴仁卿、秦简夫、赵善庆等元末明初40位杂剧作家，他们中有38人分见于《录鬼簿》《太和正音谱》《录鬼簿续编》《重订曲海总目》《也是园藏书古今杂剧目录》《今乐考证》六种典籍（另有王生、宋让二人见于其他材料），表中详列这38位杂剧家在六种典籍中著录情况。下面就上表中40位作家如何入选本论文的研究范围作出相关说明和考释：

（1）从吴仁卿至张鸣善共11人。"绪论"设定"以钟嗣成在至正五年（1345年）二月后的修订《录鬼簿》的时间为上限，此年还健在的杂剧作家皆作为考察对象"。

尽管钟嗣成的《录鬼簿》按"前辈已死名公才人""方今已亡名公才人""方今才人"分类载录元杂剧作家，但这个分类也基本是按时间先后排序的。"绪论"中所涉及的元末明初的上限杂剧家基本包含钟嗣成《录鬼簿》"方今才人相知者，纪其姓名行实并所编"中所载杂剧家。查该编中共载录有姓名者21人，其中是杂剧作家的有12人，此12人中应剔除屈子敬1人。因为尽管屈子敬与钟嗣成同窗，但是他在《录鬼簿》修订之前〔至正五年（1345年）二月后〕，已经"以学官除路教而卒"，所以得11人。

（2）从钟嗣成至杨文奎共23人。见于《录鬼簿续编》者共22人[①]；见于《太和正音谱》"国朝十六人"者9人，小计共31人。然三种典籍（《录鬼簿》《录鬼簿续编》《太和正音谱》）中重见者有8人[②]，去其重见者，故得23人。

（3）朱权、朱有燉2人。朱权虽为朱有燉叔辈，然仅长其一岁，且比朱有燉早逝近十年，朱有燉卒于1439年。朱权在《太和正音谱》中自称"丹丘先生"，并在"新定府体十五家"中，将自己具有"豪放不羁"特点的"丹丘体"列为第一，表现了领袖曲坛的风度和魄力。

（4）黄元吉、李致远、王生、宋让4人。黄元吉，见于清人黄丕烈所著《也是园藏书古今杂剧目录》；李致远，见于清代姚燮《今乐考证》和今人邓长风在《关于几部元杂剧作者主名之我见》；王生，见于明代闵遇五刻本《西厢记》之附录和傅惜华《元代杂剧全目》；宋让，见于明高儒《百川书志》。有关4位元末明初杂剧家及其杂剧作品的详细情况，分见于"表二元末明初有名氏作家、作品表"之后的"考述和说明"，本处予以省略。

## 二、元末明初有名姓杂剧家杂剧作品考述

笔者根据以上40位作家人选，从有关典籍中梳理他们杂剧创作的相关信息，并进行相关考辨和分析，确定了他们的杂剧作品名目，列表如下：

表二　元末明初有名氏作家、作品表

| 作家姓名 | 杂剧作品 | 存佚情况 |
|---|---|---|
| 吴仁卿 | 今知五种：《手卷记》《子房货剑》《火烧正阳门》《醉游阿房宫》《楚大夫屈原投江》 | 均佚 |

---

① （明）无名氏《录鬼簿续编》载元明间戏曲、散曲作家71人，杂剧作家22人，杂剧作品78种。
② 其中张鸣善1人重见于《录鬼簿》和《录鬼簿续编》，刘东生、谷子敬、李唐宾、汤舜民、贾仲名、杨景言、唐以初等7人重见于《太和正音谱》和《录鬼簿续编》。

| 作家姓名 | 杂剧作品 | 存佚情况 |
|---|---|---|
| 秦简夫 | 今知五种:《东堂老劝破家子弟》《义士死赵礼让肥》《陶贤母剪发待宾》《天寿太子邢台记》《玉溪馆》 | 前三种有剧本存 |
| 赵善庆 | 今知八种:《孙武子教女兵》《唐太宗骊山七德舞》《醉写〔满庭芳〕》《村学堂》《烧樊城糜竺收资》《负亲沉子》《褚遂良执笏谏》《敦友爱姜肱共被》 | 均佚 |
| 汪勉之 | 今知一种:《孝顺女曹娥泣江》 | 与鲍吉甫合写,汪勉之作两折。已佚 |
| 萧德祥 | 今知五种:《王翛(然)断杀狗劝夫》《王闰香夜月四春园》《包待制三勘蝴蝶梦》《四大王歌舞丽春园》《犯押狱盆吊小孙屠》 | 前两种有未题作者姓名本存,其他佚。另:第二、三种关汉卿有同名作,第四种王实甫有同名作 |
| 陆登善 | 今知二种:《开封府张鼎勘头巾》《开仓籴米》 | 仅存第一种 |
| 朱 凯 | 今知二种:《放火孟良盗骨殖》《刘玄德醉走黄鹤楼》 | 均存 |
| 王 晔 | 今知三种:《破阴阳八卦桃花女》《卧龙岗》《双卖花》 | 仅存第一种 |
| 王仲元 | 今知三种:《东海郡于公高门》《袁盎却坐》《私下三关》 | 均佚 |
| 孙子羽 | 今知一种:《杜秋娘月夜紫鸾箫》 | 已佚 |
| 张鸣善 | 今知三种:《包待制断烟花鬼》《党金莲夜月瑶琴怨》《十八公子大闹草园阁》 | 均佚 |
| 钟嗣成 | 今知七种:《冯骥烧券》《孝谏郑庄公》《寄情韩翊章台柳》《韩信泒水斩陈馀》《汉高祖诈游云梦》《讥货赂鲁褒钱神论》《宴瑶池王母蟠桃会》 | 均佚 |
| 陈伯将 | 今知一种:《晋刘阮误入桃源》 | 已佚 |
| 罗贯中 | 今知三种:《赵太祖龙虎风云会》《忠正孝子连环谏》《三平章死哭蜚虎子》 | 仅存第一种 |
| 汪元亨 | 今知三种:《仁宗认母》《娥皇女英班竹记》《刘晨阮肇桃源洞》 | 均佚 |
| 谷子敬 | 今知五种:《吕洞宾三度城南柳》《司牡丹借尸还魂》《卞将军一门忠孝》《邯郸道卢生枕中记》《昌孔目雪恨闹阴司》 | 仅存第一种 |
| 丁野夫 | 今知六种:《俊憨子》《月夜赏西湖》《写画清风岭》《游赏浙江亭》《碧梧堂双鸾栖凤》《望仙亭》 | 均佚 |
| 郏仲谊 | 今知三种:《死葬鸳鸯冢》《西湖三塔记》《胭脂女子鬼推门》 | 第一种有残曲,其余佚 |
| 陆进之 | 今知二种:《韩湘子引度升仙会》《血骷髅大闹百花亭》 | 第一种有残曲,其余佚 |

续表

| 作家姓名 | 杂剧作品 | 存佚情况 |
|---|---|---|
| 李士英 | 今知三种：《折征衣》《群花会》《金章宗御赛诗禅记》 | 均佚 |
| 须子寿 | 今知二种：《四州大圣漜水母》《双鸾栖凤碧梧堂》 | 均佚 |
| 金文质 | 今知三种：《松荫记》《誓生死锦片娇红记》《三官斋》 | 均佚 |
| 汤舜民 | 今知二种：《瑞仙亭》《娇红记》（次本） | 均佚 |
| 杨景贤 | 今知十八种：《西游记》（六本，每本四折）、《柳耆卿诗酒瓫江楼》、《卢时长老天台梦》、《生死夫妻》、《偃时救驾》、《月夜西湖怨》、《贪财汉为富不仁》、《佛印烧猪待子瞻》、《感天地田真泣树》、《红白蜘蛛》、《楚襄王梦会巫娥女》、《一箭保韩庄》、《王祖师三化刘行首》、《魔勒盗红绡》、《陶秀英鸳鸯宴》、《大闹东岳殿》、《月夜海棠亭》、《两团圆》（次本） | 第一种存，第二种有残曲，其余均佚 |
| 李唐宾 | 今知二种：《李云英风送梧桐叶》《梨花梦》 | 第一种存，第二种佚 |
| 高茂卿 | 今知一种：《翠红乡儿女两团圆》 | 存 |
| 刘君锡 | 今知三种：《庞居士误放来生债》《贤大夫疏广东门宴》《石梦卿三丧不举》 | 第一种存，其余均佚 |
| 陶国瑛 | 今知一种：《四鬼魂大闹森罗殿》 | 已佚 |
| 唐以初 | 今知一种：《陈子春四女争夫》 | 已佚 |
| 詹时雨 | 今知一种：《补〈西厢〉弈棋》（又名《围棋闯局》，与王生所作同名①。） | 已佚 |
| 刘兑 | 今知二种：《金童玉女娇红记》（分上下两卷，每卷四折一楔子）、《月下老世间配耕》 | 第一种存，第二种有佚曲 |
| 贾仲明 | 今知十六种：《山神庙裴度还带》《荆楚臣重对玉梳记》《萧淑兰寄情菩萨蛮》《李素兰风月玉壶春》《铁拐李度金童玉女》《吕洞宾桃柳升仙梦》《紫竹琼梅双坐化》《上林苑梅杏争春》《花柳仙姑调风月》《癫曹司七世冤家》《丘长生度碧桃花》《正性佳人双献头》《汤汝梅秋夜燕山怨》《顺时秀月夜英山梦》《志烈夫人节妇牌》《屈死鬼双告状》 | 前六种存，后均佚 |
| 王子一 | 今知四种：《刘晨阮肇误入天台》《海棠风》《楚台云》《鸾燕蜂蝶》 | 第一种存，其余均佚 |
| 杨文奎 | 今知四种：《玉盒记》《两团圆》《王魁不负心》《封涉遇上元》 | 均佚 |

---

① 　见傅惜华：《元代杂剧全目》，北京：作家出版社，1957年版，第278页。

| 作家姓名 | 杂剧作品 | 存佚情况 |
|---|---|---|
| 黄元吉 | 今知一种:《黄廷道夜走流星马》 | 存 |
| 李致远 | 今知一种:《大妇小妻还牢末》 | 存 |
| 朱 权 | 今知十二种:《卓文君私奔相如》《冲漠子独步大罗天》《瑶添笙鹤》《白日飞升》《辩三教》《九合诸侯》《豫章三害》《肃清瀚海》《勘妒妇》《烟花判》《杨娭复落娼》《客窗夜话》 | 前两种存，其余均佚 |
| 朱有燉 | 已知《录鬼簿续编》成书前有七种:《张天师明断辰钩月》永乐二年（1404年）、《甄月娥风月庆朔堂》永乐四年（1406年）、《惠禅师三度小桃红》和《神后山秋狝得驺虞》两种为永乐六年（1408年）、《李亚仙花酒曲江池》永乐七年（1409年）、《关云长义勇辞金》永乐十四年（1416年）、《李妙清花里悟真如》永乐二十年（1422年） | 均存 |
| 王 生 | 今知一种:《莺莺红娘着棋局》 | 有残曲，仅一折 |
| 宋 让 | 今知一种:《客窗夜话》 | 佚 |

关于表二的一些考述和说明:

## （一）根据上表得出的总体结果

元末明初有名氏的 40 位杂剧家，创作杂剧作品为 154 种，现存 33 种，有残曲者 6 种。

## （二）关于一些杂剧家作品的考述

### 1. 朱有燉杂剧作品

朱有燉作品今知 31 种，除 7 种作品能确定作于《录鬼簿续编》成书前外，另有 18 种作于宣宗宣德四年（1429 年）至英宗正统四年（1439 年）之间①，还有 6 种时间无考，但"据其内容和风格推断，也应该不出

---

① 这 18 种分别为:宣宗宣德四年(1429 年)一种:《群仙庆寿蟠桃会》;宣宗宣德五年(1430 年)一种:《洛阳风月牡丹仙》;宣宗宣德六年(1431 年)二种:《天香圃牡丹品》《美姻缘风月桃源景》;宣宗宣德七年(1432 年)二种:《孟浩然踏雪寻梅》《瑶池会八仙庆寿》;宣宗宣德八年(1433 年)六种:《紫阳仙三度长椿寿》《赵贞姬身后团圆梦》《刘盼春守志香囊怨》《黑旋风仗义疏财》《豹子和尚自还俗》《宜平巷刘金儿复落娼》;宣宗宣德九年(1434 年)三种:《十美人庆赏牡丹园》《清河县继母大贤》《东华仙三度十长生》;宣宗宣德十年(1435 年)一种:《吕洞宾花月神仙会》;英宗正统四年(1439 年)二种:《河嵩神灵芝庆寿》《南极星度脱海棠仙》。

永乐和宣德年间"①。

2. 关于黄元吉与《流星马》

邵曾祺认为黄元吉"与贾仲明、刘东生等应是同时人物"②，理由是：《录鬼簿续编》"失载名氏"所作杂剧中有《流星马》，而明脉望馆"于小谷钞本"也有《流星马》杂剧，两者应为同一者。因明抄本中题为"明黄元吉撰"，所以据此推出黄元吉当为元末明初人，《流星马》自应为元末明初作品。这里面牵涉两个问题，必须作出说明：

（1）黄元吉的《流星马》与《录鬼簿续编》中无名氏的《流星马》。尽管明宣德前后成书的《录鬼簿续编》与明万历年间的脉望馆"于小谷抄本"均有《流星马》杂剧名目，而且在题材上皆述黄廷道盗取流星马之事，但所演剧情还是有很大差别的，这可以通过两种文献的"题目正名"明显看出：

《录鬼簿续编》中"题目正名"为"左贤王招百载桂枝节　黄廷道走千里流星马"；而在"于小谷抄本"中为"房玄龄谋略施兵法　李道宗智退金戈甲；贤达妇舍命救儿夫　黄廷道夜走流星马"。《录鬼簿续编》剧本虽已佚，但"题目正名"明显是说此剧与"左贤王"（汉匈奴左屠耆王）有关，演汉代黄廷道故事，且凸显的是"桂枝节"时的"走千里"；而现存的"于小谷抄本"四折较为复杂的剧情，演唐代黄廷道盗野驴万户流星马故事，凸显的是"夜走"。两本主人公名虽同，且均涉及偷盗"流星马"故事，但发生朝代不同，盗马的具体时间、地点、方式及事件发生过程等均不同。

所以，笔者认为不可将黄元吉的《流星马》等同于《录鬼簿续编》中无名氏的《流星马》。

---

① 陈捷《朱有燉生平作品及其考述》，《艺术百家》2001 年第 4 期。这六种杂剧为《小天香半夜朝元》《兰花叶从良烟花梦》《福禄寿仙官庆会》《抟搜判官乔断鬼》《四时花月赛娇容》《文殊菩萨降狮子》。

② 《元明北杂剧总目考略》，郑州：中州古籍出版社，1985 年版，第 458 页。

（2）黄元吉确为"元末明初"人。尽管我们不能将黄元吉的《流星马》等同于无名氏的《流星马》，但有资料证明黄是元末明初人。根据清人黄丕烈所著《也是园藏书古今杂剧目录》，黄元吉列名"元本朝王子一"与"本朝谷子敬"之间。黄丕烈所著是按时间顺序排列作者及其作品，之所以如此排列，自有所据，王子一和谷子敬都为元末明初人。据此我们可以将黄元吉及其作品归入元末明初。

3. 李致远与《大妇小妻还牢末》

《大妇小妻还牢末》见于《太和正音谱》，入无名氏目，然清代姚燮《今乐考证》"李致远"名下有同名杂剧，列"杨文奎"之后，"陈大声"之前。存本见于《元曲选》《脉望馆钞校本古今杂剧》《古名家杂剧》。《元曲选》题名《都孔目风雨还牢末》，比其他两书在第三折、第四折多出九支曲子，其他三书基本一致。

邓长风在《关于几部元杂剧作者主名之我见》中，经考证认为李致远"是元末明初人"①，有很强的说服力，本书从之，故列入表内。

4. 关于王生与《围棋闯局》

傅惜华在《元代杂剧全目》中列王生及其作品《围棋闯局》于元"末期杂剧家作品"之末②，有一定道理，以下作进一步论述。

《围棋闯局》最早著录于金台岳家刻本《西厢记》卷首，题名《莺莺红娘着棋局》，为元代王实甫《西厢记》增补之作，未署作者名氏。后又见于明代闵遇五刻本《西厢记》之附录，在此刻本中，闵有一段评论说："元人咏《西厢》词有云：'董解元古词章，关汉卿新腔韵，参订《西厢》的本，晚进王生多议论，把围棋增。'岂实甫之后，又出一晚进王生耶？抑其人意在左关右王而为是也；耳食者因此便有关前王后之说。

---

① 邓长风：《关于几部元杂剧作者主名之我见》，《上海师范大学学报》1989 年第 2 期。

② 傅惜华考曰："王生，名号不详。其籍里及生平事迹，今不可考。所作杂剧，仅存一种。"（见《元代杂剧全目》，北京：作家出版社，1957 年版，第 278 页。）

然《围棋》之词，板直淡涩，不惟远逊实甫，亦大不逮汉卿，其为另一晚进无疑。"①

从这段评论我们可以看出，闵遇五反驳"耳食者"对元人咏《西厢》词的解读，是根据《围棋闯局》的词采来判断它的作者不是王实甫，而是"另一晚进"王生，这应当是有道理的。至于王生为何许人也，闵遇五未作考证和探讨。

孙楷第先生曾根据由苏天爵《滋溪文稿》考证，王实甫在后至元三年（1337 年）还在世，但"至少亦近八十"②。

金台岳家本《西厢记》刊刻于明弘治十一年（1498 年），由元代后至元三年（1337 年）至弘治十一年（1498 年）之前大约有 160 年，这中间的杂剧作家都可称为"晚进"。但是，咏《西厢》词是元人所作，《围棋闯局》作者"王生"当然是元人。闵遇五的推断是王生为王实甫以后之人，这不成问题，但不能排除王生在元末明初还健在的可能，所以本表将王生及其作品列入其中。

5. 关于宋让与《客窗夜话》

明高儒《百川书志》载："《客窗夜话》一卷，皇明洪武中天京士夫广阳宋让著。一折，中吕宫四十二曲。"③ 明朱权亦有同名杂剧。邵曾祺认为宋让即朱权④，笔者以为仅凭剧名相同来判断，理由不是很充分，故将宋让列入元末明初作家之列。

**（三）关于存疑的杂剧作品考述**

除本表所列之外，尚有部分杂剧家作品见于其他文献，这些作品在过去的研究中，被认为作于元末明初前后。由于相关证据并不十分充分，

---

① （元）晚进王生：《围棋闯局》，见刘世珩校订《暖红室汇刻传剧西厢记附录第九种》。
② 孙楷第：《元曲家考略》，上海：上杂出版社，1953 年版，第 79 页。
③ （明）高儒：《百川书志》（卷六），民国四年（1915 年）长沙叶德辉序刻本。
④ 《元明北杂剧总目考略》，北京：作家出版社，1957 年版，第 463 页。

所以本论文暂列为存疑，不纳入本表。但为了更清楚地论述起见，此处列出这些存疑的作家和作品，并简要申述不纳入本表的理由。

1. 春牛张与《荆（京）娘盗果》

《贤达妇荆娘盗果》（简称《荆娘盗果》，或称《京娘盗果》），见于《太和正音谱》《录鬼簿续编》《永乐大典》《宝文堂书目》《元曲选目》《今乐考证》《曲录》等著述，均入无名氏剧目，《也是园书目》入"元无名氏"目。《录鬼簿续编》载其"题目正名"为"义烈夫士廉休妻贤达妇荆娘盗果"。由此可以看出，《荆娘盗果》杂剧有两种可能：其一为"元无名氏"；其二为元明间无名氏。

此剧未见传本，但明末清初词曲家李玉《北词广正谱》中亦有《贤达妇荆娘盗果》剧目，仅录有"〔仙吕〕〔赚煞〕托赖着当今圣主"一句残曲，其上题为"春牛张"撰，今人赵景深辑入《元人杂剧钩沉》。

但是，傅惜华将春牛张的《贤达妇荆娘盗果》列入元代"末期杂剧家作品"，而邵曾祺亦将之列入"元末明初作家作品"[1]，然两者俱未说明其理由。傅、邵两人有可能误将《北词广正谱》中春牛张的《贤达妇荆娘盗果》，等同于《太和正音谱》《录鬼簿续编》中所著录的无名氏同名作品，当作存疑。

其实，杂剧名相同而作者不同的事例很多。如同为元前期杂剧作家的李直夫和赵文敬都作有《宦门子弟错立身》，不过后者是"次本"而已；王实甫、梁进之和元末明初的王仲元都作过《于公高门》，梁作为"旦本"；而以《娇红记》为题的杂剧，同列王实甫、金文质、刘东生、和汤式四人名下，汤作为"次本"……

因此，《北词广正谱》中的《贤达妇荆娘盗果》是否就是《太和正音谱》《录鬼簿续编》等提到的元末明初"失载名氏"杂剧，是很难下

---

① 《元明北杂剧总目考略》，北京：作家出版社，1957年版，第466页；《元代杂剧全目》，北京：作家出版社，1957年版，第277页。

定论的。当然，春牛张是否为元代人或元末明初人，亦是难下定论，因此存疑。

2. 马惟厚与《风月囊集》

马惟厚在傅惜华《明代杂剧全目》中入"卷一"之"前期杂剧作家作品"，列"朱有燉"后。据高儒《百川书志》载："《风月囊集》二卷，皇明古汀减里马惟厚编。改桂英诬王魁海神记也。凡六折。"①（《宝文堂书目》，亦著录此剧，未题作者名氏）傅惜华定其为"明嘉靖以前"人。但马惟厚是否元末明初人，未能确定，暂存疑。

## 第三节　主要作家分期研究

研究文学，必须"知人论世"。研究元末明初杂剧，如果对有关作家的具体情况都没有较为清晰的了解，是无法进行研究的。过去有许多学者在浩如烟海的文献中艰苦爬梳，得到了一些元末明初杂剧弥足珍贵的资料，为后人奠定了研究基础。但是，由于时代的原因，这些基础性资料很多没有经过筛选、综合、整合，以致后人一提到这个时期的杂剧就易造成混淆的感觉。对这个时期的杂剧作家依据其具体情况来进行分期，正是做"知人论世"的基础工作。

这个时期有关杂剧作家的材料比较丰富，但纷繁复杂，清理工作十分必要。根据研究的需要，笔者将进行直接材料和间接材料的考证分析。具体做法是依据年辈将元末明初作家分为四期，每个时期取代表性作家作为标志命名之，即钟嗣成时期；罗贯中时期；贾仲明时期；朱权、朱有燉时期。

需要指出的是：元末明初是一个朝代更替的大变革时期，社会、政

---

① （明）高儒：《百川书志》（卷六），民国四年（1915 年）长沙叶德辉序刻本。

治、经济、民族、文化等矛盾的急剧冲突，众多复杂因素的交互作用，不可能不影响当时的杂剧作家以及他们的创作。实际的情况也如此——此期的杂剧发展不仅仅与杂剧作家年辈有关，也与作家生活的地域区划、作家所从属的集团（主要是政治集团）、作家艺术审美的趣味等因素有关，许多杂剧家组合成作家群，甚至形成派别，这种现象在钟嗣成以后的作家中尤为突出。总而言之，这个时期出现了复杂的"交叉"现象。因此，还要结合不同的情况，根据不同的类型来看待此期杂剧作家。以下分别论之。

## 一、钟嗣成时期

这个时期主要为钟嗣成同时代或稍长于钟嗣成的杂剧作家，其中包括吴仁卿、秦简夫、赵善庆、汪勉之、萧德祥、陆登善、朱凯、王仲元、孙子羽、王晔、张鸣善等。这些作家主要见于《录鬼簿》"方今才人相知者"，是一批在至正五年（1345 年）还健在的杂剧作家，他们此时年龄已在50—70 岁（关于各作家的年龄，以下将在涉及具体作家时作考述的侧重点之一）。

这批杂剧作家在年辈上主要分三类：有的为钟嗣成的长辈，如吴仁卿、汪勉之；有的为其平辈，如陆登善、朱凯、王仲元等；有的比他小十七八岁，可谓晚辈，如王晔、张鸣善等。尽管年龄有别，但他们却有很多相近之处：

其一，他们的职位大都不显赫。从资料看或为在野之人，或为下层小吏，大多可谓处于当时政治边缘之人①。

其二，他们都喜爱文学创作。他们都创作有杂剧作品，喜制作散曲，

---

① 如钟嗣成"以明经累试于有司，数与心违，因杜门养浩然之志"（见《录鬼簿续编》）；萧德祥"以医为业"（以下若干条见《录鬼簿》）；吴仁卿以"府判致仕"；赵善庆为"阴阳教授"；汪勉之"由学官历浙东帅府令使"；张鸣善为"宣慰司令史"；朱凯为"浙省掾"（见明人郎瑛《七修类稿》卷五《于文虎序》）；等等。以上所涉有职位者，在元朝均为小吏。

大多数人有小令或套数存世，还有许多人善作谜语，他们以文会友，声气互通，而这些也是他们用来联系的纽带①。

其三，他们大多有南方生活的经历，这从他们的小传中可以明显看出。

以下对这个时段的 12 位杂剧作家进行分别考述，并加以简要介绍。

1. 钟嗣成

钟嗣成的一些资料被记载在《录鬼簿》（作者自序、朱凯的后序以及本书有关作家的介绍）、《录鬼簿续编》，以及其他著述中。人们从这些资料中可以知道他的师承②、同窗好友③等关系，也可以了解其大致生平情况。由于本章重点在于研究作家分期，所以钟嗣成的生卒年当是我们关注的重点。

关于钟嗣成的生卒年，学界有以下几种观点：孙楷第先生在《元曲家考略》中考证钟嗣成在"大德初（1297 年）其时继先年尚少。至至顺元年（1330 年）为《录鬼簿》时，年五十余……盖与张小山相若"④；与孙楷第观点相近的说法是：钟生于 1279 年前后，卒于 1360 年左右，持此观点者主要有冯沅君⑤、陆林⑥等；另有李春祥、陈美林、冯保善等⑦人认为钟嗣成生于 1275 年左右。

---

① 如吴仁卿、陆登善均留意有关杂剧作家的创作，并助钟嗣成完成《录鬼簿》；汪勉之与鲍天佑合作同一杂剧（以上见《录鬼簿》）；"四明张小山、太原乔吉、古汴钟继先、钱塘王日华、徐景祥，莘莘诸公分类品题作诗（指诗谜）"（见《七修类稿》）；朱凯与王晔合作散曲《双渐小卿问答》（见《录鬼簿》）；朱凯乐府和隐语集均由钟嗣成作序（见《录鬼簿》），而钟的《录鬼簿》亦由朱作序（见《录鬼簿后序》）；等等，都能说明他们以文会友，声气相同。

② 钟嗣成曾师从邓善之、曹克明、刘声之三先生，邓、曹二人《元史》有传。邓天历元年（1328年）卒于杭州，年 70；曹后至元元年（1335 年）卒，年 65。

③ 《录鬼簿》中多处涉及钟嗣成与其他杂剧作家同窗好友关系，如曾瑞卿、施君美、睢景臣、周仲彬、王仲元、陆仲良、屈子敬等。

④ 孙楷第：《元曲家考略》，上海：上海古籍出版社，1981 年版，第 149 页。

⑤ 冯沅君：《古剧说汇》"古剧四考"跋注九十五，北京：作家出版社，1956 年版，第 65 页。

⑥ 陆林：《元代戏曲学研究》，合肥：安徽文艺出版社，1999 年版，第 95 页。

⑦ 李春祥：《钟嗣成生卒辨析》，《河南大学学报》1982 年第 5 期；陈美林、冯保善：《钟嗣成〈录鬼簿〉》，黄山书社 1987 年版《中国古代文学理论名著题解》。

笔者较为认同孙楷第、冯沅君、陆林等先生的看法，并据之得出以下看法：钟嗣成约生于1279年前后，在至正五年修订《录鬼簿》时约65岁，卒时已届80岁。

钟嗣成的艺术才能是多方面的，"善音律，德隐语。有文集若干卷藏于家。所编小令、套数极多，脍炙人口"（《录鬼簿续编》），创作了七部杂剧，惜今不传。对文学史最大的贡献在于，著录了名垂青史的《录鬼簿》。

### 2. 吴仁卿

名弘道[①]，号克斋先生，金台蒲阴（今河北安国市）人，曾任江西省检校掾史。《录鬼簿》记录他不仅为杂剧作家（作杂剧五种，均不传），还是一位散曲家，"有《金缕新声》行于世"，贾仲明在天一阁本后补作的挽词中另增其散曲集一部，为《曲海丛珠》。吴仁卿所著尚有《中州启札》四卷，对搜集和保存中州文献功莫大焉，《四库全书总目提要》著录相关信息："是书作于大德辛丑，前有许善胜序，称吴君裒中州诸老往复书尺，类为一编，凡若干卷。体制简古，文词浑成。其上下议论，率于政教彝伦有关。风流笃厚，典型具存。今考其所载，有赵秉文、元好问、张斯立、杜仁杰诸人札子，大抵皆一时名流。《永乐大典》载宋元启札最夥，其猥滥亦最甚。惟此一编，犹稍稍近雅。"[②]

关于吴仁卿的生平，《录鬼簿》说他曾"官至府判，致仕"，据《中州启札》中江西等处儒学副提举许善胜所作的序可考知详细情况：在大德五年（1301年）前，吴仁卿即为"江西省检校掾史"，这与钟嗣成作成于至顺元年（1330年）的《录鬼簿》记载相吻合；又据《录鬼簿》对

---

① 《录鬼簿》诸本（曹栋亭本、《说集》本、孟称舜本）均作"名仁卿，字弘道"，唯天一阁本《录鬼簿》作"名弘道"。

② （清）永瑢等撰：《四库全书总目》，北京：中华书局，1965年版，第1737页中栏。

所载"前辈已死名公"材料来源的追记，知吴仁卿应为钟嗣成的长辈①，尽管钟嗣成至正五年修订《录鬼簿》时他还未死，但年纪已在 80 岁上下了。

3. 汪勉之

汪勉之亦为钟嗣成长辈，这可以从钟嗣成对他的称谓上看出：曹楝亭本《录鬼簿》在言及《曹娥泣江》杂剧时用"公作二折"一语；天一阁本《录鬼簿》用"内有先生两折"一语，纯为晚辈口吻。由此可见，汪勉之当为钟长辈，其年岁当与吴仁卿相仿。

汪勉之是一个很有风度的绅士，又有才学，贾仲明记他"体广胖，尊瞻视、楚楚衣冠"，"风韵清标貌胜潘"，曾"历帅府浙东令史"，其职位虽低，为"传道职学官"，但"心贯通"，"胸中星斗文章焕"②。

汪勉之的杂剧创作特点在于"与人合作"：从某种意义上说，汪勉之不以创作杂剧为主，他的文学创作主要是散曲（时称"乐府"），《录鬼簿》记其"乐府亦多"。他的杂剧创作目前所知连一种都不到：《曹娥泣江》他只作了两折，另外的部分（一般情况下应是二折一楔子）为鲍天佑所作。这既有别于其他杂剧作家，又延续了此前就已出现的杂剧创作方式——与人合作。

几个人合作一本杂剧的情况由来已久。杂剧创作盛期马致远、李时中、花李郎、红字李二四人，一人一折，合作完成《开坛阐教黄粱梦》（即《黄粱梦》），内容为钟离权在邯郸道的黄化店内度化"八仙"之一吕洞宾的故事；比汪勉之稍前或同时的范居中、施惠、黄天泽、沈拱，竟四人同作《鹔鹴裘》杂剧，叙写穷困中的卓文君以鸟羽裘衣换美酒故事。至于为什么要几人合著一剧，原因可能比较复杂，其中不乏诸人借

---

① 在"前辈已死名公"后"跋语"的补充材料中，钟嗣成追述这些材料的编撰是"余友陆君仲良"，但仲良"得之于克斋先生吴公"，作者与吴公的关系为"余生也晚，不得预几席之末"，当为晚辈无疑。

② 以上引用均见贾仲明小令〔双调·凌波仙〕中"吊汪勉之"吊词。

写作杂剧争才斗胜的缘故。

4. 秦简夫

关于秦简夫的资料不甚多，曹楝亭本《录鬼簿》有小传云："见在都下擅名，近岁来杭，回。"而天一阁本《录鬼簿》为"元（疑为"大"）都人，近岁在杭"。据此可知，秦简夫应为大都人，在大都早已享有盛誉，至正五年前某一年至杭州①，或许与钟嗣成有交往，后又返回大都。一般认为秦简夫生活年代比钟嗣成略早或大体相仿，主要活动时期应在元末至正以前。他创作杂剧有五种，三种存，两种佚。详见下章"秦简夫"之考论。

5. 赵善庆

生卒年无考。根据曹楝亭本《录鬼簿》，知其"字文贤"，"又别作赵文宝，名孟庆"②。其籍贯为"饶州乐平（今江西乐平县）人"，创作杂剧有八种之多，惜皆未传，除此之外，他还"以卜术为业。阴阳教授③"。

6. 萧德祥

《录鬼簿》记载了其名、号，籍贯职业以及文学成就："名天瑞，杭州人。以医为业，号复斋。凡古文俱檃栝为南曲，街市盛行。又有南曲戏文等。"今知其有杂剧五本，前两种有未题作者姓名本存，其他佚。其中《王闰香夜月四春园》《包待制三勘蝴蝶梦》，关汉卿有同名作；《四大王歌舞丽春园》，王实甫有同名作；《王翛然断杀狗劝夫》《犯押狱盆

---

① 秦简夫何时到杭州，与钟嗣成记录这条资料的时间有关。因《录鬼簿》初成于至顺元年（1330 年），后又修订过若干次，难以判定具体记录时间，所以以最后一次修订时间为着眼点，云其"前某一年"，当为妥。

② 诸本《录鬼簿》说法不一：孟称舜本、天一阁本均作"名善庆，字文宝"；暖红室本又作"赵可宝，又别作赵文宝，名孟庆"；《说集》本作"名孟庆，字文宝"等，今从曹楝亭本。

③ 曹楝亭本为"善卜术，任阴阳学正"。但据《元史·选举志》"学校"考，元设阴阳教授而未设阴阳学正。天一阁本《录鬼簿》记载其"以卜术为业。阴阳教授"，当为是，从之。

吊小孙屠》，在南戏中有同题材作品。

　　据孙楷第考证，元末有两位"萧德祥"，其一为江西庐陵（今吉安市）人，其二为江浙人。关于前者，撰《金史》的欧阳玄（1273—1358年）曾应萧尚宾之请，为其父萧德祥所居之读书堂作记①，后来的吉安人王礼在其著作《麟原后集》中对这个萧德祥有更详细的记载，并录其"初仕广州惠民药局提领，迁韶州医学教授。以寿终于家"②；关于后者，元明间浙江金华人苏伯衡在其文集中收录"江浙行中书省参知政事周公墓志铭"，该墓志铭中载此萧天瑞，至正二十二年（1362年），在平阳周嗣德幕，为都事，曾随诏使入贡谢恩且进地图表③。

　　由《录鬼簿》可看出，萧德祥大约与钟嗣成同龄或稍前，且从医。因此对于以上两个"萧德祥"，我们更倾向于江西庐陵者即为是的观点。从年龄方面来推算：《录鬼簿》中的萧德祥如果在至正二十二年（1362年）还活着，起码已年逾90，以这样的高龄仍在幕府中为都事，应该是不现实的，所以江浙的"萧德祥"当被排除。但是江西的"萧德祥"在籍贯上与《录鬼簿》所载为杭州有抵牾，孙楷第作如是推测："庐陵萧德祥曾挟其术游杭，缘客杭甚久，钟嗣成撰《录鬼簿》遂迳目为杭州人。"④ 笔者认为甚为合理，当从之。详见下章"萧德祥"专论。

　　7. 陆登善

　　曹栋亭和暖红室本《录鬼簿》注："一云姓陈"，其传云"字仲良。祖父维扬人。江淮改浙江，其父以典掾来杭，因而家焉。为人沉重简默。能词、能讴。有乐府、隐语。"因登善姓陆，贾仲明在小令〔双调·凌波

---

①　（元）欧阳玄：《圭斋文集》卷六《读书堂记》，《景印文渊阁四库全书》（1210 册），台北：台湾商务印书馆，1986 年版，第 49 页。

②　（元）王礼：《麟原后集》卷六《存竹堂记》，《景印文渊阁四库全书》（1220 册），台北：台湾商务印书馆，1986 年版，第 502 页。

③　（明）苏伯衡：《苏平仲文集》卷十二，《景印文渊阁四库全书》（1228 册），台北：台湾商务印书馆，1986 年版，第 762 页。

④　孙楷第：《元曲家考略》，上海：上海古籍出版社，1981 年版，第 29 页。

仙〕的吊词中说:"贞元始祖谥宜(宣)公,嗜著《茶经》桑苎翁",云登善为唐代名人陆贽、陆羽之后,似有附会意。但《录鬼簿》记载表明:陆登善祖父一代为维扬(今江苏扬州市)人,其父亲时居官江淮行省典掾,因至元年间江淮行省改江浙行省,其供职治所由扬州迁杭州,故举家赴杭,登善遂为杭州人。

陆登善与钟嗣成交情很深,在《录鬼簿》"前辈已死名公"后"跋语"的补充材料中,钟称陆为"余友陆君仲良"。陆是一位留意搜集元杂剧作家信息资料的人,他从吴仁卿那里得到了"前辈已死名公"杂剧作家的相关资料,又毫无保留地传给了钟嗣成,可见二人关系非同一般,正因为陆的帮助,钟才得以完成这部名标史册的著述。

陆的杂剧现知有2种:《开封府张鼎勘头巾》《开仓籴米》。前一种同名存本有《古名家杂剧》本、脉望馆于小谷钞本、《元曲选》本(题"孙仲章"作),无名氏亦有同名作(《太和正音谱》和《录鬼簿续编》俱载);后一种无相关存本,一般将之与无名氏《陈州粜米》别为两本或存疑,但刘荫柏认为"籴"为"粜"之误,《开仓籴米》即《陈州粜米》,"故推测《元曲选》中存者当为陆登善作"①。其所论似乎较为牵强,故不与之,当以两本看待。

除杂剧创作外,陆登善还是散曲创作、谜语制作的高手。

8. 朱凯

生卒年、籍贯均不详。《录鬼簿》载其"字士凯,自幼孑立不俗,与人寡合"。明人郎瑛在谈及隐语(即谜语)时云其在至正间为"浙省掾",他与"四明张小山、太原乔吉、古汴钟继先、钱塘王日华、徐景祥,莘莘诸公,分类品题,作诗包类,凡若干卷,名曰《包罗天地》"②。这与《录鬼簿》所记"小曲极多。所编《升平乐府》,及隐语《包罗天

① 刘荫柏:《陆登善与〈包待制陈州粜米〉》,《剧艺百家》(南京)1986年第1期。
② (明)郎瑛:《七修类稿》卷五《千文虎序》。

58

地谜韵》"甚合，当为一人。

朱凯与钟嗣成属同时代人，且为密友，此当无疑。朱的乐府（即散曲）和隐语集都由钟作序，而钟的《录鬼簿》亦由朱作序。今诸本《录鬼簿》收朱凯至顺元年之后序，序中朱凯除盛赞该书"文以纪传，曲以吊古，使往者复生，来者力学"。除此之外，还对这位"大梁钟君"的生平际遇以及其杂剧创作初衷，记载客观具体又细致，非知己者所不能叙也；对他的杂剧创作成就及德业文行，评价极高又中肯非为同道者所不能道也。

今知朱凯有杂剧两种，同题材剧本有存，关于此，邵曾祺《元明北杂剧总目考略》有详叙，此处略。

### 9. 王仲元

《录鬼簿》对王仲元的记载较简略，曰"杭州人。与余交有年矣"。《太和正音谱》列王仲元名于"杰作一百五人"中。其所编《东海郡于公高门》等三种今均佚。

孙楷第在《元曲家考略》中考证有关文献中王仲元凡四见①：其一为元初河北邢台人王仲元（见《道园学古录》卷七《王先生祠堂记》）；其二为乾隆乙亥（1755 年）《西安府志》所载元华原丞之王仲元，因《元史·地理志》载华原县于至元元年并入耀州，所以此王仲元官华原丞当在至元前，亦为元初人；其三为明初高启《凫藻集》卷二《曾何医师序》中所载王仲元，此仲元与高启之友余唐卿相善，有痔病为越医何朝宗所医，痊愈后欲求高启之文以记之，余唐卿促成此事；其四为元明间浙江吴兴人（今湖州）夏文彦在其中国画史传著作《图绘宝鉴》中所记王仲元，他"专门花鸟，尤善作小景"。夏文彦后迁居云间（今上海市松江），《图绘宝鉴》成书于至正二十五年。前一、二王仲元籍贯、时间均

---

① 孙楷第：《元曲家考略》，上海：上海古籍出版社，1981 年版，第 83—84 页。

与《录鬼簿》所记不合，因此非曲家王仲元，后两位王仲元情况接近钟嗣成所记，有可能为之。

王仲元作杂剧《东海郡于公高门》《袁盎却坐》《私下三关》三种，今佚。不仅作杂剧，他也作散曲：《乐府群玉》卷四载其小令"江儿水"等十一首；《太平乐府》"卷七"选其套数〔越调·斗鹌鹑〕"云幕重封"一套；"卷八"选其〔中吕·粉蝶儿〕"双雁儿声悲"等三套。

10. 孙子羽

天一阁本《录鬼簿》不载，其他本《录鬼簿》仅载其籍贯为"仪真人"。生卒年不详，但可认定其与钟嗣成同时。有《杜秋娘月夜紫鸾箫》杂剧，已佚。

11. 王晔

《录鬼簿》著录曰"日华名晔，杭州人。体丰肥，而善滑稽。能词章乐府，所制工巧。有与朱士凯题《双渐小卿问答》，人多称赏"。《乐府群玉》卷二选"王日华乐府"，卷下注"钱塘南斋"，由此知王晔号"南斋"。由朱凯的资料我们得知王晔与他和钟嗣成关系紧密，经常进行诗歌唱和。但他们的年岁是否相同，当有一番考证：

王国维《宋元戏曲考》《元戏曲家小传》中引元明间人杨维桢（1296—1370 年）《东维子集》卷十一中有关材料，考证出王晔著有《优戏录》，乃杨维桢作序，此序作于至正六年（1346 年）秋七月，此时维桢约 50 岁。正常来说，请人作序要请年长或平辈人，一般不会请晚辈。杨维桢为王晔《优戏录》作序，有可能为其同龄人，也有可能是长辈。这就是说，王晔生年亦有可能在 1296 年前后。此其一。

陶南村的《辍耕录》（作于 1366 年）记载王晔子王绎（字思善）在"至正乙酉（1345 年）间，檇李叶居仲广居，寓思善之东里教授。余从永嘉李五峰先生孝光往访之。时思善在诸生中，方十二三，已能丹青，亦解写真"①。由此可知，王绎生于 1332—1333 年。如果王晔与钟嗣成同龄，则生子时已 50 岁开外，属老年得子；如果与杨维桢年相若或更少，则此时年龄当在 36 岁左右，属中年得子。中年得子当为常事，老年得子自然稀罕。此其二。

所以王晔有可能比钟嗣成小十七八岁，但年龄并不妨碍他们有共同爱好和交往。如果确如此，则他至元末大约 70 岁，他完全有可能活到明朝。

### 12. 张鸣善

曹栋亭本《录鬼簿》云其为"扬州人"，职"宣慰司令史"（即淮东道宣慰司）；元末人孙存吾《皇元风雅后集》卷五云其为"平阳人"并录《李陵台晚眺次吴真韵》《秋兴亭欠韵》《题史橘斋山水手卷》《见钓者》《送人游庐山》《次庐参书御沟水韵》（二首）等诗。② 无名氏《录鬼簿续编》云其"北方人，号玩老子"；江苏江阴人王逢（1319—1388 年）《梧溪集》卷五《俭德堂怀寄诗凡二十二首》诗序载"张鸣善名择，湖南人，以晦迹擢江浙提学。今谢病隐吴江"；③ 元代（今山西临汾）诗人张翥（1287—1368 年）《张蜕庵诗集》卷四寓扬州时有赠张鸣善诗，题为"宗人鸣善将还武昌，诗以叙别"。其诗云："武昌城中官柳荫，广陵行客动归心。衣冠南渡悲豪杰，江汉东流变古今。多病马卿游已倦，能诗杜老律尤深。洞庭明月如相忆，为写清愁入楚吟。"④ 各书所载不一，但却反映出张鸣善的活动及交往情况。据此孙楷第考曰："知鸣善祖贯平阳，家于湖南，流寓扬州，元亡后寓吴江。当鸣善寓扬州时，其家人在武昌。其称平阳人者，

---

① 陶南村：《辍耕录》卷十一《写像秘诀·序》，见《南村辍耕录》，北京：中华书局，1959 年版，第 131 页。

② （元）傅习、孙存吾：《皇元风雅前、后集》，明洪武十一年古杭勤德书堂刻本。

③ （元）王逢：《梧溪集》（《景印文渊阁四库全书》第 1218 册），台北：台湾商务印书馆，1986 年版，第 781—782 页。

④ （元）张翥：《张蜕庵诗集》（《四部丛刊》续编集部），上海涵芬楼景印常熟瞿氏铁琴铜剑楼藏明刊本。

举其本贯也。称湖南人者，以家于湖南也。称扬州人者，以其本人久寓扬州也。"[1]

关于张鸣善的年岁。《录鬼簿续编》中提到"苏昌龄、杨廉夫（即杨维桢，1296—1370），拱手服其才"，知其与苏、杨有交往。又明抄《说集》本《青楼集》有张鸣善序，后署"至正丙午（1366年）春玩老子张择鸣善谨序"，此时鸣善约70岁。他大约与王晔相当，比钟嗣成小十几岁，钟氏将他放在最后记，年龄小可能是一重要原因。张鸣善活过了元朝，至明初"谢病隐吴江"时已70多岁。

张鸣善的文学创作。杂剧作品目前知有三种：《包待制断烟花鬼》《党金莲夜月瑶琴怨》《十八公子大闹草园阁》，均失传。散曲作品：《太和正音谱》录其小令〔脱布衫〕及〔小梁州〕二首。《词林摘艳》"卷一"收其小令〔普天乐〕三十首，〔水仙子〕十首；"卷三"收其"套数"〔中吕·粉蝶儿〕"霞鬟云鬓"一套；"卷十四"收其"套数"〔越调·金蕉叶〕"讲燕赵风流莫比"一套。

## 二、罗贯中时期

大约在钟嗣成、汪勉之、王晔等一批"方今名公才人"相继去世的同时，有一批年轻的杂剧家开始走向剧坛。他们生于元代中期，年龄大约较钟嗣成小40岁（以下考证"罗贯中"等杂剧作者以资证明），青年、中年时正逢战乱不休的朝代更替期。生逢乱世，这个时期的杂剧作家选择的路也各不相同：陈肃作为元朝大将、忠臣，生为元人，死为元鬼；"湖海散人"罗贯中浪迹江湖，挟技与同道者游；故元小吏汪元亨入明后全身避祸，归隐田园；同为元吏的邾仲谊却在明朝建立后转而侍奉新朝。这四人可以视为同期其他杂剧作家的相同类型的代表，而后三者则为下一期贾仲明时期诸作家首开风气，相继发展成"归隐"派和"藩王"文学侍从。

---

① 见孙楷第：《元曲家考略》，上海：上海古籍出版社，1981年版，第82—83页。

与罗贯中同期杂剧作家有4位，以下分别论之。

1. 罗贯中

关于罗贯中的种种说法实在太多。从其名字，到其籍里，再到其身份等，皆有多种不同的观点①。

对于他的年龄，可以作一些考证。无名氏《录鬼簿续编》提到作者与罗贯中"为忘年交"，既为"忘年交"，年龄至少相差10岁。书中又提到作者"至正甲辰"（1364年），曾与罗贯中"复会"，"别来又六十余年"，记载这句话的时间应为《录鬼簿续编》的成书时间，大约在明宣德年间和正统年间（约1322年）。由此可作如下假设：就作者无名氏来说，如果他与罗贯中初次定交后"复会"时（即1364年）为10岁（确如此，则此时作者正值少年，必有过人之处，否则不能得罗氏的青眼相加），60年后的1322年他当已超过70岁；如果为20岁，60年后他已年过80；如果为30岁，60年后已年逾90。正常来说，人生70岁至80岁还在著书，已属难得，年龄在90岁开外仍著述，实是不可思议的事。所以最大可能是：无名氏作者在至正甲辰（1364年）时约10岁至20岁。根据这些，有学者认为罗贯中的生年"当不晚于元文宗至顺元年（1330年）"②，笔者深以为是。又因《录鬼簿》不载，一般认为罗贯中为钟嗣成晚辈，在至正末约40岁上下，其卒年无考。

要研究作为杂剧家的罗贯中，笔者的看法还是依据《录鬼簿续编》著者所录的资料为是："太原人，号湖海散人"，其性格"与人寡合"，与著者为"忘年交"。从所记载的可看出，罗贯中似乎当时未有官职在

---

① "名字"诸说有："罗贯中"说（见《录鬼簿续编》）、"罗贯字本中"说（见明王圻《续文献通考》卷一百七十七）、"罗本字贯中"说（见明·郎瑛《七修类稿》卷二十三）等；"籍里"诸说有："太原"说（见《录鬼簿续编》）、"杭州"说（见明·郎瑛《七修类稿》卷二十三等）、"东原"说（见庸愚子蒋大器《三国志通俗演义序》）等；"身份"诸说有："杂剧"家（见《录鬼簿续编》）、"小说"家（明蒋大器、王圻、郎瑛、田汝成，清人顾苓、周亮工等）、"戏曲兼小说"家诸说（今人多综合之，如各种"中国文学史"）。

② 邵曾祺：《元明北杂剧总目考略》，郑州：中州古籍出版社，1985年版，第401页。

身，其性格虽孤僻，但放浪江湖，且为人不拘小节，竟能与晚辈结交，至少南下两次与同道者游。以上种种，实能反映在"遭时多变"的动荡岁月，一批有思想但望不见生活曙光在哪里的士人的普遍作为。罗贯中作有杂剧三种，其中《赵太祖龙虎风云会》现存，此外其"乐府隐语，极为清新"。

2. 郏仲谊①

《录鬼簿续编》对郏仲谊介绍较为详细："名经。陇人。号观梦道士，又号西清居士。以儒业起为浙江省（原作'浙省江'）考试官，权衡允当，士林称之。侨居吴山之下，因而家焉。丰神潇洒。为文章未尝停思。八分书极高。善琴操，能隐语。交余甚深，日相游览于苏堤林墓间，吟咏不辍。有《观梦》等集行于世，名重一时。所作乐府，特其余事。"

郏仲谊的生平经历在其他文献中亦有记载，以下简述之：仲谊乃元末乡贡进士，以元末下第举人例授路府学正及书院山长②。至正十五年（1355 年）官为平江路学录③。至正庚子（1360 年）七月八日作《题〈录鬼簿〉〔蟾宫曲〕》，题名"西清道士朱经仲义"④。元末曾力拒张士诚征辟为承德郎行元帅府经历一职⑤。

明朝立国后郏仲谊（义）常在南京、苏州、无锡等地活动，此在明代邵亨贞《蚁术词选》《蚁术诗选》中有多处记载。以下列举若干：《蚁术词选》"卷一"〔虞美人调〕"序"记载："壬子岁元夕与郏仲义同客横

① 不同文献文字有异："郏"或作"朱"；"仲谊"或作"仲义"。
② （明）贝琼：《清江贝先生集》卷五《灸背轩记》云："陇右郏君仲义（即仲谊）主华亭之邵氏义塾，题所居之南荣曰'灸背轩'。仲义通经，善持论，有司尝荐之春官。"华亭邵氏义塾，乃元统二年（1334 年）华亭邵天骥所创。（见明·贝琼《清江贝先生集》，明洪武刻本，现藏上海图书馆。）
③ （清）张金吾：《爱日精庐藏书志》"卷十一"元至正本《战国策》题后所记。此记载有至正十五年（1355 年）牒文，其中有"郏经"名，云其至正十五年（1355 年）官为平江路学录。见清张金吾撰，管庭芬、章钰校正《爱日精庐藏书志》（《清人书目题跋丛刊》四），北京：中华书局影印，1990 年版。
④ 乃天一阁本《录鬼簿》此曲前的标题。
⑤ （明）王逢：《梧溪集》卷五"谢郏仲谊进士寄题《澄江旧稿》"诗云："释褐平生友，郎官辟共辞。"

泖。义约余偕作词，纪节序。予应之，曰：'古人有观灯之乐，故形之咏歌，今何所见而为之乎。'义曰：'姑写即景可也。'夜枕不寐，遂成韵语。时予有子夏之戚，每无欢声，诘朝相见，而义词竟不成云。"其"卷二"〔渡江云〕调"序"记载："庚戌腊月九日，与邾仲义同往江阴。是夕，泊舟无锡之高桥。乱后荒寒，茅苇弥望，朔吹午静，山气午昏复明。起与仲义登桥纵目，霜月遍野，情怀恍然。口占纪行，求仲义印可。"其"卷四"〔齐天乐〕调"序"记载"张翔南寓金陵时，尝有寄金子尚、魏彦文泊诸词友之作，乃辱彦文见念。独以赏音见许，而不知予频年连婴逆景，久疏词笔，非复向时怀抱矣。戊申秋杪，邾仲义持示词卷，且辱彦文寄声，并索近作入卷，乃为倚歌二阕：其一以答彦文，其一以喜翔南还家。"邵亨贞《蚁术诗选》"卷八"《舟中联句》诗记载："庚戌腊月八日，余与严陵邵复孺先辈自云间之澄江，夤发向吴门，挂席波上，甚适也。因相率联诗以摅客怀。日夕过苏台，穷其韵而成章，凡得句百有廿。兴之所至，罔计工拙，江空岁晚，孰知吾二人清苦若是哉！谅天地必有同其情者！陇右邾经仲谊识。"[①] 案：戊申为洪武元年，庚戌为洪武三年，壬子为洪武五年。其间的洪武四年（1371年），邾仲谊还曾做过浙江考试官。

邾仲谊晚年归隐并随其子启文至京师（今南京）颐养天年。孙楷第先生据徐一夔《始丰稿》卷八《送邾仲谊就养序》[②]、凌云翰的《柘轩集》卷三赠邾仲谊诗（题云：《赠邾仲谊之京师就其子启文养》[③]）等资

---

① （明）邵亨贞：《蚁术词选》（清·阮元辑《宛委别藏》第119册），南京：江苏古籍出版社据台北台湾商务印书馆1918年景印本影印，1988年版，第8—9、40—41、75—76页。又明邵亨贞《蚁术诗选》（清·阮元辑《宛委别藏》第106册），南京：江苏古籍出版社据台北台湾商务印书馆1918年景印本影印，1988年版，第153页。

② （明）徐一夔：《始丰稿》（《景印文渊阁四库全书》第1229册），台北：台湾商务印书馆，1986年版，第263页。

③ （明）凌云翰：《柘轩集》（《景印文渊阁四库全书》第1227册），台北：台湾商务印书馆，1986年版，第820页。

料，考证其随子进京时间为"洪武十一年（1378 年），仲谊方自杭之京师，就其子启文养"①，应该有一定的道理。

由以上可知：仲谊先事元，后事明，中间能摆脱诱惑，不与难成大器的张士诚合作，足见其明辨时代发展趋势的能力。尽管其所任职位不高，但在不同的朝代都能找到立足和生存的出路，也能为当时名流所认同（从明初王逢、邵亨贞、徐一夔、凌云翰等人的诗文可看出）。

邾仲谊能在两朝为吏的事实，反映了元末明初社会一个有趣现象：即新朝对旧朝的底层吏员均同样利用。在建国之初，明朝对一些元朝的故吏，并没有完全加以打杀或排挤，而是对他们有所包容、有所依赖。此外，还反映了一批像邾仲谊那样脱身于故主的底层文化人，在心理上对新社会并没有多大的隔阂，在社会安定后，他们依然可以凭靠其较为深厚的文化根基（不管是"大道"儒、道之术，还是"小道"乐府、八分书、隐语等，都可视而同之），服务新朝，并起到稳定乡村市井的作用。

3. 陈肃

《录鬼簿》不载，《录鬼簿续编》有小传云："陈伯将，无锡人。元进士，累官至河南参政，迁中书参知政事。至正辛卯，受行军司马参将。文章政事，一代典刑……卒于军前，营中将士，无不恸哭。"顾贞立《元诗选》"三集"中有关材料可以作进一步的补充，"陈肃字伯将，无锡人。举博学鸿才，为兰溪州判官，累官翰林学士，兵部尚书，河南行省左丞。至正末（1368 年前后），没于兵"。由此我们可以知道，伯将是字，陈肃才是名。他是一位官职较高的杂剧家。《元史·百官志一》载中书省设"参政二员从二品，副宰相以参大政，而其职亚于右左丞"②。陈肃始为河南行省参政，从二品，又除中书省参知政事，亦从二品，后又

---

① 孙楷第：《元曲家考略》，上海：上海古籍出版社，1981 年版，第 40 页。
② （明）宋濂等著：《元史》，上海：上海古籍出版社影印武英殿《二十五史》本，1986 年版。

授行军司马参将，仍不下二品。就目前所知，在元末诸杂剧家中，他是品秩最高的了，可惜的是在元亡前夕先他所忠于的朝代而去了。

陈肃的年岁当与罗贯中、郏仲谊同时。元明间浙江浦江（今浙江诸暨）人戴良，在其《九灵山房集》"卷八"中有《寄陈伯将学士》诗，当为同辈唱和之属①，查戴良生卒年约在 1317—1383 年，想陈肃年龄亦与之不相上下。由此可推知：陈肃在元末死时约 50 岁出头。

作为元朝的一位要员，陈肃的情趣爱好以及才能是多方面的：他"和曲填词，乃其余事。打毬蹴踘，举世服之。"（见《录鬼簿续编》）他还擅画，与其同时的张翥就曾为他的画题诗②。陈肃有杂剧《晋刘阮误入桃源》流传于当时，可惜今已佚。详见下章"陈肃"考述。

4. 汪元亨

关于汪元亨，《录鬼簿续编》记载较详细："汪元亨，饶州人。浙江省掾。后徙居常熟。至正间，与余交于吴门。有《归田录》一百篇行于世，见重于人。"《寒山堂南九宫十三摄曲谱》在记录其南戏《父子梦栾城驿》剧目时注云："浙江省掾常熟汪元亨著，字协贞，有《归田录》传于世。"补充了其字，但误注其为"常熟"人。元亨所作杂剧有《娥皇女英班竹记》《仁宗认母》《刘晨阮肇桃源洞》三种及南戏《父子梦栾城驿》，均失传。

由以上资料可知，至正间（当在 1368 年前若干年③），汪元亨与作者"交于吴门（苏州）"。此次相交前，元亨即已居浙江省掾，并迁常熟多年，想元末他应为一老者，有可能入明。从其作《归田录》看，他当以

---

① 其诗云："构厦必众材，成裘必群腋。自非合才彦，何能定家国。若人蕴嘉猷，生日值明德。凤池因托身，龙渊寻矫迹。载见家王礼，复睹汉朝则。清芬播方来，惠心迈畴昔。夜值蹋天街，辰趋媚兰室。密谋已就万，妍论信非一。吾徒方倚赖，微躯荷苏息。无言腹背羽，永愧排空翼。"

② （元）张翥：《张蜕庵诗集》"卷一"《题伯将画诗序》，序云："陈伯将作北山梓公《岳居图》，予题诗其上。"

③ 元至正年间在 1341—1370 年。至正二十八年（1368 年）元帝已退出大都，所以本书所记"至正间"，当不超过 1368 年。

归隐而终——作为一个下层文人，在历史发生重大朝代转换的关头，他最终选择了一条不与新朝合作之路，这有别于邾仲谊，近似罗贯中。

## 三、贾仲明时期

贾仲明是一位与《录鬼簿续编》作者同龄的人，这是可以考知的。这作为一个重要原因，常常引起学术界有关贾是否为《录鬼簿续编》作者的激烈争论。

与贾仲明同时期的杂剧作家，大部分生于至正初（1341 年）前后，可以说他们的少年时代和青年时代基本处于元朝，入明时不少人已为中年，这些可从他们中很多人曾有元朝时为吏或官的经历而推知。如谷子敬在元朝曾任"枢密院掾史"、李唐宾任"淮南省宣使"、刘君锡为"故元省奏"等（以上见《录鬼簿续编》）。到了明朝，他们基本分化成两类：

一类延续汪元亨、罗贯中之脉息，或出世灭踪，或流连诗酒风月，走上"归隐"之路，其代表人物有丁野夫、陆进之、金文质、刘君锡等；另一类步武邾仲谊，不甘沉抑下僚，辨风转舵，入世为新臣，其代表当推行走于燕王朱棣府邸中的贾仲明、杨景贤和汤舜民等人，他们以文学和多方面的才艺得宠于朱棣。他们的杂剧作品以歌功颂德、宣扬教化、谈仙论佛、悲欢离合等为主，很少涉及重大历史现实事件，在风格上普遍追求柔美、工巧，绝少豪放、粗疏，他们的一些作品在探索杂剧体制的变化方面作出了很多有益的尝试，如贾仲明在杂剧中运用"南北合套"，杨景贤《西游记》又一次突破"四折一楔子"（其前有王实甫《西厢记》）等，现在看来，这些都应该是较为成功的。鉴于这批杂剧作家有群集性特点，又兼创作作品各方面均极其相近，所以完全可以将他们称为"燕邸作家群"。

以下就这个时期杂剧作家 16 位分别进行论述。

1. 贾仲明

《录鬼簿续编》记载其资料甚详："山东人。天性明敏，博究群书。善吟咏，尤精于乐章隐语。尝传文皇帝（朱棣的谥号）于燕邸（朱棣在北京时的府邸），甚宠爱之。每有宴会，应制之作，无不称赏。公风神秀拔，衣冠济楚，量度汪洋，天下名士大夫，咸与之相交。自号云水散人。所作传奇乐府极多，骈俪工巧，有非他人之所及者。一时侪辈，率多拱手敬服以事之。后徙居兰陵，因而家焉。所著有《云水遗音》等集行于世。"① 晚年居淄川（今山东淄博），又号"云水翁"，有书斋名"怡和养素斋"②。

由贾仲明在天一阁本《录鬼簿》后的署文我们可以知道：贾仲明在永乐二十年（1422 年），年岁已经 80。由此可推出：贾仲明约生于元至正三年（1343 年），卒于明永乐二十年（1422 年）以后。燕王之国北平（今北京）达 20 多年③，其间贾仲明以其多方面的才华（尤其能制作宴会时应制之曲）为"燕邸"主人朱棣所宠爱，其时贾已 50～60 岁了，而朱棣却在 30 岁左右。以年老之躯逢迎小自己一辈之人，实有许多不得已的苦衷。同时的杨景贤、汤舜民也与他际遇相同。他们与其他依附于燕王的作家一起可以称为"燕邸作家群"。

贾仲明是一个丰产的杂剧作家，今知有杂剧 16 种，今存 6 种。另说《山神庙裴度还带》也为其所作。

2. 杨景贤

与贾仲明、汤舜民一起受宠于燕王朱棣，朱棣称帝后还被召入宫，

---

① 《中国古典戏曲论著集成》二，北京：中国戏剧出版社，1959 年版，第 292 页。

② 贾仲明在天一阁本《录鬼簿》后署有"永乐二十年（1422 年）壬寅中秋，淄川八十云水翁贾仲明书于怡和养素斋"。

③ 尽管朱棣于明洪武三年（1370 年）11 岁时受封"燕王"，但其赴任却是在洪武十三年（1380 年）21 岁时，至永乐元年（1403 年）44 岁时近 24 年。

"以备顾问"①，年龄与贾仲明相若，但比贾早死若干年。《录鬼簿续编》记其"名暹，后改名讷，号汝斋。故元蒙古氏，因从姐夫杨镇抚，人以杨姓称之。善琵琶。好戏谑。乐府出人头地，锦阵花营，悠悠乐志。与余交五十年。永乐初，与舜民一般遇宠。后卒于金陵"②。

关于其"字"，有"杨景言"和"杨景贤"两种说法：《太和正音谱》"群英乐府格式"中称其"杨景言"，列其名于"国朝十六人"③；《词林摘艳》"卷七"〔二郎神〕"景萧萧迤逦秋光渐老"套，亦题"杨景言"；《新续古名家杂剧》本、《元曲选》本之《刘行首》，均题"杨景贤"。

杨景贤亦是一名具有多方面才华的艺术家，除了其非凡的琵琶演奏技巧外，他的散曲亦为世所知，朱权《太和正音谱》评其词"如雨中之花"④。杨景贤今知有杂剧十八种：《西游记》（六本，每本四折）存，《柳耆卿诗酒翫江楼》有残曲存。至于其传奇创作，明周宪王《烟花梦》"引"云："尝闻蒋兰英者，京都乐籍中伎女也。志行贞烈，捐躯于感激谈笑之顷。钱塘杨讷为作传奇而深许之"⑤。杨景贤善谜，时谓"诗禅"，也叫"隐语"，这或许是他深得宠幸的重要原因。明李开先《诗禅后序》言及"诗禅"来源和杨景贤善"诗禅"信息：诗禅"顿悟于杨修，而修非造端，间发于伍举，而举遂引蔓，取容于东方朔，而朔实滥觞。鲍照、张久可，及我朝杨景言、陈大声，皆千枝一本、千流一源也。"⑥ 田汝成《西湖游览志余》"卷二十五"记载："古之所谓庾词，即今之隐语也。而俗谓之谜。人皆知其始于黄娟幼妇，而不知自汉伍举、曼倩时已有之矣，至《鲍照集》则有'井'字谜。杭人元夕多以此为猜灯，任人商

① （明）田汝成《西湖游览志余》"卷二十五"。
② 《中国古典戏曲论著集成》二，北京：中国戏剧出版社，1959年版，第284页。
③ 《中国古典戏曲论著集成》三，北京：中国戏剧出版社，1959年版，第22—23页。
④ 《中国古典戏曲论著集成》三，北京：中国戏剧出版社，1959年版，第23页。
⑤ （明）朱有燉撰，赵晓红整理：《朱有燉集》，济南：齐鲁书社，2014年版，第405页。
⑥ （明）李开先撰，路工辑校：《李开先集》（下册），北京：中华书局，1959年版，第1206页。

略。永乐初，钱塘杨景言以善谜名。成祖时重语禁，召景言入直，以备顾问。"①

### 3. 汤舜民

《录鬼簿续编》载其小传云："象山人。号菊庄。补本县吏，非其志也。后落魄江湖间。好滑稽。与余交久而不衰。文皇帝在燕邸时，宠遇甚厚。永乐间，恩赍常及。所作乐府、套数、小令极多，语皆工巧，江湖盛传之。"② 所作杂剧《风月瑞仙亭》《娇红记》二种，惜均失传。所作散曲极多，其中小令 170 首，套数 68 套，另存 1 残套。收于《笔花集》中，今传。《太和正音谱》称其词"如锦屏春风"，列其名在"国朝十六人"③，详见下章关于"汤舜民"的考论。

### 4. 谷子敬

有关资料并未载其生卒年，但可知谷子敬是一个由元入明的人。《录鬼簿续编》记载他籍贯为金陵（南京）人，曾在元末任元朝枢密院掾史。洪武初，戍守源时④，在明初，他因乐府和杂剧出名而列名"国朝十六人"，但身遭不幸，《录鬼簿续编》记载他"蒙下堂⑤而伤一足，终身有忧色，乃作〔耍孩儿〕乐府十四煞，以寓其意，极为工巧"。由元入明的浙江天门山（今奉化县境）人胡用和，在其"套数"〔一煞〕中记载曰"谷子敬惯捏梨园新乐章"⑥。他有多方面的才华，"明《周易》，通医道。

---

① （明）田汝成：《西湖游览志余》（中国方志丛书·华中地方·第 448 号），台北：成文出版有限公司 1983 年据明万历十二年刊本影印，第 1078—1079 页。

② 《中国古典戏曲论著集成》二，北京：中国戏剧出版社，1959 年版，283 页。

③ 《中国古典戏曲论著集成》三，北京：中国戏剧出版社，1959 年版，第 22—23 页。

④ "源时"应为地名。查《清史稿》"志　三十二　地理　四"中"黑龙江"下"布西直隶"，有"土城"："因起伏西去数千里，直至木兰围场，又西至归化城。往时流人亡去不识途，多循此入关，盖即自源时长城汪古部所居者也。"汪古部乃金人看守长城的一个游牧部落，元初忽必烈的继任者铁穆耳大汗，将女儿嫁给该部皈依天主教的王公阔里吉思，即乔治王子，所居大约在今内蒙古通辽市境内。"源时"当亦在此处。

⑤ "蒙"，指天色阴暗（见上海辞书出版社《辞海》1980 年版，第 1627 页）。邵曾祺《元明北杂剧总目考略》中断之为"（曾？尝？）"（见该书 406 页），当不妥。"蒙下堂"即在天阴时走下中堂。

⑥ 《全元散曲》胡用和"套数"〔一煞〕"谷子敬惯捏梨园新乐章"。

口才捷利。乐府、隐语，盛行于世"①。朱权评其词为"如昆山片玉。其词理温润，如璆琳琅玕，可荐为郊庙之用，诚美物也"②。其杂剧据载有5 种，仅存其一。

5. 丁野夫

《录鬼簿续编》记载云："西域人，古元西监生。羡钱塘山水之胜，因而家焉。动作有文，衣冠济楚。善丹青，小景皆取诗意。套数小令极多，隐语亦佳，驰名寰海。"③ 约成书于 1365—1366 年的《图绘宝鉴》（夏文彦著）在"卷五"对他有记载，说他是"回纥人，画山水人物，学马远、夏珪，笔法颇类"。④ 孙楷第《元曲家考略》中说"钱塘平显，先与野夫善"，并引平显《松雨轩集》卷六《题丁野夫画》、卷七《题丁野夫梅村卷》、卷八《题丁野夫画》诗三首，云其诗"皆仲微晚年作，悱恻可诵"，并考"知野夫所居梅村，在钱塘南郭外"⑤。平显事载《明史》"仲微，名显，钱塘人。尝知滕县（今广西）事，谪戍云南。其为诗颇豪放自喜，云南诗人称平、居、陈、郭，显其一也。"⑥ 对于此后之事孙楷第考证其较详细，以下录之"黔国公沐晟怜其才，请于朝俾脱籍，礼之宾馆者余十年。晚以校职归老，考终于京师"⑦，其时当在明永乐间。

由以上可知：丁野夫是西域回纥人，年轻时为元朝西监生，元末以绘画闻名，由元入明后已为老年，明永乐时仍在世，但已归隐。他的杂剧作品今知有 6 种，均佚。

---

① 无名氏：《录鬼簿续编》（《中国古典戏曲论著集成》二）北京：中国戏剧出版社，1959 年版，第 282 页。

② 朱权：《太和正音谱》（《中国古典戏曲论著集成》三）北京：中国戏剧出版社，1959 年版，第 22 页。

③ 《中国古典戏曲论著集成》二，北京：中国戏剧出版社，1959 年版，第 282 页。

④ （元）夏文彦撰，（明）韩昂续编：《国绘宝鉴》（《景印文渊阁四库全书》第 814 册），台北：台湾商务印书馆，1986 年版，第 623 页。

⑤ 孙楷第：《元曲家考略》，上海：上海古籍出版社，1981 年版，第 87—88 页。

⑥ （清）张廷玉等：《明史》（第 24 册），北京：中华书局，1974 年版，第 7338—7339 页。

⑦ 孙楷第：《元曲家考略》，上海：上海古籍出版社，1981 年版，第 87—88 页。

6. 王子一

生卒年无考。朱权《太和正音谱》列其为"国朝十六人"之首，称其散曲之词"如长鲸饮海"，极具气势。在判词中朱权盛赞曰："风神苍古，才思奇瑰，如汉庭老吏判辞，不容一字增减，老作老作!"① 从这个判词中，可以明显看出，王子一当时应为一老者，而朱权作《太和正音谱》时不过 20 出头，所以王子一有可能长朱权一辈。其作有杂剧 4 种，今存《刘晨阮肇误入天台》一种。清无名氏《别本传奇汇考标目》"第二十二"载其有《十面埋伏》杂剧②，待考。

7. 陆进之

资料不多见，仅《录鬼簿续编》载"嘉禾人。福建省都事。与余在武林，会于酒边花下。好作诗，善文，多有乐府隐语于时"③。其所作杂剧《韩湘子引度升仙会》《血骷髅大闹百花亭》，仅前者有残曲存。

8. 李士英

《录鬼簿续编》载"钱塘人。以医道著名于时。天资明敏，秉性刚烈，人难犯之。所作隐语极妙，乐府亦多"④，余不见他录。其杂剧《折征衣》《群花会》《金章宗御赛市廛机诗禅记》均佚。

9. 须子寿

仅见《录鬼簿续编》所录："杭州人。钱塘县吏。襟怀洒落，隐语精通。

---

① （明）朱权：《太和正音谱》（《中国古典戏曲论著集成》三），北京：中国戏剧出版社，1959 年版，第 22 页。

② （清）无名氏：《别本传奇汇考标目》（《中国古典戏曲论著集成》七），北京：中国戏剧出版社，1959 年版，第 253 页。

③ （明）无名氏：《录鬼簿续编》（《中国古典戏曲论著集成》二），北京：中国戏剧出版社，1959 年版，第 283 页。

④ （明）无名氏：《录鬼簿续编》（《中国古典戏曲论著集成》二），北京：中国戏剧出版社，1959 年版，第 283 页。

以事卒于金陵。"① 其杂剧《四州大圣渰水母》《双鸾栖凤碧梧堂》均佚。

10. 金文质

"湖州人。性纯雅,于乡党恂恂如也,乡人皆重之。平生未尝轻诺。惜乎命薄,生不遇时。有乐府行世。"② 孙楷第从《元诗选》"癸"之"戊上"考出"金文质,号'听雪翁',长兴人,性豪荡,力学,善诙谐,隐居不仕"③。其所作杂剧3种:《松荫记》《誓生死锦片娇红记》《三官斋》均佚。

11. 李唐宾

《录鬼簿续编》载:"广陵人。号玉壶道人。淮南省宣使。于余交久而敬。衣冠济楚,人物风流。文章乐府俊丽。"④ 朱权《太和正音谱》列其名"国朝一十六人"。同时代人贾仲明创作杂剧《李素兰风月玉壶春》中男主角为李斌,字唐斌,号玉壶生,与妓女李素兰交好,似即为以他为原型。所作杂剧《梨花梦》和《李云英风送梧桐叶》二种,后者存。

12. 高茂卿

除《录鬼簿续编》中"涿州人"⑤ 寥寥三字外,生平事迹均无考,涿州在今河北省。其所作《翠红乡儿女两团圆》一种,今存。

13. 陶国瑛

《录鬼簿续编》亦仅录"晋陵人"⑥ 三字,其他无考,晋陵为今江苏

① (明)无名氏:《录鬼簿续编》(《中国古典戏曲论著集成》二),北京:中国戏剧出版社,1959 年版,第283 页。
② (明)无名氏:《录鬼簿续编》(《中国古典戏曲论著集成》二),北京:中国戏剧出版社,1959 年版,第283 页。
③ 孙楷第:《元曲家考略》,上海:上海古籍出版社,1981 年版,第112 页。
④ (明)无名氏:《录鬼簿续编》(《中国古典戏曲论著集成》二),北京:中国戏剧出版社,1959 年版,第284 页。
⑤ (明)无名氏:《录鬼簿续编》(《中国古典戏曲论著集成》二),北京:中国戏剧出版社,1959 年版,第285 页。
⑥ (明)无名氏:《录鬼簿续编》(《中国古典戏曲论著集成》二),北京:中国戏剧出版社,1959 年版,第285 页。

常州。其所作《四鬼魂大闹森罗殿》一种，今佚。

### 14. 刘君锡

《录鬼簿续编》记载他为"燕山人。故元省奏。性差方介，人或有短，正色责之。隐语为燕南独步，人称为'白眉翁'。家虽甚贫，不屈节。时与邢允恭友让，暨余辈交。风流怀抱。又自题一种；所作乐府，行于世者极多"①。其杂剧今知三种，存一。

由此可知，他在元朝时为吏，入明后甘于贫困，不再入仕。其禀性正直，又擅长散曲和杂剧创作，喜与同道者交。

另：今存本藏英国牛津 Bodleian Library 的《新锲梨园摘锦乐府菁华》，《善本戏曲丛刊》第一辑据以影印。其中收流行戏文 33 种计 72 出，为万历二十八年（1600 年）书林三槐堂王会云刊本，其上标明为豫章（今江西南昌）刘君锡辑，或为同一人。

### 15. 唐复

字以初。据《录鬼簿续编》知其先为"京口（江苏镇江）人，号冰壶道人。以后住金陵（南京）。唫（'吟'的异体字）卜诗，晓音律"②。朱权《太和正音谱》列其名"国朝一十六人"。其杂剧《陈子春四女争夫》，已佚。

### 16. 詹时雨

《录鬼簿续编》记其"随父宦游福建，因而家焉。为人沉静寡言，才思敏捷。乐府极多，有《补〈西厢〉弈棋》，并'银杏花凋残鸭脚黄'诸南吕，行于世"。③ 余不见记载。

---

① （明）无名氏:《录鬼簿续编》(《中国古典戏曲论著集成》二)，北京:中国戏剧出版社,1959年版,第285页。
② （明）无名氏:《录鬼簿续编》(《中国古典戏曲论著集成》二)，北京:中国戏剧出版社,1959年版,第285页。
③ （明）无名氏:《录鬼簿续编》(《中国古典戏曲论著集成》二)，北京:中国戏剧出版社,1959年版,第287页。

### 四、朱权、朱有燉时期

朱权、朱有燉（"二朱"）是两位皇族作家，他们基本生活在明朝洪武到永乐之间，此时明朝立国几十年，朱明江山已经稳固，社会经济发展也走上正轨，但封建专制亦严酷至极，皇族内部争夺权力的斗争激烈，许多人成了牺牲品。

与"二朱"同时期的杂剧作家构成相当复杂。

尽管钟嗣成一辈的"方今名工才人"已相继过世，但由元入明的老一辈杂剧作家还大有人在，他们就是"贾仲明"时期的那些杂剧家。比如"国朝十六人"（包括"燕邸"杂剧家们）中的杂剧作家，在明初的杂剧创作活动就相当引人注目，这在《太和正音谱》和《录鬼簿续编》都有不同程度的记载。应该说，这批杂剧家与新一代杂剧家（代表人物就是"二朱"）共存于一时，形成"交叉"的局面，是此期杂剧发展变得复杂的主要原因。一方面他们在旧朝已为杂剧名家好手，另一方面入新朝后，他们继续创作并与新兴的杂剧创作合流，共同推动了明初杂剧的一度兴盛。这批杂剧家在入明后做出了不同的人生选择，一批隐居，一批入仕（做官或成为"御用文人"），上节已有介绍，此处不作赘述。

这个时期的新兴力量以不凡的气势登上创作舞台。他们以朱权、朱有燉为代表，在极其年轻的时期就脱颖而出，称雄于剧坛。朱权 21 岁之前就创作杂剧 12 种，成为当时剧坛的领袖，并编写曲坛集大成之作《太和正音谱》。朱权之侄朱有燉在永乐以后，专攻杂剧创作，在杂剧的数量和质量上都堪称冠绝一时，成为元末明初杂剧的"殿军"人物。此外，刘兑、杨文奎等作为杂剧新人在当时的创作中均有不俗表现。

以下对此期的 8 位杂剧作家分别论述。

#### 1. 朱权

朱权是明太祖朱元璋第十七子，生于洪武十一年（1378 年），"生而神姿朗秀,白皙美须髯。始能言,自称大明奇士。好学博古,诸书无所不窥,旁通释老,尤深于史"①。除"大明奇士"外,朱权的自号还有臞仙、涵虚子、丹丘先生等。朱权于洪武二十四年(1391年)13岁时被封于大宁,世称"宁王"。当时他拥重兵于塞北,防备元人,声名显赫。建文元年(1399年),与燕王(即后来的明成祖)朱棣一起起兵"靖难"。后朱棣用计占大宁,在城下挟持朱权。朱权遂一蹶不振,"时时为燕王草檄"②,成为其幕宾,其间,虽数次请求改封苏州、杭州而不得,永乐元年(1403年)改封南昌,王号仍旧。明永乐前后,王室之间互相残杀、猜忌之事频频发生,朱权自危,乃寄情于戏曲、游娱、释道,以示无野心而求保全。死后谥"献",世称"宁献王"。其著作极丰富,《列朝诗集小传》记载有《通鉴博论》二卷,《汉唐秘史》二卷,《史断》一卷,《文谱》八卷,《诗谱》一卷,《神隐》《肘后神枢》各二卷,《寿域神方》四卷,《活人心》二卷,《太古遗音》二卷,《异域志》一卷,《遐龄洞天志》二卷,《运化玄枢》《琴阮启蒙》各一卷,《乾坤生意》《神奇秘谱》各三卷,《采芝吟》四卷,其他注纂数十种,经子、九流、星历、医卜、黄冶诸术皆具。又作《家训》六篇,《宁国仪范》七十四章,等等。故钱谦益评曰"古今著述之富,无逾王者"③。

作为一个戏曲家,朱权兼有研究者和创作者双重身份:在戏曲研究上,他创作了一部集戏曲(主要为杂剧)文献、目录、曲谱、创作指导等于一体的《太和正音谱》;在个人杂剧创作上,他作有12种,现存《卓文君私奔相如》《冲漠子独步大罗天》2种。

近现代有关朱权的研究成果很多,本文不作赘述,但有两点本文必须特别予以指出:其一,明初北方的杂剧剧坛,以藩王和依附于藩王的

① (明)钱谦益:《列朝诗集小传》"乾集下",上海:古典文学出版社,1957年版,第6页。
② (清)张廷玉等撰:《明史》(第12册),北京:中华书局,1974年版,第3592页。
③ (明)钱谦益:《列朝诗集小传》"乾集下",上海:古典文学出版社,1957年版,第7页。

杂剧作家为主要组成部分，形成了有相当规模的杂剧创作高潮；其二，明洪武时期，北方杂剧作家当推年轻的朱权为首。

我们知道，朱权的《太和正音谱》成于明初洪武三十一年（1398年）之前，其时乃"靖难"前一年，此时的朱权还是一位拥兵自重的藩王，他与当时同样握有镇守边陲兵权的辽王朱植、燕王朱棣一样，踌躇满志，自得于治理的文治武功。但是，对杂剧这种艺术的理解，他是站在一个相当高的高度看问题的。他认识到，明朝立国已30余年，"天下之治也久矣"，应该用"治世之音，安以乐"。这是一种将文学与治世安邦相结合的观点，它续承了曹丕"文章经国之大业"的思想，又结合明初的实际，具有现实指导意义。本着"治世"的崇高目标，他"采撷当代群英词章，及元之老儒所作，依声定调……审音定律"，作成该书。①其见解和行为实高于当时那些只知征伐夺权，只知杂剧为"玩物"的其他诸王，并且高出他们之上很多。

明初藩王杂剧创作，除朱权、朱有燉叔侄二人外，还有哪些？因资料所限，目前尚不可知。但在藩王身边，围绕着一批杂剧家，却是事实。燕邸主人朱棣（即后来的明成祖）所宠爱的文客贾仲明、杨景贤、汤舜民三人，是杂剧创作的好手。可能是他们都在北方的燕王府中，离同是北方重镇的"宁王"府相隔不远，因此被朱权所知，因而将他们列名于"国朝十六人"中。在朱权《太和正音谱》中，记录有他们的5种杂剧作品，这5种被列入"国朝三十三本"。以上资料表明在明初北方守边的藩王以及他们的周围有一批杂剧爱好者和创作者。正由于他们的推波助澜，形成了杂剧史上又一次小高潮。

但是，他们的领军人物，却是朱权这位年龄不过20的年轻人。尽管年轻，但在曲坛上，朱权自视却极高。他视自己在当时一等的作家、一等的

---

① 《太和正音谱》"序"（《中国古典戏曲论著集成》二），北京：中国戏剧出版社，1959年版，第11页。

批评家之上，俨然天下文坛的领袖。因此，在《太和正音谱》卷上"予今新定府体一十五家"中，朱权毫不谦虚地将自己的"丹丘体"列于其首，并评价其风格为"豪放不羁"；在"群英所编杂剧"的"国朝三十三本"中，他亦将自己（丹丘先生）的 12 种杂剧列名第一。其豪迈大气和领袖风范，弥漫于全书，直令今人仍能感受至深。专门研究朱权的姚品文先生就指出，那是一种"'自命不凡''舍我其谁'的王者气概"①。

当然这种王者风范，并不是毫无理由的自高自大。以上所列极丰富的著述，足以证明朱权的学识才能之超群。后来的实际情况也表明：以《太和正音谱》这部集大成的曲学专著来论，就为后来"北士恃为指南，北词禀为令申，厥功伟矣"。②朱权身体力行，以藩王之尊贵，在 20 岁前即作出杂剧 12 种，足见其非凡的杂剧创作实力，以现存的《卓文君私奔相如》和《冲漠子独步大罗天》两种杂剧看，完全可以将之列入较为优秀的杂剧作品之列。所以，说朱权为当时北方诸杂剧家之首毫不为过。

2. 刘兑

《录鬼簿续编》仅载："刘东生，名兑。作《月下老世间配耕》四套，极为骈俪，传诵人口。"③ 其名列郏仲谊子郏启文之后。朱权《太和正音谱》列其名"国朝一十六人"。明丘汝乘为宣德十年（1435 年）刘兑《金童玉女娇红记》（积德堂刊本）作序，序中称刘兑为越人，当时两人为忘年交。由于贾仲明与《录鬼簿续编》作者在 1422 年前后约为 80 岁高龄，而刘兑在十几年后还在世，因此邵曾祺认为他是"较《录鬼簿续编》作者晚一辈的人"④，所论当为是。其所作《金童玉女娇红记》杂剧尚存。

---

① 姚品文：《〈宁王朱权〉补说》，见胡忌、洛地主编：《戏史辨》，北京：艺术与人文科学出版社，2002 年版，第 324 页。
② （明）王骥德：《曲律》"自序"，蔡毅：《中国古典戏曲序跋汇编》，济南：齐鲁书社出版社，1989 年版，第 50 页。
③ （明）无名氏：《录鬼簿续编》（《中国古典戏曲论著集成》二），北京：中国戏剧出版社，1959 年版，第 292 页。
④ 邵曾祺：《元明北杂剧总目考略》，开封：中州古籍出版社，1985 年版，第 441 页。

### 3. 杨文奎

生卒年不详。朱权亦列其在"国朝十六人"，称其词"如匡庐叠翠"①。1433 年朱有燉杂剧《香囊怨》②中提到他是书会老先生。《香囊怨》写的是发生在一年前之事，此时贾仲明已届 90 岁，也许已经故去，而杨文奎还活动在书会，其年岁极有可能小于贾，为贾仲明的下一辈。此时朱有燉年龄在 55 岁上下，已是老年，他对杨文奎有所了解，他们年龄当相差不大。

杨文奎杂剧今知有 4 种，均佚。

### 4. 黄元吉

元末明初人，仅见于明初后有关著述。具体考述见本章"第二节"的"有名氏作家及其作品考述"之（表二）后"考述和说明（二）"之 2. 关于黄元吉和《流星马》，此处不作赘述。

### 5. 王生

见本章"第二节"的"有名氏作家作品考述"之（表二）后"考述和说明"（二）之 4. 关于王生与《围棋闯局》。

### 6. 宋让

见本章"第二节"的"有名氏作家作品考述"之（表二）后"考述和说明"（二）之 5. 关于宋让与《客窗夜话》。

### 7. 李致远

《元曲选》、脉望馆抄校本古今杂剧、《古名家杂剧》皆收《大妇小妻还牢末》杂剧，前两者题李致远作，后者题"马致远"（明显为误

---

① （明）朱权：《太和正音谱》（《中国古典戏曲论著集成》三），北京：中国戏剧出版社，1959 年版，第 23 页。

② 依朱有燉该作自序，此剧应作于宣德八年（1433 年）十一月，《香囊怨》是为宣德七年乐工刘鸣高之女死节于"良民周生"事而作。（蔡毅：《中国古典戏曲序跋汇编》，济南：齐鲁书社出版社，1989 年版，第 848 页）

题）。然钟嗣成在《录鬼簿》未载之。《乐府群玉》"卷二"载李致远小令20余首,《太平乐府》"卷七""卷八"载李致远套数三首。《太和正音谱》称李致远之词（主要为散曲）"如玉匣昆吾",评价甚高。

关于李致远为何时人,清姚燮《今乐考证》有"案"语辩称其《大妇小妻还牢末》杂剧"臧氏有刻入《元曲选》者,误。今据'也是园藏书目'列入明人"①,且与贾仲明、杨文奎等人列在一起,目之为元末明初人,当为妥,本文从之。除外无更多记载。

8. 朱有燉

如果说朱权以20来岁的年纪荣登当时北方杂剧作家之首,那么比其仅小一岁的侄子朱有燉却在永乐以后,以其丰硕的杂剧创作成果向世人展示了杂剧的魅力。朱有燉是一位后来居上,在北杂剧发展尾声竟以一人之力将杂剧推向了一个新高峰的殿军人物。他创作杂剧31种,其数量仅次于元代关汉卿。尽管其内容表现出鲜明的贵族立场,散发着浓重的宫廷气息,但由于其语言质朴本色,形式独特,深得后人称赏。李梦阳《汴中元夕》绝句就记载云:"山中孺子倚新妆,赵女燕姬总擅场。齐唱宪王春乐府,金梁桥外月如霜。"他直接影响到明代中后期杂剧创作,所以朱有燉理所当然地成为"明代第一剧作家"②。

朱有燉的生平及著述,钱谦益《列朝诗集小传》记载较为详细:"王讳有燉,周定王之长子,高皇帝之孙也。洪熙元年袭封,景泰三年薨,在位二十八年,谥曰宪③。王遭世隆平,奉藩多暇,勤学好古,留心翰墨,集古名迹十卷,手自临摹,勒石名《东书堂集古法帖》,历代重之。

---

① （清）姚燮:《今乐考证》(《中国古典戏曲论著集成》十),北京:中国戏剧出版社,1959年版,第148页。

② ［日］青木正儿:《中国近世戏曲史》,北京:中华书局,1954年版,第136页。

③ 钱氏之说有误,朱有燉实卒于正统四年,后世学者已依据《明实录》《明史》《明史稿》《开封府志》等对此说作出纠正。陈捷指出这个错误产生的原因在于"死于景泰三年的是朱有燉之弟简王有爝,钱谦益之说实将朱氏兄弟二人之死混为一谈"。(陈捷《朱有燉生平及其作品考述》,《艺术百家》2001年第4期)

制《诚斋乐府传奇》若干种，音律谐美，流传内府，至今中原弦索多用之……王诗有《诚斋录》《新录》诸集传于世。"①

近现代朱有燉及其杂剧研究现在已很深入，自吴梅以下有赵景深、青木正儿、那廉君、傅乐淑、朱君毅、曾永义、廖奔、陈捷、戚世隽、徐子方、赵晓红等学者曾对之作深入研究。诸家均肯定朱有燉的杂剧成就，并认同他是杂剧史"转变的关键和枢纽"② 人物。

---

① （清）钱谦益：《列朝诗集小传》"乾集下"，上海：古典文学出版社，1957 年版，第 8 页。
② 曾永义：《明杂剧概论》，台北：台湾学海出版社，1980 年版，第 194 页。

| 第二章 |

# 元末明初杂剧家及创作补考

## 第一节　萧德祥与元末明初杂剧的"改编剧"①

　　萧德祥是元末明初杂剧家，钟嗣成《录鬼簿》将之列入"方今才人相知者，纪其姓名行实并所编"，记载他是"杭州人，以医为业，号复斋"。②《录鬼簿》列萧德祥名下的杂剧有五种：《王闰香夜月四春园》（简称《四春园》）、《包待制三勘蝴蝶梦》（简称《蝴蝶梦》）、《四大王歌舞丽春园》（简称《丽春园》）、《犯押狱盆吊小孙屠》（简称《小孙屠》）、《王翛（然）断杀狗劝夫》（简称《杀狗劝夫》），这五种杂剧今皆已散佚。由于从名目看这五种杂剧在前人（或当时人）的戏曲创作中都能找到类似的作品，所以常令人产生"好像萧德祥自己未有创作"③ 的感觉。表面上看这五种剧目或者剧名与他人相似，或者题材与他人类同，

---

　　① 本节原为笔者 2005 年博士毕业学位论文《元末明初杂剧研究》部分内容，后经修改以本题目发表于《安庆师范学院学报》2008 年第 5 期。

　　② （元）钟嗣成：《录鬼簿》（《中国古典戏曲论著集成》二），北京：中国戏剧出版社，1959 年版，第 134 页。

　　③ 邵曾祺：《元明北杂剧总目考略》（《中国古典戏曲理论丛书》），郑州：中州古籍出版社，1985年版，第 379 页。

皆非萧德祥原创或独创，但我们认为：萧德祥的杂剧从本质上说应是一种再创作，其杂剧是"改编剧"，他的创作当与杂剧史上流行的改编之风气有关。

## 一、萧德祥杂剧与相关作家作品及情节、内容考略

萧德祥的五本杂剧中，前三种见于以前的元人杂剧：关汉卿有《四春园》和《蝴蝶梦》同名杂剧①，王实甫的《四大王歌舞丽春园》与萧作同名②。后两本杂剧在之前（或同时）也有同题材作品：《永乐大典》卷13991所收戏文《遭盆吊没兴小孙屠》，题为"古杭书会编撰"③，当与萧作《小孙屠》题材相同；《杀狗劝夫》见于南戏"宋元旧篇"④，亦见于《元曲选》无名氏杂剧，题作《杨氏女杀狗劝夫》⑤。

尽管萧德祥的五本杂剧皆已散佚，但根据以上现存宋元人的杂剧和南戏作品，我们是可以考知其大致故事内容和情节的。

《四春园》为陈与郊的《古名家杂剧》和王骥德的《古杂剧》收录，"题目正名"作："李庆安绝处幸逢生，狱神庙暗中彰显报；王闰香夜闹四春园，钱大尹智勘绯衣梦"，题为关汉卿所作。叙家道中落的李庆安与从小指腹为婚的富家小姐王闰香在花园相会，婢女梅香受闰香指派夜间送财物给庆安，被贼人裴炎所杀，并劫走财物。官府误判李庆安为杀人凶手，后得开封府尹钱大尹断案，终于抓住真凶，李庆安也与王闰香结

---

① 《四春园》：曹楝亭本《录鬼簿》题关汉卿名下有《钱大尹鬼报绯衣梦》，而天一阁本《录鬼簿》简名为《绯衣梦》，但后列"题目正名"为"王闰(闻)香夜昂(月)四春园；钱大尹智勘绯衣梦"。《蝴蝶梦》见于天一阁本《录鬼簿》关汉卿名下，"题目正名"为"开封府审问后姚婆；包待制三勘蝴蝶梦"。

② "天一阁本"《录鬼簿》题作《丽春园》，然"说集本""孟称舜本"均作《丽春堂》，《元曲选》中作《四丞相歌舞丽春堂》，王国维《曲录》同《元曲选》。

③ （明）解缙、姚广孝等：《永乐大典》（第六册），中华书局景印明永乐写本，1986年第1版，1998年版，第6043页。

④ （明）徐渭：《南词叙录》（《中国古典戏曲论著集成》三），北京：中国戏剧出版社，1959年7月版，1980年版，第250页。

⑤ （明）臧懋循：《元曲选》，浙江古籍出版社据1918年涵芬楼影印明刻本缩印，1998年版，第59页。

成连理。

《蝴蝶梦》写的是包拯断案的故事，臧懋循《元曲选》收录之，其"题目""正名"分别为"葛皇亲挟势行凶横；赵顽驴偷马残生送""王婆婆贤德抚前儿；包待制三勘蝴蝶梦"[①]。剧情为：王老汉冲撞了有钱有势的皇亲葛彪的马头被打死，他的三个儿子在与葛彪争执中将葛彪打死。围绕着谁去偿命，三兄弟相互争死，后由王婆婆做主让小儿子王三偿命。包拯审理此案，发现三兄弟中王大、王二皆非王婆婆所亲生，而小儿子才是她亲生。为王婆婆的"贤德"所感动，包拯使用了"调包计"，用盗马贼赵顽驴代替王三受刑。

《小孙屠》也与包公断案有关，但又关涉家庭伦理问题。叙书生孙必达与以屠宰为业的弟弟孙必贵（小孙屠）居于开封，娶官妓李琼梅为妻。李琼梅水性杨花，私通令史朱杰，为必贵撞破。设计杀死丫鬟梅香，并嫁祸于孙必达，孙必贵替兄受刑，在牢中遭盆吊死去，弃尸郊外，得东岳泰山府君用甘露救其还阳。最后包拯审理此案，将李、朱二人押上街头凌迟处死。

《杀狗劝夫》在南戏和北曲中皆有搬演，事涉王翛然断杨氏女杀狗劝夫案。南京人氏孙荣家业殷实，结交酒肉朋友柳隆卿、胡子传，而将自己的同胞弟弟孙华（孙虫儿）赶至城南破瓦窑中住。其妻杨氏杀狗扮作人尸，规劝丈夫与弟弟和好，与不良之徒断交。该故事反映了金元时期家庭成员地位、财产分配、亲疏远近、社会交往等关系复杂的现实，故事中的杨氏女是中国妇女贤良、智慧的典范。

《丽春园》杂剧存本见于《古名家杂剧》《元曲选》《酹江集》诸本，题为王实甫作，"题目正名"为"乐善公遭贬济南府；四丞相歌舞丽春堂"（见《古名家杂剧》），又作"李监军大闹香山会，四丞相高宴丽春

---

① （明）臧懋循：《元曲选》，浙江古籍出版社据 1918 年涵芬楼影印明刻本缩印，1998 年版，第301 页。

堂"（见《元曲选》《酹江集》）。故事述完颜乐善与监军李圭赌胜而产生矛盾，遭贬又复被起用，后来两人和好。

## 二、萧德祥杂剧创作与"次本""二本"问题

萧德祥的剧本现在已佚，但署名于关汉卿、王实甫和无名氏的四种同名杂剧现在仍存，《四春园》为旦本，《蝴蝶梦》《丽春园》《杀狗劝夫》为末本。尽管我们无法将萧作与它们进行比对，但我们可以肯定：前后者之间在内容或形式上有诸多关联却是无疑的，萧德祥杂剧创作的性质应该与元杂剧中的"次本"或"二本"类似，皆为改编剧。

"次本""二本"是杂剧研究中一个较为复杂的问题，它们又与"旧本""足本""的本""旦本""末本"等纠缠在一起。

最早注意到"次本"这一问题的是王国维，他从《录鬼簿》卷上发现："前辈已死名公才人"李文蔚的《谢安东山高卧》杂剧下注有提示"赵公辅次本，盐咸韵"，而同时期的赵公辅《晋谢安东山高卧》杂剧下确实注有"次本"，印证了李文蔚的提示；又发现与李文蔚时代相近的武汉臣的《虎牢关三战吕布》杂剧下注"郑德辉次本"，而《录鬼簿》卷下"方今名公才人"郑德辉也作有《虎牢关三战吕布》，下注"末旦头折，次本"，[1]于是得出结论："盖李、武二人作前本，而赵、郑续之，以成一全体者也。"[2] 在这里，王国维是将"次本"当作续写同一部戏来看待的，这可称为"续本说"。其后孙楷第继续对"次本"问题进行研究，于晚唐段成式的《酉阳杂俎续集》卷六"翊善坊保寿寺条"中找到了有

---

① （元）钟嗣成：《录鬼簿》（《中国古典戏曲论著集成》二），北京：中国戏剧出版社，1959 年版，第 109、114、110、119 页。

② 王国维：《宋元戏曲史》（《二十世纪国学丛书》），上海：华东师范大学出版社，1995 年版，第 115 页。

关"次本"的一个出处①，他的结论是："次本是对于原本说的，就是摹本。以戏曲言，一个故事，最初有人拈此事为剧，这本戏是原本。同时或后人，于原本之外，又拈此一事为剧，这本戏便是次本。"② 这可称为"摹本说"。再往后，康保成在唐代法藏撰的《入楞伽心玄义》卷一、宋代宝臣注《大乘入楞伽经》引唐初智严注本的序、隋代吉藏撰《维摩经义疏》卷一等佛家经卷中找到有关"次本"的另外几处出处，他认为："'次本'原是一个佛教术语"，用到戏曲上，"'次本'其实可看作前一作品的改编本"③。此可称为"改编说"。应该说"改编说"是对"续本说""摹本说"的综合和发展，似乎更符合杂剧的"次本"解释。

"二本"的情况亦相当复杂。天一阁本《录鬼簿》在孔文卿《东窗事犯》下注"二本"，又在金仁杰同题作品下注"次本"。而《说集》本《录鬼簿》在金仁杰《东窗事犯》下注"旦本"。根据钟嗣成的《录鬼簿》可知，孔文卿生在金仁杰之前，而贾仲明在孔文卿的吊词又提道："捻《东窗事犯》，是西湖旧本。"④ 就此我们就可以作出以下推断：钟嗣成所看见的《东窗事犯》杂剧有两个本子（即"二本"），其一为孔文卿的《东窗事犯》先写的"旧本"，是"末本"；其二为金仁杰的《东窗事犯》后写的"次本"，是"旦本"。今存元刊本《大都新刊关目的本东窗事犯》即题为"孔文卿"作，它是末本，这正好印证了以上推断。案：贾仲明的吊词中提到的"旧本"，与版本学上的"的本""足本"有相关

①　孙楷第的《释〈录鬼簿〉所谓"次本"》中节录其文为："本高力士宅，天宝九载舍为寺。寺有先天菩萨帧，本起成都妙积寺。开元初，双流县百姓刘意儿年十一，云先天菩萨现身此地。因谒画工，随意设色，悉不如意。有僧杨法成自言能画，意儿常合掌仰祝，然后指授之。十稔，工方毕。画样凡十五卷。柳七师者，崔宁之甥，分三卷往上都流行。时魏奉古为长史，进之。后因四月八日赐高力士。今成都者，是其次本。"

②　孙楷第：《释〈录鬼簿〉所谓"次本"》（《沧州集》下册），北京：中华书局，1965 年版，第 399—405 页。

③　康保成：《中国古代戏曲形态与佛教》，上海：东方出版中心，2004 年版，第 168—171 页。

④　《录鬼簿》注释 591 条，《中国古典戏曲论著集成》二，北京：中国戏剧出版社，1959 年版，第 202 页。

之处，严敦易先生是这样解释的："所谓'的本''足本'的意思，就是说他是的确的、的真的、完足的本子，这似乎便反映出应尚有不的确的、不的真的、不完全的另一种本子之存在。"①

尽管有如此多的说法，但我们还是可以理出一个头绪：所谓"旧本""的本"等，似应为先前的、原有的、未经改编的作品，而"二本""次本"有与它们相对的意思，即为有另外一个的、后来的、经过修改或改编的作品，"旦本"和"末本"是指以上各本的不同主唱方式。这里我们可以看出：元杂剧改编应是非常普遍的，而萧德祥的杂剧正属于那些具有独特价值的改编本之列。

### 三、萧德祥的杂剧改编与元末明初其他杂剧的改编

杂剧的改编是二度创作或再创作，其价值当以新创作的文本的内容形式而定，杂剧改编成功的范例比比皆是，尤其表现在以下三个方面。

其一，将不同题材的历史故事、唐宋传奇、宋元话本、诗词典故等进行加工改造，并以戏曲的形式加以表现，这在杂剧创作中已是司空见惯。关汉卿的《窦娥冤》最初可追溯至西汉刘向《说苑》中东海孝妇的故事，窦娥这个孝顺、恪守封建伦理道德、具有善良美好品格又威武不能屈的烈女子形象，是烙上了元蒙时代烙印的；王实甫的《西厢记》沿唐元稹《会真记》传奇而来，记录了金元时期青年男女爱情观由"自古才子合配佳人"到"愿天下有情的都成了眷属"的转变历程；白朴的《墙头马上》取材于唐白居易《井底引银瓶》"新乐府"诗，演裴少俊与李千金一见钟情的传奇故事，处处可见北国青年男女别具风格的交往和恋情……其二，在不同的戏曲种类之间，相同的题材的改编，不在少数，比如南戏改北曲，北曲改南戏。将北曲改为南戏者有《错立身》。天一阁本《录鬼簿》在李直夫名下著录有《错立身》，并标有题目正名："庄家

---

① 严敦易：《元剧斠疑》，北京：中华书局，1960 年版，第 496—497 页。

付挣学踏爨，宦门子弟错立身。"又在赵文敬名下著录《错立身》，并注云："次本。"① 南戏也有《错立身》一剧，廖奔先生根据戏中第十二出套用了北曲【越调斗鹌鹑】一套十支曲牌，且全由延寿马一人演唱，认为这本南戏乃从同名北杂剧改编而来，此说甚是②。其三，在杂剧内部，以同一题材作为蓝本，进行二次或者三次加工，在杂剧创作中亦屡见不鲜。如：以汉司马相如故事为例，关汉卿与屈子敬就先后作有同名作品《升仙桥相如题柱》；以昭君出塞故事作杂剧的，今知有关汉卿的《汉元帝哭昭君》、马致远的《汉宫秋》、吴昌龄的《夜月走昭君》等杂剧；涉及唐朝杨贵妃故事的，关汉卿有《哭香囊》、白朴有《梧桐雨》、岳伯川有《杨贵妃》、庾吉甫有《杨太真霓裳怨》……如此种种，不一而论。

　　萧德祥的杂剧改编，从文学题材来看主要以改编宋金故事为主。主要是公案剧，其断案官分别为钱可、包拯、王翛然。《四春园》一剧中的钱大尹智断李庆安冤情故事当为宋元人所虚构，其中的钱大尹"即《谢天香》中钱可"，"是民间传说中的著名人物"③，他乃宋代柳永的好友。关汉卿《钱大尹智宠谢天香》杂剧即演钱可收留好友柳永所恋爱的谢天香，激励柳永求取功名，并成就了他们的美好姻缘。《小孙屠》和《蝴蝶梦》都涉及包公断案故事。关于包拯，有学者研究指出其"去世后不久，他的故事确实已经产生流传"，宋金时期"民间艺人采用为题材，使包公故事从口头流传进入了文艺天地，真正演化为艺术形象"④。元杂剧中的包公形象亦后人所虚构，《小孙屠》和《蝴蝶梦》故事的产生时间也大致在宋元之间，其中所涉神鬼无稽之事，当后人将包公神异化的产物。至于王翛然，他是金代的一位清官。《丽春堂》尽管不是公案剧，但述金

---

　　① （元）钟嗣成：《录鬼簿》（《中国古典戏曲论著集成》二），北京：中国戏剧出版社，1959 年版，第 171、113 页。

　　② 廖奔：《南戏〈宦门子弟错立身〉源出北杂剧推考》，《文学遗产》1987 年第 2 期。

　　③ 邵曾祺：《元明北杂剧总目考略》（《中国古典戏曲理论丛书》），郑州：中州古籍出版社，1985 年版，第 16、13 页。

　　④ 朱万曙：《包公故事源流考述》，合肥：安徽文艺出版社，1995 年版，第 22 页。

代故事，因剧中乐善乃金国四丞相，邵曾祺考证"可能是金代实事"①，应当是符合实际的。

从体裁看，萧德祥所改编的主要是前人的杂剧和南戏作品。应该说：将杂剧作品改编为另一杂剧作品相对容易些，因为它们皆遵循相同的北曲体制（如用曲、用韵、角色扮演、剧本结构等）；然将南戏作品改编为杂剧作品，难度相当大，戏曲史上就曾经发生过改编失败的著名案例：明太祖朱元璋很是赞赏高明的《琵琶记》，但"患其不可入弦索②，命教坊奉銮史忠计之。色长刘杲者，遂撰腔以献……然终柔缓散戾，不若北之铿锵入耳也"③，之所以会这样，主要原因当在南、北曲的体制不同，也与"南（曲）易制……北（曲）难制"④ 等因素有关。从这个角度看，萧德祥的剧本改编，难在将南曲作品改为北曲作品。根据《录鬼簿》记载萧德祥"凡古文俱櫽栝为南曲，街市盛行。又有南曲戏文等"，我们得知：萧德祥是南戏的行家里手，而《小孙屠》《杀狗劝夫》等皆为流传甚广的南戏作品，萧对它们应当是相当熟悉的，萧德祥将它们改编为杂剧难度不是很大；而天一阁本《录鬼簿》中贾仲明所补的挽词又进一步证明了这一点，其词云："武林书会展雄才，医业传家号复斋。戏文南曲衡方脉，共传奇乐府谐。治安时何地无才。人间著，《鬼簿》载，共弄玉同上春台。"⑤

作为元末明初杂剧史上的一种存在，萧德祥的改编剧只不过是一个个案。还有其他相同的杂剧作家作品被记载，如：贾仲明作过《裴度还

---

① 邵曾祺：《元明北杂剧总目考略》（《中国古典戏曲理论丛书》），郑州：中州古籍出版社，1985年版，第 111 页。

② 弦索乃元明杂剧所用音乐伴奏乐器和演奏方式。

③ （明）徐渭：《南词叙录》（《中国古典戏曲论著集成》三），北京：中国戏剧出版社，1959 年 7 月版，1980 年版，第 240 页。

④ （明）徐渭：《南词叙录》（《中国古典戏曲论著集成》三），北京：中国戏剧出版社，1959 年 7 月版，1980 年版，第 242 页。

⑤ （元）钟嗣成：《录鬼簿》（《中国古典戏曲论著集成》二），北京：中国戏剧出版社，1959 年版，第 252 页。

带》，而贾仲明之前的关汉卿亦有同名杂剧（现存脉望馆本题关汉卿作）；杨景贤有《两团圆》杂剧，剧下注"次本"，而杨景贤之前的杨文奎、与杨景贤同时的高茂卿，及无名氏等也有《两团圆》杂剧；汤舜民的《娇红记》，下注云"次本"，而以《娇红记》为题的杂剧，也同列于王实甫、金文质、刘东生和汤式四人名下……

以上种种表明：杂剧发展到元末明初阶段，改编前人杂剧现象依然相当普遍，改编亦是杂剧家们再创作的一种手段，而萧德祥正是秉承了过去的传统，不仅改编前人杂剧，也对南戏进行改编。他的杂剧当可视为当时"改编剧"的典型。

## 第二节　秦简夫与元末明初的"伦理道德剧"①

秦简夫是元代著名杂剧作家。卷首有钟嗣成至顺元年自序的"说集"本《录鬼簿》载：秦简夫"见在都下擅名，近岁来杭回"。② 因其位列"方今才人相知者"，所以推知他至少在元末至顺年间还在世。

秦简夫杂剧今知有五种，分别为《东堂老劝破家子弟》（简名《东堂老》）、《义士死赵礼让肥》（简名《赵礼让肥》）、《陶贤母剪发待宾》（简名《剪发待宾》）、《天寿太子邢台记》、《玉溪馆》。前三种有存本，后两种佚，本事亦无考。从存本来看，《赵礼让肥》和《剪发待宾》取材于历史记载，《东堂老》则再现了现实生活。它们或借古喻今，或直接反映时代，尽管作品取材有新旧之别，但创作的立意侧重于"有补于世"，在揭示人性与道德矛盾的同时，着力于强调"礼、信、仁、义、孝"等道德的力量和重要性。从内容层面来看秦简夫的作品，使人明显

---

① 本节原为笔者 2005 年博士毕业学位论文《元末明初杂剧研究》部分内容,后经修改以本题目发表于《安庆师范学院学报》2008 年第 5 期。

② （元）钟嗣成:《录鬼簿》(《中国古典戏曲论著集成》二),北京:中国戏剧出版社,1959 年版,第 132 页。

感觉到它们重在"教化",其目的在于唤起世人对传统儒家伦理道德的尊崇意识。所以,我们不妨称之为"伦理道德剧"。从元末时代背景入手来探讨秦简夫的杂剧,有助于我们深化对秦简夫本人、当时的士人心态的认识,也有助于拓展对元末明初"伦理道德剧"流行现象的认识。

秦简夫致力于"伦理道德剧"的创作,当有其深厚的时代背景和历史渊源的。

## 一、一位有社会责任心、有"良知"的杂剧家

史学上一般将元代划分为三个阶段:早期为忽必烈时期(约 1260—1295 年);中期为元成宗至元文宗时期(约 1295—1332 年);后期为顺帝时期(约 1332—1368 年)。秦简夫的主要生活年代及创作时期当在中后期,时代的变化将不可避免地在他的创作中留下深深的烙印。

元朝发展到其中后期,经济恢复很快,南方的杭州、扬州、苏州等城市很快发展起来了,商业经济呈现出繁荣局面。政治一度出现较为清明的时期,如中期有成、武二宗"惟和守成";英宗"崇文右儒";后期有顺帝时期持续九年的"至正新政"。尤其是后期,当时脱脱掌权,元顺帝励精图治,实行"更化"政策,加强吏治和文治,选拔人才,以缓和民族矛盾,整个社会有所发展。尽管如此,但日益尖锐的民族矛盾和社会矛盾仍继续发展。

元蒙本为异域大漠之未开化民族,入主中原后,废去汉法,排斥南人汉人,加之吏治腐败,一直是元代的痼疾,经常引发社会动荡。后期的伯颜擅权更带给本身不稳的统治以巨大危害,积重难返的土地兼并、国家财政空虚之鄙弊,终于使这个外族统治的政体走向灭亡。

秦简夫所生活的时期,整个社会走向完全衰败,人们的道德水准呈全线下降趋势。《元史》"本纪·第四十三·顺帝六"载:"十三年……十二月丁酉……哈麻及秃鲁帖木儿等阴进西天僧于帝,行房中运气之术,

号演撲儿法，又进西番僧善秘密法，帝皆习之"，"十四年……十二辛卯……京师大饥，加以疫疠，民有父子相食者。帝于内苑造龙船……时帝怠于政事，荒于游宴，以宫女三圣奴、妙乐奴、文殊奴等一十六人按舞，名为十六天魔……"

"乱自上作"，最高统治者的腐朽堕落，社会其他各阶层也普遍效行。在元人孔齐所著的《至正直记》中，我们随处可见有关"文后性淫""脱欢恶妻""屠刽报应""妻死不葬""势不可倚""奸僧见奸"① 等丑恶行径的记录。可以说，元代末期，道德沦丧成了一个普遍的社会现象。此外，本期商业资本主义已经有所发展，经济利益的驱动，唯利是图、人心不古的现象时有发生……

在这种形势下，站出来宣扬传统的儒家道德观念，当是一种具有社会责任心的表现，而秦简夫正是这样一位有社会责任心、有"良知"的杂剧作家。过去我们经常将秦简夫杂剧教化作用与前期关汉卿、王实甫等剧作的叛逆精神相比照，更多的肯定其"剧旨"（"仁、义、礼、智、信"）之外的"客观上""真实反映了元末社会大动乱……的社会意义"②，却淡化了秦简夫的杂剧在针砭时弊的同时，对日益低下的民众道德的回归所起到的教育意义，其实这是没有很好地结合时代以论人及其作品，显然有失公允。对于秦简夫及其杂剧我们认为还是要尽可能地从当时人的立场出发，去评价他们。

## 二、书写元代中后期知识人士与元廷合作的自觉意识

应该说，秦简夫时期的士人（或称知识分子）在处理自身与元代统治集团的关系方面，已大异于开国之初的汉儒了。这可以从两个方面看：

---

① （元）孔齐：《至正直记》（《宋元笔记丛书》），上海：上海古籍出版社，1987 年版，第 3、9、55、97、106 页。

② 刘荫柏：《元代杂剧史》，石家庄：花山文艺出版社，1990 年版，第 193 页。

一方面，在对待汉人精英知识分子上，当时的蒙元当政者已深切体察到立国时"武功迭兴，文治多缺"① 现实问题，他们秉承忽必烈以来的任用汉儒的政策，并采取了更有利于笼络人心的现实行动。最为有影响的就是延祐间恢复科举、祭孔、袭封孔子五十三代孙、从祀宋元十大理学家于孔庙等重大举措的实行。另一方面，对许多受歧视排挤的儒士来说，这些政策和举措无疑给他们带来了诸多希望。许衡、郝经之后的那些具有更为开阔视野的儒士，已不仅仅停留在对"天下有定理而无定势"② 规律的探索上，也不屑于总结历史，阐发定律："五帝之禅，三代之继，皆数然也……圣人遇变而通之，亦惟达于自然之数，一毫之私无与也。"③ 他们完全突破了"严夷夏之大防"的狭隘民族观，以务实的精神与元廷合作。此期汉儒中的很多有影响的人，就直接参与了国家的文化建设工作，以官修典志、史书为例，取得的"成果特别显著"。④ 其中最为有影响的是大德七年（1303 年）《元大一统志》1300 卷成；英宗至治二年（1322 年）《元典章》成；至治三年（1323 年）《大元通制》成；文宗至顺三年（1333 年）虞集等修成《经世大典》880 卷；等等。

正由于对元廷有一种"认同"感，所以那些文人儒士才愿意与统治他们的人合作。作为一个杂剧家，秦简夫用来"合作"的武器就是杂剧，但其采用的方法不是去"揭破"，而是去"劝说"。他就是要用杂剧来说教，来匡正社会，以道德传播来拯救行将腐朽的朝廷和日趋堕落的人心。从秦简夫身上，我们完全能找到文人"温柔敦厚"的另一种品格。

---

① （明）宋濂：《元史·世祖本记一》，北京：中华书局，1979 年版。

② （元）郝经：《陵川集》卷三九，《上宋主陈请归国万言书》，《景印文渊阁四库全书》第 1192 册，台北：台湾商务印书馆，1986 年版，第 453 页。

③ （元）许衡：《鲁斋遗书》卷一，《语录上》，《景印文渊阁四库全书》第 1198 册，台北：台湾商务印书馆，1986 年版，第 283 页。

④ 周绍川：《元代史学思想研究》，北京：社会科学文献出版社，2001 年版，第 11 页。

### 三、秦简夫的"伦理道德剧"渊源有自

我们读元杂剧，大多感兴趣于那些"沉抑下僚，志不得伸"的杂剧作家的作品，是因为那些作家"以其有用之才，而一寓之于声歌之末，以抒其拂郁感慨之怀，所谓'不得其平而鸣焉'者也"①。其实，杂剧的声音并不是单一的，它们应该被看成多声部的"合奏"，在这部合奏中，宣传伦理道德的杂剧在秦简夫之前早已不乏其篇。即使那些被我们认为最具"叛逆"精神的大杂剧家也不例外，关汉卿的《陈母教子》、郑廷玉的《楚昭公》、宫天挺的《范张鸡黍》等就是典型例子。关汉卿的《陈母教子》为"贤孝"剧，它通过讲述宋朝陈母冯氏，早寡抚孤，教育三子成状元故事，凸显的是母贤子孝的思想；郑廷玉的《楚昭公》故事背景十分险恶：楚昭王兵败于吴国，逃难时一家人所乘小舟江中遇险。水激浪高，在生命系于一发的关键时刻，亲疏关系的区分显露无余，人性之真善美于此际最能表现——"申包胥之志节，楚昭王之友爱，以及夫人公子之贤孝"② 在此剧中得到了极力歌颂；宫天挺的《范张鸡黍》讲述的是汉朝山阳金乡人范式（字巨卿）与汝南张昭（字元伯）死生交的故事③，全剧颂扬的是友情，但着力点在"信义"二字。除以上"伦理道德剧"外，还有王仲文的《救孝子》、石君宝的《秋胡戏妻》等。

秦简夫的"伦理道德剧"可以被看成元前期"伦理道德"杂剧创作的继续，又有所发展。《剪发待宾》《赵礼让肥》两剧分别取材于历史上晋陶侃母剪发置席而待宾和后汉赵孝赵礼兄弟争死的故事④。元末夏庭芝

① （明）胡侍：《珍珠船》卷四"元曲"，《笔记小说大观》，台北：台湾新兴书局有限公司影印本，1987 年版，第 3457—3458 页。

② 罗锦堂：《元人杂剧本事考》，台北：台湾顺先出版公司，1976 年版，第 132 页。

③ 该故事见《后汉书》"列传"第七十一"独行传"。

④ 两故事分见于《晋书》第六十六卷"列传"第三十六卷"陶侃卷"和《后汉书》"卷三十九"之"列传二十九"。

在比较"院本"与"杂剧"时,特地将这两种分列"母子"和"兄弟"类杂剧,认为它们完全不同于"谑浪调笑"的院本,而是关乎"厚人伦,美风化"①的大事。贾仲明在为钟嗣成补写的〔凌波仙〕吊曲中,是这样高度赞扬秦简夫和他的杂剧:"文章官样有绳规,乐府中和成墨迹,灯窗捻出新杂剧。《玉溪馆》,煞整齐。晋陶母,剪发筵席。《破家子弟》《赵礼让肥》,壮丽无敌。"②如果我们体味一下古人的这些评论,就会明白我们的认识与他们有多大的差别了。

《剪发待宾》敷衍陶母教子的故事,着力处却在力倡一个大大的"信"字。剧中表彰陶母严格教子之道,在于她不仅重子女的才学教育,更重其操守教育。守寡的陶母"与人缝连补绽,洗衣刮裳","将些衣服头面,都做了文房四宝束修"(第一折〔混江龙〕),以供儿子读书。她要求陶侃"受半生辛苦,指望待一举成名","学的赋课成八韵,诗吟就全篇。十载寒窗黄卷客,博一纸九重天上紫泥宣","学成了诗云子曰,久以后忠孝双全"(第一折〔混江龙〕)。时刻盼望着儿子有朝一日"能勾两行朱衣列马前"(第一折〔天下乐〕)。但当她看到儿子"未学读书,先学吃酒",失望之至,痛斥曰"你不肯刺骨悬头作状元,金榜上将名姓显,你则待长安市上酒家眠。则他这匡衡墙紧靠着编修院,则他那杜康宅隔壁是悲田院。你学仲宣空倚楼,似祖生懒着鞭。你则待醉乡中早称了平生愿,常留着一体在头边"(第一折〔油葫芦〕)。恼怒至极,竟责打那位年已20的儿子。她的金钱观是"钱字是大金傍戈,信字是立人边言",因此告诫陶侃要"常存着立身夫子信……休恋这转世邓通钱!"(第一折〔金盏儿〕)

《赵礼让肥》将几个人物放在生死考验的关头,以表现道德是否能承

①《中国古典戏曲论著集成》二,"《青楼集》提要"中所收《青楼集·志》,北京:中国戏剧出版社,1959年版,第7页。

②《中国古典戏曲论著集成》二(《录鬼簿》第1114条注释),北京:中国戏剧出版社,1959年版,第243—244页。

受生命之重的主题。本剧涉及的道德范围较广，"信、义、孝、仁"皆备。书生赵礼讲"信"，是不分任何人的，即使对因饥饿而要食他的匪人亦如此。正如他所表白："俺秀才每仁义礼智信，唯有个信字不敢失了。天无信四时失序，地无信五谷不生，人无信而不立。'大车无輗，小车无軏，其何以行之哉？'既是孔子之徒，岂敢失信于人乎？"（第二折）他又兼"孝"：要求匪人放他下山，不是为求生，而是向其母和其兄辞别，以尽"孝悌"之道：一为"辞一辞呵，着俺那年高老母知一个消耗……岂不闻道是哀哀父母劬劳？"（第二折〔呆骨朵〕）二为"着俺哥哥行仁孝，将俺那老母恩临报"（第二折）。赵礼之兄赵孝赶上山来与弟争死，是为"义"举；马武最后放下屠刀，立地成佛，体现"仁"的力量。本剧以大团圆而结束，道德最终被证明能承受生命之重。

秦简夫的《东堂老》取材于现实市井题材，敷衍的是一个商人信守对故人的诺言，用计促使浪子回头的故事。此剧一直为近现代杂剧研究者所感兴趣，其重要原因之一是它涉及当时的商人形象。东堂老李实虽"做买卖，流落在扬州东门里牌楼巷居住"，但却有着"古君子之风"（《东堂老》"楔子"）。正因为其品行高尚，深知其为人的赵国器才在临终之前请求他在自己死后，管教那位不成器的儿子扬州奴。东堂老亦不辱使命，通过种种方式，最终使败家子走上正途。

该剧的立意不同于元杂剧中大多数有关商人的作品，在那些作品中商人常常以重利忘义，贪财好色的面目出现，他们往往是嘲弄、鞭挞的对象。而秦简夫却以当代现实生活中的商人东堂老为摹写对象，以崭新的"忠信"形象示人，确实别出机杼。东堂老的形象也可能有其现实的原型，元人陶宗仪《南村辍耕录》卷之七"义奴"条记载了元代发生在扬州的一则逸事："刘信甫，扬州人，郡富商曹氏奴。曹濒死，以孤托之。孤渐长，孤之叔利孤财，妄诉于府曰：'某家赀产未尝分析，今悉为侄所据。'郡守刘察其诈，直之。叔之子以父讼不胜，惭且愤，毒父死，而复诉于府曰:'弟挟怨杀吾父。'"①与郡守不和的达鲁花赤欲报复郡守,取"叔之子"言辞,并诬告曹氏孤儿贿赂郡守。刘信甫为了不负故人重托,竟主动承担"杀人"的莫须有罪名,并坚决否认贿赂郡守之事。在受尽万般苦难之后,最终被救出。在曹氏孤儿提出要报答补偿他时,他"力辞不受",并陈述其理由:"奴之富,皆主翁之荫也。今主有难,奴救脱之,分内事耳。"秦简夫的《东堂老》是否与之有一定的关系,我们不得而知,但说它在某种程度上反映了现实是不成问题的。据今人研究,东堂老形象或许还与元代"也里可温"(基督教)有关,"这一形象的出现反映了元代基督教观念对儒学摒弃商人的传统观念的冲击"②。

从以上论述我们可发现:秦简夫是元末明初时期一位致力于"伦理道德剧"创作的代表杂剧家,其作品既继承了以往杂剧作家注重风教的创作传统,又能从现实伦理道德的衰落中发掘新意,具有鲜明的"写实型"特征。其杂剧专门致力于当时颓败社会风气的救治。在《赵礼让肥》《剪发待宾》中,他借古事以教育时人,希冀用古代儒家"礼、孝、仁、义、信"等道德标准去规范人们的行为;在《东堂老》中,他以一位具有高尚品格的现代"也里可温"商人形象,去挑战中国商业经济刚刚出现萌芽时普遍的道德沦丧。

## 四、秦简夫杂剧的艺术成就及其影响

秦简夫杂剧属本色一派,一直为后来人所评品。日本学者青木正儿将其杂剧归于"本色派"中"淳朴自然"一类,并解释说"本色多半宁用意于结构排场,而曲词则平实俚质"③。

对于秦简夫杂剧,赞赏之人不在少数,尤其对于《东堂老》的评价

① (元)陶宗仪:《南村辍耕录》,北京:中华书局,1959年版,第91页。
② 张乘健:《元剧〈东堂老〉的也里可温教背景》,《文学遗产》2000年第1期。
③ [日]青木正儿:《中国文学概说》,重庆:重庆出版社,1982年版,第123页。

甚高。该剧故事描写真实，结构合理，曲辞朴实，其第一折中〔寄生草〕
最为人称道："简直的完全用嘴说话似的毫无修饰地歌唱着，却很有趣
味"①；"此记摹写破家子弟，最为逼肖"②；"此事因足令人感动，剧的结
构也整洁，不冗杂：曲词在本色之中，有味道，有情热"③。可以说秦简
夫杂剧完全有资格入选杂剧中优秀之列。

秦简夫之后仍有诸多作家创作"伦理道德剧"，如赵善庆的《负亲沉
子》，汪勉之的《孝顺女曹娥泣江》，萧德祥的《王翛然断杀狗劝夫》，
钟嗣成的《冯驩烧券》《孝谏郑庄公》，罗贯中的《忠正孝子连环谏》，
谷子敬的《卞将军一门忠孝》，刘君锡的《庞居士误放来生债》《贤大夫
疏广东门宴》《石梦卿三丧不举》等。"藩王"作家朱有燉也是"伦理道
德剧"创作的大家。

## 第三节　元末明初曲家汤舜民考论④

汤式，字舜民，号菊庄，元末明初著名曲家。由于马廉于 1931 年前
后在宁波发现汤舜民的散曲集抄本《笔花集》，所以他得以跻身于"有别
集流传下来的"⑤ 元代四大曲家之列（另有张养浩、乔吉、张可久）。尽
管《录鬼簿续编》（以下简称《续编》）、《太和正音谱》（以下简称《正
音谱》）等载有汤舜民相关信息，但所记尚不全面，须结合多方面资料进
行考证、分析，才可较为详细地展现汤之生平际遇、曲学成就，揭示其
在文学史上的重要价值。

---

① ［日］青木正儿：《中国文学概说》，重庆：重庆出版社，1982 年版，第 127 页。
② 吴梅：《吴梅戏曲论文集》，北京：中国戏剧出版社，1983 年版，第 369 页。
③ ［日］青木正儿：《元人杂剧概说》，北京：中国戏剧出版社，1957 年版，第 113 页。
④ 本节以《元末明初曲家汤舜民考论》为题发表于《励耘学刊》2022 年第 2 辑，第 137—149 页。
⑤ 隋树森：《全元散曲·自序》，北京：中华书局，2000 年版，第 1 页。

## 一、汤舜民生平与交游

介绍汤舜民生平情况最为详细的，莫过于《续编》了。该书说：

> 汤舜民，象山人，号菊庄。补本县吏，非其志也。后落魄江湖间。好滑稽。与余交久而不衰。文皇帝在燕邸时，宠遇甚厚，永乐间恩赍常及。所作乐府、套数、小令极多，语皆工巧，江湖盛传之。[①]

这里提到：汤舜民的籍贯是浙江象山，曾经做过该县的小吏，但心有不甘，于是流落江湖。他擅长杂剧（即"乐府"）、散曲（包括小令、套数）创作，有相当大的名气，后来得到燕王朱棣的欣赏，成为燕邸的宠臣，朱棣登基后还经常对他有所恩赐。

关于汤舜民的生卒年，没有文献直接记载，只能根据相关资料推知大概。

汤舜民有散套【南吕·一枝花】《言志》，其中自述说："十载青袍，况值烟尘闹，事无成人半老。"[②] 按："青袍"与"紫袍"相对，元人柳贯《太子受册礼成赴西内朝贺退归书事》一诗有云："青袍最困微班忝，亲向前星挹斗杓。"[③] 柳诗"青袍"喻品级较低的官吏，汤曲之义与之相同，亦合《续编》"补本县吏，非其志也"之语义；"烟尘闹"当指元末动乱；"人半老"语，借"徐娘半老"故事，暗指元末自己已 30 ~ 40 岁。由此句可以推断：汤舜民约生于元泰定五年（1328 年）到至元四年（1338 年）之间，明朝立国时已至中年。由于《续编》中有"永乐间恩赍常及"语，所以我们推知在永乐初年（1403 年）汤舜民至少已在 65

---

① （明）无名氏：《录鬼簿续编》（《中国古典戏曲论著集成》二），北京：中国戏剧出版社，1959年版，第 283 页。

② 郭志菊、马冀编：《汤舜民散曲校注》，呼和浩特：内蒙古大学出版社，2009 年版，第 316 页。

③ （清）顾嗣立编：《元诗选·初集》（中册），北京：中华书局，1987 年版，第 1155 页。

岁开外。

汤舜民的人生经历可以分为四个时期。第一时期：明朝建立前。他一度在家乡象山县谋得一个小吏的差事，但始终郁郁不得志，于是辞去县吏一职，流落江湖，就这样度过了30～40年光景。第二时期：洪武初年至十五年（1382年）。他在江浙间行走，结交朋友，期望在新朝谋求发展。第三个时期：大约在洪武十五年（1382年）至永乐初年（1403年）之间。汤舜民已届五旬，居然进入朱棣燕王府成为燕邸文人，他以擅词曲、好滑稽之才华赢得了朱棣的欣赏，"宠遇甚厚"。（关于汤舜民与燕邸，将在下文专论）第四个时期：在永乐以后，年老的汤舜民随朱棣回到南京京师。在此期间，已是皇帝的朱棣依然念旧情，对汤舜民"恩赉常及"。永乐十八年（1420年）明朝迁都北京，汤舜民如还活着当是耄耋之人，应无法跟随前往，而是在南京度过了余生。

汤舜民的活动区域在不同时间是不同的：第一、二、四时期，主要活动于江浙地区和京师南京一带；第三时期主要活动于北平和北方地区。其交游比较广泛，主要有三类人：其一是诗酒文人，其二是青楼伶人，其三是功臣武将。

（1）汤舜民文人朋友甚多，《续编》的作者就提及自己与汤舜民"交久而不衰"①。从汤舜民的散曲看，他有不少作品赠友人：如送"友人入全真道院""送人应聘""送友人观光""贺友人新娶""送人回镇淮安"。其散曲涉及有名有姓的文士数量很多，如杨景贤、陆进之、车文卿、吕周臣、沙子正之辈。汤舜民所交的这些文友有的为江浙籍，有的为流寓江浙之人，大多地位低下。重要的如：吕周臣，浙江青田人，与刘基相善，《吕周臣诗集序》中言其"由吏员，累月日至九品，家居以待

---

① （明）无名氏：《录鬼簿续编》（《中国古典戏曲论著集成》二），北京：中国戏剧出版社，1959年版，第283—284页。

选""以通济之才，沉下僚而无怨，筚门陋巷，为诗歌以自适"①；又如：陆进之，乃"嘉禾（今浙江嘉兴）人"（《续编》），元末曾任福建省都事，官职亦很卑微；又如：杨景贤，本乃蒙古人，后跟随姐夫杨镇抚流寓杭州，"善琵琶，好戏谑，乐府出人头地，锦阵花营，悠悠乐志"（《续编》），后来也得到朱棣的恩宠。汤舜民的这些朋友，尽管才华横溢，但声名不振，非当权显赫之士，他们经常词曲相赠，互相唱和。

（2）同关汉卿、王实甫等前辈曲家一样，汤舜民喜欢与青楼伶人交往，他有大量的赠伶妓的散曲作品，其中涉及南京、苏州、杭州等地的青楼伶妓有将近20位，如教坊张韶舞、钱塘王姬、玉莲王氏、凤台春王姬、素云、素梅、明时秀、展香绵、玉芝春、玉马杓、莲卿王氏者、素蟾、佛奴、素兰、王观音奴、王善才、宋湘云等。这些伶女，有的流落青楼卖艺卖笑，有的选入教坊歌舞吹弹；有的得到一代高才杨铁笛（杨维桢）青睐，有的只能靠出卖色相谋生。元明散曲家中，像汤舜民那样用如此多的作品"反映青楼生活，表现对风尘女子的真挚同情"②，还是不多见的。

（3）汤舜民亦喜攀附权贵。除了依附朱棣为燕邸宠臣，还与其他权贵交往，其中不乏声望赫赫的名臣大将，汤舜民好几支散曲就是赠这些人的。他们有的位高权重，"麒麟阁上臣，虎豹关中将"，"巍巍九鼎臣，落落三台位"；有的战功卓著，文武双全，"展其韬施其略孙吴是法，依于仁行于义周孔为怀"，"匣中剑冰涵秋水芙蓉，腰间带银钑盘花荔枝"。之所以结交权贵，当与汤舜民怀抱大志、不愿久居人下有关。

## 二、汤舜民与燕邸

汤舜民是目前已知的燕邸曲家代表人物，他与燕王府的关系一直为

---

① （明）刘基：《诚意伯刘文成公文集·四·卷之五"序"》（见《四部丛刊·续集》），1922年上海商务印书馆据明正德刊本影印。

② 郭志菊、马冀编：《汤舜民散曲校注》，呼和浩特：内蒙古大学出版社，2009年版，第36页。

学界所关注。汤舜民所依附的"燕邸"在哪里？何时进入燕邸？还需做进一步探究。

1. 朱棣于"洪武三年，封燕王。十三年，之藩北平"。[①] 所谓"燕邸"，就是指朱棣洪武三年（1370 年）被封燕王至永乐元年（1403 年）所居之亲王府邸，目前所知至少有三处：北平、京师（后来之南京）、中都凤阳。汤舜民等杂剧家所依附的燕邸有人认为"指朱棣在南京的藩邸"[②]，此说不妥，以下辨析之。

从洪武三年到洪武十三年，将近 10 年光景。这个时期，朱棣年纪尚轻，难当理藩重任，所以不得不暂时留住京师，后来还在中都凤阳短暂居住过。京师和中都皆有其亲王府，但皆属于临时"燕邸"，王府设在内宫。

从现有史料看朱棣京师生活大致有四个主要方面：一是随太子朱标就读大本堂和文华堂。二是"侍"奉父皇退朝并随时聆听教诲。三是洪武六年九月开始，由燕府参军朱复等辅臣"朝夕左右，辅成其德"[③]，处理一些朝廷和王府事务。四是在洪武九年（1376 年）春正月娶徐达之女为妃，开始家庭生活。

洪武九年（1376 年）二月庚子，朱棣遵皇命去中都凤阳，目的是"观祖宗肇基之地，俾知王业所由兴"。[④] 此后，他就常住凤阳，其王府也搬到凤阳皇城，洪武十一年七月二十三日长子朱高炽（明仁宗）出生。（朱棣京师、中都生活非本文论述重点，仅作以上简述。）

相关资料表明：在京师或凤阳期间，朱棣是不可能私自恩宠汤舜民的。其理由：其一，临时"燕邸"设在禁卫森严的深宫，外人无法进入。

①　（清）张廷玉等撰：《明史》（第 1 册），北京：中华书局，1974 年版，第 69 页。

②　马冀：《杨景贤生平考索》，《黑龙江民族丛刊》2003 年第 6 期。

③　（明）姚广孝等撰：《明实录·明太祖实录》"册三·卷85"，中央研究院历史语言研究所影印本，1962 年版，第 1511 页。

④　（明）姚广孝等撰：《明太祖实录》（《明实录》3），上海：上海书店，1982 年据台湾中央研究院历史语言研究所校勘本影印，第 1747—1748 页。

其二，朱棣和其他亲王们的活动主要是读书、"侍"奉父母、受教、出居凤阳，且多为集体活动，没有机会与汤舜民那样来历不清、身份低微的人接触。其三，尽管朱元璋自己非常喜爱音乐、词曲，但作为监护人，他对年幼皇子们的训诫还是以努力修身、近贤人远谄媚、反对奢华、爱惜民力等为主，很少涉及享受声色娱乐之类。汤舜民等所擅长的滑稽、乐府、套数、小令、工巧之语，朱元璋并不鼓励未赴藩的皇子们亲近之。其四，赴藩前亲王身边辅臣、教师皆由朱元璋钦命，朱棣等亲王并无自己挑选宠信之人的权力，更谈不上对某人有"宠遇甚厚"的特殊待遇了。因此，《续编》中提到汤、贾等人所依附并得到恩宠的"燕邸"，当不是京师或中都的燕邸，而是北平的燕邸。

2. 汤舜民何因、何时进入北平燕邸？此当从朱元璋对藩王的政策说起。

（1）明初仿汉制实行封藩，一为"藩屏国家"，二为"天子命礼，诸侯遵守而行之"①。但最重要的目的是利用诸王藩屏国家。为了使藩王们不生异志、安心赴藩，朱元璋给他们配备一定的僚属、护卫，提供优厚的物质待遇，还让他们享受丰富的精神文化生活。洪武初"定王府乐工例设二十七户，于各王境内拨与供用……"②另御赐乐舞生给王府。乐工、乐舞生们的曲唱和戏曲表演，满足了藩府上下娱乐需求。不唯如此，朱元璋还恩赐给藩府大量曲本供其消遣、搬演。《张小山小令序》记述道："洪武初年，亲王之国，必以词曲千七百本赐之。"③

在这种背景下，各藩府的曲唱、戏曲表演等活动如火如荼。以周藩为例："旧有敕拨御乐，男女皆有色长，其下俱吹弹、七奏、舞旋、大

---

① （明）姚士观、沈鈇全校刊：《明太祖文集》（《景印文渊阁四库全书》第 1223 册），台北：台湾商务印书馆，1986 年版，第 98 页。

② （明）林尧俞等纂修，俞汝楫等编撰：《礼部志稿》（一）（《景印文渊阁四库全书》第 597 册），台北：台湾商务印书馆，1986 年版，第 247 页。

③ （明）李开先著，路工辑校：《李开先集》（上），北京：中华书局，1959 年版，第 370 页。

戏、杂记（即杂剧）。女乐亦弹唱宫戏。宫中有席，女乐伺候，朝殿有席，只扮杂记、吹弹、七奏，不敢做戏。宫中女子，也学演戏。"① 于是，各藩府大肆招揽文学之士、戏曲人才，一时间蔚然成风，汤舜民、贾仲明等因此得以进入燕府。

（2）汤舜民进入燕邸的具体时间应在洪武十五年（1382 年）之后。燕王朱棣禀赋超群、具雄才大略，在离开南京赴北平就藩后不久，就谋划网罗人才。最先入燕府的股肱之臣当是姚广孝（道衍），时间在孝慈高皇后马氏去世的洪武十五年（1382 年）。《明史》载："高皇后崩，太祖选高僧侍诸王，为诵经荐福。宗泐时为左善世，举道衍。燕王与语甚合，请以从。至北平，主持庆寿寺。出入府中，迹甚密，时时屏人语。"② 燕王得姚广孝，离其"之国"仅 2 年。

洪武朝，武人皖籍甚多，文人江浙甚夥，这种状况在燕王府中也大略相似。朱能、张玉、邱福等武将多为皖人，姚广孝、袁珙、金忠等谋臣多产自江浙。元明间江浙间文风昌盛，学缘关系密切，文人间声气相通，往往相互荐举。燕王府亦如此：临海（今浙江临海）宗泐荐长洲（今苏州）姚广孝，姚又荐鄞（今宁波）术士袁珙。汤舜民、贾仲明等，明初一直活动于江浙一带，颇有文名。朱棣北上就藩后，当是有人举荐，汤、贾等人才得以作为侍从文人，被罗致燕邸，时间应是在姚广孝、袁珙等人入燕邸之后。

### 三、汤舜民的散曲创作

汤舜民是一个"承前启后的重要曲家"③，重要原因之一就在于他创作了数量可观，质量上乘的散曲，朱权将之列入"国朝一十六人"，并称

---

① （清）无名氏撰，常茂徕增订，孔宪易校注：《如梦录》，郑州：中州古籍出版社，1984 年版，第 88 页。
② （清）张廷玉等撰：《明史》（第 13 册），北京：中华书局，1974 年版，第 4079—4080 页。
③ 赵义山：《论承前启后的重要曲家汤式》，《四川大学学报》2004 年第 4 期，第 69 页。

赞其散曲"如锦屏春风"①。汤舜民有散曲集《笔花集》，有考证认为"最早是明朝永乐年间编成的"②，原收小令 166 首，套数 44 篇。经隋树森搜集，汤舜民名下小令数量增加到 170 多首，套数达 68 篇，另有残套 1 篇。如此丰富的散曲作品，引起了学界的重视。20 世纪末以来，台湾的范长华、大陆的李昌集、赵义山、马冀、郭志菊等用力颇勤，多有收获。

汤舜民现存散曲共用曲牌 33 种。其中：套数 9 种，小令 24 种（含带过曲 4 种）。套数中他最喜用【南吕·一枝花】曲牌，达 47 首；其余者，【仙侣·赏花时】5 首、【双调·新水令】4 首、【双调·夜行船】4 首、【正宫·端正好】3 首，【黄钟·醉花阴】【双调·风入松】【商调·集贤宾】【般涉调·哨遍】【正宫·赛鸿秋】各 1 首。小令中使用频率较高的有【双调·湘妃引】28 首，【双调·沉醉东风】20 首，【双调·天香引】与【中吕·普天乐】各 19 首。其他，【正宫·小梁州】9 首，【双调·对玉环带清江引】8 首，【正宫·醉太平】7 首，【中吕·满庭芳】【越调·小桃红】【中吕·谒金门】各 6 首，【双调·湘妃游月宫】【越调·柳营曲】【中吕·山坡羊】【双调·庆东原】各 5 首，【正宫·脱布衫带小梁州】【双调·风入松】【商调·望远行】【黄钟·出对子】各 4 首，【中吕·醉高歌带红绣鞋】【双调·寿阳曲】【越调·天净沙】各 3 首，【商调·知秋令】2 首，【双调·蟾宫曲】【双调·鸿门凯歌】各 1 首，【仙吕·点绛唇】（残曲 1 首）。

汤舜民的散曲，思想内容非常丰富，大致有如下几方面：

其一，反映元明鼎革之际，烽烟四起、群雄争霸、经济凋敝、百姓潦倒等社会现状。汤舜民在【正宫·小梁州】《扬子江阻风》一曲中借

---

① （明）朱权《太和正音谱》（《中国古典戏曲论著集成》三），北京：中国戏剧出版社 1959 年版，第 23 页。

② 隋树森：《全元散曲·自序》，北京：中华书局，2000 年版，第 9 页。

篙师之口陈说"干戈事","塌了酒楼，焚了茶肆"；在【中吕·满庭芳】《京口感怀》中，汤舜民直描战后："残花剩柳，摧垣废屋，新冢荒丘"；他在【双调·天香引】《西湖感旧》中进行昔今对比，语含悲愤："问西湖昔日如何？朝也笙歌，暮也笙歌。问西湖今日如何？朝也干戈，暮也干戈。"他用几支【双调·沉醉东风】来叙记维扬、姑苏战后颓败惨景："空楼月惨凄，古殿风飒","等闲间麋鹿奔驰，留得荒台卧台断碑"。类似作品甚多，不一一枚举。因此，汤之散曲"大大开拓了散曲题材，善于以曲录史。思想内容丰厚"①。

其二，记录个人生活困窘，抒发不遇之哀叹。汤舜民曾一度落拓，经历过苦难的生活，【中吕·满庭芳】《除夕》就真实地做了记录："荒芜旧隐，荡田破屋，流水柴门。儒生甘挨黄齑运，何病何贫？"汤舜民有满腹才华，不仅能"调琴演楚骚，研朱点《周易》"，还可"挥写就乾坤清气"，"犹自说兵机"，但不为世所用，他只能"看别人吹箫跨凤上瑶池"，"倚龙泉数声长叹息"，甚至借酒浇愁，"终日醉如泥"（【商调·集贤宾】《客窗值雪》）。汤舜民的这类散曲应写于进入燕邸之前，也表现了那个时代与他同样境况儒生的遭遇，其中所抒发之情感"带有明显的时代感受色彩"②。

其三，歌功颂德，赞美新王朝。明朝建立后，尽管中年已过，汤舜民还是得到宠信，于是他用散曲来歌赞新朝盛世。其【般涉调·哨遍】《新建构栏教坊求赞》详细描摹了新落成教坊建筑方位、构筑规模、教坊佳丽、各色表演、繁华景象等，渲染了"圣遍飞龙当日，火精焰焰光"的盛大辉煌，表达了对"九重雨露恩"感激之情。其【正宫·端正好】"元日朝贺"用铺排的手法展示元旦之日"万国来朝"、宫中举行宏大朝贺仪式的场景，曲终作者衷心歌唱："端拱无为记舜尧，祝寿年年拜天

---

① 郭志菊、马冀编：《汤舜民散曲校注》，呼和浩特：内蒙古大学出版社，2009年版，第6页。
② 李昌集：《中国古代散曲史》，上海：华东师范大学出版社，1991年版，第357页。

表。"这类作品在汤舜民的散曲中还很多,有研究认为汤曲中"有新意的是他描写元亡衰景和歌颂新朝的作品"①,其说法不无道理。

其四,赠人之作。如前所述,汤舜民与三类人有交往,汤多以散曲"赠"之。

对于那些身份低微的诗文朋友,汤舜民倾心与之相交,其赠曲多以忆往事、怀友情、鼓斗志为主,这些散曲从侧面反映出作者的为人。如"友人为人所诬赴杭",作者用【双调·沉醉东风】曲调声援之;又如"友人爱姬为权豪所夺",作者以【黄钟·醉花阴】《离思》"以书其怀";再如友人"撞入翠红裙,被虔婆每议论","丢开了砚台,撇下了书册",作者用【正宫·醉太平】《嘲秀才上花台》和《风浪士子》苦心相劝,忠告他们远离"花街柳陌"。阅读这些曲词,一个不畏权贵、心地善良、乐于助人、忠信真诚的形象树立在读者眼前。

对于那些生活在社会底层的青楼伶人,汤舜民不仅不鄙视,还与她们建立良好关系。他写了大量的赠妓曲,或写她们美貌动人,或述她们技艺高超,或赞她们"以琴书自娱,与道德为徒",或劝她们脱离贱业从良,或与她们开一些善意的玩笑"嘲"弄之。对不幸早逝的伶女,他一口气写四首【双调·沉醉东风】悼亡,"讣音至伤心万端,挽歌成离恨千般。……恨阎罗量不宽,偏怎教可意娇娥命短!"字字情真意切。

对于能掌管人们命运的权贵要人,汤舜民所赠之曲不乏奉承夸耀之辞,如:"名高金殿客,贵压紫薇郎";"黄童白叟知名望,一人下万人上。铁券丹书姓字香,万代辉光";"汪汪江海心,落落云霄志。昂昂经济才,矫矫廊庙姿"……现存资料表明:汤舜民不甘下游,热衷攀附,不仅与权势交往,也与皇室、朝廷攀上关系,甚至以年老之身入燕邸屈身事主。透过这类散曲,可以管窥作者期望建功立业、"抱金曳紫、承恩奉旨"的心态,表现了当时许多儒生为之奋斗的人生理想。

---

① 赵义山:《论承前启后的重要曲家汤式》,《四川大学学报》2004 年第 4 期。

其五，汤舜民的一些散曲与北方有关联，它们应是作者居燕邸期间所作，【双调·湘妃游月宫】《冬闺情》和【双调·沉醉东风】《燕山怀古》即是。两曲皆叙及北方生活，真实展现北地和大漠风景，"黄串冷驼绒毡帐，绿酒干羊脂玉钟"，"望中天五云零乱，白草茫茫紫塞宽"，非亲身经历而不能描摹也。此外，散曲还透露相关信息："鬓从别后甚蓬松"语，直言作者离别亲人独身前往；"共何人踏雪骑驴"语，用孟浩然骑驴雪中吟诗故事喻北地羁旅之孤寂；"辇路銮音断""再不见秦楼榭馆"等语，寓向往京师（南京）意，京师乃作者过去经常活动的地方，入燕邸前可能已经移家于此。两支曲子都蕴含浓厚的思乡念亲情绪。

汤舜民还有其他散曲，如"总结历史、感叹人生的咏史、怀古、纪游、写景、题画之作"[①]；还有许多励志豪放之作，等等。总体看来题材多样，内容丰赡，成就较高。

## 四、汤舜民佚名杂剧考

除了散曲，汤舜民还写戏曲。今知他创作杂剧2种（《瑞仙亭》和《娇红记》"次本"），皆已佚，但是杂剧史却经常提到他。其原因大概有如下几点：其一，《续编》录其小传，朱权《正音谱》将他的2种杂剧列入"国朝三十三本"[②]；其二，燕邸是明初戏曲的重镇之一，在明代戏曲史上具有独特且重要的价值，是藩邸戏曲的典型，汤舜民是可以确认的两位燕邸戏曲家之一（另一位是贾仲明）；其三，汤舜民依附于燕王朱棣，折射出明初"御用文人"曲家与王室的关系以及皇家对戏曲的态度。汤舜民两本杂剧已经散佚，以下对之进行考辨。

司马相如琴挑卓文君、文君当垆卖酒故事最先见于司马迁《史记》，

---

① 郭志菊、马冀编：《汤舜民散曲校注》，呼和浩特：内蒙古大学出版社，2009年版，第12、24页。
② （明）朱权：《太和正音谱》（《中国古典戏曲论著集成》三），北京：中国戏剧出版社，1959年版，第40页。

后来《汉书》《西京杂记》《乐府杂录》《抱朴子》《史通》等皆有涉及，史家著录其史料，论者品评其人物，诗词歌咏其情缘。宋元以降，相如与文君爱情故事多有借小说、戏曲而演绎者，据统计："宋代五种……元代九种……明代二十种……清代十种……近代四种。"①汤舜民《瑞仙亭》杂剧即为其中之一。

尽管《瑞仙亭》杂剧原作不存，然明人所辑《北宫词纪》卷五收《题卓文君花月瑞仙亭传奇》一套，题"元汤菊庄"所撰，当是汤舜民创作完成后所作之题记，从中可以窥见部分内容。以下引之：

【南吕·一枝花】青袅袅垂杨映画桥，响溅溅暗水流花径。轻飏飏香风翻翠幌，光辉辉银蜡射雕楹。悄悄冥冥，出绣户瑶阶静，步苍苔罗袜冷。翠袖薄玉臂生寒，金翘弹乌云堕影。

【梁州第七】横斗柄珠星灿灿，界勾陈银汉澄澄。恰行到梧桐金井潜身儿听。晃绿窗十分月色，隔幽花一片琴声。明出落求鸾觅凤，暗包藏弄燕调莺。一字字冰雪之清，一句句云雨之情。卖弄他穷书生酸溜溜调美才高，迤逗的俊女流急穰穰宵奔夜行，辱没煞老丈人羞答答户闭门扃。那生，可称。一峥嵘便到文园令，论富贵是天命。长门赋千金价不轻，可知道显姓扬名。

【尾声】恰待要班趋北阙身初定，谁承望梦入南柯唤不醒，且休将这《史记》源流细参订。传奇无准绳，关目是捏成，请监乐的先生自思省。②

该散曲的序曲部分描摹瑞仙亭畔垂杨、画桥、花径、翠幌、雕楹等景物，刻画了一个出绣户、步苍苔、玉臂生寒、金翘弹乌云堕的美人形象。【梁州第七】叙述卓文君潜身偷听司马相如琴声，渲染琴声中所包藏的弄燕调莺、云雨之情。此部分涉及相如与文君相关故事：文君闻相如

---

① 汤君：《宋元以来小说戏文之相如文君故事叙略》，《四川师范大学学报》2008年第2期。
② （明）陈所闻辑：《新镌古今大雅北宫词纪》（《北宫词纪》）万历甲辰（1604年）龙洞山农题、朱之藩识刻本。

琴声宵奔夜行；卓王孙羞女私奔闭户不出；相如因才华得封文园令；相如为失宠的陈皇后撰《长门赋》，终于显姓扬名等。这当是《瑞仙亭》四个主要部分的情节，甚符合杂剧四折之体制。这些情节大体不出司马迁《史记》的记载，【尾声】部分明确了这一点，并点明其关目是作者经过艺术加工捏合而成的。

《娇红记》名列中国十大古典悲剧，事涉北宋宣和年间申纯与王娇娘真实的故事。申纯乃汴人，卓异俊朗，居成都。因拜望眉州舅舅王通判一家，与表妹王娇娘相识。娇娘美貌聪颖，与申纯一见钟情，私订终身，但遭通判反对，娇娘又被父母许配府尹之子。娇娘与申纯因爱情无果，相继含恨而亡，最后二人合葬濯锦江边。这出爱情悲剧，元代宋梅洞有小说《娇红传》演绎之。明初以前，王实甫、金文质、汤舜民、刘东生皆据之演为杂剧。王实甫之剧目，曹栋亭本《录鬼簿》有载；金、汤剧目，均见天一阁抄本《续编》。金文质的剧目下录"题目正名"曰："判仙凡彩笔木兰词，誓生死锦片娇红记"，汤舜民的剧目下注"次本"。

关于汤舜民"次本"，邵曾祺认为"为金文质、汤式两人合写的剧本，金作头本，汤作次本"①，此见解当从王国维观点。"次本"是元杂剧剧目的一个重要术语，王国维认为某人作"前本"，另一人"续之，以成一全体者也"②。不过，明金陵乐安新刊积德堂刊行《金童玉女娇红记》中载有宣德乙卯（1435 年）丘汝乘"序"，其中称："越人东生刘先生传予"③，并不曾提及汤舜民。很明显，刘作汤续之说不成立，汤舜民和刘东生的《娇红记》，当是两个本子。尽管不是一个本子，但汤、刘的两本杂剧在内容上接近应是没有问题的。

综合而言：汤舜民人生经历丰富，散曲和杂剧创作成就较高，其作

① 邵曾祺：《元明北杂剧总目考略》，郑州：中州古籍出版社，1985 年版，第 418 页。
② 王国维：《宋元戏曲考》（《王国维戏曲论文集》），北京：中国戏剧出版社，1984 年版，第 80 页。
③ （明）刘东生：《金童玉女娇红记》（古本戏曲丛刊编刊委员会《古本戏曲丛刊初集》第 10 册），商务印书馆影印北京图书馆藏日本影印明宣德刊本，1954 年版，"丘汝乘序"。

品为时人所看重，他是元末明初曲坛上重要作家。尤其要提及的是，他名列"燕邸"作家群，对明初藩府文学产生了一定的影响，在古代文学史上具有独特的价值。

## 第四节　元末杂剧家陈肃考述①

陈肃是元杂剧史上具有特殊价值的标本人物。作为官位最高的杂剧家兼诗人，陈肃出现在元末剧坛，反映出元末明初杂剧"向上移"、精英化转型的趋势。学者多有言及陈肃者，如孙楷第、庄一拂、邵曾祺、徐子方等，以孙楷第《元曲家考略》搜罗最夥（孙著考证出与陈肃有关的资料有戴良《九灵山房集》、顾嗣立《元诗选》三集、张翥《蜕庵诗集》等②）。然而，整体来看，学界对陈肃家世、生平、交游以及诗歌、戏曲创作的探索还有诸多未及之处。为此，本文拟就相关方面进行进一步爬搜、考辨、评述，以拓展和深化对陈肃的研究。望方家指正。

### 一、陈肃科举与仕宦考

#### 1. 关于陈肃的几则文献资料

陈肃，字伯将，初见于明初无名氏所著的《录鬼簿续编》（以下简称《续编》）：

陈伯将，无锡人。元进士。累官至河南参政，迁中书参知政事。至正辛卯，授行军司马参将。文章政事，一代典刑。和曲填词，乃其余事。打毬蹴踘，举世服之。卒于军前，营中将士无不恸哭。③

---

　　① 本节乃与董玉洪合作而成，以《元末杂剧家暨诗人陈肃考述》为题，发表在《江淮论坛》2018年第4期，第171—175、181页。

　　② 孙楷第：《元曲家考略》，上海：上海古籍出版社，1981年版，第112—113页。

　　③ （明）无名氏：《录鬼簿续编》（《中国古典戏曲论著集成》二），北京：中国戏剧出版社，1959年版，第283页。

此后，《康熙常州府志》（以下简称《府志》）、《元诗选》等亦有记载，分录如下：

《府志》卷十六"征辟"载：

陈肃，伯雨从弟，举博学宏才，为兰溪州判，累官翰林学士，兵部尚书，河南行省左丞。元季没于王事。①

《元诗选》（三集）"陈左丞肃"条载：

肃字伯将，无锡州人。举博学宏才，为兰溪州判官，累官翰林学士，兵部尚书，河南行省左臣。至正末，没于兵。②

《府志》与《元诗选》（三集）内容大体相同，但前者比后者早20余年。考：《府志》刊刻于清康熙三十四年（1695年）。《元诗选》（三集）于康熙五十九年（1720年）八月告成，此前曾编过二集，大致过程是："康熙三十八年（1699年）第二次南巡，顾嗣立向康熙进呈了《元百家诗集》……康熙四十一年（1702年）正月，《元诗选》二集编成。"③由此我们推测：《元诗选》材料或许引自《府志》。

以上诸种文献表明：陈肃元末已卒。顺便说一句，庄一拂《古典戏曲存目汇考》将陈肃作品列入"明代作品"，说他"约明洪武中前后在世"④，系明显错误。

2. 陈肃至正十一年前曾任官职品秩考

陈肃在至正十一年（1351年）之前，曾任"兰溪州判官"和"行军司马参将"之职，考证其品秩，有助于确定陈肃中进士和入仕的大致时间。

(1)《府志》等载陈肃曾任"兰溪州判官"。根据至元二十年（1283

---

① （清）陈玉璂、于琨等撰：《康熙常州府志》（《中国地方志集成·江苏府县志辑》36），南京：江苏古籍出版社，1991年影印本，第298页。

② （清）顾嗣立编：《元诗选》（三集），北京：中华书局1987年版，第333页。

③ 罗鹭：《〈元诗选〉与元诗文献研究》，成都：巴蜀书社，2010年版，第46—49页。

④ 庄一拂：《古典戏曲存目汇考》（上册），上海：上海古籍出版社，1982年版，第374页。

年）规定："其地五万户之上者为上州，三万户之上者为中州，不及三万户者为下州。于是升县为府者四十有四。""上州：……判官秩正七品。中州：……判官从七品。……下州：……判官正八品，兼捕盗之事。"① 兰溪州"本金华之西部三河戍，唐析置兰溪县，宋因之。元元贞元年升州。"该州属婺州路，为下州②。陈肃所任的兰溪州判官，品秩当为正八品。

（2）《续编》记陈肃"至正辛卯，授行军司马参将"。元代行军司马属经略使，其职责"问民疾苦，招谕叛逆，果有怙终不悛，总督一应大小官吏，治兵衷粟，精练士卒，审用成算，申明纪律。……设行军司马一员，秩正五品，掌军律。"③ 至正辛卯即至正十一年（1351 年），此时陈肃官至正五品。

3. 陈肃"元进士"及入仕时间辨考

《府志》《元诗选》均言陈肃"举博学宏才"。检"博学宏才"一词，多见于明清文献，为称赞某人学问广博、才华横溢的美辞。如《滇略》记载王奎（景常）曰："洪武初为山西参政，以事谪戍临安。博学宏才，诗文高古。一时翰墨之士，咸从之游。"④ 又如《玉镜新谭》："缪昌期，博学宏才，馆阁清望，人仰之如山斗。"⑤ 当然，《府志》中的"举博学宏才科"并非美辞，而是与科举有关。

元朝科举，"至仁宗延祐间，始斟酌旧制而行之，取士以德行为本"。"延祐二年春三月，廷试进士，赐护都答儿、张起岩等五十有六人，及第、出身有差……"⑥ 后来，延祐五年、至治元年、泰定元年和四年、天

---

① （明）宋濂等撰：《元史》（第 8 册），北京：中华书局，1976 年版，第 2317—2318 页。
② （明）宋濂等撰：《元史》（第 5 册），北京：中华书局，1976 年版，第 1497 页。
③ （明）宋濂等撰：《元史》（第 8 册），北京：中华书局，1976 年版，第 2343—2344 页。
④ （明）谢肇淛撰：《滇略》（影印文渊阁《四库全书》597 册），台北：台湾商务印书馆，1986 年版，第 169 页。
⑤ （明）朱长祚：《玉镜新谭》，北京：中华书局，1989 年版，第 14 页下。
⑥ （明）宋濂等撰：《元史》（第 7 册），北京：中华书局 1976 年版，第 2015、2026 页。

历三年、元统元年等皆开科，迨至至正时期，又"进行过九次，即二年、五年、八年、十一年、十四年、十七年、二十年、二十三年、二十六年"①。查有元一代历次科考，皆无"博学宏才科"。那么，《府志》和《元诗选》中所提的"博学宏才科"，当是何指呢？应与"博学宏词"科考有关。"博学宏词"为制科，唐宋已有之，清代分别在康熙十八年（1679 年）和乾隆元年（1736 年）举行过两次。前文提及《府志》刊刻于康熙三十四年，比康熙十八年考试迟十余年。《府志》编者当是借"博学宏才"来指代科考，此正与《续编》中陈肃为"元进士"信息相契合。

然而，查阅钱大昕《元进士考》和其他资料，均不见陈肃之名，应是失载。陈肃何时中进士？位次如何？可根据相关资料进行推究。

元朝会试，"第一名赐进士及第，从六品，第二名以下及第二甲，皆正七品，第三甲以下，皆正八品，两榜并同"②。又，元朝"迁官之法"："其理算论月日，迁转凭散官，内任以三十月为满，外任以三岁为满，……而理考通以三十月为则。内任官率一考升一等，十五月进一阶。……外任官或一考进一阶，或两考升一等，或三考升二等。"③

上文言及：陈肃曾任八品兰溪州判官，此职乃三甲以下所授，应该是陈肃中进士后初授官职。由于"州判官"属外任，"两考升一等"，正常晋升一个品级约 6 年时间。陈肃至正辛卯年（1351 年）官至五品"行军司马"，从初授七品至五品，至少需 18 年时间。由此可推：陈肃中进士应在元统元年（1333 年）以前。

4. 关于陈肃的其他官职

《续编》记陈肃任过"河南参政"和"中书参知政事"。"河南参政"

---

① （明）杨基撰，杨世明、杨隽校点：《眉庵集》"前言"，成都：巴蜀书社，2005 年版，第 3 页。
② （明）宋濂等撰：《元史》（第 7 册），北京：中华书局，1976 年版，第 2019 页。
③ （明）宋濂等撰：《元史》（第 7 册），北京：中华书局，1976 年版，第 2064 页。

即河南行省参知政事，是外任官员，属地方官。《元史》"百官"载：行中书省"每省丞相一员，从一品；平章二员，从一品；右丞一员，左丞一员，正二品；参知政事二员，从二品"①。而中书参知政事虽然也秩"从二品"，但却是"内任"官，属中央官。②《府志》等记载陈肃曾任"翰林学士"、"兵部尚书"（三品）、"河南行省左丞"（正二品），与《续编》有出入。"行军司马"与"河南行省左丞"相差三个品级，常规晋升亦需 18 年。陈肃卒于元末（1368 年），未达到二品晋升年限，但达到从二品晋升年限。因此我们怀疑《府志》等关于陈肃"河南行省左丞"的记载失实，当以《续编》所记为准。

综上，陈肃元统元年（1333 年）前考中三甲以下进士，同进士出身，初授八品兰溪州判，至正十一年（1351 年）任正五品行军司马之职，其间或在翰林院和中书省兵部任职，元末战死，官至"河南参政"并迁"中书参知政事"，为从二品官。

## 二、陈肃家世与交游考

### （一）关于陈肃的家世

#### 1. "陈肃"有二辨

《府志》提到："陈肃，伯雨从弟，……元季没于王事。"这条记载明显错误。查：伯雨即陈汝霖，伯雨乃其字，是陈显曾的"从子"，至正七年（1347 年）丁亥科乡试时，"年十八，中式。婺州教授。靖恪有守。有《休休居士集》"③。很明显，作为伯雨从弟的陈肃不是我们本文所要研究的杂剧家陈肃。因为根据上文，杂剧家陈肃元统元年（1333 年）前

---

① （明）宋濂等撰：《元史》（第 8 册），北京：中华书局 1976 年版，第 2305 页。
② 陈高华等点校：《元典章》（第 1 册），天津：天津古籍出版社；北京：中华书局，2011 年版，第 193 页。
③ （清）陈玉璂、于琨等撰：《康熙常州府志》（《中国地方志集成·江苏府县志辑》36），南京：江苏古籍出版社，1991 年影印本，第 326 页。

已中进士，年岁应在 20 岁上下。至正七年（1347 年）陈肃已 40 岁左右，自然不可能是只有 18 岁的陈伯雨的"从弟"。

为什么会出现这样的错误？原来《府志》中有两个陈肃，编撰者将他们搞混淆了。两个陈肃，皆为无锡人：前一个杂剧家陈肃，官至从二品，元末已死；后一个陈肃中至正十八年（1358 年）庚子科乡试，明初仅任"龙江税课大使"。[①]（按，"龙江"即南京龙江关，"税课大使"明初始设，秩从九品。）从年龄看：两个"陈肃"至少相差 20 多岁。年轻的陈肃才是陈伯雨的"从弟"，而年老的杂剧家陈肃则与其从父陈显曾年龄相仿，为平辈。

2. 陈肃与南宋忠臣陈炤

根据陈显曾的相关资料，我们可以推知杂剧家陈肃的家世情况，以下述之：

《府志》记载：陈显曾，是陈炤之孙，应元朝至正元年（1341 年）辛巳科乡试，得中，有《溪山胜概楼》诗存世[②]，其诗如下："江南二月罗衣裳，藤花满地山云香。背人小燕撇波去，珠帘白日游丝长。蒲茸绿浅芹芽紫，沙上轻轻湿飞雨。美人遥盼木兰舟，一夜相思隔春水。"陈显曾在至正四年前后任集庆路儒学训导[③]。

陈炤（？—1275 年），乃南宋忠烈之士，《宋史》载："陈炤，字光伯，常州人。少工词赋，登第，为丹徒县尉，历两淮制置司参议官、大军参曹、寿春府教授，复入帅幕，改知朐山县，仍兼主管机宜文字。"当元兵攻常州，陈炤率义兵抵抗，城破巷战，家人劝其乘元军未合围突围

---

① （清）陈玉璂、于琨等撰：《康熙常州府志》（《中国地方志集成·江苏府县志辑》36），南京：江苏古籍出版社，1991 年影印本，第 327 页。

② （清）陈玉璂、于琨等撰：《康熙常州府志》（《中国地方志集成·江苏府县志辑》36），南京：江苏古籍出版社，1991 年影印本，第 325、326、327、664 页。

③ 《至正金陵新志·修志文移》（《宋元方志丛刊》第 6 册），北京：中华书局（影印钦定四库全书本），1990 年版，第 5280—5281 页。

到常熟并奔临安，但遭拒绝，炤曰："去此一步，非死所矣。"最终战死，获直宝章阁。① 陈炤二子陈应鼋和陈应麟，"获荐于乡贡登于春官"，分别中宋宝祐六年（1258 年）戊午和咸淳六年（1270 年）庚午科举人，本资料最早见于元末无名氏《无锡县志》"卷三""学校三之四"②（按，纪昀等考证"《无锡县志》四卷，不著撰人名氏，……是洪武中书矣"③。），该资料亦见于《府志》。

由此可知：南宋忠臣陈炤当为陈肃祖父辈先人，陈应鼋和陈应麟乃其叔伯。

## （二）陈肃诗歌与交游

### 1. 陈肃诗歌内容

陈肃诗歌现存 16 首，顾嗣立《元诗选》著录。尽管数量不多，但内容较丰富，可划分若干类：其一，凭吊先贤。这类作品或歌颂黄帝"作弓箭""擒蚩尤""张乐洞庭""炼玉昆仑"等功绩（《杂兴》之一）；或传唱伯夷、叔齐不食周粟，采薇首阳之佳话（《杂兴》之三）；或赞美直言敢谏的乡贤、北宋常州官员邹浩（《题邹忠公墓》）。其二，展现性情。《续编》说陈肃"和曲填词，乃其余事。打毬蹴踘，举世服之"，其《轻薄篇》《相逢行》等诗歌，也印证了这一点。这些诗摹写"高第""朱门"锦衣玉食生活，表现出男儿、英雄们"浩歌长啸出闾门，逢君意气在一言"之豪迈气概，展现了作者的真性情，也反映了他建功立业、向往繁华的人生追求。其三，闺怨愁思。诗家向来热衷此类题材，陈肃《杂兴》（五）也属同类："妾住雕阴东，君去渔阳北。唯有别时草，依依满行迹。不忍行迹没，扫尽还更碧，君情如妾意，缠绵无终极。"闺怨

① （元）脱脱等：《宋史》(38 册)，北京：中华书局，1977 年版，第 13251—13252 页。
② （元末）无名氏：《无锡县志》（《宋元方志丛刊》第 3 册），北京：中华书局（影印钦定四库全书本），1990 年版，第 2240—2241 页。
③ （元末）无名氏：《无锡县志》（《宋元方志丛刊》第 6 册），北京：中华书局（影印钦定四库全书本），1990 年版，第 2181 页。

诗作家创作动机各有不同，从陈肃这首诗看，其着眼点是在极力展现思妇"缠绵无终"的情感，语含同情之意。其四，赠友唱和。这类诗在陈肃诗作中数量最多，从中我们可以看出：陈肃所交往的不是有声望之名士，就是位高权重的官员和贵戚。客观地说，陈肃的赠友唱和诗艺术价值不甚高，但它们却映射出作者的真实生活状态。

2. 陈肃交游考

陈肃的交游诗现存七首，通过这些诗，再参考其他文献，我们可以对其交游作出考证。

《答张翰林扈驾还京》是陈肃赠张以宁之诗。张以宁（1301—1370年），字志道，古田人。《明史·文苑传》载："泰定中，以《春秋》举进士，由黄岩判官进六合尹，坐事免官，滞留江、淮者十年。顺帝征为国子助教，累至翰林侍读学士，知制诰。在朝宿儒虞集、欧阳元、揭傒斯、黄溍之属相继物故，以宁有俊才，博学强记，擅名于时，人呼小张学士。明师取元都，与危素等皆赴京，奏对称旨，复授侍讲学士，特被宠遇。"① 张以宁在泰定丁卯年（1327年）以春秋经登进士第。

《闻康给事禁中寓直因寄》中的康给事，应为康里维山。维山，康里巎巎之子，"材质清劲，侍禁廷，起崇文监臣，擢给事中，迁同佥太常礼仪院事，调崇文太监"②。关于给事（即给事中），《元史》记："秩正四品。至元六年，始置起居注、左右补阙，掌随朝省、台、院、诸司凡奏闻之事，悉纪录之，如古左右史。十五年，改升给事中兼修起居注，左右补阙改为左右侍仪奉御兼修起居注。皇庆元年，升正三品。延祐七年，仍正四品。后定置给事中兼修起居注二员……"③ 时培磊考证说"元代担任起居注者多为蒙古人和色目人，现有材料中没有发现汉人"，"已经确

---

① （清）张廷玉：《明史》（第24册），北京：中华书局，1974年版，第7316页。
② （明）宋濂等撰：《元史》（第11册），北京：中华书局，1976年版，第3417页。
③ （明）宋濂等撰：《元史》（第7册），北京：中华书局，1976年版，第2225页。

知（给事中）兼任起居注官者有 11 位"，康里维山名列"《元史》中所见起居注人选统计表"。①

《送蒲御史往荆南》中的蒲御史，据考应为蒲机。蒲机，字思度，陕西南郑人，乃国子博士蒲道源（1260—1336 年）之子。据桂栖鹏考证，他是延祐五年（1318 年）第三甲进士②。至顺年间（1330—1332 年）历官黄城县尹，改尹文水，辟西台掾，至正十六年秋除云南廉访使。

《和许集贤春夜寓直》是陈肃与许有壬（1286—1364 年）唱和之作。有壬字可用，河南汤阴人。《元史》"列传第六十九"载："其先世居颍，后徙汤阴。……年二十，畅师文荐入翰林，不报，授开宁路学正，升教授，未上，辟山北廉访司书吏。擢延祐二年（1315 年）进士第，授同知辽州事。……天历三年，擢两淮都转运盐司使。……（至正）十三年，起拜河南行省左丞。……十五年，迁集贤大学士，寻改枢密副使，复拜中书左丞。……转集贤大学士，兼太子左谕德，阶至光禄大夫。……十七年，以老病，力乞致其事，久之始得请，给俸赐以终其身。"③

《送董副枢镇益都》乃陈肃送董搏霄（？—1358）之作。搏霄字孟起，河北邯郸磁县人，由国子生辟陕西行台掾。《益都县图志》记曰："至正十七年毛贵陷益都、般阳等路，有旨命搏霄从知枢密院事，卜兰奚讨之。……诏就升淮南行省枢密院副使兼山东宣慰使都元帅，仍赐上尊金带楮币名马以劳之。"④ 董搏霄卒于阵前，死前甚壮烈。至正十八年（1358 年），"搏霄方驻兵南皮县之魏家庄，适有使者奉诏拜搏霄河南行省右丞，甫拜命，毛贵兵已至，而营垒犹未完。诸将谓搏霄曰：'贼至当如何？'搏霄曰：'我受命至此，当以死报国耳。'因拔剑督兵以战。而贼

---

① 时培磊：《元朝起居注新探》，《史学史研究》2009 年第 3 期，第 59 页。

② 桂栖鹏：《元代进士研究》，兰州：兰州大学出版社，2001 年版，第 23 页。

③ （明）宋濂等撰：《元史》（第 14 册），北京：中华书局，1976 年版，第 4199—4203 页。

④ （清）张承燮、法伟堂等纂：《光绪益都县图志》（《中国地方志集成·山东府县志辑》33），南京：凤凰出版社，2004 年影印光绪三十三年（1907 年）刻本，第 175 页下栏。

众突至搏霄前，捽而问曰：'汝为谁?'搏霄曰：'我董老爷也!'众刺杀之，无血，惟见其有白气冲天。……事闻，赠宣忠守正保节功臣、荣禄大夫、河南行省平章政事、柱国，追封魏国公，谥忠定。"①

以上所考的张以宁、康里维山、蒲机、许有壬、董搏霄等，皆为元朝后期有一定名望的朝臣，有的供职于中央机构，有的执掌地方大权。陈肃在中央和地方皆任过职，和他们应有同僚之谊。

陈肃不仅同张以宁等名臣声气相通、诗歌唱和，还与戴良、张羽、大杼北山（僧）交游，也同皇室保持密切关系。

戴良（1317—1383 年），字叔能，号九灵山人，浦江（今浙江）人。"通经、史百家暨医、卜、释、老之说。学古文于黄溍、柳贯、吴莱。贯卒，经纪其家。……（洪武）十五年召至京师，……忤旨。明年四月暴卒，盖自裁也。"② 戴良曾在元朝任淮南江北等处行中书省儒学提举，与陈肃交好，其《九灵山房集》卷二十三有《寄陈伯将学士》："构厦必众材，成裘必群腋。自非合才彦，何能定家国。若人蕴嘉酋，生世值明德。凤池因托身，龙渊寻矫迹。载建家王礼，复睹汉朝则。清芬播方来，惠心迈畴昔。夜直躔天街，晨趋媚兰室。密谋已究万，妍论信非一。吾徒方依赖，微躯荷苏息。无言腹背羽，永愧排空翼。"③ 诗中戴良叙陈肃之功绩，赞美其才华，表现出仰慕之情。

陈肃擅长绘画，与释门来往甚密，曾创作大杼北山《岳居图》，好友张羽见之，遂作诗题于画上，诗云："高僧业何许? 云梦泽南州。楼阁诸天上，江湖万里流。禅心无往著，生世若浮休。寂寞京尘里，披图时卧游。"诗前张羽序曰："陈伯将作北山梓公《岳居图》，予题于上。"④

---

① （明)宋濂等撰:《元史》(第 14 册)，北京:中华书局，1976 年版，第 4306 页。
② （清)张廷玉:《明史》(24 册)，北京:中华书局，1974 年版，第 7312 页。
③ （元)戴良:《九灵山房集·附补编》(第 5 册)，北京:中华书局，1985 年版，第 333 页。
④ （元)张羽著，(明)衡山释大杼编集:《张蜕庵诗集·卷一》(《四部丛刊续集》72)，上海:上海书店据商务印书馆 1934 年版重印，1985 年版。

（按，此处"梓公"乃"杍公"之误刊，见孙楷第《元曲家考略》）张翥，字仲举，号蜕庵，晋宁人。豪放不羁，擅蹴鞠，通音乐。"至正初，召为国子助教，分教上都生。寻退居淮东。会朝廷修辽、金、宋三史，起为翰林国史院编修官。史成，历应奉、修撰，迁太常博士，升礼仪院判官，又迁翰林，历直学士、侍讲学士，乃以侍读兼祭酒。……（至正末）乃以翥为河南行省平章政事，仍翰林学士承旨致仕，给全俸终其身。二十八年三月卒，年八十二。"①

陈肃与皇室往来密切，有《恩制寒食赐百僚宴罢遂幸长公主宅》诗可证。长公主乃祥哥刺吉（约1283—1331年），是"顺宗（答刺麻八刺）女，适帖木儿子弴阿不刺"②，"封鲁国大长公主，适弴阿不刺驸马，蚤寡守节，……天历二年诏……封徽文懿福贞寿大长公主"③。她是元武宗之妹，仁宗之姊，后来成为元武宗次子元文宗的皇后。祥哥刺吉"深受汉文化之影响并且具有较高的汉文化修养"。④武宗至大元年（1308年）她曾奉旨至曲阜祭孔并立碑；英宗至治三年（1323年）在大都南城组织著名的"天庆寺雅集"，许多有影响的文臣和士子皆前往鉴赏艺文书画，并在其收藏的书画上题字。长公主家中常常高朋满座，陈肃即其中一位。

### 三、陈肃在元杂剧转型期的标本价值

根据《续编》，陈肃仅创作了一本杂剧《误入桃源》，该剧目下的"题目"正名是："晋刘阮误入桃源"，但剧本已佚。虽然如此，但我们认为：作为一种现象，陈肃在戏曲史上具有特殊的价值。

有元一代，尽管有赵子昂那样的有识之士曾指出"杂剧出于鸿儒硕

---

① （明）宋濂等撰：《元史》（第14册），北京：中华书局，1976年版，第4284—4285页。
② （明）宋濂等撰：《元史》（第9册），北京：中华书局，1976年版，第2759页。
③ （近人）柯劭忞：《新元史》（《元史二种》册一），上海：上海古籍出版社、上海书店，1989年版，第487—488页。
④ 云峰：《论元代鲁国大长公主祥哥刺吉及其与汉文化之关系》，《中央民族大学学报》2006年第1期，第98页。

士、骚人墨客所作"①，但在实际生活中，人们还是瞧不起杂剧，将杂剧创作当作"得罪于圣门"（钟嗣成《录鬼簿·序》）之事。根据胡侍的记载，元朝从事杂剧创作的作家大多"沉抑下僚，志不获展""屈在簿书，老于布素"②。有学者考证：《录鬼簿》和《续编》中共载 104 位元杂剧家，有官职者 45 人，而"三品以上者 2 人，六品以上 12 人，九品以上11 人，无官品或官品不明者 7 人，吏员 13 人"，他们"能够跻身蒙元上流社会的是极少数"③。这里"三品以上者"，除陈肃外，还有史九散人。史九散人即史九敬先，与马致远同时，稍后于关汉卿、王实甫，贾仲明挽词说他"武昌万户散仙公，开国元勋荫祖宗"，有认为他是元初名臣史天泽之子。史九散人以三品"武昌万户"的高官身份名列元代早、中期杂剧家中，当属个案。杂剧的发展史表明：元朝上层社会成员很少参与杂剧创作，也许他们不屑于创作那些"关目之拙劣""思想之卑陋""人物之矛盾"（王国维《宋元戏曲史·元剧之文章》）的杂剧作品。

但是，到了元末明初，这种状况发生了巨大变化，其重要变化之一就是"将杂剧由民间和中下层书会文人创作推向宫廷和殿堂"。④

我们认为：元末明初是杂剧的转型期。在这个转型期，陈肃是一个标志性人物。他以出身进士、官居从二品的特殊身份，跻身杂剧创作行列，终结了元杂剧家"门第卑微，职位不振"⑤ 的历史，开启了明初精英阶层、王公贵族喜爱杂剧，竞相参与杂剧创作的新时代。

陈肃之后，上至帝王，下至文士，人们对杂剧这种艺术给予了极大的重视。朱元璋特别喜爱杂剧，他高度评价高明《琵琶记》"如山珍、海

---

① （明）朱权：《太和正音谱》（《中国古典戏曲论著集成》三），北京：中国戏剧出版社，1959年版，第 24 页。

② （明）胡侍：《真珠船》（《丛书集成初编》），北京：中华书局，1985 年版，第 35 页。

③ 田同旭：《元杂剧作家职官考略》，《哈尔滨学院学报》2004 年第 5 期。

④ 王平：《元末明初杂剧断代划分刍议》，《文艺争鸣》2010 年 7 月号（下半月），第 102 页。

⑤ （元）钟嗣成：《录鬼簿》（《中国古典戏曲论著集成》二），北京：中国戏剧出版社，1959 年版，第 101 页。

错，贵富家不可无”，但又惜其是南戏而非北曲，“以宫锦而制鞋”①。他不仅自己欣赏杂剧，还鼓励后辈欣赏杂剧，“洪武初年，亲王之国，必以词曲一千七百本赐之”②。明成祖朱棣也是杂剧迷，早在燕王时期，他的燕邸就豢养了汤舜民、贾仲明等杂剧家，形成明初北方杂剧中心之一。《太和正音谱》记载了“国朝十六人”，他们皆为明初一时名士，其中九人是杂剧家。不唯如此，连朱权、朱有燉那样身份显赫的藩王也加入杂剧创作的行列。元末明初产生这样的变化或“转型”，应该是杂剧经过百余年发展已臻成熟、由俗而雅、由粗而精的结果；也显示此时的杂剧无论在创作层面，还是在受众层面，皆已经完全“上移”。

陈肃，正是杂剧“向上移”、向精英化转型的元末明初时期最先出现的标志性人物，在戏曲史上引人注目，具有特殊价值。

---

① （明）徐渭：《南词叙录》（《中国古典戏曲论著集成》三），北京：中国戏剧出版社，1959 年版，第240 页。

② （明）李开先：《李开先集》，北京：中华书局，1959 年版，第 369 页。

# | 第三章 |

## 元末明初无名氏杂剧作品考述

### 第一节　无名氏杂剧
#### ——元末明初戏曲一道亮丽风景

元末明初无名氏杂剧作品是元杂剧的一大亮点。其数量不仅大大超过了此前的无名氏作品，而且也不亚于同期有名氏的作家作品。数目众多、有相当影响的元末明初无名氏杂剧作品，与同时并存的有名氏作品一起（加起来超过 300 种），共同构成此期杂剧作品的创作景观。它标志着杂剧在高潮过后的延续，并不像我们过去所得出的"完全衰落"的结论，而是逐渐地、缓慢地衰退。

可惜的是在过去，由于我们过分偏爱和喜好元末明初前的杂剧而轻视其后的剧作；过分重视有名氏的杂剧而忽视无名氏的杂剧；过分强调元末明初杂剧的"衰落"研究，因而造成元末明初无名氏杂剧相对被冷落的局面，也使它们长期未得到应有的重视。当然，这也与此期无名氏杂剧的考订存在相当的难度有关。

元末明初的无名氏杂剧可谓杂剧史上的一道亮丽风景：它以惊人的速度、惊人的数量在较短暂的时间内涌现出来。

据笔者的统计，此期无名氏杂剧总数大约在 147 种上下，其中约 54 种作品有同、近名剧本存世，另有近 10 种作品有佚曲（文）。这个数目大约相当于同期有名姓杂剧作家作品数（约 154 种），远远高于此前的无名氏杂剧数（傅惜华统计 50 种，邵曾祺统计为 16 种）①。按傅惜华的统计来计算，元末明初七八十年时间的无名氏杂剧较过去 100 多年的无名氏杂剧，增加了近 2 倍；而按邵曾祺的统计，则增加超过 8 倍以上！

然而，这道亮丽的风景并没有长久地驻足，在有名氏的作家作品于宣德、正统年间突然消亡的同时，元末明初无名氏杂剧也开始减少，其下降幅度相当之大，亦令人称奇。

据傅惜华统计："明朝"无名氏杂剧"计一百七十四种"②。这个数量是略超元末明初的，但我们应该看到这是一个长达 200 多年的时间，而元末明初不过百年，照此推算，前者时长超过后者两倍以上。反过来说：就同期相比，后者的杂剧数量是前者的两倍多。所以我们认为元末明初以后的无名氏杂剧创作明显呈快速下降趋势。

本书经考订认为元末明初无名氏杂剧总数在 147 种以上，其中有 54 种同、近名无名氏杂剧现存。郑振铎先生认为元杂剧中的无名氏杂剧从"剧题"看，可以分为六类："公案剧""恋爱剧""历史及传说的故事""仙佛度世剧""报复恩怨剧""其他"③。就元末明初的无名氏杂剧来说，经进一步考察，我们发现其题材和内容也是极其丰富的，基本涉及了我们今天所能见到的元人杂剧的所有内容：历史、社会、家庭、恋爱、风

---

① 分别见于傅惜华《元代杂剧全目》"例言"（北京：作家出版社，1957 年版）；邵曾祺《元明北杂剧总目考略》"佚名作者的作品"中"元人作品"部分。

② 傅惜华《明代杂剧全目》中"明朝无名氏杂剧"的时段，是指"元明间"以后到明代结束这段时间。因为在《元代杂剧全目》中他已提出"元明间"这个概念，其时段大约相当于本论文的"元末明初"。可以说，傅惜华在《元代杂剧全目》中所提到的"明朝"，即是元末明初以后至明代结束这段时间。傅惜华：《明代杂剧全目》"例言"，北京：作家出版社，1958 年版。

③ 郑振铎：《插图本中国文学史》（第三册），北京：人民文学出版社，1982 年版，第 679—680 页。

情、仕隐、道释、神怪①。这些作品中历史剧最多，大多取材于史书，如《冻苏秦衣锦还乡》《庞涓夜走马陵道》《随何赚风魔蒯通》《诸葛亮博望烧屯》等；而《包待制智赚文字合同》《包待制陈州粜米》《神奴儿鬼闹开封府》等则是将史料与民间故事结合的包公断案剧，重在展示社会的矛盾冲突；《郑月莲秋夜云窗梦》《王月英月夜留鞋记》《玉清庵错送鸳鸯被》等写普通人的爱情；《张公艺九世同居》《海门张仲村乐堂》《耿直张千替杀妻》《王翛（然）断杀狗劝夫》《行孝道郭巨埋儿》《守贞节孟母三移》等剧尽管以家庭为背景，但带有浓厚的道德教化意味；《争报恩三虎下山》《鲁智深喜赏黄花峪》等"水浒戏"，演"钺刀赶棒"（也称"脱膊杂剧"）故事，揭示的是不同社会阶层之间的对立；《二郎神醉射锁魔镜》《龙济山野猿听经》《汉钟离度脱蓝采和》《萨真人夜断碧桃花》等为典型的"神仙道化"剧（含道释、神怪等）……

尽管是无名氏创作，但这些杂剧却具有相当高的艺术价值。除多种多样的表现主题外，许多作品在结构、曲辞、宾白诸方面皆具有独到之处，有些明显突破了元人杂剧范例，表现出丰富多彩的变化，而这些变化正凸显了处于元末明初时期杂剧形式变革的特点。从整体上看，元末明初无名氏杂剧思想、艺术性远远高出"不甚高明"②的明代无名氏杂剧。可以肯定，这些作品当有其独特的社会意义和艺术魅力，在当时是颇受人欢迎的。这应是相当多元末明初无名氏杂剧的存本得以留存的重要原因。

以上是元末明初无名氏杂剧的一些相关情况。面对这些情况我们不能不产生这样的认识：如此众多的、几乎占据同期杂剧半壁江山的元末明初无名氏杂剧，说它们在杂剧史中具有极其重要的地位，是一点也不

---

①　按罗锦堂的划分，元人杂剧分以上八大类，基本上是按内容进行分类，为方便论述起见，此处借用罗锦堂的观点。《论元人杂剧之分类》，载邝健行、吴淑钿编选《香港中国古典文学研究论文选粹（1950—2000）》（小说、戏曲、散文及赋篇），南京：江苏古籍出版社，2002年版，第253—278页。（原载《新亚学报》1960年第4卷第2期）

②　邵曾祺：《元明北杂剧总目考略》，郑州：中州古籍出版社，1985年版，第477页。

过分的。因此对这一块的研究，当具有非同一般的意义。

## 第二节　元末明初无名氏杂剧作品考订

对元末明初无名氏杂剧的考订是一件极其困难的事，这是因为从元末明初直到清代，尽管有大量典籍涉及相关剧目，但有直接记载者少，且记载有差异者甚多，更有一些相互矛盾的记载使人无所适从。

为便于研究，笔者从诸多典籍中搜罗相关资料，列成"明初至近代诸典籍记载为元末明初无名氏杂剧者情况一览表"如下，以备查用。

表三　明初至近代诸典籍记载相关无名氏杂剧情况一览表

| 《太和正音谱》<br>（朱权） | 《录鬼簿续编》<br>（无名氏） | 无名氏杂剧剧目<br>见于其他著录者 | 存佚情况 |
|---|---|---|---|
| 《拂麈子仁义礼智信》<br>（见于"古今无名杂剧一百一十本"） | 《仁义礼智》<br>题目正名：<br>陶伯龄赚甲袍马令<br>拂麈子仁义礼智 | 《拂麈子仁义礼智信》<br>（《元曲选目》①《今乐考证》《曲录》著录） | 皆佚◎ |
| 《苏秦还乡》（见于"古今无名杂剧一百一十本"） | 《衣锦还乡》<br>题目正名：<br>秦张仪为官忘旧<br>冻苏秦衣锦还乡 | 《冻苏秦衣锦还乡》（《宝文堂书目》《曲海总目提要》《今乐考证》《曲录》著录） | 有存本◎ |
| 《收心猿意马》（见于"古今无名杂剧一百一十本"） | 《心猿意马》<br>题目正名：<br>汉钟离赴紫府瑶池<br>蓝采和锁心猿意马 | 《蓝采和锁心猿意马》（《曲录》《元曲选目》著录） | 皆佚◎ |
| 《月夜杜鹃啼》（见于"古今无名杂剧一百一十本"） | 《杜鹃啼》<br>题目正名：<br>楚金仙月夜杜鹃啼 | 《楚金仙月夜杜鹃啼》（《曲录》《元曲选目》著录） | 皆佚◎ |

---

　①　明代臧懋循编《元曲选》，有《元曲论》一篇，录有《群英所编杂剧》目录，实录自朱权《太和正音谱》，然排列次序有变，反映了臧氏戏曲思想。杜海军《论〈元曲选目〉的知见录性质与意义》（《中国戏曲学院学报》2013 年第 1 期）对此有论述。本书从杜海军观点，以《元曲选目》区别朱权《太和正音谱》中相关著录者。

| 《太和正音谱》（朱权） | 《录鬼簿续编》（无名氏） | 无名氏杂剧剧目见于其他著录者 | 存佚情况 |
|---|---|---|---|
| 《智赚三件宝》（见于"古今无名杂剧一百一十本"） | 《三件宝》题目正名：宋仁宗御断六花王包待制智赚三件宝 | 《包待制智赚三件宝》（《元曲选目》《今乐考证》《曲录》《宝文堂书目》著录） | 皆佚◎ |
| 《咠罟旦》（见于"古今无名杂剧一百一十本"） | 《括咠旦》题目正名：风雪当站兀剌赤像生番语括咠旦 | 《像生番语咠罟旦》（《元曲选目》《宝文堂书目》《今乐考证》《曲录》著录） | 存佚曲◎ |
| 《四国旦》（见于"古今无名杂剧一百一十本"） | 《四国旦》题目正名：八十知风流五变妆十样配像生四国旦 | 《十样配像生四国旦》（《元曲选目》《今乐考证》《曲录》著录） | 皆佚◎ |
| 《敬德挝怨鼓》（见于"古今无名杂剧一百一十本"） | 《挝怨鼓》题目正名：病秦琼打奸臣老敬德挝怨鼓 | 《老敬德挝怨鼓》（《元曲选目》《今乐考证》《曲录》著录） | 皆佚◎ |
| 《张顺水里报冤》（见于"古今无名杂剧一百一十本"） | 《水里报冤》题目正名：宋江岸上加兵张顺水里报冤 | 《张顺水里报冤》（《元曲选目》《今乐考证》《曲录》著录） | 存佚曲◎ |
| 《纸扇记》（见于"古今无名杂剧一百一十本"） | 《纸扇记》题目正名：淋淋漓漓水布衫风风魔魔纸扇记 | 《风风魔魔纸扇记》（《元曲选目》《今乐考证》《曲录》著录） | 存佚曲◎ |
| 《任千四颗头》（见于"古今无名杂剧一百一十本"） | 《闹法场》题目正名：双不孝逆子遭刑宪四颗头任千闹法场 | 《四颗头任千闹法场》（《元曲选目》《今乐考证》《曲录》著录） | 皆佚◎ |
| 《任贵五颗头》（见于"古今无名杂剧一百一十本"） | 《闹法场》题目正名：五十九目兄配荆州孝壬贵救闹法场 | 《孝壬贵救父闹法场》（《元曲选目》《今乐考证》《曲录》著录） | 皆佚◎ |
| 《还牢旦》（见于"古今无名杂剧一百一十本"） | 《还守（牢）旦》题目正名：月下朱公大报仇镇山夫人还守（牢）旦 | 《镇山夫人还牢旦》（《元曲选目》《今乐考证》《曲录》著录） | 皆佚◎ |

| 《太和正音谱》（朱权） | 《录鬼簿续编》（无名氏） | 无名氏杂剧剧目见于其他著录者 | 存佚情况 |
|---|---|---|---|
| 《智赚鬼擘口》（见于"古今无名杂剧一百一十本"） | 《鬼擘口》题目正名：王员外身死错安头张小屠智赚鬼擘口 | 《张小屠智赚鬼擘口》（《元曲选》《今乐考证》《曲录》著录） | 皆佚◎ |
| 《一丈青闹元宵》（见于"古今无名杂剧一百一十本"） | 《闹元宵》题目正名：猛烈士掩贼汉村姑儿闹元宵 | 《村姑儿闹元宵》（《元曲选目》《今乐考证》《曲录》著录） | 皆佚◎ |
| 《夜月荆娘墓》（见于"古今无名杂剧一百一十本"） | 《荆娘怨》题目正名：三不知损石江四不知荆娘怨 | 《夜月荆娘墓》（《元曲选目》《今乐考证》《曲录》著录） | 皆佚◎ |
| 《存孝打虎》（见于"古今无名杂剧一百一十本"） | 《存孝打虎》题目正名：雁门关存孝打虎 | 《飞虎峪存孝打虎》（《也是园书目》《今乐考证》《曲录》著录） | 有存本◎ |
| 《大闹开封府》（见于"古今无名杂剧一百一十本"） | 《开封府》题目正名：包龙图威振汴梁城神奴儿鬼闹开封府 | 《神奴儿鬼闹开封府》（《曲海总目提要》《今乐考证》《曲录》著录） | 有存本◎ |
| 《大闹相国寺》（见于"古今无名杂剧一百一十本"） | 《相国寺》题目正名：秦老长创盖会宾堂秦从僧大闹相国寺 | 未著录 | 皆佚◎ |
| 未著录 | 《妳干儿》题目正名：贤达妇误失房下子疏才汉天赐妳干儿 | 未著录 | 皆佚◎ |
| 未著录 | 《玩江亭》题目正名：牛员外花下平康巷病李岳诗酒玩江亭 | 《瘸李岳诗酒玩江亭》（《也是园书目》《今乐考证》《曲录》著录） | 有存本◎ |
| 未著录 | 《血手记》题目正名：卢孔目智勘哑斯儿马均祥没幸血手记 | 未著录 | 皆佚◎ |

续表

| 《太和正音谱》<br>（朱权） | 《录鬼簿续编》<br>（无名氏） | 无名氏杂剧剧目<br>见于其他著录者 | 存佚情况 |
| --- | --- | --- | --- |
| 未著录未著录 | 《闹阴司》<br>题目正名：<br>看经善友归佛教<br>冤家债主闹阴司 | 未著录 | 皆佚◎ |
| | 《大报仇》<br>题目正名：<br>狠毒继母生奸计<br>没幸呆驴大报仇 | 未著录 | 皆佚◎ |
| 未著录 | 《梧桐树》<br>题目正名：<br>秀才独折丹桂枝<br>鸳鸯双镇梧桐树 | 未著录 | 皆佚◎ |
| 未著录 | 《村乐堂》<br>题目正名：<br>长法司大断案<br>海门张仲村乐堂 | 《海门张仲村乐堂》（《也<br>是园书目》《今乐考证》<br>《曲录》著录） | 有存本◎ |
| 未著录 | 《鬼提牢》<br>题目正名：<br>明政官人大断案<br>清廉司吏鬼提牢 | 未著录 | 皆佚◎ |
| 未著录 | 《森罗殿》<br>题目正名：<br>穷才子不幸死囚牢<br>阮提举归闹森罗殿 | 未著录 | 皆佚◎ |
| 未著录 | 《明昌梦》<br>题目正名：<br>陆正官分豁是非场<br>孙孔目智赚明昌梦 | 未著录 | 皆佚◎ |
| 未著录 | 《后姚婆》<br>题目正名：<br>贤奶娘单教前家子<br>女学士三劝后姚婆 | 未著录 | 有佚曲◎ |
| 未著录 | 《云台观》<br>题目正名：<br>各分离匹配复团圆<br>人不知大闹云台观 | 《人不知大闹云台观》<br>（《元曲选目》《今乐考证》<br>《曲录》《宝文堂书目》著<br>录） | 皆佚◎ |

| 《太和正音谱》（朱权） | 《录鬼簿续编》（无名氏） | 无名氏杂剧剧目见于其他著录者 | 存佚情况 |
|---|---|---|---|
| 未著录 | 《永不分别》<br>题目正名：<br>令史检户婚文书<br>清官断永不分别 | 未著录 | 皆佚◎ |
| 未著录 | 《婢生子》<br>题目正名：<br>动人情天得奶干女<br>感药王神救婢生子 | 未著录 | 皆佚◎ |
| 未著录 | 《消灾寺》<br>题目正名：<br>宋公明复打祝家庄<br>鲁智深大闹消灾寺 | 未著录 | 皆佚◎ |
| 未著录 | 《目连救母》<br>题目正名：<br>发慈悲观音度生<br>行孝道目连救母 | 未著录 | 皆佚◎ |
| 未著录 | 《延安府》<br>题目正名：<br>众宰相聚集待漏院<br>十探子大闹延安府 | 《十探子大闹延安府》（《也是园书目》《今乐考证》《曲录》著录） | 有存本◎ |
| 未著录 | 《三虎下山》<br>题目正名：<br>好结义一身系狱<br>争报恩三虎下山 | 《争报恩三虎下山》（《曲海总目提要》《曲海目》《曲录》著录） | 有存本◎ |
| 未著录 | 《黄花峪》<br>题目正名：<br>黑旋风搭救李幼奴<br>鲁智深大闹黄花峪 | 《鲁智深喜赏黄花峪》（《也是园书目》《今乐考证》《曲录》著录） | 有存本◎ |
| 未著录 | 《两团圆》<br>题目正名：<br>金斗郡夫妇双拆散<br>豫章城人月两团圆 | 未著录 | 皆佚◎ |
| 未著录 | 《四圣归天》<br>题目正名：<br>交场庙四圣归天 | 未著录 | 皆佚◎ |

续表

| 《太和正音谱》（朱权） | 《录鬼簿续编》（无名氏） | 无名氏杂剧剧目见于其他著录者 | 存佚情况 |
|---|---|---|---|
| 未著录 | 《兴兵完楚》题目正名：申包胥兴兵完楚 | 未著录 | 皆佚◎ |
| 未著录 | 《盗虎皮》题目正名：人头峰崔生盗虎皮 | 未著录 | 皆佚◎ |
| 未著录 | 《斩蔡阳》题目正名：（无） | 未著录 | 皆佚◎ |
| 《梦天台》（见于"古今无名杂剧一百一十本"） | 未著录 | 未著录 | 有佚曲◎ |
| 《望思台》（见于"古今无名杂剧一百一十本"） | 未著录 | 《汉武帝望思台》（《永乐大典杂剧目》《今乐考证》《曲录》著录） | 存佚曲◎ |
| 《火烧阿房宫》（见于"古今无名杂剧一百一十本"） | 未著录 | 《火烧阿房宫》（《元曲选目》《今乐考证》《曲录》著录） | 有佚曲◎ |
| 《智赚蒯文通》（见于"古今无名杂剧一百一十本"） | 未著录 | 《随何赚风魔蒯通》（《也是园书目》《曲海总目提要》《今乐考证》《曲录》著录） | 有存本◎ |
| 《袁觉拖笆》（见于"古今无名杂剧一百一十本"） | 未著录 | 《袁觉拖笆》（《元曲选目》《今乐考证》《曲录》著录） | 皆佚◎ |
| 《朱砂记》（见于"古今无名杂剧一百一十本"） | 未著录 | 《朱砂记》（《元曲选目》《今乐考证》《曲录》著录） | 皆佚◎ |
| 《捶碎黄鹤楼》（见于"古今无名杂剧一百一十本"） | 未著录 | 《捶碎黄鹤楼》（《元曲选目》《今乐考证》《曲录》著录） | 皆佚◎ |

续表

| 《太和正音谱》（朱权） | 《录鬼簿续编》（无名氏） | 无名氏杂剧剧目见于其他著录者 | 存佚情况 |
|---|---|---|---|
| 《包待制双勘丁》（见于"古今无名杂剧一百一十本"） | 未著录 | 《包待制双勘丁》（《元曲选目》《今乐考证》《曲录》著录） | 皆佚◎ |
| 《卢仝七碗茶》（见于"古今无名杂剧一百一十本"） | 未著录 | 《卢仝七碗茶》（《元曲选目》《今乐考证》《曲录》著录） | 皆佚◎ |
| 《卓文君驾车》（见于"古今无名杂剧一百一十本"） | 未著录 | 《卓文君驾车》（《元曲选目》《今乐考证》《曲录》著录） | 皆佚◎ |
| 《打毬会》（见于"古今无名杂剧一百一十本"） | 未著录 | 《打毬会》（《元曲选目》《今乐考证》《曲录》著录） | 皆佚◎ |
| 《刀劈史鸦霞》（见于"古今无名杂剧一百一十本"） | 未著录 | 《刀劈史鸦霞》（《元曲选目》《今乐考证》《曲录》著录） | 存佚曲◎ |
| 《打陈平》（见于"古今无名杂剧一百一十本"） | 未著录 | 《打陈平》（《元曲选目》《今乐考证》《曲录》著录） | 皆佚◎ |
| 《祭三王》（见于"古今无名杂剧一百一十本"） | 未著录 | 《祭三王》（《元曲选目》《今乐考证》《曲录》著录） | 皆佚◎ |
| 《杨香跨虎》（见于"古今无名杂剧一百一十本"） | 未著录 | 《杨香跨虎》（《元曲选目》《今乐考证》《曲录》著录） | 皆佚◎ |
| 《螺蛳末尼》（见于"古今无名杂剧一百一十本"） | 未著录 | 《螺蛳末尼》（《元曲选目》《今乐考证》《曲录》著录） | 皆佚◎ |
| 《三贤妇》（见于"古今无名杂剧一百一十本"） | 未著录 | 《三贤妇》（《元曲选目》《今乐考证》《曲录》著录） | 皆佚◎ |

续表

| 《太和正音谱》<br>（朱权） | 《录鬼簿续编》<br>（无名氏） | 无名氏杂剧剧目<br>见于其他著录者 | 存佚情况 |
|---|---|---|---|
| 《圣姑姑》（见于"古今无名杂剧一百一十本"） | 未著录 | 《女姑姑说法升堂记》（《也是园书目》《今乐考证》《曲录》著录） | 有存本◎ |
| 《策立阴皇后》（见于"古今无名杂剧一百一十本"） | 未著录 | 《策立阴皇后》（《元曲选目》《今乐考证》《曲录》著录） | 皆佚◎ |
| 《双斗医》（见于"古今无名杂剧一百一十本"） | 未著录 | 《双斗医》（《元曲选目》《今乐考证》《曲录》著录） | 皆佚◎ |
| 《明皇村院会佳期》（见于"古今无名杂剧一百一十本"） | 未著录 | 《明皇村院会佳期》（《元曲选目》《今乐考证》《曲录》著录） | 皆佚◎ |
| 《黄鲁直打到底》（见于"古今无名杂剧一百一十本"） | 未著录 | 《黄鲁直打到底》（《元曲选目》《今乐考证》《曲录》著录） | 皆佚◎ |
| 《风流娘子两相宜》（见于"古今无名杂剧一百一十本"） | 未著录 | 《风流娘子两相宜》（《元曲选目》《今乐考证》《曲录》著录） | 皆佚◎ |
| 《搬运太湖石》（见于"古今无名杂剧一百一十本"） | 未著录 | 《搬运太湖石》（《元曲选目》《今乐考证》《曲录》著录） | 皆佚◎ |
| 《风雪包待制》（见于"古今无名杂剧一百一十本"） | 未著录 | 《风雪包待制》（《元曲选目》《今乐考证》《曲录》著录） | 皆佚◎ |
| 《柳成错背妻》（见于"古今无名杂剧一百一十本"） | 未著录 | 《柳成错背妻》（《元曲选目》《今乐考证》《曲录》著录） | 皆佚◎ |
| 《桂花精》（见于"古今无名杂剧一百一十本"） | 未著录 | 《桂花精》（《元曲选目》《今乐考证》《曲录》著录） | 皆佚◎ |

| 《太和正音谱》（朱权） | 《录鬼簿续编》（无名氏） | 无名氏杂剧剧目见于其他著录者 | 存佚情况 |
|---|---|---|---|
| 《黄花寨》（见于"古今无名杂剧一百一十本"） | 未著录 | 《黄花寨》（《元曲选目》《今乐考证》《曲录》著录） | 皆佚◎ |
| 《水帘寨》（见于"古今无名杂剧一百一十本"） | 未著录 | 《水帘寨》（《元曲选目》《今乐考证》《曲录》著录） | 皆佚◎ |
| 《化胡成佛》（见于"古今无名杂剧一百一十本"） | 未著录 | 《化胡成佛》（《元曲选目》《今乐考证》《曲录》著录） | 皆佚◎ |
| 《雪里报冤》（见于"古今无名杂剧一百一十本"） | 未著录 | 《雪里报冤》（《元曲选目》《今乐考证》《曲录》著录） | 皆佚◎ |
| 《销金帐》（见于"古今无名杂剧一百一十本"） | 未著录 | 《销金帐》（《元曲选目》《今乐考证》《曲录》著录） | 皆佚◎ |
| 《望香亭》（见于"古今无名杂剧一百一十本"） | 未著录 | 《望香亭》（《元曲选目》《今乐考证》《曲录》著录） | 皆佚◎ |
| 《佳人写恨》（见于"古今无名杂剧一百一十本"） | 未著录 | 《佳人写恨》（《元曲选目》《今乐考证》《曲录》著录） | 皆佚◎ |
| 《才子留情》（见于"古今无名杂剧一百一十本"） | 未著录 | 《才子留情》（《元曲选目》《今乐考证》《曲录》著录） | 皆佚◎ |
| 《哀哀怨怨后庭花》（见于"古今无名杂剧一百一十本"） | 未著录 | 《哀哀怨怨后庭花》（《元曲选目》《今乐考证》《曲录》著录） | 皆佚◎ |
| 《危太朴衣锦还乡》（见于"古今无名杂剧一百一十本"） | 未著录 | 《危太朴衣锦还乡》（《元曲选目》《今乐考证》《曲录》著录） | 皆佚◎ |

续表

| 《太和正音谱》（朱权） | 《录鬼簿续编》（无名氏） | 无名氏杂剧剧目见于其他著录者 | 存佚情况 |
|---|---|---|---|
| 《郭桓盗官粮》（见于"古今无名杂剧一百一十本"） | 未著录 | 《郭桓盗官粮》（《元曲选目》《今乐考证》《曲录》著录） | 皆佚◎ |
| 《陶侃拿苏峻》（见于"古今无名杂剧一百一十本"） | 未著录 | 《陶侃拿苏峻》（《元曲选目》《今乐考证》《曲录》著录） | 皆佚◎ |
| 《蓝关记》（见于"乐府"曲谱：南吕宫〔贺新郎〕） | 未著录 | 《韩退之雪拥蓝关记》（《曲录》著录） | 有佚曲◎ |
| 《夜走马陵道》（见于"古今无名杂剧一百一十本"） | 《马陵道》题目正名：孙膑悔下云梦山庞涓夜走马陵道 | 《庞涓夜走马陵道》（见《元曲选》和脉望馆抄本，两本有差异，《元曲选》"悔下"作"晚下"，与《续编》差异不大，可视为一种。《今乐考证》《曲录》《宝文堂书目》著录） | 有存本◎ |
| 《秋夜云窗梦》（见于"古今无名杂剧一百一十本"） | 《云窗梦》题目正名：张君卿奋登虎榜郑月莲秋夜云窗梦 | 《郑月莲秋夜云窗梦》（见脉望馆于小谷抄本，题元人作。题目正名"张君卿"为"张秀才"，与《续编》差异不大，可视为一种。《今乐考证》《曲录》《宝文堂书目》著录） | 有存本◎ |
| 《留鞋记》（见于"古今无名杂剧一百一十本"） | 《留鞋记》题目正名：郭明卿灯宵误假期王月英月夜留鞋记 | 《王月英月夜留鞋记》（见《元曲选》和《元人杂剧选》，两种有若干差异。然前者"题目正名"后二句为"郭秀才沉醉误佳期　王月英元夜留鞋记"，后者为"郭明卿灯宵误约　王月英元夜留鞋"。当与《续编》不同） | 有存本◎ |

| 《太和正音谱》<br>（朱权） | 《录鬼簿续编》<br>（无名氏） | 无名氏杂剧剧目<br>见于其他著录者 | 存佚情况 |
|---|---|---|---|
| 《货郎旦》（见于"古今无名杂剧一百一十本"） | 《货郎担》<br>题目正名：<br>抛家弃业李彦和<br>风雨像生货郎担 | 《风雨像生货郎担》（见《元曲选》和脉望馆抄本，《元曲选》"弃业"作"失业"。与《续编》差异不大，可视为一种） | 有存本◎ |
| 《滴水浮沤记》（见于"古今无名杂剧一百一十本"） | 《浮沤记》<br>题目正名：<br>铁幡竿致命暗图财<br>硃砂担滴水浮沤记 | 《硃砂担滴水浮沤记》（见《元曲选》和脉望馆抄内府本，两本有差异若干。"题目正名"后二句上半句有不同，前者为"铁幡竿图财致命贼"，后者为"铁幡竿白正暗图财"。与《续编》异） | 有存本◎ |
| 《病打独角牛》（见于"古今无名杂剧一百一十本"） | 《独角牛》<br>题目正名：<br>诸直社火初现仁安殿<br>刘千和尚病打独角牛 | 《刘千病打独角牛》（《永乐大典》著录。脉望馆抄内府本存，"题目正名"为"般般社火上东岳　刘千病打独角牛"，与《续编》异） | 有存本◎ |
| 《盆儿鬼》（见于"古今无名杂剧一百一十本"） | 《盆儿鬼》<br>题目正名：<br>张懯古诉哀哀怨怨瓦神<br>包待制断丁丁当当盆儿鬼 | 《叮叮珰珰盆儿鬼》（《元曲选》和脉望馆抄本收录，有若干差异。前者"题目正名"上半句为"伊伊哑哑乔捣碓"，后者为"哀哀怨怨瓦窑神"，皆与《续编》异，当为不同本） | 有存本◎ |
| 《复夺衣袄车》（见于"古今无名杂剧一百一十本"） | 《衣袄军》<br>题目正名：<br>刘庆重征延安府<br>狄青复夺衣袄车 | 《狄青复夺衣袄车》（仅见脉望馆抄内府本，"题目正名"前句为"黄轸军前赖功劳"，与《续编》有异） | 有存本◎ |

| 《太和正音谱》（朱权） | 《录鬼簿续编》（无名氏） | 无名氏杂剧剧目见于其他著录者 | 存佚情况 |
|---|---|---|---|
| 《飞刀对箭》（见于"古今无名杂剧一百一十本"） | 《飞刀对箭》题目正名：薛仁贵三定天山莫离支飞刀对箭 | 《莫离支飞刀对箭》（仅见脉望馆抄内府本，"题目正名"前句为"薛仁贵跨海征东"，与《续编》有异） | 有存本◎ |
| 《蔡顺分椹》（见于"古今无名杂剧一百一十本"） | 《蔡顺分椹》题目正名：起义心樊崇助粟行孝道蔡顺分椹 | 《降桑椹蔡顺奉母》（见脉望馆抄本。《录鬼簿》刘唐卿名下有《蔡顺摘椹养母》，显然与《续编》不同） | 有存本◎ |
| 《马丹阳度脱刘行首》（见于"古今无名杂剧一百一十本"） | 《刘行首》题目正名：王祖时单化邓夫人马丹阳三化刘行首 | 《马丹阳度脱刘行首》（《古名家杂剧》和《元曲选》收，曲词无大异。后者"题目正名"上句为"北邙山倡和柳梢青"，当与《续编》异。另《续编》载杨讷有《王祖师三化刘行首》，当为另一种） | 有存本◎ |
| 《私下三关》（见于"古今无名杂剧一百一十本"） | 《私下三关》题目正名：王枢密知流二国杨六郎私下三关 | 《私下三关》（天一阁本不载，而曹楝亭本《录鬼簿》列"王仲元"名下。前者为明本，当从之） | 皆佚◎ |
| 《博望烧屯》（见于"古今无名杂剧一百一十本"） | 《博望烧屯》题目正名：关云长白河放火诸葛亮博望烧屯 | 《诸葛亮博望烧屯》（元刊本"题目正名"为"关云长提闸放水　诸葛亮博望烧屯"，见《元刊杂剧三十种》，"白河放火"与"提闸放水"内容迥异，当为不同本） | 有存本◎ |
| 《孟良盗骨》（见于"古今无名杂剧一百一十本"） | 《盗骨殖》题目正名：杀人和尚退敌兵放火孟良盗骨殖 | 《放火孟良盗骨殖》（《录鬼簿》题朱凯作，《元曲选》收录，但"题目正名"为"瓦桥关令公显神　昊天塔孟良盗骨"。显然不同于《录鬼簿续编》，应为两种） | 有存本◎ |

| 《太和正音谱》<br>（朱权） | 《录鬼簿续编》<br>（无名氏） | 无名氏杂剧剧目<br>见于其他著录者 | 存佚情况 |
|---|---|---|---|
| 《张千替杀妻》（见于"古今无名杂剧一百一十本"） | 《替杀妻》<br>题目正名：<br>贤明待制番终狱<br>刿头张千替杀妻 | 《耿直张千替杀妻》（有元刊本，见《元刊杂剧三十种》，然"题目正名"后二句为"贤明待制翻疑狱 耿直张千替杀妻"。当与《续编》不同） | 有存本◎ |
| 《张鼎勘头巾》（见于"古今无名杂剧一百一十本"） | 《勘头巾》<br>题目正名：<br>望京店庄家索冷债<br>开封府张鼎勘头巾 | 《河南府张鼎勘头巾》（《录鬼簿》著录，列"陆登善"名下。存本收《古名家杂剧》、《元曲选》和脉望馆校于小谷抄本，三本差异不大，《古名家杂剧》本未题著者，后二者题"孙仲章"作。与《续编》"题目正名"后两句府名不同，应视为两种） | 有存本◎ |
| 《京娘盗果》（见于"古今无名杂剧一百一十本"） | 《荆娘盗果》<br>题目正名：<br>义烈夫士廉休妻<br>贤达妇荆娘盗果 | 《贤达妇荆娘盗果》（见于《永乐大典》《宝文堂书目》《元曲选目》《今乐考证》《曲录》《也是园书目》。《北词广正谱》题为"春牛张"撰，实与《续编》者不同） | 有同、近名皆佚曲◎ |
| 《杀狗劝夫》（见于"古今无名杂剧一百一十本"） | 《杀狗劝夫》<br>题目正名：<br>王翛然屏邪归正<br>贤达妇杀狗劝夫 | 《王翛然断杀狗劝夫》（《录鬼簿》入萧德祥名下。《元曲选》和脉望馆抄本收录，两本有差异。因与《续编》"题目正名"有异，当作不同本） | 有存本◎ |
| 《智赚桃花女》（见于"古今无名杂剧一百一十本"） | 《桃花女》<br>题目正名：<br>祭北斗七星老篯篯<br>破阴阳八卦桃花女 | 《讲阴阳八卦桃花女》（《录鬼簿》题王晔作。《元曲选》和脉望馆抄本收录，两本有差异。"题目正名"前者为"七星官增寿延彭祖 桃花女破法嫁周公"；后者为"老篯铿野祭北斗星 讲阴阳八卦桃花女"，与《续编》有异，当为不同本） | 有存本◎ |

续表

| 《太和正音谱》（朱权） | 《录鬼簿续编》（无名氏） | 无名氏杂剧剧目见于其他著录者 | 存佚情况 |
|---|---|---|---|
| 《错送鸳鸯被》（见于"古今无名杂剧一百一十本"） | 《鸳鸯被》题目正名：黄金殿名题龙虎榜玉清庵错送鸳鸯被 | 《玉清庵错送鸳鸯被》（杨朝英《朝野新声太平乐府》中孙季昌〔端正好〕散曲"集杂剧名咏情"著录。《古名家杂剧》《元人杂剧选》《元曲选》收录，三本差异不大。"题目正名"的前句有差异，前两者为"张瑞卿寓舍会佳期"，后者为"金阊客解品凤凰箫"。皆与《续编》有异） | 有存本◎ |
| 未著录 | 《渔樵记》题目正名：王道安水陆会宾友王鼎臣风雪渔樵记 | 《王鼎臣风雪渔樵记》（《永乐大典》著录。《元人杂剧选》和《元曲选》收。前者"题目正名"与《续编》同，后者为"严师徒荐万言书　朱太守风雪渔樵记"） | 有存本◎ |
| 《举案齐眉》（见于"古今无名杂剧一百一十本"） | 《孟光举案》题目正名：义烈士梁鸿作歌贤达妇孟光举案 | 《孟光女举案齐眉》（杨朝英《朝野新声太平乐府》中孙季昌〔端正好〕散曲"集杂剧名咏情"著录。《元曲选》和脉望馆抄本收录，两者差异不大。"题目正名"分别为"梁伯鸾攀蟾折桂　孟光女举案齐眉"和"梁伯鸾甘贫守志　孟德耀举案齐眉"，与《续编》有异） | 有存本◎ |
| 未著录 | 《相国寺》题目正名：秦老长创盖会宾堂秦从僧大闹相国寺 | 《罗李郎大闹相国寺》（收《古名家杂剧》和《元曲选》，两"楔子"。《续编》"题目正名"即《古名家杂剧》本后两句，然《古名家杂剧》本"险打李卿"作"嵚钉远乡牌"，与下句对。因字形相似，疑《续编》为误写） | 有存本◎ |

| 《太和正音谱》<br>（朱权） | 《录鬼簿续编》<br>（无名氏） | 无名氏杂剧剧目<br>见于其他著录者 | 存佚情况 |
|---|---|---|---|
| 未著录 | 《花下子》<br>题目正名：<br>明散才天赐你干儿<br>暗团圆智藏花下子 | 未著录 | 佚◎ |
| 未著录 | 《生金阁》<br>题目正名：<br>庞衙内打点没头鬼<br>包待制智赚生金阁 | 《包待制智赚生金阁》<br>（《元人杂剧选》和《元曲选》收，"题目正名"的前句分别为"依条律赏罚断分明"和"李幼奴挝伤似玉颜"） | 有存本◎ |
| 未著录 | 《合同文字》<br>题目正名：<br>伯娘姑亲生侄儿<br>清官断合同文字 | 《包待制智赚文字合同》<br>（《元人杂剧选》和《元曲选》收，"题目正名"上句前者为"狠伯娘打伤孝顺侄男"，后者为"刘安住归认祖代宗亲"） | 有存本◎ |
| 未著录 | 《磨刀劝妇》<br>题目正名：<br>生分妇合药害姑<br>孝顺子磨刀劝妇 | 《孝顺子磨刀劝妇》（《青楼集·序》和孙季昌的《集杂剧名》中录简名，前者作《磨刀谏妇》。但不能肯定是同剧） | 皆佚◎ |
| 未著录 | 《流星马》<br>题目正名：<br>左贤王招百桂枝节<br>黄廷道走千里流星马 | 《黄廷道夜走流星马》（脉望馆于小谷抄本题"明黄元吉"作，"题目正名"不同，应为两本） | 有存本◎ |
| 未著录 | 《送寒衣》<br>题目正名：<br>范杞良一命亡沙塞<br>孟姜女千里送寒衣 | 《孟姜女送寒衣》（《录鬼簿》《太和正音谱》列"郑廷玉"名下，亦作《送寒衣》，或疑与《续编》同，实为不同种） | 佚◎ |
| 《燕山梦》（见于"古今无名杂剧一百一十本"） | 未著录 | 未著录 | 佚◎ |

| 《太和正音谱》<br>（朱权） | 《录鬼簿续编》<br>（无名氏） | 无名氏杂剧剧目<br>见于其他著录者 | 存佚情况 |
|---|---|---|---|
| 《王允连环说》（见于"古今无名杂剧一百一十本"） | 未著录 | 《锦云堂美女连环记》（《元人杂剧选》和《元曲选》收录，后者为"锦云堂暗定连环计"） | 有存本◎ |
| 《醉写〈赤壁赋〉》（见于"古今无名杂剧一百一十本"） | 未著录 | 《苏子瞻醉写〈赤壁赋〉》（《古名家杂剧》本收） | 有存本◎ |
| 《赵宗让肥》（见于"古今无名杂剧一百一十本"） | 未著录 | 《赵宗让肥》（《永乐大典杂剧目》著录） | 佚◎ |
| 《继母大贤》（见于"古今无名杂剧一百一十本"） | 未著录 | 未著录 | 佚◎ |
| 《刘弘嫁婢》（见于"古今无名杂剧一百一十本"） | 未著录 | 《施仁义刘弘嫁婢》（"脉望馆抄内府本"收录） | 有存本◎ |
| 《还牢末》（见于"古今无名杂剧一百一十本"） | 未著录 | 《大妇小妻还牢末》或《都孔目风雨还牢末》（《古名家杂剧》、"脉望馆抄本"和《元曲选》收，前者误题"马致远"作，后者题"李致远"作，与《太和正音谱》有异） | 有存本◎ |
| 《白莲池》（见于"古今无名杂剧一百一十本"） | 未著录 | 《孝顺贼鱼水白莲池》（《永乐大典杂剧目》著录） | 皆佚◎ |
| 《鲁元公主》（见于"古今无名杂剧一百一十本"） | 未著录 | 《鲁元公主三噉（嚇）赦》（曹楝亭本《录鬼簿》题"关汉卿"名下。《太和正音谱》"关汉卿"名下有《三嚇赦》，又在"无名杂剧"目下著录《鲁元公主》，显然为不同本） | 佚◎ |

续表

| 《太和正音谱》<br>（朱权） | 《录鬼簿续编》<br>（无名氏） | 无名氏杂剧剧目<br>见于其他著录者 | 存佚情况 |
|---|---|---|---|
| 未著录 | 未著录 | 《小二哥大闹查子店》<br>（《永乐大典》著录） | 佚◎ |
| 未著录 | 未著录 | 《愚鼓惜气劝世道情》<br>（《永乐大典》著录） | 佚◎ |
| 未著录 | 未著录 | 《十咏〔水仙子〕》（《永乐大典》著录） | 佚 |
| 未著录 | 未著录 | 《滕王阁》（《永乐大典》著录） | 佚◎ |
| 未著录 | 未著录 | 《借布衫》（《永乐大典》著录） | 佚◎ |
| 未著录 | 未著录 | 《龙济山野猿听经》（《古名家杂剧》收录） | 有存本◎ |
| 未著录 | 未著录 | 《尉迟恭单鞭夺槊》（《古名家杂剧》、《元曲选》脉望馆抄来历不明本等收录） | 有存本◎ |
| 未著录 | 未著录 | 《汉钟离度脱蓝采和》（《古名家杂剧》收录） | 有存本◎ |
| 未著录 | 未著录 | 《包待制智斩鲁斋郎》（《古名家杂剧》《元曲选》收录） | 有存本◎ |
| 未著录 | 未著录 | 《二郎神醉射锁魔镜》（《古名家杂剧》收录） | 有存本◎ |
| 未著录 | 未著录 | 《张公艺九世同居》（《古名家杂剧》收录） | 有存本◎ |
| 未著录 | 未著录 | 《萨真人夜断碧桃花》（《古名家杂剧》《元曲选》收录） | 有存本◎ |
| 未著录 | 未著录 | 《赵匡义智娶符金锭》（《古名家杂剧》收录） | 有存本◎ |

续表

| 《太和正音谱》<br>（朱权） | 《录鬼簿续编》<br>（无名氏） | 无名氏杂剧剧目<br>见于其他著录者 | 存佚情况 |
|---|---|---|---|
| 未著录 | 未著录 | 《阀阅舞射柳蕤丸记》<br>（《元人杂剧选》收录） | 有存本◎ |
| 未著录 | 未著录 | 《逞风流王涣百花亭》（脉<br>望馆抄来历不明本和《元<br>曲选》收录） | 有存本◎ |
| 未著录 | 未著录 | 《崔府君断冤家债主》（脉<br>望馆抄来历不明本和《元<br>曲选》收录） | 有存本◎ |
| 未著录 | 未著录 | 《张天师断风花雪月》（脉<br>望馆抄来历不明本和《元<br>曲选》收录） | 有存本◎ |
| 未著录 | 未著录 | 《两军师隔江斗智》（《也<br>是园书目》《元曲选》《曲<br>海目》《曲海总目提要》<br>著录） | 有存本◎ |
| 未著录 | 未著录 | 《小尉迟将斗将将鞭认父》<br>（《也是园书目》《元曲选》<br>《曲海目》《曲海总目提<br>要》著录） | 有存本◎ |
| 未著录 | 未著录 | 《包待制陈州粜米》（《元<br>曲选》收录） | 有存本◎ |
| 未著录 | 未著录 | 《冯玉兰夜月泣江舟》<br>（《元曲选》《曲海目》<br>《曲海总目提要》著录） | 有存本◎ |
| 未著录 | 未著录 | 《摔袁祥》（《也是园书目》<br>著录） | 有存本◎ |
| 未著录 | 未著录 | 《行孝道郭巨埋儿》（《也<br>是园书目》著录） | 有存本◎ |
| 未著录 | 未著录 | 《守贞节孟母三移》（脉望<br>馆内府抄本收录） | 有存本◎ |

续表

| 《太和正音谱》<br>（朱权） | 《录鬼簿续编》<br>（无名氏） | 无名氏杂剧剧目<br>见于其他著录者 | 存佚情况 |
|---|---|---|---|
| 未著录 | 未著录 | 《诸葛亮挂帅气张飞》（朱有燉《香囊怨》杂剧中著录，后《宝文堂书目》脉望馆抄本目亦著录，《曲品》《群英类选》收简名） | 有佚曲◎ |
| 未著录 | 未著录 | 《谢金吾诈拆清风府》（《曲海总目提要》《曲海目》《曲录》《元曲选目》著录。《元曲选目》误注为"一云'私下三关'"，收《元曲选》，"题目正名"作："杨六使私下瓦桥关　谢金吾诈拆清风府"。当与《续编》异） | 有存本◎ |
| 《邢台记》（见于"古今无名杂剧一百一十本"） | 《邢台记》<br>题目正名：<br>天寿太子邢台记 | 《天寿太子邢台记》（曹楝亭本《录鬼簿》列"秦简夫"名下，与《续编》"正名"无异，可能为同一种。《永乐大典》入无名氏名下） | 皆佚 |
| 《托子寄妻》（见于"古今无名杂剧一百一十本"） | 《托妻寄子》<br>题目正名：<br>大丈夫重义疏财<br>死生交（入）托妻寄子 | 《死生交托妻寄子》（《录鬼簿》题《死生交托妻寄子》，列"乔吉"名下，与《续编》"正名"无异，可视为同一种，《太和正音谱》录简名，入无名氏名下） | 皆佚 |
| 《彩扇题诗》（见于"古今无名杂剧一百一十本"） | 未著录 | 《彩扇题诗》（孙季昌《集杂剧名》散曲著录） | 皆佚 |

续表

| 《太和正音谱》<br>（朱权） | 《录鬼簿续编》<br>（无名氏） | 无名氏杂剧剧目<br>见于其他著录者 | 存佚情况 |
|---|---|---|---|
| 《龙虎风云会》（见于"古今无名杂剧一百一十本"） | 未著录 | 《赵太祖龙虎风云会》（《续编》入"罗贯中"名下。存本见《古名家杂剧》《元人杂剧选》《古杂剧》《阳春奏》《酹江集》诸本） | 有存本 |
| 《抱妆盒》（见于"古今无名杂剧一百一十本"） | 未著录 | 《金水桥陈琳抱妆盒》（孙季昌《集杂剧名》散曲著录。收《元曲选》） | 有存本 |
| 《霍光鬼谏》（见于"古今无名杂剧一百一十本"） | 未著录 | 《承明殿霍光鬼谏》（《乐郊私语》题元"杨梓"名下。有元刊本） | 有存本 |
| 《濯足气英布》（见于"古今无名杂剧一百一十本"） | 未著录 | 《汉高祖濯足气英布》（《录鬼簿》题名"尚中贤"，收《元曲选》，有元刊本） | 有存本 |
| 《豫让吞炭》（见于"古今无名杂剧一百一十本"） | 未著录 | 《忠义士豫让吞炭》（《乐郊私语》题元"杨梓"名下。有《古名家杂剧》本） | 有存本 |
| 《田单火牛》（见于"古今无名杂剧一百一十本"） | 未著录 | 《纵火牛田单复齐》（《录鬼簿》题"屈子敬"名下，与《田单火牛》应为不同本。《永乐大典》收《田单火牛》） | 佚 |
| 未著录 | 《王公绰》<br>题目正名：<br>王公绰破家财恨婆<br>卖儿女从幸王公绰 | 《卖儿女没幸王公绰》（《录鬼簿》入"郑廷玉"名下，仅与《续编》"正名"中相差一"从"字，可视为同一种，《太和正音谱》收简名，亦入"郑廷玉"名下） | 佚 |

| 《太和正音谱》<br>（朱权） | 《录鬼簿续编》<br>（无名氏） | 无名氏杂剧剧目<br>见于其他著录者 | 存佚情况 |
|---|---|---|---|
| 未著录 | 《哑观音》<br>题目正名：<br>西王母归元华阳女<br>张古老度脱哑观音 | 《张果老度脱哑观音》（曹栋亭本《录鬼簿》入"赵文敬"名下，仅与《续编》"正名"中相差一"古"字，可视为同一种，《太和正音谱》收录） | 佚 |
| 未著录 | 《三负心》<br>题目正名：<br>烟花妓女双逃走<br>风月郎君三负心 | 《风流郎君三负心》（《录鬼簿》诸本及《太和正音谱》录简名《三负心》，入"关汉卿"名下，天一阁本录"题目正名"，其中仅"流"与《续编》中"月"不同，可视为同一种） | 佚 |
| 未著录 | 《小孙屠》<br>题目正名：<br>清官长智勘荒淫妇<br>犯押狱盆吊小孙屠 | 《犯押狱盆吊小孙屠》（曹栋亭本《录鬼簿》题"萧德祥"名下，"题目正名"与《续编》同，可视为同一种） | 佚 |
| 《敬德不服老》（见于"古今无名杂剧一百一十本"） | 未著录 | 《下高丽敬德不服老》（《乐郊私语》题元"杨梓"名下。有脉望馆抄本） | 有存本 |
| 《张仪冻苏秦》（见于"古今无名杂剧一百一十本"） | 未著录 | 《冻苏秦衣锦还乡》（《元曲选》收录） | 有存本 |
| 《醉走黄鹤楼》（见于"古今无名杂剧一百一十本"） | 未著录 | 《刘玄德醉走黄鹤楼》（曹栋亭本《录鬼簿》题"朱凯"名下。有脉望馆抄内府本） | 有存本 |
| 《钱神论》（见于"古今无名杂剧一百一十本"） | 未著录 | 《讥货赂鲁褒钱神论》（《录鬼簿》"序"及《续编》题"钟嗣成"名下） | 佚 |

续表

| 《太和正音谱》<br>（朱权） | 《录鬼簿续编》<br>（无名氏） | 无名氏杂剧剧目<br>见于其他著录者 | 存佚情况 |
|---|---|---|---|
| 《章台柳》（见于"古今无名杂剧一百一十本"） | 未著录 | 《寄情韩翃章台柳》（《录鬼簿》"序"及《续编》题"钟嗣成"名下） | 佚 |
| 《蟠桃会》（见于"古今无名杂剧一百一十本"） | 未著录 | 《宴瑶池王母蟠桃会》（《录鬼簿》"序"及《续编》题"钟嗣成"名下） | 佚 |
| 《斩陈馀》（见于"古今无名杂剧一百一十本"） | 未著录 | 《韩信泜水斩陈馀》（《录鬼簿》"序"及《续编》题"钟嗣成"名下） | 佚 |
| 《冯驩烧券》（见于"古今无名杂剧一百一十本"） | 未著录 | 《冯驩烧券》（《录鬼簿》"序"及《续编》题"钟嗣成"名下） | 佚 |
| 《诈游云梦》（见于"古今无名杂剧一百一十本"） | 未著录 | 《汉高祖诈游云梦》（《录鬼簿》"序"及《续编》题"钟嗣成"名下） | 佚 |
| 《贤孝牌》（见于"古今无名杂剧一百一十本"） | 未著录 | 《贤孝牌》（孙季昌《集杂剧名》散曲著录） | 佚 |
| 《千里独行》（见于"古今无名杂剧一百一十本"） | 未著录 | 《千里独行》（孙季昌《集杂剧名》散曲著录。收《元人杂剧钩沉》） | 有佚曲 |
| 《升仙会》（见于"古今无名杂剧一百一十本"） | 未著录 | 《韩湘子引渡升仙会》（《续编》题"陆进之"名下。"题目正名"为："陈半街得悟到蓬莱　韩湘子引渡升仙会"） | 有佚曲 |

续表

| 《太和正音谱》<br>（朱权） | 《录鬼簿续编》<br>（无名氏） | 无名氏杂剧剧目<br>见于其他著录者 | 存佚情况 |
|---|---|---|---|
| 《田真泣树》（见于"古今无名杂剧一百一十本"） | 未著录 | 《三田分树》（《续编》题"杨景贤"名下。"题目正名"为："动神祇兄弟团圆 感天地田真泣树"） | 佚 |
| 《勘吉平》（见于"乐府"曲谱：双调〔镇江回〕） | 未著录 | 《相府院曹公勘吉平》（天一阁本《录鬼簿》题"花李郎"名下） | 有佚曲 |
| 《伯道弃子》（见于"乐府"曲谱：越调〔青山口〕） | 未著录 | 《吴太守伯道弃子》（天一阁本《录鬼簿》题"花李郎"名下，"题目正名"为"晋将军胡石勒兴兵 吴太守伯道弃子"） | 有佚曲 |
| 未著录 | 未著录 | 《十八国临潼斗宝》（《也是园书目》《今乐考证》《曲录》著录） | 有存本 |
| 未著录 | 未著录 | 《伍子胥鞭伏柳盗跖》（《也是园书目》《今乐考证》《曲录》著录） | 有存本 |
| 未著录 | 未著录 | 《田穰苴伐晋兴齐》（《也是园书目》《今乐考证》《曲录》著录） | 有存本 |
| 未著录 | 未著录 | 《后七国乐毅图齐》（《也是园书目》《今乐考证》《曲录》著录） | 有存本 |
| 未著录 | 未著录 | 《吴起敌秦挂帅印》（《也是园书目》《今乐考证》《曲录》《八千卷楼书目》著录） | 有存本 |
| 未著录 | 未著录 | 《守贞节孟母三移》（《也是园书目》《今乐考证》《曲录》著录） | 有存本 |

| 《太和正音谱》<br>（朱权） | 《录鬼簿续编》<br>（无名氏） | 无名氏杂剧剧目<br>见于其他著录者 | 存佚情况 |
|---|---|---|---|
| 未著录 | 未著录 | 《汉公卿衣锦还乡》（《也是园书目》《今乐考证》《曲录》著录） | 有存本 |
| 未著录 | 未著录 | 《运机谋随何骗英布》（《也是园书目》《今乐考证》《曲录》著录） | 有存本 |
| 未著录 | 未著录 | 《韩元帅岸度陈仓》（《也是园书目》《今乐考证》《曲录》著录） | 有存本 |
| 未著录 | 未著录 | 《司马相如题桥记》（《也是园书目》《今乐考证》《曲录》《宝文堂书目》著录） | 有存本 |
| 未著录 | 未著录 | 《马援挝打聚兽牌》（《也是园书目》《今乐考证》《曲录》著录） | 有存本 |
| 未著录 | 未著录 | 《汉姚期大战邳彤》（《也是园书目》《今乐考证》《曲录》著录） | 有存本 |
| 未著录 | 未著录 | 《寇子翼定时捉将》（《也是园书目》《今乐考证》《曲录》著录） | 有存本 |
| 未著录 | 未著录 | 《邓禹定时捉彭宠》（《也是园书目》《今乐考证》《曲录》著录） | 有存本 |
| 未著录 | 未著录 | 《云台门聚二十八将》（《也是园书目》《今乐考证》《曲录》《宝文堂书目》著录） | 有存本 |

| 《太和正音谱》<br>(朱权) | 《录鬼簿续编》<br>(无名氏) | 无名氏杂剧剧目<br>见于其他著录者 | 存佚情况 |
|---|---|---|---|
| 未著录 | 未著录 | 《刘关张桃园三结义》<br>(《也是园书目》《今乐考证》《曲录》著录) | 有存本 |
| 未著录 | 未著录 | 《关云长单刀劈四寇》<br>(《也是园书目》《今乐考证》《曲录》著录) | 有存本 |
| 未著录 | 未著录 | 《张翼德大破杏林庄》<br>(《也是园书目》《今乐考证》《曲录》著录) | 有存本 |
| 未著录 | 未著录 | 《张翼德单战吕布》(《也是园书目》《今乐考证》《曲录》《宝文堂书目》著录) | 有存本 |
| 未著录 | 未著录 | 《张翼德三出小沛》(《也是园书目》《今乐考证》《曲录》著录) | 有存本 |
| 未著录 | 未著录 | 《莽张飞大闹石榴园》(《也是园书目》《今乐考证》《曲录》《宝文堂书目》著录) | 有存本 |
| 未著录 | 未著录 | 《楚凤雏庞掠四郡》(《也是园书目》《今乐考证》《曲录》著录) | 有存本 |
| 未著录 | 未著录 | 《曹操夜走陈仓路》(《也是园书目》《今乐考证》《曲录》著录) | 有存本 |
| 未著录 | 未著录 | 《阳平关五马破曹》(《也是园书目》《今乐考证》《曲录》《宝文堂书目》著录) | 有存本 |

续表

| 《太和正音谱》<br>（朱权） | 《录鬼簿续编》<br>（无名氏） | 无名氏杂剧剧目<br>见于其他著录者 | 存佚情况 |
|---|---|---|---|
| 未著录 | 未著录 | 《寿亭侯怒斩关平》（《也是园书目》《今乐考证》《曲录》著录） | 有存本 |
| 未著录 | 未著录 | 《周公瑾得志娶小乔》（《也是园书目》《今乐考证》《曲录》著录） | 有存本 |
| 未著录 | 未著录 | 《陶渊明东篱赏菊》（《也是园书目》《今乐考证》《曲录》著录） | 有存本 |
| 未著录 | 未著录 | 《魏徵改诏风云会》（《也是园书目》《今乐考证》《曲录》著录） | 有存本 |
| 未著录 | 未著录 | 《徐懋公智降秦叔宝》（《也是园书目》《今乐考证》《曲录》著录） | 有存本 |
| 未著录 | 未著录 | 《长安城四马投唐》（《也是园书目》《今乐考证》《曲录》著录） | 有存本 |
| 未著录 | 未著录 | 《尉迟恭鞭打单雄信》（《也是园书目》《今乐考证》《曲录》著录） | 有存本 |
| 未著录 | 未著录 | 《立功勋庆赏端阳》（《也是园书目》《今乐考证》《曲录》著录） | 有存本 |
| 未著录 | 未著录 | 《十八学士登瀛洲》（《也是园书目》《今乐考证》《曲录》《宝文堂书目》著录） | 有存本 |
| 未著录 | 未著录 | 《唐李靖阴山破虏》（《也是园书目》《今乐考证》《曲录》著录） | 有存本 |

| 《太和正音谱》（朱权） | 《录鬼簿续编》（无名氏） | 无名氏杂剧剧目见于其他著录者 | 存佚情况 |
|---|---|---|---|
| 未著录 | 未著录 | 《贤达妇龙门隐秀》（《也是园书目》《今乐考证》《曲录》著录） | 有存本 |
| 未著录 | 未著录 | 《众僚友喜赏浣花溪》（《也是园书目》《今乐考证》《曲录》著录） | 有存本 |
| 未著录 | 未著录 | 《招凉亭贾岛破风诗》（《也是园书目》《今乐考证》《曲录》著录） | 有存本 |
| 未著录 | 未著录 | 《李嗣源复夺紫泥宣》（《也是园书目》《今乐考证》《曲录》著录） | 有存本 |
| 未著录 | 未著录 | 《压关楼叠挂午时牌》（《也是园书目》《今乐考证》《曲录》《宝文堂书目》著录） | 有存本 |
| 未著录 | 未著录 | 《赵匡胤打董达》（《也是园书目》《今乐考证》《曲录》著录） | 有存本 |
| 未著录 | 未著录 | 《穆陵关上打韩通》（《也是园书目》《今乐考证》《曲录》著录） | 有存本 |
| 未著录 | 未著录 | 《存仁心曹彬下江南》（《也是园书目》《今乐考证》《曲录》著录） | 有存本 |
| 未著录 | 未著录 | 《八大王开诏救忠良》（《也是园书目》《今乐考证》《曲录》著录） | 有存本 |
| 未著录 | 未著录 | 《焦光赞活拿萧天佑》（《也是园书目》《今乐考证》《曲录》著录） | 有存本 |

续表

| 《太和正音谱》<br>（朱权） | 《录鬼簿续编》<br>（无名氏） | 无名氏杂剧剧目<br>见于其他著录者 | 存佚情况 |
|---|---|---|---|
| 未著录 | 未著录 | 《杨六郎调兵破天门阵》<br>（《也是园书目》《今乐考证》《曲录》著录） | 有存本 |
| 未著录 | 未著录 | 《十样锦诸葛论功》（《也是园书目》《今乐考证》《曲录》著录） | 有存本 |
| 未著录 | 未著录 | 《关云长大破蚩尤》（《也是园书目》《今乐考证》《曲录》著录） | 有存本 |
| 未著录 | 未著录 | 《宋大将岳飞精忠》（《也是园书目》《今乐考证》《曲录》著录） | 有存本 |
| 未著录 | 未著录 | 《张于湖误宿女真观》（《也是园书目》《今乐考证》《曲录》著录） | 有存本 |
| 未著录 | 未著录 | 《梁山五虎大劫牢》（《也是园书目》《今乐考证》《曲录》著录） | 有存本 |
| 未著录 | 未著录 | 《梁山七虎闹铜台》（《也是园书目》《今乐考证》《曲录》著录） | 有存本 |
| 未著录 | 未著录 | 《王矮虎大闹东平府》（《也是园书目》《今乐考证》《曲录》著录） | 有存本 |
| 未著录 | 未著录 | 《宋公明排九宫八卦阵》（《也是园书目》《今乐考证》《曲录》著录） | 有存本 |
| 未著录 | 未著录 | 《女学士明讲春秋》（《也是园书目》《曲录》著录） | 有存本 |

| 《太和正音谱》（朱权） | 《录鬼簿续编》（无名氏） | 无名氏杂剧剧目见于其他著录者 | 存佚情况 |
|---|---|---|---|
| 未著录 | 未著录 | 《清廉官长勘金环》（《也是园书目》《今乐考证》《曲录》著录） | 有存本 |
| 未著录 | 未著录 | 《若耶溪渔樵闲话》（《也是园书目》《今乐考证》《曲录》《宝文堂书目》著录） | 有存本 |
| 未著录 | 未著录 | 《认金梳孤儿寻母》（《也是园书目》《今乐考证》《曲录》著录） | 有存本 |
| 未著录 | 未著录 | 《徐伯株贫富兴衰记》（《也是园书目》《今乐考证》《曲录》《宝文堂书目》著录） | 有存本 |
| 未著录 | 未著录 | 《秦月娥误失金环记》（《也是园书目》《今乐考证》《曲录》《宝文堂书目》著录） | 有存本 |
| 未著录 | 未著录 | 《薛包认母》（《也是园书目》《今乐考证》《曲录》著录） | 有存本 |
| 未著录 | 未著录 | 《王文秀渭塘奇遇记》（《也是园书目》《今乐考证》《曲录》著录） | 有存本 |
| 未著录 | 未著录 | 《月明和尚度柳翠》（未见著录） | 有存本 |
| 未著录 | 未著录 | 《二郎神射锁魔镜》（《也是园书目》著录） | 有存本 |
| 未著录 | 未著录 | 《燕孙膑用智捉袁达》（《八千卷楼书目》《曲录》著录） | 残本有存本 |

| 《太和正音谱》<br>（朱权） | 《录鬼簿续编》<br>（无名氏） | 无名氏杂剧剧目<br>见于其他著录者 | 存佚情况 |
|---|---|---|---|
| 未著录 | 未著录 | 《十面埋伏》（《曲录》著录） | 有佚曲 |
| 未著录 | 未著录 | 《赶苏卿》（《曲录》著录） | 有佚曲 |
| 未著录 | 未著录 | 《割耳记》（《曲录》著录） | 有佚曲 |
| 未著录 | 未著录 | 《赵宗让肥》（《永乐大典》著录） | 佚 |
| 未著录 | 未著录 | 《羊角哀鬼战荆轲》（《宝文堂书目》《也是园书目》《今乐考证》《曲录》著录） | 佚 |
| 未著录 | 未著录 | 《诸葛亮挂印气张飞》（《宝文堂书目》《远山堂剧品》《也是园书目》《今乐考证》《曲录》著录） | 佚 |
| 未著录 | 未著录 | 《关大王月下斩貂蝉》（《宝文堂书目》《也是园书目》《今乐考证》《曲录》著录） | 佚 |
| 未著录 | 未著录 | 《狗家疃五虎困彦章》（《宝文堂书目》《也是园书目》《今乐考证》《曲录》著录） | 佚 |
| 未著录 | 未著录 | 《庄周半世蝴蝶梦》（《也是园书目》《今乐考证》《曲录》著录） | 佚 |
| 未著录 | 未著录 | 《四公子夷门元宵宴》（《也是园书目》《今乐考证》《曲录》著录） | 佚 |

| 《太和正音谱》<br>（朱权） | 《录鬼簿续编》<br>（无名氏） | 无名氏杂剧剧目<br>见于其他著录者 | 存佚情况 |
|---|---|---|---|
| 未著录 | 未著录 | 《巫娥女醉赴阳台梦》（《也是园书目》《今乐考证》《曲录》著录） | 佚 |
| 未著录 | 未著录 | 《郅郓璋昆阳大战》（《也是园书目》《今乐考证》《曲录》著录） | 佚 |
| 未著录 | 未著录 | 《金穴富郭况游春》（《也是园书目》《今乐考证》《曲录》著录） | 佚 |
| 未著录 | 未著录 | 《施仁义岑母大贤》（《也是园书目》《今乐考证》《曲录》著录） | 佚 |
| 未著录 | 未著录 | 《诸葛亮石伏陆逊》（《也是园书目》《今乐考证》《曲录》著录） | 佚 |
| 未著录 | 未著录 | 《寿亭侯五关斩将》（《也是园书目》《今乐考证》《曲录》著录） | 佚 |
| 未著录 | 未著录 | 《老陶谦三让徐州》（《也是园书目》《今乐考证》《曲录》著录） | 佚 |
| 未著录 | 未著录 | 《关云长古城聚义》（《也是园书目》《今乐考证》《曲录》著录） | 佚 |
| 未著录 | 未著录 | 《米伯通衣锦还乡》（《也是园书目》《今乐考证》《曲录》著录） | 佚 |
| 未著录 | 未著录 | 《李存孝大战葛从周》（《也是园书目》《今乐考证》《曲录》著录） | 佚 |

续表

| 《太和正音谱》<br>（朱权） | 《录鬼簿续编》<br>（无名氏） | 无名氏杂剧剧目<br>见于其他著录者 | 存佚情况 |
|---|---|---|---|
| 未著录 | 未著录 | 《朱全忠五路犯太原》<br>（《也是园书目》《今乐考证》《曲录》著录） | 佚 |
| 未著录 | 未著录 | 《苏东坡误入佛游寺》<br>（《也是园书目》《今乐考证》《曲录》著录） | 佚 |
| 未著录 | 未著录 | 《小李广大闹元宵夜》<br>（《也是园书目》《今乐考证》《曲录》著录） | 佚 |
| 未著录 | 未著录 | 《宋公明劫法场》（《也是园书目》《今乐考证》《曲录》著录） | 佚 |
| 未著录 | 未著录 | 《宋公明喜赏新春会》<br>（《也是园书目》《今乐考证》《曲录》著录） | 佚 |
| 未著录 | 未著录 | 《李幼奴月夜江陵怨》<br>（《也是园书目》《今乐考证》《曲录》著录） | 佚 |
| 未著录 | 未著录 | 《崔驴儿指腹成婚》（《也是园书目》《今乐考证》《曲录》著录） | 佚 |
| 未著录 | 未著录 | 《鹄奔亭苏娥自许嫁》<br>（《也是园书目》《今乐考证》《曲录》著录） | 佚 |
| 未著录 | 未著录 | 《赛金莲花月南楼记》<br>（《也是园书目》《今乐考证》《曲录》著录） | 佚 |

注：本表说明：

（1）"《太和正音谱》（朱权）"一栏收"古今无名杂剧"及"乐府"曲谱中所载剧目113种。

"《录鬼簿续编》（无名氏）"一栏收"诸公传奇，失载名目"剧目78种。

"无名氏杂剧剧目见于其他著录者"一栏收见于其他著录剧目209种。

（2）"存佚情况"一栏中带◎符号者解释：

A. 带◎符号者为经考辨能确定为元末明初无名氏杂剧，共计147种。

B. 其余未带◎者：或疑为元人杂剧重出，或无法证明其为元末明初无名氏杂剧，共计122种。仍将有关情况列于后，以备查考。

## 第三节  关于元末明初无名氏杂剧不同观点的辨析

过去，曾有学者进行过相关剧目的梳理，然结果出入很大，最为典型的当推傅惜华与邵曾祺二家，前者搜罗"元明间无名氏作家作品"187种，后者定"元末明初"佚名作者作品 133 种。两家为什么会有如此差别？哪一家较为合理？须进行辨析才可知晓。

### （一）傅、邵二人观点差别的原因是什么？

通过比较我们就会发现，主要在于对记载相关剧目的文献选择范围不同。

1. 邵曾祺确定"元末明初"无名氏杂剧的资料包括《录鬼簿续编》《太和正音谱》《永乐大典》，除此之外，还筛选了"明代诸本"（包括《古名家杂剧》，《元人杂剧选》，《元曲选》，脉望馆抄、校诸本等）中"风格"上"似有可能"的"明初人"作品①。前三者为 112 种，后者 21本，共 133 本。

2. 傅惜华确定"元明间"无名氏杂剧的资料范围除以上（涉及具体剧目有小差别，傅作较邵作少 30 多种）外，另将《宝文堂书目》《元曲选目》《也是园书目》《曲海目》《今乐考证》《八千卷楼书目》《曲海总目提要》《曲录》等典籍中著录的无名氏杂剧剧目皆列入，较邵作多出90 多种。因此总数大大多于邵作。

从以上分析可知，邵作选取材料范围远远小于傅作，因此数量少。

### （二）傅、邵二人观点谁的更合理？

要回答这个问题，关键还要看谁更能根据目标选择可信度最大的

---

① 以上资料中如有作品与《录鬼簿》及其他已确知为元末成书的诸典籍中剧目相同者，皆不列入"元末明初"无名氏作品。《录鬼簿》至正五年成书，诸典籍包括孙季昌的《集杂剧名咏情》〔端正好〕（载杨朝英《朝野新声太平乐府》，至正十一年前已成书）、夏庭芝的《青楼集》（至正十五年前已成书），以及元刊本。

文献。

一般来说，在没有其他佐证的情况下，离发生或出现历史事件、人物以后，时间最近的文献记载可信度应当是最大。

就元末明初杂剧而言，《太和正音谱》《录鬼簿续编》《永乐大典》中所载的剧目可以被看作当时人亲眼所见或亲耳所闻的剧目，是直接材料，自然最为可信；而《宝文堂书目》（明·晁瑮）、《元曲选目》（明·臧懋循）、《也是园书目》（清·钱曾）、《今乐考证》（清·姚燮）、《曲海目》（清·黄文旸）、《八千卷楼书目》（清·丁丙）、《曲海总目提要》（近人董康）、《曲录》（近人王国维）等文献中所记载的杂剧剧目，离元末明初（或元明间）时间较远。其中的剧目，有些转录元末明初人著述，有些不见于以前的典籍。那些以前典籍未记载的剧目，在未注明具体时代的情况下，要认定它们是元末明初作品，可信度相对来说较低。

因此，从材料选取范围这个角度看，邵曾祺对"元末明初"杂剧的筛选依据比傅惜华的更显得令人可信，也更合理些。

### （三）邵曾祺筛选中的遗漏

邵曾祺对于元末明初无名氏杂剧的数量统计，有相当的合理性，基于此，本书很大程度上采用邵曾祺的相关结论。但是，邵曾祺的筛选并不是很完善的。笔者仔细辨析，确认还有 13 种剧目本可以列入"元末明初"无名氏杂剧的，却被邵作排除出此列，这些剧目被记载于《录鬼簿续编》中。

在三种可信度较大的典籍中，《录鬼簿续编》是最为关键的典籍，之所以这样说，是有一定理由的，分析一下每种典籍的情况就可知晓。

1. 《太和正音谱》作成于明洪武三十一年（1398 年），其作者朱权自洪武二十四年（1391 年）就藩大宁①王以来，一直拥兵自重于北地大

---

① 明洪武二十年(1387 年)置大宁卫,治今内蒙古宁城西,辖今河北长城以北、内蒙古西拉木伦河以南地。次年改名北平行都司,永乐元年(1403 年)复旧仍称大宁卫,移治保定府(今保定市)。

漠，该书作成时，朱权还在内蒙古宁城西的大宁卫所里。我们认为《太和正音谱》中所载的"古今无名杂剧一百一十本"（实际为113种），主要是朱权当时于北方所见所闻的，或者说是当时流行于北方（尤其是长城以北）的无名氏杂剧名目，这样的说法应该是不成问题的。

2. 《永乐大典》修成于永乐六年（1408年）十二月，其中所载无名氏杂剧有《贤达妇荆娘盗果》《刘千病打独角牛》《天寿太子邢台记》《王鼎臣风雪渔樵记》《孝顺贼鱼水白莲池》《小二哥大闹查子店》《愚鼓惜气劝世道情》《十咏〔水仙子〕》《赵宗让肥》《滕王阁》《借布衫》《汉武帝望思台》等若干种，这些杂剧当为著录时或在此以前的无名氏所创作。

但是，以上两书中所提及的无名氏杂剧哪些是元末明初人作的，哪些是元末明初之前的人所作，目前要想判断清楚极其困难，因为原书未作记载，又无其他资料作为直接证明。因此客观上说，两书中与无名氏杂剧有关的资料只能作为确定相关杂剧创作时地的参考。

3. 然而，无名氏的《录鬼簿续编》却能为我们提供一些元末明初无名氏杂剧较为可靠的证据。其理由是：根据《录鬼簿续编》中的相关资料，我们可以推知它成书约在明宣德年间（1426—1435年）[①]。它附在天一阁蓝格抄本《录鬼簿》之后，所记载的皆为元末以后诸位杂剧、散曲作家简介、作品以及无名氏杂剧作品，其写作体例基本是这样：前面记有名氏作家作品，如钟继先（嗣成）、罗贯中、汪元享、谷子敬、丁野夫，等等；后面记无名氏作品，即"诸公传奇，失载名氏，并附于此"者，其数量为78种。学术界一般认为它是对钟嗣成《录鬼簿》的补充

---

① 《录鬼簿续编》"汤舜民"条载："文皇帝在燕邸时，宠遇甚厚。永乐间，恩赍常及"；"贾仲明"条载："尝传文皇帝于燕邸，甚宠爱之。每有宴会，应制之作，无不称赏。""文皇帝"乃永乐皇帝朱棣死后谥号，朱棣于永乐二十二年（1424年）七月死于征途之榆木川。本书既然提到朱棣谥号，成书肯定在他死之后。又据该书的"罗贯中"条载：作者与他"至正甲辰复会。别来又六十余年"。至正甲辰乃至正二十四年（1364年），后推60年即为永乐二十二年（1424年），但"余年"二字表明至少有一年以上，十年以下。由此可知：《录鬼簿续编》成书当在洪熙元年（1425年）之后，正统元年（1436年）之前，最大可能是两者之间的宣德时期。

——它记录了钟嗣成《录鬼簿》之后至明宣德之前的有名和无名杂剧作家作品，"确是今天研究元末明初北曲杂剧的发展的唯一重要史料"[①]。因此，《录鬼簿续编》中关于无名氏杂剧的资料，对确定哪些是元末明初无名氏杂剧有重要意义。

但是邵曾祺将其中的 19 种剧目剔除出去。其理由是这些作品名目曾在元末以前的有关著录中（如《录鬼簿》《朝野新声太平乐府》《青楼集》）出现过。但问题是：这些剧目是不是可以剔除？有多少可以剔除？这关系到元末明初无名氏杂剧有多少的问题，经过辨析得出结论：《录鬼簿续编》中的这些剧目大多不等同以上著录中的相关作品，是不可以剔除的，只有 6 种无名氏杂剧剧目的剔除有一定理由，以下试论之。

（1）邵作中较为合理的排除

邵曾祺在《元明北杂剧总目考略》一书中将《录鬼簿续编》中的《王公绰》《哑观音》《三负心》《托妻寄子》《邢台记》《小孙屠》6 剧剔除出元末明初无名氏杂剧之列，有其合理处。因为在《录鬼簿》中它们分别为《卖儿女没幸王公绰》《张果老度脱哑观音》《风流郎君三负心》《死生交托妻寄子》《天寿太子邢台记》《小孙屠》，分列郑廷玉、赵文敬、关汉卿、乔吉、秦简夫、萧德祥名下。由于他们与《录鬼簿续编》简名或"正名"相同或存在细微差别，可能为同一种，但也可能为不同种，为慎重起见，依邵说不将它们作为元末明初无名氏杂剧看待，见下表。

表四

| 《录鬼簿续编》收录 | 其他典籍收录 |
| --- | --- |
| 《王公绰》<br>题目正名：<br>　王公绰破家财恨婆<br>　卖儿女从幸王公绰 | 《录鬼簿》题《卖儿女没幸王公绰》，入"郑廷玉"名下，仅与《续编》"正名"中相差一"从"字，可能为同一种，《太和正音谱》收简名，亦入"郑廷玉"名下 |

① 见《录鬼簿续编》（明无名氏 撰）"提要"，《中国古典戏曲论著集成》（二），北京：中国戏剧出版社，1959 年版，第 278 页。

| 《录鬼簿续编》收录 | 其他典籍收录 |
| --- | --- |
| 《哑观音》<br>题目正名：<br>西王母归元华阳女<br>张古老度脱哑观音 | 曹栋亭本《录鬼簿》题《张果老度脱哑观音》，入"赵文敬"名下，仅与《续编》"正名"中相差一"古"字，可能为同一种，《太和正音谱》收录 |
| 《三负心》<br>题目正名：<br>烟花妓女双逃走<br>风月郎君三负心 | 《录鬼簿》诸本及《太和正音谱》录简名《三负心》，入"关汉卿"名下，天一阁本录"题目正名"，其中仅"流"与《续编》中"月"不同，可能为同一种 |
| 《托妻寄子》<br>题目正名：<br>大丈夫重义疏财<br>死生交托妻寄子 | 《录鬼簿》题《死生交托妻寄子》，列"乔吉"名下，与《续编》"正名"无异，可能为同一种，《太和正音谱》录简名，入无名氏名下 |
| 《邢台记》<br>题目正名：<br>天寿太子邢台记 | 曹栋亭本《录鬼簿》题《天寿太子邢台记》，列"秦简夫"名下，与《续编》"正名"无异，可能为同一种。《太和正音谱》《永乐大典》均收入无名氏名下 |
| 《小孙屠》<br>题目正名：<br>清官长智勘荒淫妇<br>犯押狱盆吊小孙屠 | 曹栋亭本《录鬼簿》录简名，题"萧德祥"名下，可能为同一种 |

（2）邵作中不合理的排除

邵作将另外13剧排除，显然不合理。这13种内容相近的剧目，在《录鬼簿续编》以外的其他诸典籍中虽有收录，但差异较大，明显不是同一种，以下逐一论之。

A.《流星马》

《流星马》杂剧剧目分别见于《录鬼簿续编》和脉望馆于小谷抄本。《录鬼簿续编》中的《流星马》明载为"无名氏"著，于小谷抄本载为元末明初人黄元吉著，两者明显是不同本，这在本章第一节已经辨析过，此处不作详述。因此不能将此剧剔除。

B.《荆娘盗果》二种

《荆娘盗果》杂剧剧目分别见于《太和正音谱》《录鬼簿续编》《永

乐大典》《宝文堂书目》《元曲选目》《今乐考证》《曲录》等著述，皆入"无名氏"名下，有两种可能，其一为"元无名氏"作品，其二为"元末明初无名氏"作品，第二种可能性极大，因为《宝文堂书目》以下诸著作大部分转录《太和正音谱》《录鬼簿续编》等较早的著录本。《太和正音谱》所载入"古今无名氏杂剧一百一十种"，有可能为元作品，也有可能为元末明初作品，而《录鬼簿续编》则主要载元末明初杂剧，所以《荆娘盗果》为"元末明初"无名氏杂剧的可能性是极大的。此外，《北词广正谱》中亦有《贤达妇荆娘盗果》剧目，是春牛张所作（本章第一节也已辨析过），但此剧不能等同于元末明初无名氏所作的《荆娘盗果》。所以此剧不能剔除。

C. 《博望烧屯》

元刊本（见《元刊杂剧三十种》）、《太和正音谱》、《录鬼簿续编》皆著录。《太和正音谱》入"古今无名氏杂剧一百一十种"，元刊本的"题目正名"为"关云长提闸放水　诸葛亮博望烧屯"；《录鬼簿续编》的"题目正名"为"关云长白河放火　诸葛亮博望烧屯"。从元刊本和《录鬼簿续编》的"题目正名"看，"白河放火"与"提闸放水"内容有异，两者当为不同本。所以此剧不可剔除。

D. 《替杀妻》

元刊本（见《元刊杂剧三十种》）《太和正音谱》《录鬼簿续编》皆著录。《太和正音谱》剧名为《张千替杀妻》，元刊本为《耿直张千替杀妻》，《录鬼簿续编》为《替杀妻》。元刊本"题目正名"后二句为"贤明待制翻疑狱　耿直张千替杀妻"；《录鬼簿续编》中"题目正名"为"贤明待制番终狱　刎头张千替杀妻"。两者大异，以此定元末明初无名氏杂剧《替杀妻》不能剔除。

E. 《孟光举案》

孙季昌的〔正宫·端正好〕《集杂剧名咏情》"我则学举案齐眉。"

（载于杨朝英《朝野新声太平乐府》）、《太和正音谱》《录鬼簿续编》皆著录，《元曲选》和脉望馆抄本收录剧本。《录鬼簿续编》"题目正名"为"义烈士梁鸿作歌　贤达妇孟光举案"；《元曲选》和脉望馆抄本分别为"梁伯鸾攀蟾折桂　孟光女举案齐眉"和"梁伯鸾甘贫守志　孟德耀举案齐眉"，当与《录鬼簿续编》不同。所以《孟光举案》不可剔除。

F.《鸳鸯被》

孙季昌的《集杂剧名咏情》（"鸳鸯被半床闲"）、《太和正音谱》《录鬼簿续编》皆著录，《古名家杂剧》《元人杂剧选》《元曲选》收录剧本。《录鬼簿续编》"题目正名"为"黄金殿名提龙虎榜　玉清庵错送鸳鸯被"；《古名家杂剧》《元人杂剧选》"题目正名"的前一句为"张瑞卿寓舍会佳期"；《元曲选》为"金闺客解品凤凰箫"，当与《录鬼簿续编》不同。所以《鸳鸯被》不可剔除。

G.《送寒衣》

孙季昌《集杂剧名咏情》（"我待学孟姜女般真诚性"）、《录鬼簿》《太和正音谱》《录鬼簿续编》著录。《录鬼簿》《太和正音谱》作《孟姜女送寒衣》，列"郑廷玉"名下；《录鬼簿续编》简名《送寒衣》，列无名氏名下，"题目正名"为"范杞良一命亡沙塞　孟姜女千里送寒衣"。郑廷玉与元末明初无名氏所作当为不同本，故《送寒衣》不可剔除。

H.《私下三关》

《录鬼簿》《太和正音谱》《录鬼簿续编》著录。曹楝亭本《录鬼簿》列"王仲元"名下，《太和正音谱》和《录鬼簿续编》皆入无名氏名下，王仲元本与无名氏本不可等同。此外，《曲海总目提要》《曲海目》《曲录》《元曲选目》亦有著录。《元曲选目》"无名氏"剧目《谢金吾》下误注"一云'私下三关'"。《谢金吾》剧本收《元曲选》，"题目正名"作："杨六使私下瓦桥关　谢金吾诈拆清风府"；《录鬼簿续编》"题目正名"为"王枢密知流二国　杨六郎私下三关"。《谢金吾》与《私下三关》当非一剧，所以《私下三关》不可剔除。

I.《磨刀劝妇》

《青楼集·序》、《录鬼簿续编》著录，《青楼集·序》作《磨刀谏妇》。剧名相近，但不能肯定是同剧，因此不可剔除。

J.《盗骨殖》

《录鬼簿》《太和正音谱》《录鬼簿续编》著录。《录鬼簿》题"朱凯"作，《太和正音谱》《录鬼簿续编》皆云"无名氏"作，可见有名氏与无名氏之作皆是存在的。此外，《元曲选》收录剧本的"题目正名"为"瓦桥关令公显神　昊天塔孟良盗骨"，而《录鬼簿续编》"题目正名"为"杀人和尚退敌兵　放火孟良盗骨殖"，明显内容有差异。所以《盗骨殖》不可剔除。

K.《勘头巾》

《录鬼簿》《太和正音谱》《录鬼簿续编》著录。《录鬼簿》题"陆登善"作，情况同《盗骨殖》。此外，存本收《古名家杂剧》《元曲选》和脉望馆校于小谷抄本，《古名家杂剧》本未题著者，后二者题"孙仲章"作，其"题目正名"提到的地点名称为"河南府"，而《录鬼簿续编》中为"开封府"，当为不同本。故《勘头巾》不可剔除。

L.《杀狗劝夫》

《录鬼簿》《太和正音谱》《录鬼簿续编》著录。《录鬼簿》题"萧德祥"作，情况同《盗骨殖》。故《杀狗劝夫》不可剔除。

M.《桃花女》

《录鬼簿》《太和正音谱》《录鬼簿续编》著录。《录鬼簿》题"王晔"作，情况同《盗骨殖》。此外，《元曲选》和脉望馆抄本收录剧本《讲阴阳八卦桃花女》，两本有差异。"题目正名"前者为"七星官增寿延彭祖　桃花女破法嫁周公"；后者为"老篯铿野祭北斗星　讲阴阳八卦桃花女"；而《录鬼簿续编》"题目正名"为"祭北斗七星老钱篡　破阴阳八卦桃花女"，显然为不同本。故《桃花女》不可剔除。

从以上考订可知，与《流星马》《荆娘盗果》《博望烧屯》等13种杂剧有关的同近名杂剧作品分见于不同典籍，但它们皆与《录鬼簿续编》所载有诸多差异，应视为不同种。因此这13种《录鬼簿续编》所载的杂剧皆为元末明初无名氏杂剧，不应被剔除。

因此，对于《录鬼簿续编》记载78种无名氏杂剧，我们有理由认为：除其中6种，其他当为同时代的作品，都应纳入元末明初无名氏杂剧之列。

此外，在《太和正音谱》所著录的无名氏杂剧中，《鲁元公主》有可能也是元末明初无名氏杂剧，而此剧在邵曾祺《元明北杂剧总目考略》中仅列名"关汉卿"名下，而不收"元末明初无名氏杂剧"，有欠周全，故应补正之。此剧在曹栋亭本《录鬼簿》列"关汉卿"名下，剧名为《鲁元公主三噉（嚇）赦》，而《太和正音谱》"群英所编杂剧""关汉卿"名下有《三嚇赦》，又在"无名杂剧"目下著录《鲁元公主》，显然《三嚇赦》与《鲁元公主》两者是不同的。至于《太和正音谱》中所录是否即为曹本《录鬼簿》所录，现在已无法考证，但即使有一种是同本，另一种还是不同本。因《太和正音谱》中所录无名氏杂剧有很多是元末明初者，所以《太和正音谱》中《鲁元公主》有可能为元末明初无名氏杂剧，不应当被忽略。

这样，元末明初无名氏杂剧总数至少在147种以上，其中约54种有同（近）名杂剧存本，另有约10种有佚曲（文）。

# | 第四章 |

# 元明间佚名杂剧补考

## 第一节　已佚无名氏杂剧《郭桓盗官粮》
## 创作时、地及作者推考①

　　杂剧《郭桓盗官粮》，明初朱权载入其曲论专著《太和正音谱》之"古今无名杂剧一百一十本"，②此后明代臧懋循编《元曲选》时辑录前人曲论的《元曲论》③和清人姚燮所著的《今乐考证》④皆据以著录。近人海宁王国维在《曲录》"卷三·杂剧部下"所载之"《郭桓打官粮》一本"⑤，与《郭桓盗官粮》乃同一本杂剧。由于该杂剧早已佚失，近、现代曲论家大多对之忽略或作简化处理，甚至有些学者错误地认为该剧

　　①　本节原为笔者 2005 年博士学位论文《元末明初杂剧研究》部分内容,后经修改以本题目发表于《古籍研究》2008 年卷下。

　　②　(明)朱权:《太和正音谱》(《中国古典戏曲论著集成》三),北京:中国戏剧出版社,1959 年版,第 43 页。

　　③　(明)臧懋循:《元曲选》,浙江古籍出版社据 1918 年涵芬楼影印明刻本缩印,1998 年版,第15 页。

　　④　(清)姚燮:《今乐考证》(《中国古典戏曲论著集成》十),北京:中国戏剧出版社,1959 年版,第 132 页。

　　⑤　王国维:《曲录》(《王国维遗书》十),上海:上海书店出版社,1983 年版,第 446 页。

"本事亦无考"①。

但是，实际情况是：该剧是有可考的，它事涉明洪武年间的户部侍郎郭桓等盗窃国库官粮案，牵涉六部官员及其他人等万余人，其时震动朝野。《明大诰》《明实录》《明史》《明通鉴》《罪惟录》等明清两代官、私修相关史料的典籍，对之皆有详略不等的记载，本书对此将作考述，此外，笔者将从现存相关资料来作考证、推理，来探讨这本已经佚失杂剧的创作时间、地点以及作者问题。

## 一、《郭桓盗官粮》创作时间考

在《元明北杂剧总目考略》一书中，邵曾祺先生认为《郭桓盗官粮》杂剧"应是明初人作品"②，此论甚是。然"明初"时间跨度较长且具不确定性，《郭桓盗官粮》杂剧究竟在哪一段更具体的时间内所作？有必要作进一步考证，以缩小其研究范围。

要考察《郭桓盗官粮》杂剧的创作时间，当将著录该剧目的最早文献《太和正音谱》的成书年代和郭桓事件的发生时间结合起来探讨。

现存影写洪武间《太和正音谱》刻本卷首有丹丘先生涵虚子（即朱权）的自序文，其中谈及明代开国以来太平盛况："猗欤盛哉，天下之治也久矣。礼乐之盛，声教之美，薄海内外，莫不咸被仁风于帝泽也；于今三十有余矣。"也谈及著述该书的过程："因清燕之余，采摭当代群英词章，及元之老儒所作。"③ 该序文以"时岁龙集戊寅序"作结，其尾部镌有葫芦形"洪武戊寅"朱文图章。

按：洪武戊寅即洪武三十一年（1398 年）。这个时间是朱权《太和

---

① 庄一拂：《古典戏曲存目汇考》（中），上海：上海古籍出版社，1982 年版，第 612 页。
② 邵曾祺：《元明北杂剧总目考略》（《中国古典戏曲理论丛书》），郑州：中州古籍出版社，1985 年版，第 534 页。
③ （明）朱权：《太和正音谱》（《中国古典戏曲论著集成》三），北京：中国戏剧出版社，1959 年版，第 11 页。

正音谱》序文作成之时，也可视为本书的最迟成书年代。书中所著录的杂剧剧目（包含无名氏杂剧）是朱权"今以耳闻目击者收入谱内"① 的部分，这些剧目无疑是朱权写成《太和正音谱》前所知晓的，它们被创作或被搬演的最迟完成时间当然也当在此之前，这是没有问题的。《郭桓盗官粮》作为此书众多被著录的杂剧剧目之一，我们也可以据此认定它在朱权著作成书的洪武三十一年之前已编成并被演出。

历史上的郭桓盗官粮案件发生在洪武十八年。据《明通鉴》"卷八·纪八·太祖洪武十八年"记载："初，桓以试尚书主户部，坐盗官粮七百余万石。上疑北平二司官吏李彧、赵全德等与桓为奸利，敕法司拷讯，供词牵引直省官吏，系狱拟罪者数万人，自六部左、右侍郎，诸司皆不免。核赃所寄借遍天下，民中人之家大抵皆破，一时咸归谤于朝廷。"② 《郭桓盗官粮》杂剧即是根据这个事件而进行创作的，其创作时间不可能早于该事件的发生时间。

所以根据以上分析，我们可以下这样的结论：《郭桓盗官粮》杂剧创作时间最迟不迟于洪武三十一年（1398 年），最早不早于洪武十八年（1385 年）。

## 二、《郭桓盗官粮》杂剧流行与著录

对于《郭桓盗官粮》杂剧的创作地点（或者说该杂剧的流行区域），我们也可根据相关文献资料来作一些判定和推断。

首先，我们看撷拾《郭桓盗官粮》杂剧信息的朱权个人情况。朱权生于洪武十一年（1378 年），卒于正统十三年（1448 年），清初钱谦益在《列朝诗集小传》中介绍道："王讳权，高皇帝十六子③，生而神姿朗秀，

① （明）朱权：《太和正音谱》（《中国古典戏曲论著集成》三），北京：中国戏剧出版社，1959 年版，第 43 页。
② （清）夏燮著，沈仲九标点：《明通鉴》（第一册），北京：中华书局，1959 年版，第 436 页。
③ 也有说是朱元璋的第十七子，见清人查继佐《罪惟录》"列传·卷之四"，"宁献王权"条。

白皙美须髯。始能言，自称大明奇士。好学博古，诸书无所不窥，旁通释老，尤深于史。洪武二十四年册封。"① 他从小陪伴在太祖身边，"性机警多能，尤好道术"，太祖深器之，尝曰："此儿有仙份。"② 他于"洪武二十六年，就藩大宁。"③ 作为明初被分封的"九王"之一，在众藩王中朱权势力最强，其府治"在喜峰关外，洪武初设北平行都司大宁城中，东连辽东，西接宣府为巨镇"④。在《太和正音谱》成书的洪武三十一年，他是一位"统塞上城九十，带甲八万，革车六千"⑤ 的大宁王。

以上资料表明：朱权被册封并"之国"朔方大宁前，与太祖朱元璋一起生活于南方的京师。按：明洪武时都于建康（今南京），迁都北京在永乐以后。早在元至正二十六年的秋八月庚戌，吴王朱元璋"乃命刘基等卜地，定作新宫于钟山之阳，在旧城东白下门之外二里许增筑新城，东北尽钟山之阳，延亘周围凡五十余里"，"拓建建康城"。⑥ 明朝立国后建康为京师。洪武时除京师外，还有一个中都临濠。朱棣称帝后一直想移都至北平，永乐十四年十一月壬寅"复诏群臣议营建北京"，永乐十八年十一月以后才"改行在（北京）为京师"。⑦

根据以上材料可知：朱权去北方之前郭桓事件已发生，其时权 7 岁，13 岁被册封，"就藩大宁"时年仅 15 岁，在大宁藩府度过了 5 年后，《太和正音谱》成书。因此，《郭桓盗官粮》杂剧创作或流行区域就有两种可能：一是朱权少年时在京师南方所见，在编《太和正音谱》时据记忆录入；二是朱权入北地后亲眼所见并及时记载下来。

---

① （清）钱谦益：《列朝诗集小传》（上），上海：上海古籍出版社，1983 年版，第 6 页。
② （清）查继佐：《罪惟录》（第二册），杭州：浙江古籍出版社，1986 年版，第 1234 页。
③ （清）龙文彬：《明会要》（上），北京：中华书局，1956 年版，第 514 页。
④ （清）查继佐：《罪惟录》（第二册），杭州：浙江古籍出版社，1986 年版，第 1234 页。
⑤ （清）查继佐：《罪惟录》（第二册），杭州：浙江古籍出版社，1986 年版，第 1234 页。
⑥ （清）毕沅等撰：《续资治通鉴》（第十二册），北京：中华书局，1957 年版，第 5969 页。
⑦ 明史馆臣合撰：《明实录》之《明太宗实录》，台湾中央研究院历史语言研究所影印本，1962 年版，第 1964、2234 页。

1. 说此剧乃朱权北地所闻见是有一定根据的。考：《太和正音谱》之"群英所编杂剧"目录下分"元五百三十五""国朝三十三本""古今无名杂剧一百一十本"3个子目，其中"国朝三十三本"目录下注文曰"内无名氏三本"，然实收30种有名氏作品，不见3本无名氏作品。而"古今无名杂剧一百一十本"中多出3本，其中有《郭桓盗官粮》杂剧。因此《郭桓盗官粮》等3本原列"国朝三十三本"，是误刻入"古今无名氏杂剧"中的。根据无名氏所著《录鬼簿续编》得知，"国朝三十三本"中所录有名氏杂剧作家大多数在洪武三十一年前后正生活在北方，永乐以后才到南方，其中有谷子敬、汤舜民、杨景言、贾仲明辈（谷、汤、贾时居燕王朱棣藩府）[①]，他们居北地创作了许多杂剧作品为同在北方的朱权所闻知并予以记录。

又：朱权自己亦是杂剧创作大家，他将自己所作的12种杂剧以"丹丘先生"之名列于"国朝三十三本"之首[②]。从现存脉望馆本《孤本元明杂剧》中朱权所作的《卓文君私奔相如》《冲漠子独步大罗天》看，前者演爱情故事，后者述道家事迹兼抒隐逸情调，其思想深度和艺术创作水平自非15岁少年所能达到。因此，《太和正音谱》中所录"丹丘先生"12种当可视为朱权去北方大宁后所作。

《郭桓盗官粮》与当时的北方杂剧家和时为大宁王朱权的作品列在一起，相互之间应该不是没有联系的——其最大的可能即是：它与朱权及其他北方作家杂剧一样创作并流行于北方，并为朱权一起录入"国朝三十三本"中。果如是，《郭桓盗官粮》作成当在洪武二十六年至三十一年之间。

2. 不排除该剧是朱权"就藩"前在南方所见的杂剧的可能性。这可

---

① （明）无名氏：《录鬼簿续编》（《中国古典戏曲论著集成》二），北京：中国戏剧出版社，1959年版，第282、283、284、292页。

② （明）朱权：《太和正音谱》（《中国古典戏曲论著集成》三），北京：中国戏剧出版社，1959年版，第40页。

以从郭桓案的传播影响地域和明初杂剧流行至南方的现实来考察。

郭桓在洪武十八年前已是侍郎，后升任"试尚书"，成为当时户部的主要官员。关于户部，《明史》载："洪武元年置户部。六年设尚书二人，侍郎二人。"①《明会要·职官三》引《弇山集》中的说法与之出入不大："洪武元年八月，置户部，以杨思义为尚书，刘诚、杭琪为侍郎。"② 明洪武时的户部署衙在京师（今南京）。洪武十八年户部侍郎郭桓盗粮案案发于京师，该案所涉及的主要地域在"浙西四府"，涉案的"六部"官员以及他们的伏法地也多在南京。从常识来判断，该案影响范围最早当在以京师南京为中心的明朝的南方地区，以戏曲的形式表现该案，是有可能的。

再看明初杂剧的流播范围。一般认为杂剧从元代元贞、大德后创作中心由大都南移至杭州，元末南方杂剧家如赵善庆、汪勉之、陆登善、王晔、张鸣善等皆有杂剧创作③。杂剧除在民间流行外，京师教坊亦演唱杂剧。明初"内廷诸戏剧俱隶钟鼓司，皆习相传院本，沿金元之旧。以其故事多与教坊相通，至今上始设诸剧于玉熙宫"④。这里的院本当为杂剧。明初高明作《琵琶记》，明太祖一方面称赞它"如山珍、海错，贵富家不可无"。一方面又惜其为南曲，是"以宫锦而制鞋"，"患其不可入弦索，命教坊奉銮史忠计之"⑤。弦索是元明杂剧所用音乐伴奏乐器和演奏方式，这说明明初教坊中杂剧教演乃寻常事务。这样看来，以杂剧的形式表现郭桓盗官粮事件，在明初的南方也是有可能的。

---

① （清）张廷玉等撰：《明史》（第六册），北京：中华书局，1974 年版，第 1743 页。

② （清）龙文彬：《明会要》（上），北京：中华书局，1956 年版，第 514 页。

③ （元）钟嗣成：《录鬼簿》（《中国古典戏曲论著集成》二），北京：中国戏剧出版社，1959 年版，第 132、134、135、136 页。

④ （明）沈德符：《万历野获编》（下）（《元明史料笔记丛刊》），北京：中华书局，1959 年版，2004 年重印版，第 798 页。

⑤ （明）徐渭：《南词叙录》（《中国古典戏曲论著集成》三），北京：中国戏剧出版社，1959 年版，1980 年重印版，第 240 页。

综上，《郭桓盗官粮》杂剧创作（或流行）于南和北的可能都有。本文提出两种可能性的目的不在于下定论，而是想借此揭示该剧所产生的相关背景，以便让人们尽可能地对这本曾经存在的杂剧有较为深入的了解。

## 三、《郭桓盗官粮》"时政剧"性质与作者考

《郭桓盗官粮》杂剧的作者姓名已佚，然而探讨该作者的身份有益于我们对该剧更深层次的认识。

明初杂剧创作者的身份地位情况是很复杂的：有朱权、朱有燉那样的皇室成员，也有同贾仲明、谷子敬、汤舜民等人一样被豢养于藩府的才人，还有浪迹江湖、诗酒樽前、类似于罗贯中的高士……这些人是可以跻身于被朱权誉为"群英"的杂剧家行列的。当然，也还有"不入群英"之列的地位低下的乐人，比如教坊奉銮史忠所统辖下的宫廷艺人和靠卖笑送欢为业的"娼夫"们。

从该剧的性质看，它应是一本涉及社会上层建筑、带有浓厚政治色彩的"时政剧"，作为民间底层的下层艺人要想编演如此一部具有抨击倾向的杂剧可能有一定难度。关于这一点，我们可以通过考察这些人的生存状态得出相关结论。

沈德符在《万历野获编补遗》卷三"畿辅·建酒楼"和"畿辅·禁歌妓"两条中记洪武二十七年朱元璋命工部建鹤鸣、醉仙、讴歌、鼓腹、来宾、重译、清江、石城、乐民、集贤等十酒楼于江东门外，"既而又增作五楼……专以处侑酒歌妓者，盖仿宋世故事"，"五楼则云轻烟、淡粉、梅妍、柳翠，而遗其一，此史所未载者。皆歌妓之薮也"。[①] 这些歌妓伶人主要用来服务达官贵人，他们地位低下，管理他们的是教坊。明制：

---

① （明）沈德符：《万历野获编》（下）（《元明史料笔记丛刊》），北京：中华书局，1959 年版，第 900 页。

教坊司隶属礼部，虽负担朝廷"礼乐承应"之重任，级别却相当低。它在明朝未定国前（吴元年十一月）就已设立，但仅设"奉銮一人，正九品，左、右韶舞各一人，左、右司乐各一人，并从九品"①。这样的机构在明朝宫廷中可能是级别最低的了。主管官员的品秩都如此低，伶人们的卑微程度可想而知。当政者视此辈人如奴婢，规定他们所穿服装也要有别于常人，《典故纪闻》卷四载："国初伶人皆戴青巾，洪武十二年始令伶人常服绿色巾，以别士庶之服。"② 不仅如此，他们所扮演的戏剧也是有严格限制的，洪武六年"二月，禁教坊司及天下乐人，毋得以古圣贤、帝王、忠臣、义士为优戏。违者罪之"③。越到后来禁忌越多，《客座赘语》卷十之"国初榜文"条云永乐九年七月，有刑科都给事中曹润等奏："今后人们倡优装扮杂剧，除依律神仙道扮，义夫节妇，孝子顺孙，劝人为善，及欢乐太平者不禁外，但有亵渎帝王圣贤之词曲、驾头、杂剧，非律所该载者，敢有收藏传诵、印卖，一时拿送法司究治。"④ 在如此严酷的高压态势下，下层伶人要想以杂剧形式来干预上层社会政治，似乎不很现实，除非像奉銮史忠那样根据朱元璋命令改编《琵琶记》，不过那已是奉旨编撰了。

因此，《郭桓盗官粮》杂剧应很难出自明初下层优人伶工之手，其最有可能的编撰者当为那些有一定身份地位的人，这一点可以通过参考该案经济和政治严重影响找到一些线索。据统计，洪武十八年的郭桓案共盗窃国家公粮2400余万石，给立国不久的明王朝带来了严重的经济损失。该案的主角郭桓，在洪武十八年前已是侍郎，后升任"试尚书"，成为当时户部的主要官员，其品秩当居三品以上。考：《明史》（职官一）

① （清）张廷玉等撰：《明史》（第六册），北京：中华书局，1974年版，第1818页。
② （明）余继登：《典故纪闻》（《元明史料笔记丛刊》），北京：中华书局，1981年版，第60页。
③ （清）查继佐：《罪惟录》（第二册），杭州：浙江古籍出版社，1986年版，第341页。
④ （明）顾起元：《客座赘语》（《元明史料笔记丛刊》），北京：中华书局，1987年版，第347页。

中说:"户部。尚书一人,正二品,左、右侍郎各一人,正三品。"① 其余被参的"六部左、右侍郎",亦位居高位,近万名被株连者中多为品级不同的官吏和有地位的豪绅富户。贪盗数额巨大,涉案人员品秩高,人数过多乃至形成了一个庞大的腐败群体,一切都表明该案关系到政治清明和国家存亡的大局,所以这场经济刑事案就不可避免地演变成严重的政治斗争。因此,以杂剧形式编演这场政治风云,不了解高层动态、不具一定见识和政治敏锐性的人,是难以完成的。

此外,朱权《太和正音谱》关于"杂剧"的评论也给我们以一定的启示。在"杂剧十二科"目下,朱权明确指出:"杂剧出于鸿儒硕士、骚人墨客所作,皆良人也。若非我辈所作,倡优岂能扮乎?"② 这即是说杂剧乃身份低贱的"倡优"所扮,但绝非他们所作,作杂剧者,当为有一定身份的"良人",这也可看成明初杂剧创作队伍较为接近实际的记录。为此朱权编《太和正音谱》一方面秉承钟嗣成《录鬼簿》为"门第卑微,职位不振,高才博识,俱有可录"的"未死之鬼"和"已死之鬼"③立传的精神,录元贤、"老儒"之剧作;另一方面,他续以当朝杂剧名家之作,如"国朝十六人",合为"群英"之谱。这些元贤、老儒、群英不同于社会下层的优伶,既是鸿儒硕士一类的"良人",又深谙杂剧创作技巧。

从这些方面看,已佚的《郭桓盗官粮》杂剧的编撰者更有可能是被朱权列入"群英"类的人物,他应是一位了解上层社会动态、熟悉或精通杂剧创作技巧、有一定政治头脑、敢于向已经失势或倒台的贪官污吏发起声讨等的杂剧家。不过,该杂剧终究是一本具有严肃意义的"时政

① (清)张廷玉等撰:《明史》(第六册),北京:中华书局,1974 年版,第 1739 页。
② (明)朱权:《太和正音谱》(《中国古典戏曲论著集成》三),北京:中国戏剧出版社,1959 年版,第 24 页。
③ (元)钟嗣成:《录鬼簿》(《中国古典戏曲论著集成》二),北京:中国戏剧出版社,1959 年版,第 101 页。

剧"，事涉明廷之高层丑闻，也许正因为如此，撰者没有留下自己的真实姓名。

## 第二节　天寿太子及《天寿太子邢台记》考①

关于天寿太子，分别见于古代碑刻、戏曲文献和地方方志。但是，到目前为止，学界对于天寿太子的认识还是相当模糊的。为此，本节拟通过相关文献的梳理，并结合不同的史料，对天寿太子进行考证。

### 一、相关数据的梳理以及问题的提出

#### （一）元代碑文中的记载

有关天寿太子的最早材料见于元代至顺元年（1330 年）十月所立的《十方万岁禅寺庄产碑》（以下简称《庄产碑》），《常山贞石志》"卷 20"介绍了碑况并著录碑文。该碑"高六尺三寸五分，广二尺六寸二十五。首行五十七字，行书篆额，有阴。今在正定府治西北隅"。碑文乃"昭文馆大学士资德大夫太史院使领司天监事□□撰，集贤大学士荣禄大夫咬住篆额，奎章阁待书学士翰林直学士中奉大夫知制诰同修国史虞集书"。②以下择录部分与天寿太子有关联的文字：

真定，古镇阳，素称名□。唐天寿太子就城建万岁禅寺，□择胜地，位次于干。先是临济之道，起于镇阳，故兹□实隶焉。成梵刹□复营赡僧之产，历代增广之。其在灵寿县□（青）廉村者，□□立庄宇一区，为春秋省耕敛入之所，□林地土曰"万岁庄"。东至鲁柏山，西则秋山

---

① 本节发表于《古籍研究》(吴怀东主编第 61 卷)，江苏凤凰出版社，2015 年 5 月版。

② (清)沈涛:《常山贞石志》(《石刻史料新编》第十八册)，台北:新文丰出版公司(据道光二十二年刻本影印)，1982 年版，第 13520 页。

院，南嗑石口，北大名川，俱以分水为界。其□平山县下□乡□□□□，东至□檀庄分水岭，南则煞汉里水心，西七里河，北大沙、营□、把头三岭皆分水为界，前后四至，界内寸土尺地。一草一木悉为万岁田产。然守□□人则能□□□未苟失其守，或未免乎穿窬越境，樵采之弊，故执事者屡闻于官，以是寺规久为不竟。……昔自五代之间，兵革无时。寺罹回禄，凡所传记颠末，在金石者□□子遗，及汴宋乾德中兴梵刹，迨今四百余年。……①

（笔者注：□为碑文脱落漫漶、无法辨认者。）

这段记载告诉我们：天寿太子是唐太子，他依真定城建立了万岁禅寺。该寺后来曾遭火焚，但在宋太祖赵匡胤乾德年间得到复兴，到元至顺元年（1330 年），已建寺 400 余年。（按：关于万岁禅寺，现代学者刘有恒考证其"地理位置当在《正定县志》所记的县城西北隅洪济寺、舍利寺一带"②，大概位于今之河北正定县城附近。）

### （二）元明戏曲文献中载录

天寿太子之事曾被搬上元杂剧舞台，元末钟嗣成的《录鬼簿》就著录了《天寿太子邢台记》这一剧目，入秦简夫名下③。后来诸多戏曲文献亦记载之，如《永乐大典》第 20737—20757 卷"杂剧"部分，曾辑收该杂剧，但却不著作者名氏④。该剧也简称《邢台记》，明代无名氏的《录鬼簿续编》、朱权的《太和正音谱》、臧懋循的《元曲选》"序"等皆收

---

① （清）沈涛：《常山贞石志》（《石刻史料新编》第十八册），台北：新文丰出版公司（据道光二十二年刻本影印），1982 年版，第 13520—13521 页。

② 刘有恒：《从〈真定路十方万岁禅寺庄产碑〉看正定历史上另一座临济宗寺院》，《文物春秋》2009 年第 3 期，第 69 页。

③ （元）钟嗣成：《录鬼簿》（《古典戏曲论著集成》二），北京：中国戏剧出版社，1982 年版，第132 页。

④ 《永乐大典目录》（第十册），中华书局据灵石杨氏刊《连筠簃丛书》影印，1986 年版，第 646 页。

录之，分别列入"诸公传奇，失载名氏"①"古今无名杂剧一百一十本"②
"无名氏，共一百五种"等目录中③，还有其他戏曲文献亦多有著录，此
处不一一列举。要指出的是：天寿太子的戏曲，仅在元末明初的杂剧剧
目中出现，目前已无剧本存世，作者不详，该剧在明洪武前后已经停演。

### （三）明清方志中相关材料

《正定府志》"创始明嘉靖间"，最早乃"明嘉靖二十六年所刊"（见
清乾隆二十七年重修《正定府志》方观承、张泰开"序"），该志载：

> 唐天寿太子，生而颖异，甫数岁即厌尘嚣，每欲出俗修行，父母常
> 严防之。一日乘隙潜出宫闱，遂隐姓名，以远遁至林山，爱其灵胜，慨
> 然落发苦修，绝口不自言其为太子也。后朝廷物色得之，遣潘、何二丞
> 相往迎，竟不出，乃于山巅建望京楼，以舒慕亲之心。又凿山为室，镌
> 刻佛像，名曰千佛堂、百佛堂。创立寺宇，敕赐为天宁万寿禅寺。及入
> 寂，葬于东林山之阳。潘、何二相被其感化亦不复返，后卒并葬西林山
> 下。萧萧双冢林山下，徒使英雄泪满襟。其碑上句也，今相公庄、防驾
> 庄、望驾坡尚存遗迹云。④

应该说，《正定府志》中的记载是相当具有故事性的。这段颇具文采
的叙述将一个不顾一切、立志修行的太子形象展现出来，这是目前所能
见到的介绍天寿太子出家最为详细的资料。该志还记载了当地与之相关

---

① （明）无名氏：《录鬼簿续编》（《古典戏曲论著集成》二），北京：中国戏剧出版社，1982 年版，
第 296 页。

② （明）朱权：《太和正音谱》（《古典戏曲论著集成》三），北京：中国戏剧出版社，1982 年版，第
42 页。

③ （明）臧懋循：《元曲选》，浙江古籍出版社据民国七年（1918 年）涵芬楼影印本缩印，1998 年
版，第 15 页。

④ （清）乾隆二十七年（1762 年）方观承、张泰开、郑大进等序本：《正定府志》"卷三十九·仙
释传"。

的古迹：

> 望京楼在平山县北二十里东林山。《通志》相传赵武灵王建，故址尚
> 存。又：《邑志》：唐天寿太子修行林山，怀念父母，作"望京楼"。后
> 人诗云："哀哀父母恩难报，时复登楼望玉京。"①

综合以上诸文献，我们得出如下一些看法：天寿太子为唐或五代后
唐时期的太子或皇长子，后出家为僧，他落发修行的寺庙是河北正定的
"天宁万寿禅寺"，或称"万岁禅寺"。这位具有传奇色彩的太子事迹在
元、明时期或被镌刻在碑文，或被搬演上舞台，或被载录至方志。

除了以上资料，我们再未发现其他有关天寿太子的记载。这位太子
究竟是何朝太子？因何出家？杂剧剧目与他相关的本事如何？本论文将
作详细考证。

## 二、天寿太子本事及与《邢台记》的关联

根据资料，我们对照相关线索逐一考察、筛选，来确定天寿究竟为
何朝太子或皇长子。

### （一）天寿应为晚唐以后人，但不在晚唐诸太子之列

天寿太子的生活年代不会早于晚唐武宗时期，由元《庄产碑》可考
知这一点：在天寿太子依真定（古镇阳，今正定）城创建万岁禅寺之前，
"临济之道，起于镇阳，故兹□实隶焉"。按，这里的"临济之道"就是
临济宗，该宗派由义玄禅师创立，是唐末、五代时期从禅宗南宗中产生
五个流派之一，其发源地就在"河朔三镇"中成德镇所辖的镇州，镇州
的治所就在真定。《庄产碑》表明万岁禅寺"隶属"临济宗，是临济宗

---

① （清）乾隆二十七年(1762年)方观承、张泰开、郑大进等序本《正定府志》"卷之二·地理
上·古迹"。

的支派。有材料表明："临济义玄到镇州传法的时间大约是在唐武宗会昌五年（845年）禁断佛教前后。"① 因此我们能推导出：天寿太子出家并创建万岁禅寺时间当在唐代晚期武宗会昌五年（845年）禁断佛教之后，他应该是晚唐或五代后唐时期一位未登皇帝位但却出家为僧的太子或皇长子。

天寿太子是晚唐太子吗？考察晚唐诸帝王世系，我们可以排除这种可能。自穆宗李恒（821年即位）以第三子身份即位，帝王多不以长子身份继大统，计有文宗李昂、武宗李炎、宣宗李忱、僖宗李儇、昭宗李晔、哀帝李柷六位。太子未能继任者有惠昭太子宁（宪宗长子）、怀懿太子凑（穆宗长子）、悼怀太子普（敬宗长子）、庄恪太子永（文宗长子）、靖怀太子汉（宣宗长子）、恭哀太子倚（懿宗长子）、皇太子裕（昭宗长子）七人。这七位太子生活时代在武宗执政前后，然而史料皆未记载他们有"天寿"名号，也无出家的记载。

天寿太子不在晚唐，那么就应当是在五代后唐。关于这一点，《庄产碑》也给我们以启示："昔自五代之间，兵革无时。……迨今四百余年。"②《庄产碑》是元代至顺元年（1330年）十月立，上推400余年，当与"五代"后唐（923—936年）时间相合。

## （二）天寿与后唐明宗、愍帝、末帝长子无涉，庄宗长子乃是可能的人选

后唐太祖李克用之后有四位皇帝，分别是庄宗李存勖、明宗李嗣源、愍帝李从厚、末帝李从珂，但他们的长子皆未继承皇位。然据现有的资料看，明宗、愍帝、末帝三帝的长子应与天寿太子无涉。

先看明宗。关于明宗长子有二说：其一，薛居正《旧五代史》（以下

① 杨曾文：《唐五代禅宗史》，北京：中国社会科学出版社，1999年版，第427—428页。
② （清）沈涛：《常山贞石志》（《石刻史料新编》第十八册），台北：新文丰出版公司（据道光二十二年刻本影印），1982年版，第13521页。

简称"薛史")认为明宗有长子，名从璟，为"明宗长子，性忠勇沉厚，摧坚陷阵，人罕偕焉。……从庄宗赴汴州……寻为元行钦所杀"。[①] 后来欧阳修作《新五代史》（以下简称"欧史"）亦从该说："明宗四子，曰从璟、从荣、从厚、从益。从璟初名从审，为人骁勇善战，而谦退谨敕。从庄宗战，数有功。"[②] 其二，王溥《五代会要》"卷二·诸王"仅提到"明宗第二子从璟；第三子从荣，秦王；第四子从璨，第五子从益，许王。"[③] 并未言及明宗长子为谁。对这两种说法，我们认为薛居正之说更为可信。理由是：薛居正年长王溥 10 岁有余，经历了整个后唐兴起、发展和衰落，而王溥在后唐覆亡时还是一个 10 余岁的少年；而且，薛居正曾于清泰（末帝李从珂年号）元年、二年（934、935 年）两次参加进士考试（时年 20 余岁），后唐各代的朝野情况他应该是更加了解的[④]。因此，"薛史"的记载应更符合真实，这也就排除了天寿是明宗长子的可能。

再看愍帝和末帝，他们的长子也不是天寿太子。相关材料记载：愍帝即位不久即遇诸镇叛乱，乃"出奔，后病子幼，皆不能从。废帝（即末帝）入立，后及四子皆见杀"[⑤]。至于废帝的太子重吉，则曾"为控鹤指挥使，与尼（即废帝之女幼澄）俱留京师。……乃出重吉为亳州团练

---

① （宋）薛居正等撰：《旧五代史》（第三册），北京：中华书局，1976 年版，第 692—693 页。
② （宋）欧阳修撰，（宋）徐无党注：《新五代史》（第一册），北京：中华书局，1974 年版，第 161 页。
③ （宋）王溥：《五代会要》，上海：上海古籍出版社，1978 年版，第 19—20 页。
④ 关于薛居正与王溥的相关考证。一、薛居正年龄。《宋史》载其因服丹砂中毒，于"（太平兴国）舆归私第卒，六年六月也，年七十"，知其生于后梁乾化二年（912 年）。二、薛参加后唐科考事，亦见《宋史》："清泰初，举进士不第，为《遣愁文》以自解，寓意倜傥，识者以为有公辅之量。逾年，登第。"[（元）脱脱《宋史》第 26 册，中华书局，1977 年版，第 9109、9110 页] 三、王溥年龄。《宋史》载："（太平兴国）七年八月，卒，年六十一。"（《宋史》第 25 册，第 8801 页）由此可推知王溥生于后梁龙德二年（922 年）。
⑤ （宋）欧阳修撰，（宋）徐无党注：《新五代史》（第一册），北京：中华书局，1974 年版，第 161 页。

使，居幼澄于禁中，又徙废帝北京"①。以上数据表明：愍帝的太子在很小的时候就被杀；而废帝的太子重吉一直处于政治斗争的旋涡，后为闵帝所杀，他们都不可能是天寿太子。

剩下的只有庄宗（885—926 年）长子了。

关于庄宗长子，按欧阳修的说法是魏王继岌："庄宗五子：长曰继岌，次继潼、继嵩、继蟾、继峣。……同光三年，（继岌）封魏王。"②

但是，欧阳修之前的史家表述明显与其不一致。如宋王钦若等撰的《册府元龟》卷 265、卷 277 云"魏王继岌，庄宗子，同光三年封"。"继岌，皇子也。"③ 这里，不提继岌为长子。而更早的"薛史"则明确指出继岌只是庄宗的第三子，此在清代四库馆臣邵晋涵的《旧五代史考异》中说得很清楚："'庄宗纪'称继岌为第三子，然庄宗长子、次子之名，'薛史'与《五代会要》皆不载。"④（按：今人所见之"薛史"通行本并无此记载，如中华书局本。主要原因在于自"欧史"出，"薛史"则渐不为世人所重，"元、明以来，罕有援引其书者。传本亦渐就湮没"⑤。今本"薛史"，乃邵晋涵据宋以来典籍辑录而成，但遗漏亦多，以致其"庄宗纪"不载该数据，然邵在"宗室列传·三"之"魏王继岌，庄宗子也"⑥一语下，又补引"庄宗纪"中相关记载予以考异。）我们认为："薛史"较"欧史"成书更早，记载更直接，且多为修史者在后唐所闻所见的第一手资料，因而更加可信。"薛史"否定庄宗长子是继岌，认为

---

① （宋）欧阳修撰，（宋）徐无党注：《新五代史》（第一册），北京：中华书局，1974 年版，第 172 页。

② （宋）欧阳修撰，（宋）徐无党注：《新五代史》（第一册），北京：中华书局，1974 年版，第 152—154 页。

③ （宋）王钦若等编纂，周勋初等校订：《册府元龟》（册四），南京：凤凰出版社，2006 年版，第 3018、3147 页。

④ （清）邵晋涵撰，曾贻芬点校：《旧五代史考异》（傅璇琮等主编《五代史汇编·一》），杭州：杭州出版社，2004 年版，第 200 页。

⑤ （清）永瑢等撰：《四库全书总目》，北京：中华书局，1965 年版，第 411 页。

⑥ （宋）薛居正等撰：《旧五代史》（第三册），北京：中华书局，1976 年版，第 691 页。

另有其人。

庄宗长子并非继岌。此还可从继岌的身世和庄宗正室、次室相关情况得到进一步证明。

首先，继岌非庄宗正室所生，其母刘氏在庄宗妃嫔中列第三（庄宗的"正室"和"次室"分别是韩氏和伊氏①）。关于刘氏，《北梦琐言》详细载录了她的来历："太祖（李克用）攻魏州，取成安，得后（刘氏），时年五六岁，归晋阳宫，为太后侍者，教吹笙。及笄，姿色绝众，声伎亦所长。太后赐庄宗，为韩国夫人侍者。"②这个韩国夫人就是"正室"韩氏，刘氏当时只不过是她的婢女。刘氏为太祖所得时年仅五六岁。查：李克用攻克魏州成安在唐昭宗乾宁三年（896 年）六月③，由此可推算出刘氏大约生于昭宗大顺元年（890 年）前后，待其"及笄"（15 岁）被庄宗宠幸，应在天祐二年（905 年）之后。在此之前，庄宗已娶正室韩氏、次室伊氏等，应该已有子嗣。其次，史载当刘氏生继岌时，庄宗"以为类己，爱之，由是刘氏宠益专"。④这里的"类己"二字，透露了一个秘密：庄宗应该是自觉或不自觉地将继岌与"不类己"的继岌兄长作了比较的。最后，正史对韩、伊二氏及其子嗣情况皆不言及，恐与修史者曲意隐讳有关：二妃在晋高祖石敬瑭造反时，曾有一段"为契丹所虏"⑤的说不清的经历。

综上所述：庄宗长子非继岌应为不谬。这个"不载"于史著的神秘人物，应该就是天寿太子。深入考察与他相关的诸多史料，还发现与之相关联的其他证据，以下进一步论之。

---

① （宋）薛居正等撰：《旧五代史》（第三册），北京：中华书局，1976 年版，第 675 页。

② （五代）孙光宪撰，贾二强点校：《北梦琐言》，北京：中华书局，2002 年版，第 332 页。

③ （宋）欧阳修撰，（宋）徐无党注：《新五代史》（第一册），北京：中华书局，1974 年版，第 37 页。

④ （宋）欧阳修撰，（宋）徐无党注：《新五代史》（第一册），北京：中华书局，1974 年版，第 143 页。

⑤ （宋）欧阳修撰，（宋）徐无党注：《新五代史》（第一册），北京：中华书局，1974 年版，第 147 页。

### （三）庄宗长子与天寿太子相关联的分析考证

其一，庄宗废嫡立庶与天寿的"甫数岁即厌尘嚣"。

史载："同光二年四月己卯，皇帝御文明殿，遣使册刘皇后为皇后。"[1] 这是一件为史家所诟病的丑闻：庄宗废弃正室韩氏，而册立刘氏为皇后，乃废正立偏，事关后唐宫闱秩序之紊乱，国体之无序。

关于继岌生母刘氏，史书记载多为负面：工于心计、冷酷无情、恃色争宠、淫乱无行等。其"父刘叟，黄须，善医卜，自号刘山人"。[2]入宫后，"刘氏方与嫡夫人争宠，皆以门族夸尚，刘氏耻为寒家"。当失散多年的生父刘叟历尽艰辛找到她时，为了掩盖自己"寒贱"的身份，她不仅不认父，还冷酷地"于宫门笞之"[3]。刘氏姿色出众、能歌善舞、擅长吹笙，加之"多智，善迎意承旨"，因此颇得庄宗欢心。在她生了皇子继岌后，宠待日隆，"其他嫔御莫得进见"[4]，从此为庄宗所专宠，"自下魏搏战河上十余年，独以刘氏从"。[5]刘氏最终取代了嫡夫人韩氏的地位。

由一个地位卑贱的婢女上升至皇后，刘氏手段可谓高超。但是，庄宗全力扶持和大臣的妥协让步却是至关重要的。在立皇后的问题上，太后刘氏（李克用之妻）、庄宗以及诸大臣的立场是不一致的：刘太后不喜刘氏，主张按长幼、嫡庶体制立嫡夫人韩氏为后；庄宗宠爱刘氏，要立刘氏为后，并让说客说服大臣们支持他；而以宰相豆卢革、枢密使郭崇韬为首的诸大臣，为了争取庄宗支持来掣肘宦官和伶人干政，于是迁就了庄宗的要求。结果在庄宗和诸大臣的合力下，地位低的刘氏取代了嫡

---

[1] （宋）吴缜撰：《五代史纂误》（王云五主编《丛书集成·初编》），上海：商务印书馆（据知不足斋丛书本排印），民国二十六年（1937年）版，第11页。

[2] （宋）欧阳修撰，（宋）徐无党注：《新五代史》（第一册），北京：中华书局，1974年版，第143页。

[3] （五代）孙光宪撰，贾二强点校：《北梦琐言》，北京：中华书局，2002年版，第332—333页。

[4] （宋）欧阳修撰，（宋）徐无党注：《新五代史》（第一册），北京：中华书局，1974年版，第143页。

[5] （宋）吴缜撰：《五代史纂误》（王云五主编《丛书集成·初编》），上海：商务印书馆（据知不足斋丛书本排印），民国二十六年（1937年）版，第11页。

夫人韩氏而成为皇后。据司马光《资治通鉴》（卷273）载："先是，上欲以刘夫人为皇后，而有正妃韩夫人在，太后素恶刘夫人，崇韬亦屡谏，上以是不果。于是所亲说崇韬曰：'公若请立刘夫人为皇后，上必喜。内有皇后之助，则伶宦辈不能为患矣。'崇韬从之，与宰相帅百官共奏刘夫人宜正位中宫。癸未，立魏国夫人刘氏为皇后。"①

这样的结果当然招致抗争："韩夫人等皆不平之，乃封韩氏为淑妃，伊氏为德妃。"②庄宗的补偿措施也许可以稍稍均衡内帷关系，但是，无疑给韩氏、伊氏等嫡夫人造成极大的精神创伤。

母贵子荣，母卑子辱。作为庄宗的长子天寿，自幼生活在皇家，后宫的明争暗斗使他幼小的心灵蒙上阴影；生母失宠所带来的失意、痛苦、无奈，更如毒蔓一样缠绕着他。一个锦衣玉食，前程似锦的嫡太子，遭此打击，"甫数岁即厌尘嚣"，自然就不足为奇了。这应当就是天寿幼年厌弃尘世的真正原因。

其二，后唐佛风昌炽与天寿的"每欲出俗修行"。

《正定府志》中曾记载天寿"每欲出俗修行"，此亦与后唐佛风昌炽的背景有关。

佛教在晚唐的武宗会昌时期一度被禁断，但由于藩镇的保护，依然有相当大的势力。据唐末三圣院僧慧然所集录的镇州临济慧照禅师（即义玄）"行录"载："适丁兵革，师即弃去。太尉默君和于城中舍宅为寺，亦以'临济'为额，迎师居焉。后拂衣南迈至河府，府主王常侍延以师礼。"③据考，这个王常侍"应是王绍懿。……唐宣宗大中十一年（857年）命'节度副使、都知兵马使、检校右散骑常侍、镇府左司马、

---

① （宋）司马光荐，（元）胡三省音注，"标点资治通鉴小组"点校：《资治通鉴》（第十九册），北京：中华书局，1956年版，第8915—8916页。

② （宋）欧阳修撰，（宋）徐无党注：《新五代史》（第一册），北京：中华书局，1974年版，第143页。

③ ［日］大正一切经刊行会编校：《大正新修大藏经》（卷47·诸宗部四·NO1985），台北：新文丰图书出版公司，1983年版，第506页。

知府事、兼御史中丞王绍懿，本官充成德军节度观察留后'，当年正授成德军节度使、检校工部尚书"①。

到了五代的后唐，佛教更加兴盛。上、下皆礼重禅门，庄宗本人信奉佛教。"有胡僧自于阗来，庄宗率皇后及诸子迎拜之。僧游五台山，遣中使供顿，所至倾动城邑。又有僧诚惠，自言能降龙。……庄宗及后率诸子、诸妃拜之。"②对于发源于镇州的禅宗，庄宗尤其敬重，他曾专门邀请禅宗第二大宗派曹洞宗分支洞山良价的弟子休静来"京城洛阳传法，弟子达 300 人"。③

在这种风气下，宗室成员皈依佛教者不在少数。如太祖李克用之妾魏国夫人陈氏，在李克用临终前，发愿要"落发为尼"，太祖死后，果然"落发持经，法名智愿。后居于洛阳佛寺"。④

不仅如此，由于当时佛教势力强大，其教徒往往被庇护，因此那些宗室成员在危难之时常托身佛寺以求保全。据载：庄宗失败时，其弟"存霸乃剪发、衣僧衣，谒符彦超曰：'愿为山僧，冀公庇护。'彦超欲留之。"⑤除存霸外，还有庄宗诸子（下文将论及）、废帝之女幼澄，皆于国破时先后出家以避难，此在史书皆有载录，本处不作详叙。

可以说：后唐佛教已经深深地影响了整个社会，也融入了皇家的生活。宗室成员不仅可将佛门作为避世的精神家园，以清修来摆脱尘世烦恼；也可在生死存亡的紧急关头，靠躲在袈裟和僧帽下以苟活。而这，就构成了天寿太子"出俗"的特殊的时代背景。

其三，庄宗废长立幼最终导致天寿的遁入空门。

---

① 杨曾文：《唐五代禅宗史》，北京：中国社会科学出版社，1999 年版，第 438 页。
② （宋）欧阳修撰，（宋）徐无党注：《新五代史》（第一册），北京：中华书局，1974 年版，第 144 页。
③ 杨曾文：《唐五代禅宗史》，北京：中国社会科学出版社，1999 年版，第 500 页。
④ （宋）薛居正等撰：《旧五代史》（第三册），北京：中华书局，1976 年版，第 673 页。
⑤ （宋）欧阳修撰，（宋）徐无党注：《新五代史》（第一册），北京：中华书局，1974 年版，第 151 页。

对天寿来说：生母被贬在他幼小的心灵种下出世的种子，佛风昌炽又为他出家创造了必要的社会条件。然而，庄宗的废长立幼则是压垮他、使他遁入空门的"最后一根稻草"。

庄宗不仅为所宠爱的刘妃争得一个好结果，也倾力栽培刘氏之子继岌。同光元年（923 年）夏四月庄宗封不满 18 岁的继岌"为北都留守、兴圣宫使，判六军诸卫事"。为使他广结人脉，丰富阅历，增加才干，庄宗在当年冬十月"乙酉……命皇子继岌、皇弟存纪等兄事之（张宗奭）"。"戊戌，……以北京留守继岌为东京留守、同平章事。"十一月"己巳……命继岌兄事之（李继麟）"。同光二年春正月"上遣皇弟存渥、皇子继岌迎太后、太妃于晋阳"。三月"皇子继岌代张全义判六军诸卫事"。① 最终，排行第三的继岌在同光三年被封魏王，当时还不满 20 岁，而包括皇长子在内的其他皇子无一人封王。同光三年伐蜀，继岌居然"为都统"，② 担任伐蜀的重任。尽管他也打了一些胜仗，攻入蜀地并迫使王衍上表投降，但终因年轻无经验，致使大权旁落郭崇韬之手，最后兵败渭南，自缢而死。继岌的悲剧应该与庄宗偏爱有直接关联。

对于继岌之外的其他皇子来说，父皇明显是要拒他们于国政之外，他们整天无所事事，只能算是拥有皇家血统的高贵的多余人；对于皇长子天寿来说，已彻底失去了继承王位的可能。他无法再承受从幼年开始一直叠加的心灵摧残，于是转而追求宗教皈依，终于"一日乘隙潜出宫闱，遂隐姓名，以远遁至林山，爱其灵胜，慨然落发苦修，绝口不自言其为太子也"。

其四，天寿避难后蜀孟知祥处与元杂剧《邢台记》的本事。

前文提及：元杂剧有《邢台记》者，亦名《天寿太子邢台记》。根

---

① （宋）司马光著，（元）胡三省音注，"标点资治通鉴小组"点校：《资治通鉴》（第十九册），北京：中华书局，1956 年版，第 8883、8902、8905、8913、8918 页。

② （宋）薛居正等撰：《旧五代史》（第三册），北京：中华书局，1976 年版，第 691 页。

据剧目名称分析可知：该剧将天寿太子与邢台联系起来。至于该剧所涉及内容，因剧本佚失，已无法知晓。然检阅古代文献，我们发现了其本事来源的一些线索。

宋代陶谷在《清异录》"四奇家具"条中记载了这样一条数据："长兴四年，明宗晏驾，唐室乱，庄宗诸儿削发为苾刍，间道走蜀。时知祥新称帝，为公主厚待犹子，赐予千计。"[1] 这条数据表明：庄宗死后，其"诸儿"剃度为僧，已不止天寿一人。明宗并没有加害他们，但明宗死后，愍帝却对他们进行清除。不得已，那些"削发为苾刍"的皇子不得不通过小路避地后蜀，投奔后蜀太祖孟知祥。此当为《天寿太子邢台记》的本事来源。

关于孟知祥，宋代张唐英《蜀梼杌》记载他"字保胤，邢州龙岗人……李克用镇太原，妻以其弟克让之女，累迁亲卫军使。……（长兴）元年二月，南郊，知祥加中书令，改封其妻琼华公主为福庆长公主。三年，长公主薨"。[2] 这里的福庆长公主是庄宗堂妹，嫁给孟知祥，天寿等庄宗"诸儿"乃其子侄。

"邢州龙岗"乃历史地名，该地名有一变迁过程：邢州乃隋开皇十六年（596 年）所设，治所就在龙岗县，五代时仍称邢州，北宋时属河北路，宣和元年（1119 年）升为信德府，宣和二年，龙岗县由宋徽宗改名为邢台县，仍为邢州和信德府治所。也就是说，宣和二年之后，"邢台"代替了"龙岗"地名，到了元代，"邢台"已成为当时人们的习惯叫法。

中国古人往往以里籍称谓人的姓名，如孔北海为孔融，韩荆州为韩朝宗。孟知祥里籍在邢台，元杂剧《天寿太子邢台记》正是以里籍地名代替孟知祥名讳，其主要内容当与天寿太子投奔经历有关。

---

① （宋）陶谷撰，郑村声、俞纲整理：《清异录》（朱易安、傅璇琮等主编《全宋笔记》第一编第 2 册），郑州：大象出版社，2003 年版，第 111 页。

② （宋）张唐英撰，冉旭点校：《蜀梼杌》（傅璇琮等主编《五代史汇编·十》），杭州：杭州出版社，2004 年版，第 6090—6091 页。

这样看来，《邢台记》的本事就比较清楚了：后唐庄宗覆亡后，天寿太子带着一批出家的弟弟，在愍帝的追杀下，匆匆逃难到后蜀，投奔姑父、姑母孟知祥和福庆公主。孟知祥时为后蜀之主，其夫妇接纳天寿兄弟一行，并厚待这些为僧的侄儿，犹如己出。

# 第三节　明初无名氏杂剧《危太朴衣锦还乡》相关问题考辨①

明初涌现出一批无名氏杂剧作品，《危太朴衣锦还乡》即是其中之一。该剧最早被著录于明初朱权的《太和正音谱》，明、清以来相关著述多据以转录，如臧懋循《元曲选·元曲论》，收入"无名氏共一百五种"②；陈梦雷、蒋廷锡编订的《古今图书集成》，收入"古今无名氏杂剧一百一十本"③；姚燮的《今乐考证》，收入元杂剧"无名氏一百种"④等，此处不一一胪列。然而，该剧在《啸馀谱》《曲录》等典籍中有错讹之处，本节拟就相关问题进行考辨。

## 一、《曲录》《啸馀谱》误题《危太朴衣锦还乡》考

近人王国维《曲录》"卷三·杂剧部下"收录《危太仆后庭花》名目，王氏还作注于其后曰："太仆当作太朴，太朴危素字，此本疑即素撰。"⑤

---

① 本节发表于《古籍研究》(吴怀东主编第 61 卷)，南京：江苏凤凰出版社，2015 年 5 月版。

② (明)臧懋循：《元曲选》，浙江古籍出版社据涵芬楼 1918 年影印明刻本缩印，1998 年版，第 15 页。

③ (清)陈梦雷、蒋廷锡编订：《古今图书集成》"理学汇编·文学典·第二百四十八卷·词曲部"，北京：中华书局影印本，1934 年版，第 641 册之 55 页。

④ (清)姚燮：《今乐考证》，(《中国古典戏曲论著集成》十)，北京：中国戏剧出版社，1982 年版，第 132 页。

⑤ 王国维：《曲录》(《增补曲苑》木集)，上海：上海六艺书店发行，民国二十一年(1932 年)版，第 91 页。

这里，王国维纠正了前人将"太朴"写作"太仆"的讹错，但是却将《危太朴衣锦还乡》误题为《危太朴后庭花》；另外，他还误判危素创作了《后庭花》杂剧。

一般认为：《太和正音谱》的最早版本为"影写洪武间刻本"，该本有洪武三十一年（1398 年）"朱权自序"，并钤有"葫芦形'洪武戊寅'、方形'青天一鹤'朱文图章二方。"[①]（1920 年上海商务印书馆的"涵芬楼秘笈"本即是据此本辑印，该本后来成为"中国古典戏曲论著集成"本的"底本"。）

在"影写洪武间刻本"中，朱权将杂剧作家及其作品区分为"群英所编杂剧"和"娼夫不入群英"二类。"群英所编杂剧"又分为三类：其一为"元五百三十五"；其二为"国朝（明朝）三十三本"；其三为"古今无名氏杂剧一百一十本"。

在"国朝三十三本"标题下，有注文曰："内无名氏三本。"[②]但是，统计结果只有 30 本（其中含：丹丘先生 12 种；王子一 14 种；刘东生 2 种；谷子敬 3 种；汤舜民 2 种；杨景言 2 种；贾仲名 1 种；杨文奎 4 种），而所缺的就是注文中提到的 3 本无名氏杂剧。这 3 本何在？根据邵曾祺的考证：就"是指后面'古今无名氏杂剧一百一十本'中的最后三本，即《危太朴衣锦还乡》《郭桓盗官粮》《陶侃拿苏峻》三本，而被错置于前"。[③]邵氏的话有对也有错。对的是：他准确地判定《危太朴衣锦还乡》等 3 本杂剧就是"国朝三十三本"所未列出的杂剧；错的是：这 3 本杂剧本身就是无名氏作品，朱权将之排在"古今无名氏杂剧"之末尾，属于"今"（明代）人杂剧，区别于明代之前的"古"人杂剧。此并不是

---

① （明）朱权撰：《太和正音谱》（《中国古典戏曲论著集成》三），北京：中国戏剧出版社，1959 年版，第 4 页。

② （明）朱权撰：《太和正音谱》（《中国古典戏曲论著集成》三），北京：中国戏剧出版社，1959 年版，第 40 页。

③ 邵曾祺编著：《元明北杂剧总目考略》，郑州：中州古籍出版社，1985 年版，第 539—540 页。

"错置"，而是合理的安排。

除"影写洪武间刻本"外，《太和正音谱》的版本还有"别本影写洪武间刻本""啸馀谱本""崇祯间黛玉轩刻本"等。

在"影写洪武间刻本"中，《危太朴衣锦还乡》杂剧前还有一个名为《哀哀怨怨后庭花》的杂剧①。但是，"啸馀谱本"却混淆并误录了相关剧目。

《啸馀谱》是明代天启间程明善所辑，该书汇辑诸多前人词曲范式，《太和正音谱》中的部分篇幅亦为其收录，是为"啸馀谱本"。该书的卷五"北曲谱"中的"古今无名氏杂剧一百一十本"②，实辑录自《太和正音谱》"古今无名杂剧一百一十本"。可能是由于粗心的原因，《啸馀谱》辑者弄混了《太和正音谱》中前后相邻的两个剧目名称，误将"后庭花"当成"衣锦还乡"收录并刊刻。

《啸馀谱》误刊《太和正音谱》杂剧剧目的远不止《危太朴后庭花》一处。经过比勘，我们发现还有其他一些剧目在《啸馀谱》中也是错误的，以下再列若干予以证明：（1）《秋夜云窗梦》，元无名氏所作，《录鬼簿续编》简称《云窗梦》，其"题目正名"为："张君卿奋登虎榜；郑月莲秋夜云窗梦"，存本见"脉望馆于小谷抄本"，题做《郑月莲秋夜云窗梦》。然《啸馀谱》误题为《秋夜芸窗梦》。（2）《张千替杀妻》，元无名氏所作，《录鬼簿续编》简称《替杀妻》，其"题目正名"为："贤明待制番终狱；刎头张千替杀妻"，有元刊本存世，见《元刊杂剧三十种》，其"题目正名"后二句为"贤明待制翻疑狱；耿直张千替杀妻"。然《啸馀谱》误题为《张子替杀妻》。（3）《智赚三件宝》，《录鬼簿续编》简称《三件宝》，其"题目正名"为："宋仁宗御断六花王；包待制

---

① （明）朱权撰：《太和正音谱》（《中国古典戏曲论著集成》三），北京：中国戏剧出版社，1959年版，第43页。

② （明）程明善：《啸馀谱》（续修四库全书编委会《续修四库全书》第1736册·集部·词类），上海：上海古籍出版社（影印明万历刻本），1995年版，第280页。

智赚三件宝",无存本,《元曲选目》《今乐考证》《曲录》《宝文堂书目》等著录为《包待制智赚三件宝》。然《啸馀谱》误作《知赚三件宝》。(4)《张鼎勘头巾》,元无名氏所作,《录鬼簿续编》简称《勘头巾》,其"题目正名"为:"望京店庄家索冷债;开封府张鼎勘头巾",存本名为《河南府张鼎勘头巾》,见《古名家杂剧》、《元曲选》和"脉望馆校于小谷钞本",三本差异不大,《古名家杂剧》本未题著者,后二者题"孙仲章"作。然《啸馀谱》误题为《张勘头巾》……诸如此类,不一而足。这些错误相当明显,熟悉古代戏曲剧目者很容易发现。

尽管《啸馀谱》被马鸣霆称许为"雅意好古,树帜吟坛"(马鸣霆《题〈啸馀谱〉序》)[1],但是它常常"删减或是窜改"(《太和正音谱》提要)[2]前人著述而为人所诟病,《四库全书总目提要》甚至贬斥它曰:"徒以通俗便用,至今传之,其实非善本也。"[3]以上所罗列的一些非常明显的错误,当可以作为佐证的。

经过分析我们发现:王国维《曲录》中一些资料是依据了程明善《啸馀谱》的,王氏未察《啸馀谱》之讹误,直接移录诸多杂剧剧目,导致《啸馀谱》中的一些错误也被《曲录》所沿袭,比如《秋夜芸窗梦》《张子替杀妻》等明显有误的杂剧名目,《危太朴后庭花》也是其中之一。

## 二、《后庭花》杂剧与危素无涉

前面提及,王国维在《曲录》中怀疑危素创作了一本名为《后庭花》的杂剧。

---

[1] (明)程明善:《啸馀谱》(续修四库全书编委会《续修四库全书》第1736册·集部·词类),上海:上海古籍出版社(影印明万历刻本),1995年版,第3页。

[2] (明)朱权撰:《太和正音谱》(《中国古典戏曲论著集成》三),北京:中国戏剧出版社,1959年版,第6页。

[3] (清)永瑢等撰:《四库全书总目》,北京:中华书局,1965年版,第1835页。

但是，到目前为止，我们还没有发现危素有杂剧创作的记载。对于王氏的这一说法，学界也并无附和之议，学者叶德均甚至表示怀疑："说是危素自撰，未免附会。"①可惜的是，叶氏仅仅怀疑，并未展开深入研讨。以上对于《危太朴衣锦还乡》的考证说明：由于《啸馀谱》刊本出错，也导致王国维《曲录》因袭、误录了《危太朴后庭花》这个杂剧剧目。这个结论应是对叶氏怀疑的有力补充。

我们认为：危素不仅没有创作《后庭花》杂剧，而且戏曲史上的《后庭花》杂剧故事内容也与危素没有任何关联，以下论之。

关于《后庭花》杂剧的本事来源，一般认为有两个，学者庄一拂和邵曾祺的看法最具代表性：庄一拂认为"可能衍南朝事"②；邵曾祺认为"疑当作《后庭花》"③。

这里，庄一拂所说的"南朝事"，乃与南朝陈后主（叔宝）有关，他纵情声色，创作《玉树后庭花》诗歌，最终亡国。其事见《陈书·列传第一·后主沈皇后》："后主自居临春阁，张贵妃居结绮阁，龚、孔二贵嫔居望仙阁，并复道交相往来。又有王、李二美人，张、薛二淑媛，袁昭仪、何婕妤、江修容等七人，并有宠，递代以游其上。以宫人有文学者袁大舍等为女学士。后主每引宾客对贵妃等游宴，则使诸贵人及女学士与狎客共赋新诗，互相赠答，采其尤艳丽者以为曲词，被以新声，选宫女有容色者以千百数，令习而歌之，分部迭进，持以相乐。其曲有《玉树后庭花》《临春乐》等，大指所归，皆美张贵妃、孔贵嫔之容色也。"④将这个令人扼腕哀叹的亡国故事搬上杂剧舞台的，有元末郑德辉（光祖），他创作有杂剧《玉树后庭花》，此在《太和正音谱》中有载，惜已佚。

---

① 叶德均：《戏曲小说丛考》（卷上之《元明杂剧琐记》），北京：中华书局，2004 年版，第 408 页。
② 庄一拂：《古典戏曲存目汇考》（中），上海：上海古籍出版社，1982 年版，第 587 页。
③ 邵曾祺编著：《元明北杂剧总目考略》，郑州：中州古籍出版社，1985 年版，第 537 页。
④ （唐）姚思廉撰：《陈书》（第一册），北京：中华书局，1972 年版，第 132 页。

而邵曾祺所提及的《后庭花》，则与包公断案故事有关。元朝前期著名杂剧家郑廷玉据此编成杂剧《后庭花》，有存本。郑剧又名《包龙图智勘后庭花》，《录鬼簿》《太和正音谱》等著录该剧，《古名家杂剧》和《元曲选》收录其剧本。其"题目正名"在《元曲选》《古名家杂剧》、天一阁藏《录鬼簿》中分别为："老廉访恩赐翠鸾女，包待制智勘后庭花"；"把平人屈送在黄沙，天对付相逢两事家，老廉访匹配翠鸾女，包待制智勘后庭花"；"宋仁宗御赐翠鸾女，包待制智勘后庭花"。

检阅现存古代戏曲作品，似乎演绎包公故事的《后庭花》杂剧影响更大。明人沈璟创作有《桃符记》传奇，吕天成说《桃符记》"即《后庭花》剧而敷衍之者。宛有情致，时所盛传。旧闻亦有南戏，今不存"①。祁彪佳也记载：《桃符记》"演《后庭花》剧为南曲，曲第二十八折，已觉有无限波澜矣。"②我们怀疑，明初无名氏杂剧《哀哀怨怨后庭花》的本事也与之有关。

郑剧的情节比较复杂：宋仁宗将王翠鸾母女赐予廉访赵忠，引发两桩命案。一案为：赵妻嫉恨翠鸾，命仆人王庆杀死翠鸾及其母亲。王庆因与酒徒李顺之妻张氏有奸情，所以二人设计谋害李顺，让李顺杀人。李顺不忍杀人，放走翠鸾母女，被王庆借机要挟，逼其休妻。李顺不肯，被王庆杀死，投尸井中。另一案为：翠鸾母女逃命途中离散，投宿狮子店，店小二举斧逼迫翠鸾为妻，翠鸾惊吓而死，店小二在她发间插一桃符，也藏尸于一井底。元杂剧经常使用鬼魂申冤的套路来展开故事情节，本剧也采用此法：翠鸾鬼魂夜访住宿的书生刘天义，在房中与其唱【后庭花】词曲，恰好被寻女的翠鸾母亲听见。翠鸾母向刘天义索女未果，便告至官府，开封府包待制审理此案。包公运用巧计，由翠鸾送给刘天

---

① （明）吕天成：《曲品》（《中国古典戏剧论著集成》六），北京：中国戏剧出版社，1959 年版，第229 页。

② （明）祁彪佳：《远山堂曲品》（《中国古典戏剧论著集成》六），北京：中国戏剧出版社，1959 年版，第 127 页。

义的信物桃符入手，最终破获两桩命案。

郑剧与明初无名氏杂剧《哀哀怨怨后庭花》在一定程度上呈现出某种暗合对应关系，如：郑剧所涉及的是多桩哀怨的案情；其第四折【煞尾】有曲词云："今日个勘成了因奸致命一凶贼，还报了这负屈衔冤两怨鬼。"① 这些暗合对应使我们有理由相信：《哀哀怨怨后庭花》有可能是包公故事在明初的改编本之一。

可以看出：无论是源于包公断案，还是源于陈后主亡国故事，都无法与元明间人危素扯上瓜葛，因此我们认为《后庭花》杂剧与危素无涉。

### 三、《危太朴衣锦还乡》杂剧考

如前所述，《危太朴后庭花》是一个并不存在的杂剧剧目，它其实就是后人混淆《太和正音谱》中前后相邻的两个杂剧《危太朴衣锦还乡》和《哀哀怨怨后庭花》剧目而误收（刻）的。《哀哀怨怨后庭花》与危素毫无关系，但《危太朴衣锦还乡》却正是搬演危素故事。

元代不乏以"衣锦还乡"为主题的杂剧，往往借此赞颂杰出人物不畏艰苦、坚忍不拔的精神，被赞美者最后一定是苦尽甘来，以大团圆结局告终。最具代表性的杂剧当推《冻苏秦衣锦还乡》和《薛仁贵衣锦还乡》。前者写战国时文人苏秦饱受苦难，最终挂六国帅印荣归故里；后者演唐代武将薛仁贵历经挫折，三箭定天山，终获封赏，全家团聚。

然而，明初的杂剧《危太朴衣锦还乡》在立意上恐怕并不是如此。要说明这个问题，当联系明人对待危素的态度以及该杂剧的创作时间来谈。

作为一个历史人物，危素不可谓不杰出。他是江西金溪云林白马乡人，志书载其为"唐抚州刺史全讽之后。祖友龙本黄氏子，来继于危。

---

① （明）臧懋循：《元曲选》，浙江古籍出版社据涵芬楼 1918 年影印明刻本缩印，1998 年版，第433 页。

素少通五经，游吴澄门，又请业于李存，一时范椁、揭傒斯皆折辈行礼之。"①史料记载：元至正元年，危素（1341 年）41 岁，入经筵为检讨，修宋、辽、金三史并注《尔雅》，后任御史台治书侍御史，参知政事，翰林学士承旨，岭北行省左丞等职。危素在元朝声望甚高，他利用自己翰林学士承旨身份，说服元帝保护会稽南宋帝王诸陵，从西僧汝纳手里购回已制成饮器的宋理宗颅骨归葬故陵。危素是一个史学家，他撰史重实录调研，《明史》记其为"纂后妃等传，事逸无据，素买饧饼馈宦寺，叩之得实，乃笔诸书，卒为全史"。当明兵进逼燕京，避难于报恩寺的危素拟投井殉元，寺僧大梓力挽起之，以"国史非公莫知。公死，是死国史也"之语劝说他，乃得不死。后危素入仕明朝，"洪武二年授翰林侍讲学士，数访以元兴亡之故，且诏撰《皇陵碑》文，皆称旨"。②

危素一生跨元明两个朝代，作为才能卓异之人，两朝曾重用之，但结局不同。在元朝，他由一个寒门学子而功成名就、进位显宦。明初，朱元璋一度宠幸之，曾名闻朝野，但是好景不长，不久就失宠了。不仅如此，朱元璋还一而再，再而三地羞辱他，危素最后含恨而死。之所以这样，当与他先仕元，后仕明经历有关。

清人查继佐的《罪惟录》有意将危素与其同乡待制黄哻合传，是很有讽刺意味的。书载明军攻入燕时，危素与黄哻曾"相约死难"。黄哻投居贤坊井中为"从人午出之"，但他又再次跳下去，最终殒命；而危素却在井台边"双手据井"，做投井状，当有人救他时，便苟活了下来。

对于这样一个意志不坚的"贰臣"，朱元璋从不掩饰其憎恶之感。《罪惟录》载："上（朱元璋）御东阁侧室，素履声橐橐帘外，上曰：'谁?' 曰：'老臣素。' 上曰：'朕谓当文天祥。'"③ 按，文天祥为南宋丞

---

① （清）程芳等修：《金溪县志》（三），台北：成文出版社有限公司，1989 年版，第 964 页。
② （清）张廷玉等：（撰）《明史》（第 24 册），北京：中华书局，1974 年版，第 7314—7315 页。
③ （清）查继佐：《罪惟录》（第 4 册），杭州：浙江古籍出版社，1986 年版，第 2300 页。

相，南宋灭亡后召集义军抗元，被俘不屈而就义，有"人生自古谁无死，留取丹心照汗青"名句激励后人。朱元璋当面以文天祥来侮辱危素，足见其对危素的蔑视。

又，《旧京词林志》"卷一·纪事上"载：朱元璋"一日谓素曰：'何不往和州守余阙庙？'遂谪居之。"①按，余阙字廷心，一字天心，色目人，元统元年进士，累官至参知政事，为安庆守备，抗击元末起义军陈友谅时死难，年56。让投降的危素去为死节的余阙守墓，朱元璋完全是在残忍地折磨危素。

又，野史记载：元顺帝逃往北方后，留下一头大象，明人获此象让其拜舞于宫廷，该象终以不从命而被杀。朱元璋曾命人"作二木牌，一书'危不如象'，一书'素不如象'，挂于危素左右肩"。②野史所记或许言过其实，然危素终遭唾弃，最后屈辱而死却是真实的。

一次次变本加厉的精神折磨，绝非常人所能承受，年老的危素最终崩溃了。洪武五年（1372年）正月他在和州"自恨卒"（《旧京词林志》），终年72岁。

作为一位"蒙元之贰臣，朱明之废宦"③，危素得到这样的结局，还与他不辨情势、盲目自大，最终遭人忌恨有关。史载御史王著等大臣曾弹劾他为亡国之臣，不宜列侍从之位。可以说，明初以朱元璋为首的上层社会对危素是排斥的。

社会中下层对危素也没有好评价。明人刘绩的《霏雪斋》载有这样一件事："危素为翰林学士，居钟楼街。有会稽王山农冤游大都，常见其文而不相识。一日危骑而过山农所，与之坐，不问其名，徐曰：'君非钟

---

① （明）周应宾：《旧京词林志》（卷一·纪事上）（《玄览堂丛书》第65册），据明万历本影印。

② （明）黄溥：《闲中今古录摘抄》[（明）沈节甫编《纪录汇编》第129卷]，民国二十七年（1938年）商务印书馆涵芬楼用明万历刊本景印，第2页。

③ 张文澍：《蒙元之贰臣　朱明之废宦　易代之文人——论元明之际作家危素》，《厦门教育学院学报》2010年第4期。

楼街住耶?'危曰:'然。'不出他语而罢。人问之,山农曰:'吾观其文有诡气,因其人举止亦然,料知必危太朴也。"① 这里,危素拜访王冕但不与之倾心交谈,还要拿腔作势,一个充满"诡气"的卑劣形象跃然纸上。

这个故事在清代吴敬梓的小说中得到了进一步演绎。《儒林外史》第一回借众人之口交代了危素还乡购买豪宅、地方官绅争相巴结、向王冕索要花卉画册、被贬和州的故事:

那胖子开口道:"危老先生回来了。新买了住宅,比京里钟楼街的房子还大些,值得二千两银子。……"那瘦子道:"县尊是壬午举人,乃危老先生门生,这是该来贺的。"那胡子说道:"听见前日出京时,皇上亲自送出城外,携着手走了十几步,危老先生再三打躬辞了,方才上轿回去。看这光景,莫不是就要做官?"②

时知县不敢隐瞒,便道:"这就是门生治下一个乡下农民,叫作王冕,年纪也不甚大。想是才学画几笔,难入老师的法眼。"危素叹道:"我学生出门久了,故乡有如此贤士,竟然不知,可为惭愧!……"③

到了洪武四年,秦致又进城里,回来向王冕道:"危老爷已自问了罪,发在和州去了;我带了一本邸钞来给你看。"④

小说中的危素无视自己"失节"身份,处处表现高调、志得意满,甚至带有骄横之气。

无论是正史、野史,还是虚构的小说,皆表明:明初以降,从帝王

① (明)刘绩:《霏雪录》(《丛书集成初编·总类》第0328册),中华书局据古今说海本排印1985年版,第3—4页。
② (清)吴敬梓:《儒林外史》,北京:人民文学出版社,1977年版,第4页。
③ (清)吴敬梓:《儒林外史》,北京:人民文学出版社,1977年版,第7页。
④ (清)吴敬梓:《儒林外史》,北京:人民文学出版社,1977年版,第14页。

到大臣，从官场到中下层社会，对危素的主流态度是贬多于褒。

相关研究表明：明初杂剧中不乏表现"时事"的作品，同属"国朝"无名氏杂剧《郭桓盗官粮》就是其中之一。这部杂剧涉及明初人物郭桓，他是明代户部侍郎，其贪污官粮案在洪武十八年（1385 年）事发，被朱元璋处死。该杂剧就是根据这个案件创作的，其"创作时间最迟不迟于洪武三十一年（1398 年），最早不早于洪武十八年（1385 年）"，这"是一本具有严肃意义的'时政剧'，事涉明廷之高层丑闻"①。可以说，剧中的郭桓一定是一个被揭露、讽刺、批判的反面人物。

《危太朴衣锦还乡》与《郭桓盗官粮》一样，也属"国朝"无名氏杂剧，创作时间大致相差不大。危素死于洪武五年（1372 年），尽管他不属于郭桓那样罪大恶极之徒，但他在明初声名狼藉应是事实。他的故事被时人搬上杂剧舞台，一定也不是为了歌颂赞扬。我们认为，《危太朴衣锦还乡》当也是一本像《郭桓盗官粮》那样的"时政剧"，其内容不是演绎危素风光的返乡故事，而是明初人借戏曲来暴露、讽刺或批判危素，以达到宣扬"忠君"思想之目的。

---

① 拙文《已佚无名氏杂剧〈郭桓盗官粮〉创作时、地及作者推考》，《古籍研究》（2008 卷·下），合肥：安徽大学出版社，2009 年版，第 235、239 页。

# | 第五章 |

# 元末明初杂剧与同期的社会及文化

## 第一节 元末明初的社会与文化背景

戏曲的生成、发展皆离不开一定的社会文化背景，元末明初杂剧也是如此。对元末明初之前和之后的社会文化变化进行对比分析，将有助于揭示元末明初杂剧形成新的发展趋势的深层原因。

### 一、元末明初之前的社会文化背景及杂剧创作主体

元末明初之前的社会文化背景及创作主体比较复杂，主要表现在以下几方面：

1. 稳定的社会环境与宽松的文化环境

元朝是中国历史上疆域最广阔的王朝，工商贸易不受歧视，城市也较为繁荣，其国力在当时是相当强盛的。元蒙治国者为来自北方大漠的马背上的民族，在文化上远不如中原汉族发达。

史学上一般都认为元代前中期（元末明初之前）虽然专制统治比较严密，但文化政策又特别宽松。比如：我们很少听到元朝有"文字狱"的事件发生，但却能看到各种宗教信仰（包括儒、释、道）都能并存于

一时。元太祖时期全真教的丘处机晋见过成吉思汗，元世祖忽必烈拜八思巴为国师。而儒学，"元初不重儒术，故南宋人有九儒十丐之谣，然其后能知尊孔子，用儒生，卒以文致太平，西域之儒，实与有力"，[1] 西域的儒士高智耀、廉希宪、不忽木、泰不华、也速达儿赤等积极传播儒学，为理学后来被元蒙统治者所重视起到了一定的作用。到元世祖在治理漠南汉地时，儒家学说终于被接受了，汉儒也得到任用。元代中期的成宗"善于守成"；武宗"守成万事之统，在予一人"；仁宗更是"通达儒术"[2]，延祐间仁宗恢复科举、祭孔、袭封孔子五十三代孙、从祀宋元十大理学家于孔庙。这个时期出现了像木华黎、王磐、徐世隆、王鹗、元明善、阎复、李谦、虞集、陈大震、周达观、苏天爵等一批著名的学者。从以上我们可以看出，元末明初之前，元朝文化和宗教信仰多元化特点表现特别明显，整个社会的思想氛围比较轻松活泼。

## 2. 文人社会地位普遍低下

尽管元代前中期社会稳定，文化环境宽松，但是，对众多的儒生来说，他们的地位却是相当的低。尽管南宋遗民谢枋得"七匠、八倡、九儒、十丐"的说法有言过其实的嫌疑，但儒士中绝大多数"门第卑微，职位不振"[3]"沉抑下僚，志不得伸"[4]，还是属普遍现象，其中南方汉儒更甚。元末元统元年进士及第的余阙在《杨君显民诗集序》中就谈道："我国初有金宋，天下之才惟才是用之，无所专主，然用儒者为居多也。自至元以下始浸用吏，虽执政大臣亦以吏为之……而中州之士见用者遂浸寡；况南方之地远，士多不能自至于京师，其抱才缊者，又往往不屑

---

① 陈垣：《元西域人华化考》，上海：上海古籍出版社，2000年版，第8页。

② （明）宋濂等：《元史》（第2册），北京：中华书局，1976年版，第472、493、594页。

③ 《录鬼簿》"序"，《中国古典戏曲论著集成》（二），北京：中国戏剧出版社，1959年版，第101页。

④ （明）胡侍：《真珠船》卷四"元曲"，新兴书局《笔记小说大观》（四编·第六册），台北：影印本，1987年版，第3457页。

为吏，故其见用者尤寡也。及其久也，则南北之士亦自町畦，以相訾甚，若晋与秦不可与同中国，故夫南方之士微矣。"① 余阙的说法当可作为元时士人地位低下的一个佐证。此外，不少人在探讨元代杂剧为何兴盛时，提出了一些见解，其中"不平之鸣"说②、"科举废除"③ 说等，这些见解也涉及元朝儒士的地位低下问题。

3. 个性张扬的中下层戏曲（杂剧）家主体

回到元末明初杂剧的研究上。元代戏曲南戏开始衰落，北曲杂剧成为主流，这个时期出现了一批个性张扬的中下层戏曲（主要是杂剧）家。元代早中期的杂剧创作者绝大部分是中下层文人，这可以从有关资料看出。据统计：《录鬼簿》和《录鬼簿续编》中录100多位杂剧家，45位记载有品秩。其中"三品以上2人，六品以上12人，九品以上11人，无官品或官品不明者7人，吏员13人"，这说明了"元杂剧作家中，能够跻身蒙元上流社会的是极少数，大部分元杂剧作家职官低微，甚至屈就吏员"④。

一般来说，封建社会的中下层文人儒士们往往深受儒家"兼善天下"入仕思想的浸润。他们普遍怀有"学成文武艺，货与帝王家"理想，参政议政的愿望相当强烈。如果这种愿望不能得到实现，他们精神上就会遭受重压，而这种重压在没有受到强力压制的情况下，往往会以某种方式宣泄出来。

前面已经提到，元末明初之前两种情况表现相当明显：一方面是中

---

① （元）余阙：《青阳集》"卷二"，《景印文渊阁四库全书》（第1214册），台北：台湾商务印书馆，1986年版，第380页。

② （明）李开先：《张小山小令序》中评价张小山"歌曲多不平之鸣"，并列举关汉卿、马致远、郑德辉、宫大用等人境况，慨叹"屈在书簿，老于布素者，不可胜计"，"中州人每沉抑下僚，志不获展"。见路工辑较《李开先集》（上册），北京：中华书局，1959年版，第298页。

③ 王国维：《宋元戏曲史》"九　元剧之时地"，上海：华东师范大学出版社，1995年版，第95页。

④ 田同旭：《元杂剧作家职官考略》，《哈尔滨学院学报》2004年第5期。

下层文人儒士地位的普遍低下，参政无门，他们精神上的压抑是超乎想象的；一方面是文化政策相对宽松，各种思想可以自由而不受钳制地表达。当两者遇合于一时，就产生了激烈的"化合"反应。

元朝前、中期相对较为开放的意识形态，带给文人们以思想的解放，宽松的文化运行环境，又让他们有机会表露心声，人们的个性也显得比较张扬。当他们在表达自己的思想感情时，能够做到秉笔直书而无所忌讳。于是，那些身处社会底层的文人多取"不屑仕进"的方式进行生活，这种生活追求看似低姿态，其实表现的是一种顽强的、具有响当当的"铜豌豆"精神和叛逆品格。他们"嘲风弄月，流连光景"①，与娼优为伍，"玩的是梁园月，饮的是东京酒，赏的是洛阳花，攀的是章台柳"。同时，他们又选中了杂剧这种有普遍影响艺术形式，在创作的作品中表达各种各样的思想感情，并借助舞台上已"粉墨"的角色唱、念、做、打，嬉笑怒骂。许多人痴迷于其中，虽九死也未悔，于是就出现了像关汉卿、王实甫那样一心只为要做"杂剧班头"和"梨园领袖"杂剧艺术家。正是由于这样的环境，这样的作家相互遇合，才使杂剧得以兴盛起来。

## 二、元末明初的社会文化背景及杂剧创作主体

相对于以前杂剧主要为有名氏创作为主来说，元末明初戏曲的创作明显发生了分化的倾向，无名氏创作与有名氏创作几成并驾齐驱之势。

有名姓留下来的北曲和南曲家基本为中上层文人，其中不乏饱学之士（最具代表性的就是作《琵琶记》的高明），很大一部分作者为御用文人（比如贾仲明、汤舜民等），甚至出现了皇族作家（最著名的就是宁献王朱权、周宪王朱有燉）。就杂剧家来说，他们的作品题材较为狭窄，

---

① 《青楼集》朱经"序"，《中国古典戏曲论著集成》（二），北京：中国戏剧出版社，1959 年版，第 15 页。

绝大部分作品为宣传教化、歌功颂德、粉饰太平、神仙道化之作，也有一些写得较为成功的离合悲欢、爱情婚姻和现实批判剧。一些作品风格偏于阴柔，"尽失自然流利，质朴刚健的元杂剧特殊韵味和美感"①。部分作品在艺术风格上，讲究用词用韵华美合律，本色为主，不乏文采之作。此期有名氏作品最大特点是很多作品打破了北曲杂剧的限制，如：一本四折和一人主唱的改变、南北曲合用、南北曲联套的形成，舞台上歌舞形式的出现、角色的增加，等等。

无名氏作品不仅数量惊人，而且内容丰富，在表现现实生活的方面，一点也不逊色于有名氏的戏曲作品。在这个方面，杂剧的特色尤其明显。相对来说，此期无名氏作品并没有更多地突破元人杂剧的风格，艺术形式上大部分也比较粗糙，但许多作品文质兼美，如：《玉清庵错送鸳鸯被》《萨真人夜断碧桃花》《王鼎臣风雪渔樵记》《阀阅舞射柳蕤丸记》等。它们中的许多作品不失元人质朴、豪放风范，如《诸葛亮博望烧屯》《耿直张千替杀妻》等。

之所以形成这样的局面，当与这个时期的社会文化背景有密切关系。

元朝发展到中后期，经济恢复很快，南方的杭州、扬州、苏州等城市很快发展起来了，商业经济呈现出繁荣局面。但随着元人享国日久，这个急速地经历了由奴隶社会转变到封建社会的异族统治政体，自身的制度和文化的缺陷日益暴露出来，日益尖锐的民族矛盾和社会矛盾不断发展。元蒙本为异域大漠之未开化民族，入主中原后，废去汉法，排斥南人汉人，加之吏治腐败，一直是元代的痼疾，经常引发社会动荡。元代末期，顺帝继位之初，丞相伯颜把持朝政，土地兼并加剧，大批的蒙古贵族、官员贪风肆虐，贿官卖爵，利用一切办法搜刮钱财。尽管其后的脱脱当政力图改革，进行更化，但已是积弊太深，无法扭转乾坤了。朝廷变更钞法印"交钞"，又造成钞法混乱；修河又以失败告终。加上连

---

① 王星琦：《元曲艺术风格研究》，南京：江苏文艺出版社，1996年版，第55页。

年的灾荒，人民流离失所，以致各地起义者不断，整个社会陷入剧烈动荡之中。后期的伯颜擅权更带给本身不稳的统治以巨大危害，积重难返的土地兼并、国家财政空虚之鄙弊，终于爆发了元末农民大起义，这个外族统治的政体也终于逐渐走向灭亡。

随着时间的推移，元人对他们过去的一些不合宜的统治亦有了一定的反思，许多统治策略也逐渐发生了变化，表现出汉化日益明显的趋势。在对待理学问题上，元代后期统治者的态度日益明朗，即恢复了对儒学的尊崇，并利用它将理学的精神枷锁再一次加到了人们的身上。在对待汉儒及其他文人学士上，上层统治者采取了既延揽又排斥的方法，以利用他们巩固自己的统治。

仁宗延祐元年（1314 年）二月颁布诏书，公布科举程式条目，八月开乡试，钟嗣成即在这一年应江浙行省乡试，至此，中断七八十年的科举恢复；后仁宗祭孔、袭封孔子五十三代孙、从祀宋元十大理学家于孔庙……元中期以来有成、武二宗"惟和守成"；仁宗"通达儒术"；元顺帝时期持续九年"至正新政"。尤其是后者，此时脱脱掌权，元顺帝励精图治，实行"更化"政策，加强吏治和文治，选拔人才，以缓和民族矛盾。……这个时期，政治一度出现较为清明的时期，整个社会有所发展。

但是从整体上来说，元末意识形态领域的控制还是呈现出日益增强的趋势，政治文化环境亦变得日益恶化。后至元时代元蒙统治者倒行逆施，废除科举，排斥儒士，使众多汉儒被排除在仕门之外；而元人一向宽松的文化政策，也在中后期变得严峻起来，甚至带有血腥的气味。史载后至元二年（1336 年），当政的伯颜禁演戏文、杂剧[1]。元至顺二年纂修的《皇朝经世大典》中汇录《宪典》，即为后来的《元史·刑法志》的基础，其中"禁令"条云："诸民间子弟，不务主业，辄于城市坊镇演

---

[1]　（明）长谷真逸：《农田余话》"卷上"云："后至元丙子，丞相伯颜当国……禁戏文、杂剧、评话等。"（《笔记小说大观》四编·六册），台北：新兴书局影印本，1987 年版，第 3648 页。

唱词话，教习杂戏，聚众淫谑，并禁治之。……诸乱制词曲为讥议者，流。"①

到了明代初期，虽然社会逐渐安定下来，经济也得到快速发展，但是，这个时期的专制统治却达到了极点。有人将这段时间的史学思想的发展归结为"呈马鞍形曲线"，"最初几年，承元代季世因尖锐的社会矛盾而激活的文化气象，史学思想一度相对活跃，但是随着皇朝政治统治的确立、巩固，以及社会经济的逐渐恢复，史学思想的发展却逐渐转向低潮，形成精神生产与物质生产逆向发展的态势，直至成化、弘治时期"②。尽管这是有关明初史学思想发展的历史描述，但用它来解释这个时期社会文化背景也是非常恰当的。

洪武帝"收天下之权，以归一人"③，花近30年时间修订《大明律》。他屠戮功臣，杀害儒士："胡蓝之狱"前后达14年，株连被杀者多至4.5万人，以致"元功宿将相继尽矣"④，后人愤慨地评之曰"藉诸功臣以取天下。及天下既定，即尽举取天下之人而杀之，其残忍实千古所未有"⑤；广信府贵溪县儒士夏伯启叔侄断指不仕，朱元璋就认为他"是异其教而非朕所化之民"，便定其罪"尔宜枭令，籍没其家，以绝狂夫愚夫仿效之风"⑥。永乐帝朱棣亦效仿其父，在推翻建文皇帝后，将齐秦、方孝孺、黄子澄等50多位文臣族灭……

以上为残酷的社会政治环境，在思想文化方面，明初亦是一段专制至极的时期。洪武、永乐时期，当政者对思想文化上的控制更达极致：

① （明）宋濂等著：《元史》，北京：中华书局点校本，1976年版，第2685页。
② 吴怀祺主编，向燕南著：《中国史学思想通史》"明代卷"，"题记"，合肥：黄山书社，2002年版，第18页。
③ （明）王世贞撰，魏连科点校：《弇山堂别集》（第四册），北京：中华书局，1985年版，第1720页。
④ 《明史》卷一三二"蓝玉传"。
⑤ （清）赵翼：《札记》，"卷三十二 胡蓝之狱"条，北京：中华书局，1984年版。
⑥ 明御制《大诰三编》，"秀才剁指"，"第十"，载赵翼《札记》，"卷二十三 明初文字狱"。

以儒学为尊，尤其推崇程朱理学，"一宗朱子之学，令学者非五经孔孟之书不读，非濂洛关闽之学不讲"①；洪武之初，实行开科取士，"国家明经取士，说经者以宋儒传注为宗，行文教人典实纯正为主"②；洪武六年，"诏刑部尚书刘惟谦详定《大明律》"③，后来不断完善，其"刑律九·杂犯"规定："凡乐人搬做杂剧戏文，不许妆扮历代帝王后妃，忠臣、烈士、先圣、先贤、神像，违者，杖一百。官民之家，容令妆扮者与同罪。其神仙、道扮及义夫节妇，孝子顺孙，劝人为善者，不在禁限"④。永乐年间，朱棣组织编写了长达260卷的"三部大全"（即《四书大全》《五经大全》《性理大全》）……

由此可见，元末明初的社会基本上处于由动荡不安向逐渐稳定发展之中，但统治者对意识形态领域的高压却处在不断的加强之中。在这样一个朝代转换的关节点，社会急剧动荡，社会、民族矛盾呈尖锐化对立，无论是新旧统治者，都加强了对意识形态领域的控制。元朝末期，思想文化环境经历了一个由放任到钳制的过程；而明初很快达到专制的极致。整个元末明初阶段人们的思想意识也由开放到封闭，最后不得不在高压控制下委曲求全。这些对杂剧的创作都产生了一定的影响，并由此而表现出一些比较明显的文化思潮，其中，伦理道德的呼唤、英雄济世的期望、归隐遁世的表现尤为突出。

---

① （清）陈鼎：《东林列传》卷二"高攀龙传"，清刻本。

② （清）佚名：《松下杂抄》卷下，《涵芬楼秘笈》本。

③ （明）姚广孝等：《明太祖实录》"卷68"，台北：中央研究院历史语言研究所校印本，1962年版，第1534页。

④ 怀效锋点校《大明律》，北京：法律出版社，1999年版，第204页。

## 第二节 "山珍海错"与"宫锦制鞋"
### ——上层社会思想对元末明初杂剧的影响

戏曲史表明：上层社会（尤其是君王）的思想、意识往往会对戏曲的发展走向发生深刻影响。元末明初的杂剧也是如此，之所以出现巨大的变化和革新，与明初的君王戏曲观有密切关系，准确地说：与洪武帝朱元璋以及永乐皇帝朱棣的戏曲观有密切关系。以下述之。

### 一、朱元璋的戏曲观及其影响

明初是中国戏曲的一个交汇点和转捩点。其时，上至宫廷，下到乡野，曲坛非常繁华，地方声腔纷起；南北曲竞争激烈，杂剧终呈衰落之势，传奇叙写高台教化之新声……凡此种种，莫不显露新气象。这样的新气象，客观上由戏曲发展内在规律所决定，但开国皇帝朱元璋的戏曲思想对这种新气象的产生，起到了相当重要的作用，并在很大程度上影响了我国戏曲后来的发展方向，当然也包括杂剧。

### （一）"辨宫徵""通韵书"

从诸多文献看，朱元璋喜爱戏曲。无论是南曲还是北曲，他皆甚为熟稔，而这，又建立在通音律、懂曲韵的基础上。

《明实录》载吴元年（1367年）的秋七月，"上御戟门召学士朱升及范权领乐舞生入见，设雅乐阅视之。上亲击石磬，命升辨五音，升不能审，以宫音为徵音。上曰：'升每言能审音，至辨石音，何乃以宫作徵耶？'"[①] 这里的"范权"乃"范常"的误写（范常字子权），事件的发

---

① （明）姚广孝等撰：《明太祖实录》，台湾：中央研究院历史语言研究所影印本，1962年版，第347页。

生时间也不是"秋七月",而是"十一月"。对于朱升的"不辨宫徵",朱元璋其实是很恼火的,《旧京词林志》的记载较为客观,说"上怒诘责之"①。这个事例说明:朱元璋能亲自拊磬,善"辨宫徵",具有很深的音乐造诣。

朱元璋乃"审音"之大行家,还有其他案例。《明史》中记载他曾多次主持制定朝廷礼乐,就是很好的说明。早在明朝刚刚兴起的时候,"太祖锐志雅乐";洪武六年释奠孔子时,他"命詹同、乐韶凤等更制乐章";对于祭祀朝贺"乐章之鄙者,命儒臣易其词。二郊之作,太祖所亲制"。② 可以说,一个对乐律茫然无知的人,是无法组织并"亲制"复杂且高深的朝廷礼乐的。

中国古代戏曲与音韵之间存在密切关系,元代曲家周德清在《中原音韵》"自序"中指出:"欲作乐府,必正言语。"③ 此处的"乐府"乃指北曲,而"正言语"就是要守曲韵。《洪武正韵》是一部明初朝廷颁令纂修的重要韵书,参编者有乐韶凤、宋濂等十余人。撰制过程中,朱元璋亲自审阅并加以指导。据《洪武正韵》"宋濂序"说:"皇上稽古右文,万几之暇,亲阅韵书。见其比类失伦,声音乖舛,召词臣谕之曰:'韵学起于江左,殊失正音。有独用当并为通用者,如东、冬、清、青之属;亦有一韵当析为二韵者,如虞、模、麻、遮之属。若斯之类,不可枚举。卿等当广询通韵书者,重刊定之。'"④ 在此,朱元璋梳理了韵学的历史与得失,并联系实际列举诸多曲韵"独用当并为通用"和"一韵当析为二韵"的实例,见解深刻,显示出非凡的声韵学识素养。

正是由于具备了"审音""辨宫徵""通韵书"的能力,朱元璋才能

---

① （明）周应宾:《旧京词林志》"卷一·纪事上"(《玄览堂丛书》第65册)据明万历本影印。

② （清）张廷玉等撰:《明史》(第五册),北京:中华书局,1974年版,第1499、1502、1507页。

③ （元）周德清:《中原音韵》(《中国古代戏曲论著集成》一),北京:中国戏剧出版社,1959年版,第175页。

④ （明）乐韶凤等奉敕撰:《洪武正韵》(卷16),明嘉靖四十年(1561年)刘以节刊本。

赏戏曲之优劣，评戏曲之高下，并利用戏曲为打造朱氏王朝服务。

### （二）"千七百本赐之"与留心地方声腔

对于戏曲艺术，朱元璋不仅喜好并大力推广、传播，对地方戏曲声腔也甚为关注。具体表现在如下方面：

首先，在典重的朝廷宴会上，表演歌舞、杂艺、乐府、小令和杂剧。明初"大宴飨"一般由教坊司中伶人承应，其第五爵"奏《振皇纲之曲》，进酒如前仪。乐止，奏百戏承应"，第九爵"奏《驾六龙之曲》，进酒如前仪。乐止，收爵。进汤，进大膳，乐作。供群臣饭食讫，乐止，百花队舞承应"；而"殿中韶乐，其词出于教坊俳优，多乖雅道。十二月乐歌，按月律以奏，及进膳、迎膳等曲，皆用乐府、小令、杂剧为娱戏"①。这里的"百戏""百花队舞""杂剧"等，应是沿用宋代旧制。"百戏"类似于杂技表演，如"蹴球、踏跷、藏擫、杂旋、狮子、弄枪、铃瓶、茶碗、毡辊、碎剑、踏索、上竿、筋斗、擎戴、拗腰、透剑门、打弹丸之类"②；"百花队舞"类似于"剪牡丹队"、执莲花的"采莲队"或执香花盘"菩萨献香花队"队舞表演③。而"杂剧"，虽脱胎于宋代简单的歌舞、滑稽表演，但应更加接近"必合言语、动作、歌唱，以演一故事"④的真戏剧，乃完全成熟的戏曲形式。这样的模式，一直保持到后来，"弘治之初，孝宗亲耕耤田，教坊司以杂剧承应，间出狎语"；正德三年，"筋斗百戏之类日盛于禁廷"⑤。

其次，送别诸子远赴藩国，朱元璋赠送给他们大量的戏曲作品。李开先《闲居集·张小山小令后序》记载："洪武初年，亲王之国，必以词

---

① （清）张廷玉等撰：《明史》（第五册），北京：中华书局，1974 年版，第 1505、1507、1507 页。
② （元）脱脱：《宋史》（第十册），北京：中华书局，1977 年版，第 3351 页。
③ （元）脱脱：《宋史》（第十册），北京：中华书局，1977 年版，第 3350 页。
④ （元）脱脱：《宋史》（第十册），北京：中华书局，1977 年版，第 29 页。
⑤ （元）脱脱：《宋史》（第十册），北京：中华书局，1977 年版，第 1508、1509 页。

曲一千七百本赐之"①。送"词曲一千七百本"的记载或许有夸大之辞，但这个做法明显有助于戏曲艺术发扬光大。从效果看是很佳的，当时的宁王府、燕王府、周王府等皆成为戏曲创作、演出的重要中心。

最后，留心地方戏曲，推动了地方声腔剧种的发展。其时，昆山、海盐等诸腔兴起，对戏曲发展动态有所了解的朱元璋曾亲询苏州耄耋人瑞周寿谊关于昆山腔的问题。据明·周元暐《泾林续记》记载："周寿谊，昆山人，年百岁，其子亦跻八十。……后太祖闻其高寿，特召至京，拜阶下，状甚矍铄。问今岁年若干，对云一百七岁。又问平日有何修养而能致此，对曰：清心寡欲。上善其对，笑曰：闻昆山腔甚嘉，尔亦能讴否？曰不能，但善吴歌。"② 应该说，当时的昆山腔还属于乡野小戏种，影响也不大，连土生土长的百岁老人都不知道。但就是这样一个刚刚兴起的小声腔，朱元璋却注意到了，说明他对民间戏曲是相当留心的。

## （三）"贵富家不可无"与"圣人之治"和"风化"

朱元璋生当元末，崛起于社会最底层。在《皇陵碑》中，他自述道："农业艰辛，朝夕彷徨。……里人缺食，草木为粮。……空门礼佛，出入僧房。……众各为计，云水飘飏……依亲自辱，仰天茫茫。"③ 不幸的童年和艰苦的少年使他尝遍了生活的苦水，长期的征战生涯又磨炼了他的意志。作为一代有作为的君王，朱元璋关注戏曲、推广戏曲绝不是没有目的的，而是"有所为"。

史载：元顺帝至正二十四年（1364 年）五月，朱元璋在白虎殿边阅读《汉书》，边与宋濂、孔克仁等讨论汉代在礼乐上所出现的问题，朱元璋认为：汉高祖创业，"未遑礼乐。孝文时当制作复三代之旧，乃逡巡未

---

① （明）李开先：《李开先集》，北京：中华书局，1959 年版，第 369 页。

② （明）周元暐：《泾林续记及其他一种》（王云五主编《丛书集成初编》），上海：商务印书馆，1939 年初版，1960 年补印，第 8 页。

③ （明）朱元璋撰，姚士观、沈鈇全校刊：《明太祖文集·皇陵碑》（卷十四"碑记"）页 1b，2a，《钦定四库全书》本。

遑，使汉家终于如是"。在当年的秋七月，他与起居注熊鼎有过一次讨论，朱元璋提出："乐以人声为主，人声和，即八音谐矣。"熊鼎在此基础上发挥说："乐不外求，在于君心。君心和，则天地之气亦和。天地之气和，则乐无不和。"①

由君臣谈话中我们可以看出：还处在打江山阶段的朱元璋就已经意识到礼乐与天地自然、人生的和谐关系，还未立国他就在认真思考礼乐对于治国的重要作用。

对于与音乐有天然联系的戏曲，朱元璋自然深谙它们在修身、齐家、治国、平天下中的重要价值。当然，这是要有取舍的。那么，朱元璋需要的是什么样的戏曲作品呢？答案就是《琵琶记》。

《留情札记》"卷十九"载："高皇帝微时，尝奇此戏（即《琵琶记》），及登极，召则诚，以疾辞，使者以记上进，上览之曰：'《五经》《四书》，在民间譬之五谷；《琵琶记》，乃珍馐之属，俎豆之间不可少也。'"② 田艺蘅在此透露了一个信息，朱元璋在没有发达的"微时"，就接触过南戏，这对在皖北那样一个流行杂剧地域长大的北方人，是难能可贵的。对高明创作的南戏《琵琶记》，他视如"珍馐"，不仅自己欣赏，还念念不忘向臣下推荐，甚至认为是"俎豆之间"不可缺少的。《南词叙录》中也记载：朱元璋称赞《琵琶记》"如山珍、海错，贵富家不可无"③，并大力宣传、推广之。那么，《琵琶记》究竟是一种什么样的戏曲？

从戏曲创作改编的角度看，《琵琶记》是一部翻案之作，是为东汉著名文豪蔡邕翻案之作。作为戏曲人物，蔡邕在明初很不光彩。当南戏刚刚崛起于温州时，蔡邕就被搬上舞台，《赵贞女蔡二郎》一剧将蔡邕塑造

---

① （清）谷应泰：《明史记事本末》（第一册），北京：中华书局，1977 年版，第 189、191—192 页。

② （明）田艺蘅：《留情札记》，上海：上海古籍出版社，1982 年版，第 643 页。

③ （明）徐渭：《南词叙录》（《中国古典戏曲论著集成》三），北京：中国戏剧出版社，1959 年 7 月版，1980 年 7 月重印，第 240 页。

成一个弃妇背亲的遭人唾弃的形象，南宋陆游在《小舟游近村舍舟步归》一诗中就对南方搬演蔡邕故事进行记载，其中说道："斜阳古柳赵家庄，负鼓盲翁正作场。死后是非谁管得？满村听说蔡中郎。"但是，高明的《琵琶记》，就是要通过改编古代戏曲，达到新境界："不关风化体，纵好也徒然。论传奇，乐人易，动人难，知音君子，这般另眼儿看。休论插科打诨，也不寻宫数调，只看子孝与妻贤。"① 本剧中蔡邕（伯喈）是一个全忠全孝、有情有义的人物，不仅如此，其妻赵五娘尽孝守节、任劳任怨，是一位勤劳、善良、贤惠、孝顺、坚韧的妇女的典型。这样的男女主人公，符合封建伦理道德规范；"子孝与妻贤"这样的家庭关系，符合新建立的、封建的、大一统国家的规范和要求，这本戏的价值有助于风化，有助于"圣人之治"，对世风时俗起到了高台教化作用。

### （四）"山珍海错"与"宫锦制鞋"

尽管朱元璋大力推崇像《琵琶记》那样的"山珍海错"，但是作为一个北方人，他更喜北曲杂剧。因此，在高度评价《琵琶记》的同时，他也表达了自己的遗憾和不满，徐渭在《南词叙录》中记载说："既而曰：'惜哉，以宫锦而制鞋也！'"②

根据研究，"明代出土鞋履实物的材料有白棉布、蓝印花布、麻布、云纹缎、素缎等。在明代文献中，依据材质来命名的鞋履还有很多种，如芒鞋、草鞋、藤鞋、葛鞋、麻鞋、棕鞋、蒲鞋、线鞋、秧鞋、木鞋、皮鞋、钉鞋、丝鞋等"③。宫锦一般是用来制作衣裳、袍、带之类的服饰，用它来制作鞋子是相当奢侈的。朱元璋在这里"可惜"的是：内容好、立意高的《琵琶记》属"宫锦"，应该用当时盛行、帝王及贵戚们更感兴趣的北曲演唱；而高明却采用了当时不甚流行的南曲，与其期望值相

---

① 见《琵琶记》"副末开场"。
② （明）徐渭：《南词叙录》（《中国古典戏曲论著集成》三），北京：中国戏剧出版社，1959 年 7 月版，1980 年 7 月重印，第 240 页。
③ 蒋玉秋：《论明代鞋履的形制》，《收藏家》2023 年第 7 期，第 22 页。

差甚远。对此，徐渭的记载已做了进一步说明："寻患其不可入弦索，命教坊奉銮史忠计之。色长刘杲者，遂撰腔以献，南曲北调，可于筝琶被之；然终柔缓散戾，不若北之铿锵入耳也。"①

除此之外，朱元璋在戏曲方面所采取的行动还有其他，它们反映出洪武皇帝不同的戏曲意识和观念：

1. 大兴土木，营建戏曲舞台

《明实录》载：洪武二十七年八月"庚寅，新建京都酒楼成。先是，上以海内太平，思欲与民偕乐，乃命工部作十楼于江东诸门之外。令民设酒肆其间，以接四方宾旅。其楼有鹤鸣、醉仙、讴歌、鼓腹、来宾、重译等名，既而又增作五楼，至是皆成。诏赐文武百官，钞命宴于醉仙楼。……（九月）癸丑，夜太阴犯昴宿。定正蔡氏书传成，……礼遇诸儒甚厚，各赐以绮缯衣被等物，又御制诗，命次韵和之。朝参则班于侍卫之前宴享则赐座殿中。时酒楼成，人赐钞，宴其上，各献诗谢。上大悦，复遣礼部尚书任亨泰谕旨诸儒，有年耄思归者，先遣之，众皆愿留。……赐诸儒宴及钞，俾驰驿而还"②。

2. 轻视优伶，压低伶工地位，不许军民学唱

明初伶人地位相当低，被人贱视，连所穿衣服也有特殊规定，不得与普通人一样。《曲论》中说："国初之制，伶人常戴绿头巾，腰系红褡膊，足穿布毛猪皮靴，不容街中走，止于道旁左右行。乐妇布皂冠，不许金银首饰。身穿皂背子，不许锦绣衣服。"③《典故纪闻》卷四载："国初伶人皆戴青巾，洪武十二年始令伶人常服绿色巾，以别士庶之服。"④

---

① （明）徐渭：《南词叙录》（《中国古典戏曲论著集成》三），北京：中国戏剧出版社，1959 年 7 月版，1980 年 7 月重印，第 240 页。

② （明）姚广孝等撰：《明太祖实录》（卷 234），台北：中研院历史语言研究所校印，1962 年版，第 3417—3418 页。

③ （明）徐复祚：《曲论》（《中国古典戏曲论著集成》四），北京：中国戏剧出版社 1959 年版，第 243 页。

④ （明）余继登：《典故纪闻》（《元明史料笔记丛刊》），北京：中华书局，1981 年版，第 60 页。

对于一般的普通人，明朝要求他们要洁身自好，不得像地位低贱的伶人们那样，学唱戏曲，洪武二十三年（1390 年）三月，官方规定："但有军官军人学唱的割了舌头。"① 而那些受过儒家思想熏陶的文人士大夫，则更瞧不起戏曲，根据何良俊的说法："祖宗开国，尊崇儒术，士大夫耻留心词曲，杂剧与旧戏文本皆不传。"②

3. 利用戏曲作为教化的工具，还要防止戏曲在娱人的同时带来负面作用。朱元璋也采取了相应的措施。洪武六年二月壬午："诏礼部申禁教坊司及天下乐人，毋得以古先圣帝明王、忠臣义士为优戏，违者罪之。"③

洪武二十二年（1389 年）更定的《大明律》："凡乐人搬作杂剧戏文，不许装扮历代帝王后妃忠臣烈士先圣先贤神像，违者杖一百；官民之家，容令装扮者与同罪；其神仙道扮及义夫节妇孝子顺孙，劝人为善者，不在禁限。"④ 在如此严酷的高压态势下，下层伶人要想像以往那样，以戏曲来干预上层社会政治，似乎不很现实，除非像奉銮史忠那样根据朱元璋命令改编《琵琶记》，不过那已是奉旨编撰了。

简言之：明朝开国皇帝朱元璋熟悉戏曲，喜爱戏曲，他通音律、懂曲韵，他对那些高台教化效果的戏曲大力推广、传播，借助戏曲实现其安边理藩的政治目的。他不忽略乡村僻壤逐渐兴起的地方戏曲声腔，但降低戏曲伶人的地位，仅仅利用他们作为安邦立国、娱乐民众的工具，更不允许有违或损害封建道统的戏曲搬演。

## 二、明成祖朱棣与戏曲

明成祖朱棣于"洪武三年，封燕王。十三年，之藩北平"。⑤ 从洪武

---

① 沈德符：《万历野获编》，北京：中华书局，1959 年版，第 880 页。
② 何良俊：《圆友斋·丛说》"卷三十七词曲"，北京：中华书局，1959 年版，第 337 页。
③ （明）姚广孝等：《明实录·太祖实录》"卷 79"，台北：中央研究院历史语言研究所校印本，1962 年版，第 1440 页。
④ 王利器：《元明清三代禁毁小说戏曲史料》，上海：上海古籍出版社，1981 年版，第 14 页。
⑤ （清）张廷玉等撰：《明史》（第 1 册），北京：中华书局，1974 年版，第 69 页。

十三年（1380 年）到永乐元年（1403 年），朱棣入主北平藩王府"燕邸"整 23 年。所谓"燕邸戏曲"，就是指这个时期以燕邸或以燕王朱棣为中心的戏曲活动，而目前所知主要为杂剧活动。过去，学界对此有所探究，但多限于对贾仲明、汤舜民等杂剧家的个体研究，而对于包括燕邸戏曲与封藩、燕邸剧作家群、朱棣与其他藩王戏剧家关系、燕邸戏曲历程及影响等在内的综合研究还有待于深入开掘。鉴于此，本文拟作相关探索。

### （一）朱棣去北平燕邸前的生活经历[①]

朱棣的燕邸有几处？就目前的资料看，至少有三处：京师（永乐十八年九月丁亥"诏自明年改京师为南京"）、中都凤阳和北平。洪武十三年（1380 年）之前，朱棣在京师生活，曾在凤阳短暂居住，之后就一直住在北平。北平燕邸的历史，文献多有记载，学界讨论亦很多。但是，关于朱棣在京师和中都燕王府生活，史料缺乏，论者寥寥，尤其是中都凤阳燕邸的经历，很少被提及。在京师和凤阳，朱棣度过了近 10 年光景，他从一个 10 岁的少年成长为 20 岁的青年。可以说，这是朱棣的一个重要人生阶段，为他以后"之藩北平"、夺取建文江山奠定了基础。这段经历，对于研讨朱棣与戏曲甚有必要。以下考之。

1. 册立封藩，暂住京师

皇子册立封藩是明朝国策。洪武三年，朱元璋"择名城大都，豫王诸子，待其壮而遣就藩服"[②]。此后又于洪武十一年、二十四年分藩诸子，三次共分封二十三王。朱棣乃首次分封之藩王。

朱棣的藩国在北平，朱棣受封时年仅 10 岁，尚在少年。与朱棣情况类似的还有其他皇子，他们在册立时年龄很小，有些"年幼者则遣官保

---

① 本小节笔者以《朱棣京师、中都燕邸生活经历小考》为题，发表于《安徽广播电视大学学报》2017 年第 2 期。内容有少量删改。

② （清）龙文彬：《明会要》（上册），北京：中华书局，1956 年版，第 50 页。

抱以从事"。① 因燕乃元朝故都，地处北疆，幼小的朱棣无法赴藩就任，直到洪武十三年才赴藩就任。所以，20岁之前他只能暂住京师，内宫自当有其临时王府，在这个临时燕王府中朱棣生活了10年。需要指出的是：朱棣暂住京师王府期间，北平燕邸的营建已经开始，基本依元旧宫而修建。史载：洪武十一年（1378年）冬十二月，定诸王宫城制式。太祖曰："除燕王宫殿仍元旧，诸王府营造不得引以为式。"②

2. 聆听父训，从师读书

住在京师燕邸的朱棣，同太子以及其他年幼亲王们一样，要遵从惯例侍皇伴驾。他们要在朱元璋退朝后，"侍"奉在其身边，随时聆听其教诲。朱元璋教育皇子们的内容大抵为修德进贤、治国理家之方略，相关文献对此多有记载。洪武元年十二月己巳，"上退朝还宫，皇太子、诸王侍"，他指着宫中隙地对皇子们说："此非不可起亭台馆榭，为游观之所，诚不忍重伤民力耳！惜商纣琼宫瑶室，天下怨之。汉文帝欲作露台，惜百金之费。当时国富民安，犹不欲耗中人之产以为一身之娱。尔等宜以为法鉴。"③ 洪武六年三月，朱元璋组织人编成《昭鉴录》，颁行并"训诫诸王"④；五月"《祖训录》成，……上（朱元璋）亲为之序……颁赐诸王，且录于谨身殿东庑乾清宫东壁，仍令诸王书于王宫正殿内宫东壁以时观省"⑤。洪武九年春正月，"丁巳，太子、诸王侍"。上顾谓之曰："汝等闻修德进贤之道乎？"他告诫诸子说："己德既修，自然足以服人，贤者汇进而不肖者自去，能修德进贤则天下国家未有不治，不知务此者鲜不取败。夫货财声色为戕德之斧斤，谗佞谄谀乃杜贤之荆棘，当拒之

①　（明）申时行等修：《明会典》，北京：中华书局1989年据万历重修本影印，第329页。
②　（清）谷应泰撰：《明史记事本末》（第1册），北京：中华书局，1977年版，第231页。
③　龙文彬：《明会要》（下册），北京：中华书局，1956年版，第1391页。
④　（清）张廷玉等撰：《明史》（第1册），北京：中华书局1974年版，第28页。
⑤　（明）姚广孝等撰：《明实录·明太祖实录》"册3"，台北：中央研究院历史语言研究所影印本，1962年版，第1470—1471页。

如虎狼，畏之如蛇虺。苟溺于嗜好，则必为其所陷矣，汝等其慎之。"①朱元璋严格要求子孙们以史为鉴，努力修身，近贤人远谄媚，反对奢华，爱惜民力，保国安民。可谓见识高远，为一代明君。

朱棣暂住京师时，还要与太子朱标以及其他亲王一起跟随老师读书、学习。宋濂、桂彦良等曾为皇子们授课，读书地点先在大本堂，后移至文华殿。《翰林记》"大本堂授经"条载："国初置大本堂，取古今图书充其中，召四方名儒教皇太子、亲王用学。……其后，皇太子读书在文华殿，而亲王则出就所居府。"②《明史》亦载："洪武初，置大本堂，充古今图籍其中，召四方名儒训导太子、亲王。……已而，太子居文华堂。"③ 太子和亲王们学习内容大抵为"先读《四书》"，"次读经或史"，再"习写字"等。皇子们离开大本堂转移到文华堂的时间大约是在洪武六年，《殿阁词林记》记载："洪武六年，开文华堂于禁中，以为储材地。……命光禄日给（酒）馔。每食，皇太子、亲王迭为主，（张）唯等侍食左右。"④

### 3. 以父婚子，宫中成婚

洪武九年（1376 年）春正月，时年 16 岁的燕王朱棣大婚，"壬午，册太傅、中书右丞相魏国公徐达长女为今上（即朱棣）妃"⑤。徐氏即后来的仁孝皇后，她"幼贞静，好读书，称女诸生"。朱元璋闻其贤淑，特召其父徐达约为婚姻，说："朕与卿，布衣交也。古君臣相契者，率为婚

---

① （明）姚广孝等撰：《明实录·明太祖实录》，台北：中央研究院历史语言研究所影印本，1962 年版，册二第 709 页、册三第 1731 页。

② （明）黄佐撰：《翰林记》（《景印文渊阁四库全书》第 596 册），台北：台湾商务印书馆 1986 年版，第 966 页。

③ （清）张廷玉等撰：《明史》（第 6 册），北京：中华书局，1974 年版，第 1784 页。

④ （明）廖道南、黄佐撰：《殿阁词林记》（《景印文渊阁四库全书》第 452 册），台北：台湾商务印书馆，1986 年版，第 277 页。

⑤ （明）姚广孝等撰：《明实录·明太祖实录》"册 3·卷 107"，台北：中央研究院历史语言研究所影印本，1962 年版，第 1737 页。

姻。卿有令女，其以朕子棣配焉。"①

朱棣大婚的记载缺失，他与徐氏于何处成婚，没有直接的资料予以记载。但明代亲王婚礼皆有定制，欧阳德给嘉靖帝上"疏言"中言及亲王婚姻的规定："曩太祖以父婚子，诸王皆处禁中。宣宗、孝宗以兄婚弟，始出外府。"② 朱元璋为朱棣挑选王妃徐氏，并亲自向其父徐达约为儿女亲家，此乃"以父婚子"。按惯例，燕王夫妇婚后应住在皇宫"禁中"。除欧阳德之说外，洪武八年秦王朱樉娶次妃的记载也能推知朱棣与徐氏成婚于宫中燕邸，《明太祖实录》载：秦王成婚时先"礼物与亲王妃"，再"同妃家择日至王宫铺房"，成亲之日，"到妃家请妃上轿……由御桥西板桥至午门西门下轿。入门上轿，至右顺门。……"③ 这则资料表明：秦王朱樉的婚礼是在宫内秦王"王宫"完成的。朱樉为朱元璋次子，为其他亲王之首，燕王朱棣等亲王婚礼大抵可参照其规制。

4. 赴藩之前，出游中都

朱棣曾自述说："朕少时尝居凤阳，民间细事，无不究知。后受命镇北方……"④ 赴藩北平前，朱棣除了在京师皇宫居住，还有过中都凤阳生活的经历。

中都于洪武二年九月始建，其规模依照"京师之制"，洪武八年四月罢建。凤阳府城是中都重要的城阙，"明洪武七年建。周五十里有奇，高丈余，皆土筑，惟东北砖垒四里余。门十有二：曰洪武、朝阳、独山、涂山、父道、子顺、长春、长秋、南左甲第、北左甲第、前左甲第、后

① （清）张廷玉等撰：《明史》（第12册），北京：中华书局，1974年版，第3509—3510页。
② （清）张廷玉等撰：《明史》（第24册），北京：中华书局，1974年版，第7277页。
③ （明）姚广孝等撰：《明实录·明太祖实录》"册三·卷101"，上海：上海书店，1982年据台湾中央研究院历史语言研究所校勘本影印，第1719页。
④ （明）张辅、杨士奇等撰：《明太宗实录》（《明实录》6），上海：上海书店，1982年据台湾中央研究院历史语言研究所校勘本影印，第441页。

左甲第。其长秋、父道、子顺三门后裁,九门名犹存"。① 中都内建有皇城,《明史》"地理志"记:"中为皇城,周九里三十步,正南门曰午门,北曰玄城,东曰东华,西曰西华。"②

朱棣到凤阳的时间是在洪武九年二月"庚子,上以秦王樉、晋王㭎及今上将之国,命先往凤阳观祖宗肇基之地,俾知王业所由兴"。第二天,皇子们就动身到了凤阳。③ 中都之行是朱元璋的刻意安排,其目的一是要这些即将前往藩国的皇子们去祖居地缅怀祖先,牢记大明江山来之不易;二是要让他们知民情,学习攻守之略(即"讲武事"),以提高治国理藩的能力。

其实,在此之前的洪武八年十月,朱元璋就曾"命太子与诸王出游中都,以讲武事"。④ 不过,此次"讲武事"活动,并没有燕王朱棣,《太祖实录》记载,只有皇太子、秦王、晋王、楚王、靖江王参加。⑤ 朱棣之所以没有一同前来,估计与他正在准备与徐氏成婚有关。第二年正月,燕王大婚,然而大婚后一个月,朱棣便从父皇之命与其他兄弟一起来到凤阳。七个多月后,朱元璋才"召秦王樉、晋王㭎、今上(朱棣)还自凤阳"⑥。

此后,燕王又多次去凤阳,还将燕王府搬到了凤阳,徐氏随之前往并居住于此。朱棣的长子朱高炽(明仁宗)即出生在凤阳,时间是洪武

---

① (清)冯煦修,魏家骅等纂,张德需续纂:《光绪凤阳府志》[(一)中国地方志集成·安徽府县志集32,33],南京:江苏古籍出版社,1998年版,第398页。

② (清)张廷玉等撰:《明史》(第4册),北京:中华书局,1974年版,第912页。

③ (明)姚广孝等撰:《明太祖实录》(《明实录》3),上海:上海书店,1982年据台湾中央研究院历史语言研究所校勘本影印,第1747—1748页。

④ (明)姚广孝等撰:《明实录·明太祖实录》"册3",台北:中央研究院历史语言研究所影印本,1962年版,第1747页。

⑤ (明)姚广孝等撰:《明实录·明太祖实录》"册3",台北:中央研究院历史语言研究所影印本,1962年版,第1710页。

⑥ (明)姚广孝等撰:《明实录·明太祖实录》"册3",台北:中央研究院历史语言研究所影印本,1962年版,第1803页。

十一年七月二十三日。史载："是夕，仁孝皇后梦冠冕执圭者上谒，寤而生。"[①] 两年后，朱棣携全家就藩北平，开始北方燕邸的生活。

相关资料表明：朱棣在之藩北平前，有近 10 年暂居京师和中都凤阳燕邸的生活经历。在这段时间，朱棣和其他年纪尚幼的亲王一样，除从师学习外，还受到父皇严格的教育。这是朱棣学识才华增长、个性品格养成的关键时期，也是燕王婚姻家庭建立的重要阶段。

### （二）燕邸戏曲与明初封藩

封藩是明代的一项国策，它对燕邸及其他藩府的戏曲产生了重大影响。

朱元璋实行封藩是有其历史及现实考量的。就历史依据而言，应该是仿汉制[②]。因为朱元璋出身布衣，人生经历颇同刘邦，"亦遂有一汉高在胸中，而行事多仿之"，于是他"分封子弟于各省，以建屏藩，即汉初分王子弟"[③]。今人吴晗进一步指出朱元璋采取的是一条"折中政策"，是他在考察前代郡县制和封建制后所采取的"折中办法，是西汉初期的郡国制"[④]。就现实考虑而言应该有多方面，但至少两个方面尤为重要：其一，"藩屏国家"（见《王相府长史敕》）；其二，"天子命礼，诸侯遵守而行之"（见《王府典仪正敕》）[⑤]。从诸多迹象看，利用诸王藩屏国家的目的超过遵守礼制的目的。明初封藩有两种类型：封于边塞和封于内郡。封于边塞者如燕、宁、辽、谷、代、晋、庆、秦、肃等，"此九王

---

① （明）张辅、夏元吉等撰：《明实录·明仁宗实录》"册1"，台北：中央研究院历史语言研究所影印本，1962 年版，第 1 页。
② 还有一种"仿元制"的观点，此在一些现当代史学家中较为流行，其代表为周良霄。周良霄认为："明初的分封基本上是沿袭元制。"（见周良霄：《皇帝与皇权》，上海：上海古籍出版社，2006 年版，第 183 页）
③ （清）赵翼著，王树民校证：《廿二史札记》（下），北京：中华书局，1984 年版，第 737 页。
④ 吴晗：《明代靖难之役与国都北迁》，原刊《清华学报》1935 年第 10 卷第 4 期，后收入李华等主编《吴晗文集》（第 1 卷），北京：北京出版社，1988 年版，第 237 页。
⑤ （明）姚士观、沈鈇仝校刊：《明太祖文集》（《景印文渊阁四库全书》第 1223 册），台北：台湾商务印书馆，1986 年版，第 98 页。

者，皆塞王也。莫不傅险狭，控要害，佐以元侯宿将，权崇制命势匹抚军肃清沙漠，垒帐相望"；封于内郡者如周、楚、齐、潭、鲁、蜀诸王，他们"护卫精卒万六千余人，牧马数千匹，亦皆部兵耀武，并列内郡"。① 朱棣属封于边塞一类，朱元璋考虑到他的才能，"以燕旧京且近北虏，择可以镇服者，遂以封"。②

诸王赴藩，朱元璋给他们配备了护卫军、行政佐僚，并给赐大量钱钞，还十分周到地安排他们的日常生活。燕王朱棣之国时，"给赐燕山中、左二护卫侍从将士五千七百七十人，钞二万七千七百七十一锭"。③ 朱元璋曾亲颁《王府良医正敕》告诫医药之官，要"辨食用而谨调和"。④ 甚至颁令给王府工正、典宝、典仪、王相府审理、典膳、司酝等，对他们予以专门训诫。

为了使这些远离京都的诸侯王不生异志，全力护藩，朱元璋等帝王不仅提供给藩府优厚的物质待遇，还让藩王们享受到丰富的精神文化生活，戏曲活动就是其重要内容之一。而这，就奠定了燕邸及其他藩府戏曲兴盛的基础。

根据明制，藩府配备有"乐舞生一百二十名，斋郎四十名，礼生一十名，铺排一十名，屠户一十名，医生二名，厨役四名，乐工二十七户，烧香道士四名"⑤。从朱元璋时代开始，朝廷一直都派乐舞生、乐户随同藩王就藩，此在很多文献中都有载录。《礼部志稿》记：洪武初，"定王府乐工例设二十七户，于各王境内拨与供用。十五年定乐工乐器、冠服

---

① （明）何乔远编：《名山藏·分藩记》（第 3 册）（北京大学图书馆藏善本丛书明清史料丛编），北京：北京大学出版社，1993 年影印版，第 1966—1967 页。

② （明）张辅、杨士奇等修：《明实录·明太宗实录》"卷 1"，台北：中央研究院历史语言研究所影印本，1962 年版，第 1 页。

③ （明）姚广孝等撰：《明实录·明太祖实录》"卷 130"，台北：中央研究院历史语言研究所影印本，1962 年版，第 2066—2067 页。

④ （明）姚士观、沈鈇全校刊：《明太祖文集》（《景印文渊阁四库全书》第 1223 册），台北：台湾商务印书馆，1986 年版，第 98 页。

⑤ （明）申时行等修：《明会典》，北京：中华书局据万历朝重修本影印，1989 年版，第 350 页。

之制。……"①《续文献通考》之"乐考·赐诸王乐户"条记载建文、宣德、正德、嘉靖等朝均延续此制，如宣德元年"赐宁王权乐人二十七户。明年二月，宁王权奏已赐乐工，而乐器、衣服之类未给，命行在工部给之。三年七月权又奏求铁笛，帝命工制与"②。这些材料表明：御赐的乐户、乐舞生专门为王府服务，他们除承担祭祀、迎诏、朝贺、进表、宴享等常规礼乐任务之外，还要组织曲唱和戏曲表演，以满足藩府上下娱乐需求。

不仅如此，君王还恩赐给藩府大量曲本供其消遣、搬演。李开先《张小山小令序》记述道："洪武初年，亲王之国，必以词曲千七百本赐之。"③ 君王钦赐曲本是藩府戏曲演出的重要来源。除此之外，藩府戏曲曲本来源还有其他途径：依附于藩府的曲家创作曲本；藩王自己编创曲本。

封藩背景下的藩府戏曲活动非常繁荣。《如梦录》一书曾对开封周王府的演出有所记载，说"周府旧有敕拨御乐，男女皆有色长，其下俱吹弹、七奏、舞旋、大戏、杂记（即杂剧）。女乐亦弹唱宫戏。宫中有席，女乐伺候，朝殿有席，只扮杂记、吹弹、七奏，不敢做戏。宫中女子，也学演戏"④。周藩演出如此形式多样，丰富多彩，燕邸的情形也是可以想见的。

## （三）燕邸戏曲的分期与活动

燕邸戏曲是明初藩府戏曲的重要组成部分。朱棣之藩北平已经 20 岁。作为一个年轻的藩王，他要负担起"控要害""肃清沙漠"，护卫边

---

①　(明)林尧俞等纂修，俞汝楫等编撰：《礼部志稿》(一)"卷 16"，台北：台湾商务印书馆据文渊阁《四库全书》影印(第 597 册)，1986 年版，第 247 页。

②　《续文献通考》卷 104，第 3720 页。

③　(明)李开先著，路工辑校：《李开先集》(上)，北京：中华书局，1959 年版，第 370 页。

④　(清)无名氏撰，常茂徕增订，孔宪易校注：《如梦录》，郑州：中州古籍出版社，1984 年版，第 88 页。

疆的重任，但在征战闲暇，也很享受独霸一方的诸侯之乐。燕王府里重要的娱乐活动就是戏曲演出，而杂剧这种戏曲形式在燕邸最为流行、最受欢迎。

从洪武十三年（1380 年）朱棣"之国"到永乐元年（1403 年）登极，整整 23 年，燕邸戏曲分为前后两个阶段，分界线就是建文元年（1399 年）的"靖难之变"。

1. 靖难之前的燕邸戏曲活动

靖难之前的 19 年，是为燕邸戏曲前期，在两个阶段中最为重要。此期，燕邸戏曲的活动空间主要在王府及周边地区，其观赏者主要是燕王及其家人、王府幕僚、军民等。

燕王朱棣具有深厚的音乐造诣，史载其"访问黄钟之律，臣工无能应者"。① 他特别喜爱戏曲，尤其是杂剧艺术。除朱棣外，燕邸中还有一批懂声律、声腔的幕僚，他们和燕王一起尽享戏曲之乐。康汝楫是康海（对山）的高祖，乃"武功人。以儒术荐，起为燕府训导，饶智略。文皇在邸，特与密议，朝廷颇疑之，改安岳县知县"②。康汝楫酷爱戏曲，在燕邸得到了朱元璋赐予燕王的"千七百本"词曲的全部，后"传至对山，少有存者"③。姚广孝是朱棣最为倚重的谋士，曾作有《题蓝采和》诗："蓝衫拍板似颠痴，到处抛钱引小儿。踏踏歌中无限意，听来能有几人知？"④ 蓝采和为八仙之一，其故事最早见于南唐沈汾《续仙传》，后衍为戏曲，元代有无名氏杂剧《汉钟离度脱蓝采和》，姚广孝对蓝采和戏当不陌生。袁珙由姚广孝推荐，成为燕王幕僚，他善音律、懂声腔，"于九

---

① （清）张廷玉等撰：《明史》（第 5 册），北京：中华书局，1974 年版，第 1499 页。

② （明）姜清：《姜氏秘史》（《中国野史集成》第 23 册），成都：四川大学图书馆编，巴蜀书社2000 年版，第 36 页。

③ （明）李开先著，路工辑校：《李开先集》（上），北京：中华书局，1959 年版，第 370 页。

④ （明）姚广孝：《独庵外集续稿·第二卷》（金程宇编：《和刻本中国古逸书丛刊》第 57 册），南京：凤凰出版社，2012 年版，第 492 页。

流百氏，莫不涉究。好为诗歌，酒酣击缶，仰天豪吟”①。可以说，以朱棣为首包括燕王子女、妃嫔、臣属以及王府军民等在内的“戏迷”，是燕邸戏曲的受众。

燕邸戏曲的表演者主要是乐户、乐舞生，他们一般由朝廷按惯例配备给王府，表演的剧目除朱棣“之藩”时受赏的曲本外，还搬演燕邸杂剧家们创作的杂剧。

所谓的“燕邸杂剧家”，就是指永乐之前一批群聚在燕邸或燕王周围，依附或屈从于朱棣，以创作杂剧为主的戏曲家。目前可以确认：贾仲明、汤舜民是其代表作家，朱权在靖难时期被迫加入，杨景贤有可能是其成员。贾仲明，山东人，“天性明敏，博究群书。善吟咏，尤精于乐章隐语。尝传文皇帝于燕邸，甚宠爱之。每有宴会，应制之作，无不称赏。公风神秀拔，衣冠济楚，量度汪洋，天下名士大夫，咸与之相交。自号云水散人。所作传奇乐府极多，骈俪工巧，有非他人之所及者。一时侪辈，率多拱手敬服以事之”②。贾仲明是一个具有相当影响的杂剧家，他是“以侍从身份居燕王府邸”③，在燕邸时已经五六十岁了，由于具有多方面的艺术才华，得到了朱棣的宠爱。今知贾仲明创作杂剧 16 种，今存 5 种。汤舜民是象山人，“号菊庄。补本县吏，非其志也。后落魄江湖间。好滑稽。与余交久而不衰。文皇帝在燕邸时，宠遇甚厚”④。所作杂剧《风月瑞仙亭》《娇红记》二种，惜均失传。所作散曲极多，其中小令 170 首，套数 68 套，另存一残套。收于《笔花集》中，今传。《太和

---

①　（清）查继佐：《罪惟录》（第四册），杭州：浙江古籍出版社，1986 年版，第 2535 页。

②　（明）无名氏：《录鬼簿续编》（《中国古典戏曲论著集成》二），北京：中国戏剧出版社，1959 年版，第 292 页。

③　李修生：《元杂剧史》，南京：江苏古籍出版社，1996 年版，第 291 页。

④　（明）无名氏：《录鬼簿续编》（《中国古典戏曲论著集成》二），北京：中国戏剧出版社，1959 年版，第 283 页。

正音谱》称其词"如锦屏春风",列其名在"国朝十六人"①。至于杨景贤,《录鬼簿续编》记载他在"永乐初,与舜民一般遇宠"②,朱棣称帝后还被召入宫,"以备顾问"③。他创作杂剧18种,今存《西游记》为北曲杂剧中最长者,共六本二十四折,另《柳耆卿诗酒翫江楼》杂剧有残曲留存,其他均佚。贾、汤、杨等燕邸杂剧家被朱棣罗致藩王府中,写作杂剧,还创作散曲、隐语等供藩府伶工演出。

燕邸杂剧家创作的戏曲剧目内容广泛,题材多样。根据朱权在《太和正音谱》题材分类,当时杂剧分为"十二科"。以贾仲明、汤舜民、杨景贤等人的创作剧目论,就涉及"十二科"中的大部分种类。略举重要作品如下:《铁拐李度金童玉女》《吕洞宾桃柳升仙梦》《紫竹琼梅双坐化》《丘长生度碧桃花》《王祖师三化刘行首》(神仙道化类);《萧淑兰寄情菩萨蛮》《风月瑞仙亭》(风花雪月类);《李素兰风月玉壶春》、《花柳仙姑调风月》(烟花粉黛类);《汤汝梅秋夜燕山怨》、《荆楚臣重对玉梳记》(悲欢离合类)。除此之外,还有钹刀杆棒类的《正性佳人双献头》、孝义廉节类的《志烈夫人节妇牌》、神头鬼面类的《屈死鬼双告状》、叱奸骂谗类的《贪财汉为富不仁》,等等。应该说,燕邸杂剧家所撰写剧目,其丰富程度在明初的剧坛上,是令人叹为观止的。

除了在藩邸中观赏戏曲,朱棣还经常离开封地,与那些曲学造诣精深的藩王交往,与他们交流戏曲艺术。现有资料表明:靖难之前朱棣与朱权、朱有燉等藩王曲家在燕邸之外有过或长或短的聚首。

朱权是朱元璋的第十七子,洪武二十四年(1391年)被封于大宁,两年后就藩,他是朱元璋诸子中戏曲创作成就最高的,今知其创作杂剧12种,《卓文君私奔相如》《冲漠子独步大罗天》二剧今有存本,《太和

① (明)朱权:《太和正音谱》(《中国古典戏曲论著集成》三),北京:中国戏剧出版社,1959年版,第22—23页。
② 见《中国古典戏曲论著集成》二,北京:中国戏剧出版社,1959年版,第284页。
③ (明)田汝成:《西湖游览志余》"卷二十五",上海:上海古籍出版社,1980年版,第445页。

228

正音谱》是他亲撰的北曲理论专著。大宁与燕相互毗邻，皆北边重镇，两藩王来往甚密。《明史纪事本末》载："洪武间，燕王受命巡边，至大宁，与宁王相得甚欢。"① 我们相信：酷爱戏曲的朱棣与精擅戏曲的弟弟朱权见面，"相得甚欢"的交流中戏曲话题应是重要内容。朱有燉是朱元璋第五子朱橚的长子，后袭封周王，谥号为宪，故称周宪王。他创作杂剧 31 种，数量仅次于元代关汉卿，在明初剧坛影响相当大。李梦阳《汴中元夕》绝句记载说："中山孺子倚新妆，赵女燕姬总擅场。齐唱宪王春乐府，金梁桥外月如霜。"② 作为"明代第一剧作家"③，朱有燉直接影响了明代中后期杂剧创作。他在靖难前也到过北京，据《明太祖实录》载：洪武二十九年（1396 年）朱元璋"敕周王橚，令世子有墩（燉）率河南都司精锐，往北平塞口巡逻"④。北平乃朱棣所辖，作为晚辈的朱有燉率师北巡北平关隘，自当要拜见亲叔父朱棣。由于叔侄皆有共同的戏曲爱好，他们见面进行戏曲方面的交流当是免不了的。

2. 靖难时期的燕邸杂剧等戏曲活动与实践

四年的"靖难之役"，是燕邸戏曲的后期。这个时期，朱棣与建文帝为争夺帝位展开了殊死的战争，战事开始于北方，后逐渐向南。朱棣长期率军在外征战，在残酷的战争环境中，他尽管无法做到像北平无战事时期那样悠闲地欣赏杂剧等戏曲，但还是有机会听曲赏戏。燕邸戏曲活动在靖难时期没有停止，只不过其活动中心由燕王府邸转移到戈矛交加、箭矢如飞的征战前沿。

相关文献表明：此期的朱棣，不仅利用以杂剧为主的戏曲鼓舞军心，而且成功将相关艺术运用到逐鹿中原、云谲波诡的政治实践中。

---

① （清）谷应泰撰：《明史纪事本末》（第 1 册），北京：中华书局 1977 年版，第 243 页。

② （明）钱谦益：《列朝诗集小传》（上），上海：上海古籍出版社，1983 年版，第 8 页。

③ ［日］青木正儿：《中国近世戏曲史》北京：中华书局，1954 年版，第 136 页。

④ （明）姚广孝等撰：《明太祖实录》（第五册），上海：上海书店，1982 年据台湾中央研究院历史语言研究所校勘本影印，第 3549 页。

靖难时期，燕邸杂剧家是否随军征战，不见相关文献。但是，曲家随朱棣出征，此在《太和正音谱》中有记载：李良辰是涂阳人，乃"知音善歌者"，作为军中曲家，他随朱棣驻扎遵化卫。遵化当时是前线，李良辰用出神入化的演唱提高士气，"其时三军喧轰，万骑杂众，歌声一遍，壮士莫不倾耳，人皆默然，如六军衔枚而夜遁"。① 他的歌声，给朱棣浴血奋战的军士带来了精神的力量。朱权，这位明初最杰出的杂剧家，在建文元年九月被朱棣用计赚出大宁城，并挟持进入松亭关，"王府妃妾世子皆随入松亭关，归北平，大宁城为空"。② 从此，杰出杂剧家朱权就被羁系于朱棣左右。朱权的归附，无疑壮大了燕邸戏曲家队伍，丰富和提高了燕邸戏曲剧目数量和艺术水准，也为朱棣夺取江山增强了信心。

朱棣有没有杂剧或其他戏曲创作或戏场扮演，因史书没有记录我们无从得知。但是，他高超的表演天赋，却在靖难时期严酷的政治斗争中完美地表现出来。他成功地将戏曲艺术运用到实践中，在古代帝王中罕见。以下略举两例以说明之。

洪武帝驾崩时立长孙朱允炆为帝，是为建文帝，此招致握有重兵的燕王朱棣和其他藩王嫉恨不满。为防止诸藩王拥兵自重，建文帝下令削藩。朱棣暗地里加紧备战，招纳异人术士，但由于时机尚未成熟，所以表面上他伪装惧怕，装疯卖傻以麻痹朝廷，手段可谓高超："王遂托病以缓谋，盛暑围炉，往往佯狂出市，攫民饭食，语謇乱不经，或卧土壤，僵晕弥日，宫中掖而行。"③ 这些，绝如一幕幕戏曲，主演朱棣以他精湛的演技，以假乱真，居然骗过了建文帝和他的大臣。

朱棣起兵军力不足，于是打起宁王朱权的主意来。他计谋已久，先"为书贻宁王，而阴率师兼程趋之"。为解除宁王怀疑，他"单骑入城，

---

① （明）朱权：《太和正音谱》（《中国古典戏曲论著集成》三），北京：中国戏剧出版社，1959 年版，第 45 页。

② （清）张廷玉等撰：《明史》（第 12 册），北京：中华书局，1974 年版，第 3592 页。

③ （清）查继佐：《罪惟录》（第一册），杭州：浙江古籍出版社，1986 年版，第 72 页。

会宁王，执手大恸，言：'北平旦夕且破，非吾弟表奏，吾死矣！'"获取了信任，"居数日，情好甚洽"。当他辞归时，宁王"出饯郊外，伏兵起，执宁王"。① 如此逼真、精彩的表演，可谓得戏曲之三昧。就这样，大戏曲家朱权拱手让出了带甲八万、革车六千和朵颜三卫。

戏如人生，人生如戏。领会戏曲真谛的朱棣将现实生活当作大舞台，在这个舞台上，他将杂剧或其他戏曲艺术融会贯通、活学活用，尽情发挥，终成大业。

### （四）永乐戏曲与朱棣戏曲观念

朱棣即位，是为明成祖，其年号为永乐。永乐朝的戏曲既延续燕邸戏曲的风尚，又有新的特色。我们认为：燕王时期，朱棣由于地位、历练、识见等诸多方面的限制，其戏曲观念还未达成熟；但到了永乐阶段，朱棣的戏曲观念明显呈现出雅俗兼容、刚柔相济、严宽结合等特点。我们认为：朱棣的戏曲观在永乐时期已经自成体系，完全形成并成熟了。而这，对于我们探究明初永乐时期的杂剧艺术有所启发。本节将结合朱棣即位后的戏曲活动以及他所采取的戏曲政策，对他的戏曲观念予以探讨。

#### 1. 注重雅曲，展示皇家风范

称帝后的朱棣，将大量的精力放到组织规模盛大、符合帝王规制、体现皇权威严的典雅的表演上。据载："永乐元年二月……进高皇帝宝录升殿，用乐。《会典》曰：'凡进实录，俱用中和韶乐，兼用堂下乐，进后例于礼部设宴教坊司承应。'"② 永乐元年九月，朱棣对侍臣说："皇考功德隆盛，宗庙乐章未有称述，朕甚愧焉，其议为之。"朱棣要仿效汉高

① （清）谷应泰撰：《明史记事本末》（第 1 册），北京：中华书局，1977 年版，第 243 页。
② （清）高宗敕撰：《续文献通考》（王云五主编"十通"第 8 种第 1 册）"卷一〇四·乐四"，上海：上海商务印书馆，1936 年版，第 3719 页。

帝作《大风歌》，武帝作《秋风辞》来做"稽古礼文之事"。① 到了永乐十八年，他制定了一整套《宴享乐章》，包括："一、奏《上万寿之曲》《平定天下舞曲》；二、奏《仰天恩之曲》《四夷舞曲》；三、奏《感地德之曲》《车书会同舞曲》；四、奏《民乐生之曲》《表正万邦舞曲》；五、奏《感皇恩之曲》《天命有德舞曲》；六、奏《庆丰年之曲》；七、奏《集祯应之曲》；八、奏《永皇图之曲》；九、奏《乐太平之曲》。"②

2. 兼重俗乐，亲制俚俗之曲

明初，教坊司承担在"大宴飨"等场合演出俗曲任务，"奏百戏承应"，"十二月乐歌，按月律以奏，及进膳、迎膳等曲，皆用乐府、小令、杂剧为娱戏"。③ 明代一直延续该规制。这里，百戏、十二月乐歌、乐府、小令、杂剧用曲多为俗乐，它们区别于"供郊社之祭"的雅乐，俗乐与戏曲关系密切。

明成祖对俗乐情有独钟，亦非常重视。他不仅在私邸小宴上使用俗乐，还亲自动手，制作俚俗之曲。

私邸用俗乐事见祝允明《野记》：驸马沐昕曾进贡两个"颇能唱"的小丫头给朱棣，"每饭常使之唱"，但后来被"他（指太子）以铜椎打杀"了，朱棣为此大怒，"不觉挥几肘，至今气不能平也"。④ 这两个专为朱棣演唱的小丫头，所唱的当为俗乐。她们颇受宠爱，然而被太子打杀，不能不使朱棣恼怒万分。

成祖亲制俗乐事亦可以稽考。《明史》有这样一条资料："永乐十八年，北京郊庙成。其合祀合享礼乐，一如旧制。更定宴飨乐舞。"此套乐曲一共有九奏，但"奏曲肤浅，舞曲益下俚。景泰元年，助教刘翔上书

① （清）龙文彬：《明会要》（上册），北京：中华书局，1956 年版，第 359 页。
② （清）龙文彬：《明会要》（上册），北京：中华书局，1956 年版，第 357 页。
③ （清）张廷玉等撰：《明史》（第五册），北京：中华书局，1974 年版，第 1505、1507 页。
④ （明）祝允明：《野记》（王云五主编：《丛书集成初编》第 2801 册），上海：商务印书馆据"历代小史"本影印，1936 年版，第 55 页。

指其失"①。这套乐曲是何人所作？"肤浅""下俚"到何种程度？正史没有直接记载，但野史笔记有所披露。明代李诩《戒庵老人漫笔》（卷二）"庙坛"条记载说："其乐辞太宗自制者，有'杀了他才快活'等语。乐器多胡乐，皆其所致意者。"②（按：明初南北二郊祭祀乐曲可由君主自制，朱元璋时已有先例，"二郊之作，太祖所亲制。后改合祀，其词复更。"③）朱棣迁都北京后，亲为新落成的北京郊庙祭祀制乐曲，乃延续其父做法。一般而言，在此场合应演奏诸如《灵台》《辟雍》《清庙》《湛露》之类"推演道德教化""君臣相与""协以律吕"的雅正之曲④。然而，朱棣亲制的乐辞居然使用"杀了他才快活"这样的粗俗用语，实在是令人惊讶的。但是，如果我们联想到朱棣做燕王时对"传奇""乐府""隐语"之类就有特殊的喜好时，就不难理解他创作如此"杰作"的个中缘由了。

### 3. 偏爱杂剧，善待燕邸旧人

杂剧是成熟的戏曲形式，所用的主要为北曲，北曲乃"辽、金北鄙杀伐之音，壮伟狠戾，武夫马上之歌，流入中原，遂为民间之日用"⑤。朱棣偏爱杂剧，在燕王时即已养成习惯，登基后依然保持对杂剧浓厚的兴趣。他遵从洪武旧制，令教坊的曲家编演杂剧，在"大宴飨"上进行"娱戏"演出。不仅如此，作为昔日旧主，朱棣还继续信任、善待昔日忠心耿耿的燕邸杂剧家们，对他们"恩赉常及"，很多燕邸杂剧家在永乐时亦随朱棣来到金陵，汤舜民、贾仲明、杨景贤辈依然像过去"一般遇宠"，有时甚至奉命以备"顾问"，或撰写"应制之文"。但是，永乐十

① （清）张廷玉等撰：《明史》（第五册），北京：中华书局，1974 年版，第 1508 页。
② （明）李诩：《戒庵老人漫笔》（《元明史料笔记丛刊》），北京：中华书局，1982 年版，第 47 页。
③ （清）张廷玉等撰：《明史》（第五册），北京：中华书局，1974 年版，第 1507 页。
④ （清）张廷玉等撰：《明史》（第五册），北京：中华书局，1974 年版，第 1508 页。
⑤ （明）徐渭：《南词叙录》（《中国古典戏曲论著集成》三），北京：中国戏剧出版社，1959 年版，第 240 页。

八年迁都时，这批老了的杂剧家没有随朱棣返回当初"宠遇甚厚"的北京，而是留在南方，或"卒于金陵"，或"徙居兰陵，因而家焉"①，并得到善终。

4. 钳制宗藩，促进藩王创作

朱棣出身于藩王，深知宗藩问题对于明朝国体的利害关系。一方面他不像建文削藩那样走极端，即位后能遵洪武之制维持封藩；而另一方面，他又加紧对宗藩的钳制。永乐元年四月丁卯，朱棣严令宗藩"非得朝命，不许擅役一军一民及敛一财一物"②。此举目的是裁夺宗藩军权，杜绝其私自敛财，极大地削弱了宗藩权力。不仅如此，朱棣还打压那些洪武时期实力较强大的藩王，防止其东山再起，解除宗藩对皇权的威胁。朱权是朱元璋第十七子，"生而神姿朗秀，白皙美须髯。始能言，自称大明奇士"③。太祖甚为器重，其坐镇之大宁乃北方之重藩。靖难时期，朱棣信誓旦旦与朱权"分天下半"④，但却谋夺其兵权，羁留其家人。至永乐改元，朱棣不仅不兑现诺言，反而对朱权屡加打压，甚至故意刁难，连改封到苏州、钱塘的请求都不许。凡此种种，不一而足。朱棣对宗藩的种种控制，实际上开启了此后藩禁之先声。严酷的藩禁，迫使藩王们纷纷采取避祸措施，一大批藩王干脆无所作为、坐食岁禄，成为有特权的寄生虫。而一些戏曲素养高的藩王，则转而致力于戏曲创作。就目前的资料看，朱权、朱有燉是永乐时期最具代表性的藩王作家。

朱权于永乐元年（1403年）二月，最终"改封南昌……自是日韬

<hr>

① （明）无名氏：《录鬼簿续编》（《中国古典戏曲论著集成》二），北京：中国戏剧出版社，1959年版，第283、284、292页。
② （明）姚广孝等撰：《明太宗实录·卷19》（册一），上海：上海书店，1982年据台湾中央研究院历史语言研究所校勘本影印，第346页。
③ （清）钱谦益：《列朝诗集小传》（上），上海：上海古籍出版社，1983年版，第6页。
④ （清）查继佐：《罪惟录》（第二册），杭州：浙江古籍出版社，1986年版，第1234页。

晦，构精庐一区，鼓琴读书期间，终成祖世无患"①。在此期间，创作《瑶天笙鹤》《白日飞升》《独步大罗》等杂剧，《豫章三害》"当也作于此际"②。《独步大罗》即《冲漠子独步大罗天》，写成于永乐十六年（1418年）前后③。本剧为典型的神仙道化剧，曲折反映了作者超脱凡尘以避祸的心理动机。不仅如此，朱权还将精力投放到《太和正音谱》上，这部北曲理论集大成之作约撰成于"永乐五年（1407年）或稍前"④。

朱有燉乃周王朱橚之世子，后袭爵位谥曰"宪"。朱橚乃朱棣同母弟，被封于汴梁，建文时全家被逮至京，削爵为庶人，远谪云南蒙化。朱棣待朱橚甚厚，即位不久（永乐元年春正月己卯朔）就复其旧封⑤，还专门赐《纯孝歌》表彰朱有燉的孝行⑥。尽管关系如此亲密，但朝廷却不允许周藩发展壮大。无名氏《金梁梦影录》载：周王"甚著声誉，朝廷忌之。会有希旨谓开封有王气者，诏毁城南繁塔七层以厌之。王惧，乃溺情声伎自晦云。"尽管是朱棣之侄，但朱有燉曾亲历靖难之血雨腥风，非常了解其叔父的铁腕手段，"溺情声伎自晦"就是他为了避祸所能采取的明智之举。朱有燉不仅积极投身杂剧创作，还写作大量的歌功颂德的杂剧以博取永乐帝的欢心。

除以上方面，颁布禁令，规范伶人演剧，偏爱杂剧，允许北曲革新，等等，诸如此类，也在朱棣的戏曲观念上有所呈现。而这些，不可避免地影响了永乐时期的杂剧艺术。因篇幅所限，不一一展开了。

---

① （清）张廷玉等撰：《明史》（第12册），北京：中华书局，1974年版，第3593页。
② 朱万曙：《论朱权的戏曲创作与理论贡献》，《安徽大学学报》2000年第4期，第38页。
③ 学界多认为冲漠子即朱权。王季烈：《孤本元明杂剧提要》云："王（朱权）晚慕冲举，冲漠子即其自号。"庄一拂《古典戏曲存目汇考》亦云"冲漠子盖即其号"。朱权生于明洪武十一年（1378年），《冲漠子独步大罗天》杂剧剧末冲漠子自叹"忆昔人间四十年,满头风雨受熬煎",暗指剧作者此时40岁，推知时当在成祖永乐十六年后。
④ 姚品文：《〈太和正音谱〉写作年代及"影写洪武刻本"问题》，《文学遗产》1994年第5期，第117页。
⑤ 参见明代王鸿绪撰：《明史稿》，台北：文海出版社据敬慎堂刊本影印，1962年版，第32页。
⑥ 事见：《开封府志》卷七，《纯孝歌》收入明代朱勤所撰《王国典礼》，参阅《北京图书馆珍本丛刊》（59），北京：书目文献出版社，1988年版，第22、23页。

## 第三节　元末明初杂剧主题与思想的多样呈现

元末明初时期，杂剧艺术的受众，上至帝王，下至普通百姓。参与杂剧创作的，既有藩王杂剧家，也有文学侍从，还有声名不振的下层文人。这些杂剧家，或出于避祸自保，或出于逢迎阿谀甚至奉旨填曲，或出于恬淡自适，因此在杂剧创作上不同程度地表现出复杂多样的思想和主题。一部分作品宣传教化、歌功颂德、粉饰太平；一部分作品演绎家庭婚姻、风花雪月故事；还有一部分作品呼唤伦理道德、歌咏英雄济世；还有一部分作品追求遁世归隐、修仙成道；等等。比如：藩王朱有燉大量创作了类似《牡丹园》《牡丹仙》《牡丹品》《灵芝庆寿》《十长生》《神仙会》《得驺虞》《仙官庆会》《八仙庆寿》《蟠桃会》等喜庆剧，重要原因在于"节令与贺寿演剧是明代宫廷贵族生活的重要内容，也是藩王杂剧滋生的适宜土壤"①。也与这些喜庆剧能起到歌颂大明盛世，赞美帝王功德作用有关。又如：萧德祥、贾仲明、李唐宾、朱权、无名氏等，相继创作杂剧《杀狗劝夫》《李素兰风月玉壶春》《李云英风送梧桐叶》《卓文君私奔相如》《张公艺九世同居》等。这些杂剧，除借剧情歌颂美好的爱情、向往安定和睦的家庭生活外，还在剧中表达了对被压迫、被损害女性的同情，另外还借作品曲折地抒发怀才不遇、愤世而自强的情怀。

以下就元末明初杂剧呼唤伦理道德、歌咏英雄济世、追求遁世归隐、修仙成道等诸方面展开重点论述。

### 一、伦理道德的呼唤

#### （一）呼唤伦理道德复归的社会基础

元蒙统治者是"以弓马之利取天下"的游牧民族，经济文化都极其

---

① 徐子方：《明杂剧史》，北京：中华书局，2003 年版，第 120 页。

落后，甚至连文字都没有。这样一个还处在未开化阶段的异族，征服了具有几千年文化历史的民族，本身就是对那些骨子里都浸润着"理学"汁液的中原精英的一个极大嘲讽。当元人入主中原后，过去长时间积淀而形成的传统和伦理道德观念皆被北方大漠呼啸而来的"飓风"扫荡殆尽。过去在汉民族中被认为是有关"风化"的伦理道德观念，在新的时代、新的统治者那里反而被视为悖理、不合法。据元人法律案例中载：至元三年（1266年）十月上都路梁重兴"为母病割肝行孝"，有关部门要求"合依旧例……并行禁断"①。"代尝汤药""割肉料亲"，在过去的汉儒那里，是"孝"的表现，汉儒就经常借"二十四孝"故事激励后人。元人"禁断"类似于梁重兴"割肝行孝"的做法是明显有违于儒家的"孝"道的；元人有入赘婚俗，要求订婚后"男子要留在女家，执仆役数年后，才能携妇归宗"②，也允许再嫁，当时"妇人夫死守节者甚少，改嫁者历历有之，至齐缞之泪未干，花烛之宴复盛"③。这种风气完全与理学家们所强调的"妇道""节操"观是格格不入的；汉儒按"劳心"和"劳力"的程度区分等级，严格"君臣""上下""尊卑""长幼"等次序，元人也讲等级，不过以种族来区分。在被元人所重视的两类"蒙古"和"元人"（包括金、辽等），大部分为游牧民族，"逐水草而居"的生活，他们无所谓"劳心"与"劳力"的区别，"君臣""上下"等次序界限也是很模糊，《契丹国志》卷七载辽国圣宗"与番汉臣下饮会，皆连昼夕，复尽去巾帻，促席造膝而坐。或自歌舞，或命后妃以下弹琵琶送酒"④；《大金国志》卷十记录金朝建立之初，"君臣宴乐，携手握臂，

---

① 见郭成伟点校：《大元通制条格》，北京：法律出版社2001年版，第290页。
② 见韩志远：《元代婚姻制度述论》，《元代文化研究》，北京：北京师范大学出版社，2001年版，第275页。
③ 见韩志远：《元代婚姻制度述论》，《元代文化研究》，北京：北京师范大学出版社，2001年版，第284页。
④ （南宋）叶隆礼《契丹国志》卷七"圣宗天辅皇帝"，乾隆五十八年（1793年）承恩堂刻本，藏日本早稻田大学。

咬颈扭耳，至于同歌共舞，无复尊卑"①。这些在汉儒看来则是不可思议的，也表明不同文化背景下人们有不同的"伦理道德"判断标准……总之，元蒙统治下的中国正像一些人所指出："固有的社会状况、文化传统和价值判断，也因异族的不断接触、不断冲击，而掀起空前未有的大变动。向来重实际经验、不重幻想的固有理论观念被打破，维系人伦的儒家思想受到空前打击。"②

这种冲击对社会造成的负面影响也是显而易见的：元代社会风气恶劣，道德水平沦丧的记载常见于史书，这个时期整个社会走向完全衰败，人们的道德水准呈全线下降趋势。《元典章》"卷五十七"之"札忽儿歹陈言（三）［二］件"条曾记载当时社会上流氓无赖结帮横行，他们"更变服色，游玩街市，乘便生事，抢掠客人笠帽，强夺妇人首饰，奸骗良人妻女。及于倡优构阑，酒肆之家乞取酒食钱钞，因而斗殴致伤人命；或公然结揽诸物于税司、酒务、仓库，投托计嘱，故将官吏欺凌搅扰，或诈称巡捕人员，拦截往来客旅，夺要钞物"③。至于那些地方富豪，《元典章》还记载："每遇官员到任，百计钻刺，或求其亲识引荐，或赂其左右吹嘘，……街坊人民见其如此，遇有公事，无问大小，悉皆投奔，嘱托关节，俗号'猫儿头'，又曰'定门'。贪官污吏吞其钩饵，惟命是听。"④ 这些现实中的恶势力被反映到杂剧创作中，就成了有代表意义的"鲁斋郎""杨衙内""张驴儿"等艺术形象，由于他们的存在，造成了中下层社会阶级对立的加强。至于上层社会，其腐败的程度更深。《元史》"本纪·第四十三·顺帝六"载："十三年……十二月丁酉，……哈麻及秃鲁帖木儿等阴进西天僧于帝，行房中运气之术，号演撰儿法，又

① （宋）宇文懋昭撰，崔文印校证：《大金国志校证》，北京：中华书局，1986 年版，第 151 页。
② 耿湘元：《元杂剧所反映的时代精神》，台北：文史哲出版社，1987 年版。
③ 陈高华等点校：《元典章》（第 3 册），天津：天津古籍出版社；北京：中华书局，2011 年版，第 1920 页。
④ 陈高华等点校：《元典章》（第 3 册），天津：天津古籍出版社；北京：中华书局，2011 年版，第 1919 页。

进西番僧善秘密法，帝皆习之"，"十四年……十二辛卯……京师大饥，加以疫疠，民有父子相食者。帝于内苑造龙船，……时帝怠于政事，荒于游宴，以宫女三圣奴、妙乐奴、文殊奴等一十六人按舞，名为十六天魔……"①。

"乱自上作"，最高统治者的腐朽堕落，社会其他各阶层也普遍效行。在元人孔齐所著的《至正直记》中，我们随处可见有关"文后性淫""脱欢恶妻""屠剑报应""妻死不葬""势不可倚""奸僧见奸"② 等丑恶行径的记录。可以说，元代末期，道德沦丧成了一个普遍的社会现象。此外，此时商业资本主义已经有所发展，经济利益的驱动，唯利是图、人心不古的现象时有发生……

总之，时代发展到元末，整个社会走向完全衰败，人们的道德伦理观念全线溃退。这是当时人们呼唤伦理道德复归的客观原因。

### （二）元末明初"伦理道德剧"的旺盛创作局面

元末明初时期的"伦理道德剧"创作可谓兴盛，无论是有名氏还是无名氏，都有这方面的成功之作。

此期有名姓可考的杂剧作家中的大部分或多或少地创作过有关"伦理道德"题材的作品，他们中较为出色的作家和作品有秦简夫的《东堂老劝破家子弟》《义士死赵礼让肥》《陶贤母剪发待宾》③，赵善庆的《负亲沉子》，萧德祥的《王翛（然）断杀狗劝夫》④，钟嗣成的《冯骥烧券》《孝谏郑庄公》，罗贯中的《忠正孝子连环谏》，汪元亨的《仁宗认母》，谷子敬的《卞将军一门忠孝》，杨景贤的《贪财汉为富不仁》《感天地田真泣树》，刘君锡的《庞居士误放来生债》《贤大夫疏广东门宴》，贾仲

---

① （明）宋濂等纂：《元史》（第 3 册），北京：中华书局，1976 年版，第 913、918—918 页。

② （元）孔齐：《至正直记》（《宋元笔记丛书》），上海：上海古籍出版社，1987 年版，第 3、9、55、97、106 页。

③ 详细论述见第二章第二节"秦简夫与元末明初的'伦理道德剧'"。

④ 详细论述见第二章第一节"萧德祥与元末明初杂剧的'改编剧'"。

明的《志烈夫人节妇牌》，杨文奎的《王魁不负心》，朱权的《豫章三害》、《杨娭复落娼》，朱有燉的《关云长义勇辞金》等。

本期的无名氏作品中有关伦理道德的作品也不在少数，其中较有影响的作品有《仁义礼智信》《后姚婆》《目连救母》《杨香跨虎》《三贤妇》《蔡顺奉母》《替杀妻》《杀狗劝夫》《孟光举案》《磨刀劝妇》《赵宗让肥》《继母大贤》《刘弘嫁婢》《行孝道郭巨埋儿》《守贞节孟母三移》等。

应该说，无名氏作品和有名氏作品在反映内容上有一定的区别，很明显的一点是，无名氏作品涉及有关"忠"和"礼"的作品，相较有名氏作品来说，就少得多。但是，它们还是有其共同点，即大多关涉"仁""孝""节""义""信"等，这些故事的内容是广泛为社会各阶层人士所关注的，对这方面内容的表现，基本符合大众的意愿。比如《赵礼让肥》《目连救母》《杨香跨虎》等"贤孝"剧，就反映了当时从上到下"尊老"的普遍要求；《贪财汉为富不仁》《庞居士误放来生债》等杂剧提出富人要行"仁、义"，反对的是过分贪财爱富，力倡的是分配公平的社会秩序；《冯骥烧券》《关云长义勇辞金》《替杀妻》《刘弘嫁婢》等体现了生产力不发达的小农体制下，人们应该凭"义""信"等准则行事的良好愿望；《东堂老劝破家子弟》《继母大贤》《刘弘嫁婢》等还涉及救助弱小、扶持困厄的道德观……

总之，"伦理道德剧"创作基本代表了当时社会各阶层呼唤伦理道德复归的文化思潮。

## 二、英雄济世的期望

元末明初是一个社会剧烈动荡的时期，这个时期政治日渐腐败，阶级和民族矛盾极其尖锐，农民起义此起彼伏，刘福通、张士诚、朱元璋等一代豪杰起身于草莽，他们反抗民族压迫，匡扶正义，扶危济困，要将新桃换旧符。应该说，这个时期是一个英雄辈出的时代，歌颂英雄一方面是时代的要求，另一方面也反映了广大中下层群众对英雄济世的期望。元末明初时期反映英雄济世期望的杂剧作品很多，大部分以历史题材为主，创作者多为无名氏作品，但创作得最为成功的作品当推罗贯中的《龙虎风云会》。以下将分别述之。

**（一）作品类型**

1. 反抗异族，歌颂爱国英雄。这类作品多借历史上著名的抗击汉民族之外敌人的故事，以曲折地宣传反对当代元蒙统治的思想。《录鬼簿续编》无名氏的《黄廷道夜走流星马》，述汉时黄廷道偷盗"左贤王"（汉匈奴左屠耆王）流星马故事，脉望馆于小谷抄本发展成唐代黄廷道盗野驴万户流星马，凸显的是汉人与匈奴人的较量；《莫离支飞刀对箭》展现的是唐代薛仁贵跨海征东的故事；《狄青复夺衣袄车》描写宋大将狄青西延边赏军，夺回被番军抢去的衣袄车经历；《放火孟良盗骨殖》等赞颂宋朝杨家将大将抗辽作出的重大牺牲……这些杂剧的主角皆是名将功臣，一直为汉民族引以为骄傲，这类作品不能排除有"影射"的意味。

2. 歌颂社会动荡时期靖难治乱的英雄。"伤心秦汉经行处。宫阙万间都作了土。兴，百姓苦；亡，百姓苦。"这是张养浩在〔中吕·山坡羊〕《潼关怀古》中有感于离乱的一番慨叹。元末明初是两大阵营殊死角逐的关键时期，战火纷飞，带给人们无限的灾难，呼唤和平，呼唤拯救黎民的英雄横空出世，成为一种时代的思潮，这种思潮当然不可避免地反映到为中下层百姓所喜爱的杂剧中。《诸葛亮挂帅气张飞》《两军师隔江斗智》《诸葛亮博望烧屯》等杂剧皆借助足智多谋、为民间加工成半神化的诸葛亮故事，来表达对"正统"的偏爱和对消弭纷争"超人"的期盼；《锦云堂美女连环记》赞美的是东汉王允"则为这汉家宇宙，好着俺两条眉锁庙廊愁……若得他一人定国，也不枉万代名留"（第一折〔混江龙〕）的崇高气节和牺牲精神；《二郎神醉射锁魔镜》更是用浪漫主义手法来刻画"变化神通，都降了十大魔君洞"（第一折〔仙吕·点绛唇〕）的二郎神形象……这些英雄心系天下安危，"百岁常怀千岁忧，搜寻遍四大神州。运机筹，这功绩难收，可惜万里江山一旦休"（《锦云堂美女连环记》第一折〔混江龙〕）。他们敢于战斗，善于战斗，"降妖魔，须用功。敢相持，敢战争，将妖魔，便诛尽。三尖刀劈那厮脑门，斩妖剑将那厮粉骨碎分身"（《二郎神醉射锁魔镜》第二折〔尾声〕）不愧为人们的"保护神"，也受到人们的喜爱。

3. 歌颂反抗压迫、匡扶正义、为民请命、扶危济困的英雄。盗有侠盗，侠有义侠，官有清官。当处于弱势的人群无力与强势的阶层作对抗时，他们会在精神上创造一批有正义感，本领高强的"替天行道"之英雄，以打败在他们看来为"恶势力"的坏人；或者创造一些公正廉洁"为民请命"的清官。他们也是时代所呼唤的英雄。《鲁智深喜赏黄花峪》《争报恩三虎下山》皆取材于宋朝历史上有名的宋江起义军故事，着力于表现救民于水火之中的杨雄、李逵、鲁智深等英雄集体；《十探子大闹延安府》亦赞扬了北宋名臣范仲淹、吕夷简和手下能吏李圭，他们"秉正公直是大丈夫……赤心报国将社稷扶，我则待要将良善举，我则待把奸恶除，我一心儿敢与民做主"（第一折〔天下乐〕），机智勇敢，不畏强权，敢于同手握边疆军政大权的监军葛怀愍作周旋，最后惩处了无恶不作、打死平人的葛彪。

4. 反映下层知识分子立身报国，担负社会兴亡之志的愿望。中国的儒士向来秉承"修身、齐家、治国、平天下"这样的人生信条，他们将"金榜题名"、图画麒麟阁作为人生最高目标和追求。但是，元人却认为科举考试使"人都学习的浮华了"，而"词赋"类考试更不过是"作文字的勾当"①。从太宗窝阔台六年（1234 年）灭金开始废除科举，直到仁宗延祐二年（1315 年），其间历 80 余年，儒士们希望通过科举以达到登

---

① 见郭成伟点校：《大元通制条格》，北京：法律出版社，2001 年版，第 73 页。

龙的愿望被打破了；而且其他的入仕之路也不顺畅，元人"今仕唯三途：一由宿卫，一由儒，一由吏。由宿卫者……十之一；由儒者……十分一之半；由吏者……十九有半焉"①。尽管后元仁宗皇庆二年（1313 年）恢复了科举，但汉族士子的仕进则希望甚微。每届考试元代汉人、南人总计不过 50 人，徐一夔《始丰稿》之《送赵乡贡序》中说："是时杭之士不加少也，三年或不能贡一人。"其《送齐彦德岁贡序》进一步指出："彼出自学校，得释褐者虽一人亦无之。皓首穷经，不免有不遇时之叹。"② 这种哀叹是一种壮志难酬、"英雄末路"之哀叹。因此，那些经过艰苦努力，最终获得成功的文人学士，就成了那些为中下层士人所推崇的英雄和榜样。《冻苏秦衣锦还乡》《王鼎臣风雪渔樵记》《庞涓夜走马陵道》等作品就很好地反映了这种思潮。

### （二）罗贯中的《龙虎风云会》——乱世之际英雄的理想追求

上文已谈到，元末明初杂剧中反映英雄济世思潮的作品，当推罗贯中的《龙虎风云会》写得最为成功，以下将对之作较详细介绍。

罗贯中，主要生活于元明交替之际，"遭时多变"，据有关信息，我们知道他是一位流浪于江湖的杂剧家，经常往返于南北各地③。今知其杂剧作品有三种：《赵太祖龙虎风云会》《忠正孝子连环谏》《三平章死哭蜚虎子》。后两种作品已佚，无法知道更多详情，就内容来说，当写忠孝节义，但现存的《赵太祖龙虎风云会》却以较高的思想和艺术品质为后人称道。

1. 《龙虎风云会》反映的主体意识

本剧写宋太祖赵匡胤与众弟兄情投意合，为众人所拥戴，在陈桥发

---

① （元）姚燧：《送李茂卿序》，《丛书集成初编·牧庵集》（卷四），北京：中华书局，1985 年版，第 53 页。

② （明）徐一夔《始丰稿》（《丛书集成续编185》），台北：新文丰出版公司，1989 年版，第 506 页下、636 页上。

③ 《录鬼簿续编》载其号为"江湖散人"，至少有两次由家乡太原至南方"吴门"，与《录鬼簿续编》作者相会，其中一次在至正甲辰（1364 年）。

动兵变，黄袍加身后，又相继南征吴越、南唐、后蜀、南汉，平定天下。尽管是历史剧，但其主题却有很鲜明的时代气息。其主要思想既反映了朝代转换之际普遍的民众心态，又表现了作为一个有才识、有勇气的士人高出常人的理想和追求，重要的有以下几个方面：

其一，身处乱世，企盼和平统一。

五代十国时期，天下纷争，"传正道无夫子，补苍天少女娲，因此上黎民饿死间阁下，贤能埋没林泉下，忠良枉死刀枪下。乱纷纷国政若抟沙，虚飘飘世事如嚼蜡"（《风云会》第一折〔寄生草〕），这实质上也是元末社会动乱、生灵涂炭的写照。身处乱世的罗贯中，游历江湖，对此应是感受颇深，所以他在剧中极力歌颂赵匡胤及其将士"一片心扶持天地稳。向千万里展经纶，把狼烟扫尽"（楔子〔仙吕·赏花时〕），对他们平定纷争、统一天下的行为进行美化。

其二，民本思想与呼唤贤德君主。

由于中国自古以来实行封建帝制，"普天之下莫非王土，率土之滨莫非王臣"的观念已深入人心，"贤德"既是人们评价君王的抽象标准，又是普通民众对他们的最高统治者的奢望。一些具有浓厚的"民本"思想的知识分子，能体察民情，代民众立言，罗贯中的杂剧即反映了这种一般性的要求。

在《风云会》中，作者所着力刻画的赵匡胤即是一位"贤君"。他胸怀大志，"四海为家，寸心不把名牵挂。待时运通达，我一笑安天下"（第一折〔仙吕·点绛唇〕）；他忧虑"百姓困苦"："忧则忧当军的身无挂体衣，忧则忧走站的家无隔宿粮。忧则忧行船的一江风浪，忧则忧驾车的万里经商。忧则忧号寒的妻怨夫，忧则忧啼饥的子唤娘。忧则忧甘贫的昼眠深巷，忧则忧读书的夜守寒窗。忧则忧布衣贤士无活计，忧则忧铁甲将军守战场。怎生不感叹悲伤。"（第三折〔滚绣球〕）完全具"仁君"胸怀；他以大局为重，在"忠心"前朝和"应天顺人"、取而代之的矛盾中挣扎，最后他选择了"当仁不让"，但对后周柴娘娘一家并非灭绝，而是礼遇有加；他治军严格，要求部下"勿得凌暴及动扰黎民，劫掠府库"，"休施凶暴。休胡为乱作"（第二折）……这样的君主对于处于战乱状态的百姓当然如救星，是他们呼唤的"贤君"。

其三，理想的开明政治。

但罗贯中的理想远不止于此，在他的剧中他还提倡更高的施政目标，即实行开明的"民主"政治。首先他提到的是"君王"要以德治国，不论是对小民，还是对征服的归附之人（如吴越王钱俶、南唐王李煜、蜀主孟昶、南汉主刘鋹），都要长存"仁者之心"，做一个"贤"君；其次他设定的君臣关系应是"兄弟"之间的关系，就像赵匡胤同赵普、郑恩、曹彬、楚昭辅等大臣的关系一样，"虽古之关张，不过如此"；再次君王要勤于政事，任用赵普、曹彬、潘美、石守信那样的"能"者，还要以"能者"为师，虚心下问，即使在"雪夜"，也要不辞辛苦赶去"访普"……而那些臣僚也必须尽职尽责，忠心报主。只有达到这种上下和谐，才能无往不胜，国泰民安。

## 2. 《龙虎风云会》的艺术特色

罗贯中的杂剧自有其明显的艺术特色，以曲辞来说，《龙虎风云会》自然而优美，有东篱马致远之风，所以日本学者青木正儿将之纳入"文采派"中的"清奇轻俊派"①；以结构来说，可谓匠心独运：本剧涉及事件多，涉及人物多，时空转换相当频繁，一会儿是场面宏大的厮杀战场，一会儿是幽静的雪夜院落，一会儿是富丽堂皇的宫中殿堂；在表现人物时本剧注重将人物动态活动与静态心理描写结合，以展示人物性格。第二折〔哭皇天〕曲辞就是一个成功的范例：当众人扯黄旗盖在赵匡胤身上时，他从梦中惊醒，唱道："把好梦来惊觉，听军中不定交。那里也兵

---

① 见青木正儿：《元人杂剧概说》，北京：中国戏剧出版社，1957年版，第53页。

严刑法重，则末早人怨语声高……险将咱唬倒，庙廊召会，台省所关；君王振怒，太后生嗔。不刺则俺这歹名儿怎地了？惊急列心如刀锯，颤笃速身如火燎。"（用《古本戏曲从刊》四集之明代息机子编《杂剧选》万历刊本）这一"惊"、一"怨"、一"唬"、一"急"、一"颤"，表面上是表现赵匡胤在完全无准备情况下，被众人行为所惊吓的情态，实际上是烘托其本质上的"忠义"品格。

## 三、归隐遁世的心态

### （一）元末明初的"归隐遁世"的心态与"神仙道化剧"

"归隐"，这是一个为文化人所感兴趣的话题。当现实无情地碾碎了文人学士们的理想和抱负，他们就转而追求一种内心的安宁，其出路则为归隐遁世，"商山四皓""子房入山""竹林七贤""陈抟高卧"等故事一直为后来者所津津乐道。由于特殊的时代背景，处于乾坤颠倒新旧交替之际的元末明初，也是一个追逐归隐遁世的时期，许多人走向了这条"幽静快活"之路，到了明初这种状况大有改观，不少人在看到那些拒绝与新朝合作的人受到极严厉的制裁后，终于被迫出山"入仕"。

此期反映"归隐遁世"心态的杂剧相当多，但在主题的表现上并不以直接描写为主，而是与"神仙道化"密切结合在一起。么书仪先生曾对元末明初之前的"神仙道化剧"进行过认真研究，并得出结论："前、中期的神仙道化戏中的神仙们，往往是文士、隐士、道士的三位一体"，"道化和隐逸常常混杂、结合在一起"①。元末明初反映"归隐遁世"心态的杂剧也出现了这种情形，"归隐遁世"与"神仙道化"密不可分，两者应该说有某种意义上的对应关系。这正好说明了此期同类题材的杂剧作品创作，与前期有一种内在的承续联系。因此，本节的研究将就此期

---

① 么书仪:《元杂剧中的"神仙道化"戏》,《文学遗产》1980 年第 3 期。

的"神仙道化剧"展开。

### （二）元末明初的"神仙道化剧"创作

"所谓'神仙道化剧'，就是用戏剧来宣扬神仙怪诞或道教教义一类的东西。"① 这是吴国钦先生给"神仙道化剧"下的定义。"神仙道化剧"在杂剧创作中地位相当重要，朱权在《太和正音谱》中将之列在"杂剧十二科"之首；夏庭芝的《青楼集》"志"也将之放在"驾头、闺怨、鸨儿、花旦"等十类杂剧之列②。"神仙道化剧"的创作由来已久，元末明初之前马致远、岳伯川、范康等皆是此类题材创作的好手，其中以马致远的创作最为出色，他的《陈抟高卧》刻画了一位矢志归隐的道家高士形象；《任风子》通过马丹阳三度任屠来宣扬对长生不老和生命永恒的追求；《三度城南柳》中所弘扬的是仙门无生死又极其美好的境界……

到了元末明初阶段，"神仙道化剧"创作继续呈旺盛发展势头，出现了一批"神仙道化剧"杂剧作家，较为有影响的有贾仲明、谷子敬、杨景贤、王子一等，而这四位皆是"国朝十六人"杂剧家中的重要成员。其中贾仲明这方面的作品最多，主要涉及神仙度脱、鬼怪报冤等，作品有《铁拐李度金童玉女》《吕洞宾桃柳升仙梦》《紫竹琼梅双坐化》《花柳仙姑调风月》《丘长生度碧桃花》《屈死鬼双告状》《癫曹司七世冤家》等。其次是谷子敬，其作品涉及范围与贾仲明相近，有《吕洞宾三度城南柳》《司牡丹借尸还魂》《邯郸道卢生枕中记》《昌孔目雪恨闹阴司》等。再次是杨景贤和王子一。杨景贤作品两种：《王祖师三化刘行首》为度脱剧，《西游记》为神佛皈依剧；王子一的《刘晨阮肇误入天台》和《楚台云》亦皆有求仙问道的创作意图。

在以上的这些作家作品中，有几种值得作较详细的介绍：

---

① 吴国钦：《中国戏曲史漫话》，上海：上海文艺出版社，第128页。
② （元）夏庭芝撰：《青楼集》（《中国古典戏曲论著集成》二），北京：中国戏剧出版社，1959年版，第7页。

谷子敬的《吕洞宾桃柳升仙梦》是典型的"神仙道化剧"中的度脱剧，它之前马致远作有《吕洞宾三度城南柳》杂剧，皆脱胎于南宋叶梦得的《岩下放言》卷四中所载吕洞宾在岳州城南古寺逢老松精的传说。相较于马致远的作品来说，谷子敬的杂剧在揭示社会矛盾方面，远不及马作深刻，且有较明显的说教成分，但这可以说是打上了元末明初的时代烙印的产物。吕洞宾劝柳春和陶氏成仙，他们在观念上也存在冲突，但这种冲突并没有直接反映在对于现实生活不满，而是在于是享受现时的幸福还是享受永久的仙界快乐的矛盾。吕洞宾劝化柳春和陶氏"出家去，着你寻真采药，访道参玄，遨游阆苑，直到蓬莱，不强如居于尘世？你兀的不死也"（第二折）。但这离他们希望和梦想的相去很远，他们希望过常人夫妻恩爱的生活，还有做官的梦想，但吕洞宾借法力使他们觉醒，使他们"修身养性，烧丹炼药工夫。利锁名缰，人我是非皆除。无虑，将宝贝金珠弃如土，若是有缘，终到青霄路"（第四折〔南昼锦堂〕）。尽管这种结果不近人情，但在当时确实有明哲保身的现实意义。

本剧在艺术特色上有它的特点。日本学者青木正儿曾将谷、马之作分别比较，认为谷剧"把原作笨拙处恰当的改正了"，"场面实在做得很好。曲辞文采绮丽……不蹈袭原作，独自凝思，别出机轴……当推明初杂剧压卷之作"①。

杨景贤以 18 种杂剧置身高产作家之前列，其《西游记》写神佛故事，是杂剧创作的一枝奇葩，该剧描写孙行者、沙和尚、猪八戒先后被收服，保唐僧去西天取经，经过一系列磨难，终于到西天成佛。本杂剧上源于唐代玄奘大师西域取经故事，下开后来小说《西游记》之先声，是《西游记》故事成形的一个重要阶段。该剧最为出色的地方是在体制上别出心裁，它凡 6 本 24 折，是继王实甫《西厢记》之后的又一长剧，

① 见青木正儿：《元人杂剧概说》，北京：中国戏剧出版社，1957 年版，第 90 页。

再一次表现出元末明初杂剧家们革新旧体制的勇敢探索精神。杨景贤的另一种《王祖师三化刘行首》杂剧是"道化"题材，它与《西游记》一起，构成了作者在杂剧创作上所体现出来的佛、道不避，佛道合一的宗教精神，这种宗教精神颇合作者的蒙古族身份。

此外，王子一《刘晨阮肇误入天台》杂剧也有其特别之处：本剧写刘晨、阮肇因雾迷归路，后被太白金星变化的樵夫引入桃源幻境，刘、阮二人在仙幻境界中遇合仙女并度过了一段美妙的时光。因思家，二人走出仙境，当感觉到现实生活与仙境存在巨大的反差后，他们终于领悟世事沧桑和生命短促，以至于产生厌世情绪，最后被太白金星重新导入仙境。表面上看该杂剧是求仙入道之类，但作者所表现的思想比较复杂，按朱权《太和正音谱》中"杂剧十二科"来界定，它既可属于"神仙道化剧"，又可算"隐居乐道剧"，但实质上它演绎的却是一个人仙相恋的故事，蕴含着现实性的恋爱主题……反映了当时士人在追求美好生活而不得的心境下，进而产生各种虚幻的意识，有些人甚至愿意像刘晨、阮肇那样，沉醉于这种虚幻世界中而不愿自拔。

……

总而言之，此期反映"归隐遁世"心态的杂剧多表现为"神仙道化剧"，以贾仲明、谷子敬、杨景贤、王子一为代表的杂剧家们，在神仙度脱、修身养性、人神相恋、鬼怪报冤等方面杂剧的创作上取得了丰硕的成果。

| 第六章 |

# 元末明初杂剧的艺术走向

## 第一节　杂剧体制在元末明初的变化①

明人吕天成在《曲品》中这样说："金、元创名杂剧，国初演作传奇。杂剧北音，传奇南调。杂剧折惟四，唱止一人；传奇折数多，唱必匀派。杂剧但撼一事颠末，其境促；传奇备述一人始终，其味长。"② 这是吕天成对杂剧与传奇的不同点的比较。但是，元末明初，杂剧在体制上已经开始转变。具体来说，它们包括曲体（是否纯用北曲）的变化，场次安排（是否四折一楔子）的变化、演唱方式（是否一人主唱）的变化、演奏方法的变化、歌舞加入的变化，等等，以下详述之。

### 一、曲体的变化

杂剧从某种意义上来说，是一种"曲"的艺术。曲有南北之分，元

---

①　本节原为"杂剧体制的打破"，博士毕业学位论文《元末明初杂剧研究》部分内容。经修改，在"第五届中国明代文学学术年会暨国际学术研讨会"上作专门交流发言。后发表于《戏曲研究》2008 年 5 月第 75 辑，并被收入陈庆元等主编的《明代文学论集》（下），福州：海峡文艺出版社，2009年版。

②　见（明）吕天成：《曲品》（《中国古典戏曲论著集成》六）北京：中国戏剧出版社，1959 年版，第 209 页。

末明初之前的杂剧主要为北曲，北杂剧一般是纯用北曲，到了元末明初阶段，杂剧的体制发生了极大的变化，很重要的一点即表现在曲体的变化上，或北南合套，或北曲杂用南曲，或不用尾声作结，或使用"带过曲"等。

北南合套应该说是元末明初杂剧在曲体上最重要的变化，它决定了未来向"南杂剧"发展的走向，它与南北词调和腔有一定关系。钟嗣成《录鬼簿》在元代杂剧家"沈和甫"的小传中载曰"以南北词调合腔，自和甫始，如《潇湘八景》《欢喜冤家》等，极为工巧"。[1]《欢喜冤家》已佚，《潇湘八景》残存，一般认为它们是散曲作品[2]。《潇湘八景》的曲调组合是：（北）〔赏花时〕—（南）〔排歌〕—（北）〔哪吒令〕—（南）〔排歌〕—（北）〔鹊踏枝〕—（南）〔桂枝香〕—（北）〔寄生草〕—（南）〔乐安神〕—（北）〔六幺序〕—（南）〔尾〕。

其实，这种"南北词调合腔"即为散曲中"北南合套"的组合方式，早在元初元代杜仁杰（约1201—1283年）的〔北商调·集贤宾〕套曲中就已被运用，该散套的组合次序为（北）〔商调·集贤宾〕—（南）〔集贤宾〕—（北）〔凤鸾吟〕—（南）〔斗双鸡〕—（北）〔节节高〕—（南）〔耍鲍老〕—（北）〔四门子〕—（南）〔尾声〕[3]。

在沈和甫之前用"北南合套"方式创作散曲者除杜仁杰外，还有荆干臣、王实甫、贯云石、郑光祖等，其中王实甫的〔北南吕·四块玉〕组合次序为（北）〔南吕·四块玉〕—（南）〔金索挂梧桐〕—（北）〔骂玉郎〕—（南）〔东瓯令〕—（北）〔感皇恩〕—（南）〔针线箱〕—（北）〔采茶歌〕—（南）〔解三醒〕—（北）〔乌夜啼〕—

---

① 见钟嗣成：《录鬼簿》（《中国古典戏曲论著集成》二），北京：中国戏剧出版社，1959年版，第120页。

② 见刘荫柏：《北曲在明代衰亡史略考》，《复旦学报（社科版）》1985年第2期。

③ 见隋树森编：《全元散曲》，北京：中华书局，1964年版，第34—35页。

（南）〔尾声〕①。

这些以北曲起头，南北曲交替排列的散曲创作模式，在元末明初之前已被普遍运用，并日臻成熟。由于北杂剧套曲与散曲有天然的亲缘关系，一折之内的曲子即组成一个套数，所以当散曲中的套数引进"北南合套"并成为一种"定格"之后，必然也会影响到杂剧的曲体变化。

北杂剧中采用"北南合套"，一般都认为自元末明初贾仲明的《吕洞宾桃柳升仙梦》杂剧始。该剧四折，第一折 10 支曲，依次为：（北）〔仙吕·点绛唇〕—（北）〔混江龙〕—（南）〔东瓯令〕—（北）〔哪吒令〕—（南）〔桂枝香〕—（北）〔鹊踏枝〕—（南）〔玉包肚〕—（北）〔寄生草〕—（南）〔乐安神〕—（北）〔赚煞；第二折 10 支曲，依次为：（北）〔中吕·粉蝶儿〕—〔醉春风〕—（南）〔好事近〕—（北）〔上小楼〕—（南）〔千秋岁〕—（北）〔上小楼〕—（南）〔越恁好〕—（北）〔快活三〕—（南）〔红绣鞋〕—（北）〔尾声〕；第三折 11 支曲，依次为：（北）〔越调·斗鹌鹑〕—（北）〔紫花儿序〕—（南）〔诉衷肠〕—（北）〔耍三台〕—（南）〔山马客〕—（北）〔调笑令〕—（南）〔忆多娇〕—（北）〔耍厮儿〕—（南）〔江神子〕—（北）〔圣药王〕—（北）〔尾声〕；第四折 10 支曲，依次为：〔北双调·新水令〕—（南）〔昼锦堂〕—（北）〔甜水令〕—（南）〔四块金〕—（北）〔川拨棹〕—（南）〔川拨棹〕—（北）〔七弟兄〕—（南）〔锦衣香〕—（北）〔喜江南〕。这种组合基本采取前面两支曲用北曲，然后相间使用南北曲。

元末明初杂剧曲体的变化不仅表现在"北南合套"的使用上，而且还表现在以下几个方面。

其一为北曲杂用南曲。曾永义对朱有燉的《吕洞宾花月神仙会》一

---

① 见隋树森编：《全元散曲》，北京：中华书局，1964 年版，第 294—295 页。

剧进行研究，发现它"有意地插入南曲套数，采用南北曲递唱的方式"①，这是北曲杂用南曲的一种表现。

其二为"后期的北曲杂剧中，也出现了不用尾声作结的现象"②。不用尾声作结的典型之作如元末明初无名氏杂剧《瘸李岳诗酒玩江亭》和《十探子大闹延安府》，前者第四折套曲的组合形式为：〔双调·新水令〕—〔川拨棹〕—〔七兄弟〕—〔梅花酒〕—〔喜江南〕；后者第四折的组合形式是：〔双调·新水令〕—〔沉醉东风〕—〔沽美酒〕—〔太平令〕。

其三表现在"同一折戏中，可以由两个宫调的曲调组合而成"③，代表作为杨景贤《西游记》，其第一本第二出《逼母弃儿》所用的曲调前面用〔中吕〕宫9支曲子，后接用〔般涉调〕三支曲子。

其四为"带过曲"的使用。"带过曲"一般用在散曲中，杂剧中少见，但朱有燉的《关云长义勇辞金》杂剧"楔子"中使用了〔后庭花带柳叶儿〕的"带过曲"形式。尽管这在元末明初以前杂剧中属于"偶尔一见"的极个别的例子，但"到南杂剧中，这种形式就非常普遍了"④。

## 二、演唱方式的变化

早期北杂剧的演唱方式基本遵循"一人主唱"的体例，到了元杂剧发展盛期，该体例就逐渐被打破，王实甫的《西厢记》就是一个范例。这与北曲杂剧吸收借鉴南戏众人皆可演唱的方式有关。尽管王实甫之作尚属个别，但已昭示"一人主唱"体例被打破的时代已经不远了。

到了元末明初，在杂剧演唱方式上打破此例的现象已经经常发生。

---

① 曾永义：《明代杂剧演进的情势》，《中国古代文学论文精选丛刊》，戏剧类（二），台北：幼狮文化事业公司，1990年版，第535页。

② 俞为民：《元代南北戏曲的交流与融合》（下），《山西师大学报（社科版）》2003年第2期。

③ 俞为民：《元代南北戏曲的交流与融合》（下），《山西师大学报（社科版）》2003年第2期。

④ 张正学：《从南戏——传奇、元杂剧到明清南杂剧——试论南杂剧对南北戏曲文化的继承和发展》，《重庆师院学报（哲社版）》2002年第4期。

比如朱凯的《刘玄德醉走黄鹤楼》第二折正末（扮禾俫）主唱〔正宫〕一套曲子（含〔端正好〕〔滚绣球〕〔叨叨令〕〔倘秀才〕〔货郎儿〕〔尾声〕六支），但正末唱这套曲子之前，有净角（扮姑儿）唱〔豆叶黄〕（〔豆叶黄〕为〔仙吕〕宫入〔双调·过曲〕）、〔禾词〕两曲，之后有旦角（禾旦）唱〔楚天遥〕一曲。即本折中有三支曲子不是正末所唱。

再如刘兑（东生）的《娇红记》，全剧分上、下卷，八折，应为"末"申纯一人主唱，但上卷"楔子"以金童玉女合唱〔仙吕·赏花时〕，其词为："只为俺一自蟠桃会上迷，两下把灵犀暗里通。则俺这玉女共金童是不合九心一动，却教俺二十年谪降在世途中。"除此外，下本第一折有末、旦合唱的曲子，下本第三折旦角也有唱曲。

《西游记》中人物众多，但各色人等以"轮唱"方式唱曲：第二本由尉迟恭、村姑、木叉行者、华光三人轮唱，第三本由金鼎国王、山神、刘太公、鬼母四人轮唱，第四本由裴女、二郎神轮唱，第五本由女人国王、给孤长者、成基、飞仙轮唱。

贾仲明的《吕洞宾桃柳升仙梦》杂剧，不仅"北南合套"，而且按角色分配曲子，正末（柳春）唱北曲，正旦（陶氏）唱南曲，一北一南，一雄浑一纤细，交替对唱，煞是好看，煞是好听，一直为后人所称道。

元末明初突破元人杂剧常规者当推朱有燉为第一。其《吕洞宾花月神仙会》第一、二、三折，皆由末扮吕洞宾唱北曲，旦扮张珍奴唱南曲，第四折全是北曲，但旦、末和八仙亦各有唱的，如此演唱形式，与南曲戏文并没有什么两样。其《牡丹品》《牡丹仙》《蟠桃会》《牡丹园》《得驹虞》《八仙庆寿》各剧，都有二人或二人以上的同唱及轮唱。曾永义先生曾对朱有燉杂剧作过研究，统计朱有燉有11种杂剧突破了元人规范，它们是《仙官庆会》《蟠桃会》《神仙会》《牡丹仙》《牡丹品》《灵芝庆寿》《赛娇容》《降狮子》《仗义疏财》《牡丹园》《曲江池》，在这些作品中，其唱法"独唱外，有双唱、众合唱、轮唱、接唱、接合唱"，他认为"南曲中所有的唱法都已包括在内"①。

## 三、结构体制的变化

元杂剧在剧本结构上基本采用"一本四折（一楔子）"的方法，这种结构的好处在于以一人一事为中心，不枝蔓，叙述速度加快，故事高度集中，情节进展迅速，能在较短的篇幅内，完成"起、承、转、合"这样的变化，等等。但是它的不足也是显而易见的，明人祁彪佳在论朱有燉杂剧《继母大贤》时说道："然元人多于风檐中作剧，固至第四折往往力弱；周藩至此，亦觉笔阵少减。"② 为什么到了第四折就"往往力弱"？当与"一本四折"较为短小的结构有关。对于这一点，明人吕天成在《曲品》"卷上"对杂剧、传奇的区分就说得很明白："杂剧折惟四……但摅一事颠末，其境促；传奇备述一人始终，其味长。"③此外，这种结构还会造成作品破绽多，有简单可笑的嫌疑，这一点，清人凌廷堪就清楚指出来了："元人关目，往往有极无理而可笑者，盖其体例如此，近之者乃以无隙可指为贵，于是弥缝愈工，去之愈远。"④

对元杂剧这种体例的突破早的可追溯到元杂剧发展盛期，王实甫的《西厢记》就由二十折五个楔子组成，分为五本。这种方式，突破了"一本四折"的限制。这种突破，是对北杂剧本身较为短小，不适于表现有一定长度、有较为复杂情节的缺点的突破，它借鉴了话本小说、诸宫调、

---

① 曾永义：《明代杂剧演进的情势》，《中国古代文学论文精选丛刊》，戏剧类（二），台北：幼狮文化事业公司，1990年版，第536页。

② （明）祁彪佳：《远山堂剧品》（《中国古典戏曲论著集成》六），北京：中国戏剧出版社，1959年版，第139页。

③ （明）吕天成：《曲品》（《中国古典戏曲论著集成》六），北京：中国戏剧出版社，1959年版，第209页。

④ （清）凌廷堪：《论曲绝句》自注，转引自谭帆、陆炜《中国古典戏剧理论史》，北京：中国社会科学出版社，1993年版，第168页。

南戏等艺术种类多为长篇的特点，以延长剧本长度的方式演绎那些有一定时间跨度、有丰富内容、人物较为众多的故事，而在延长整个剧本长度的同时，又保持每本内按传统的北杂剧"一本四折"结构来结撰。明人祁彪佳将这些杂剧作品归入"南词"类，他在《曲品·凡例》中解释其理由为："品中皆南词，而《西厢》《西游》《凌云》三北曲何以入品？盖以全记故也。"元末明初杂剧中这方面最具代表性的作品当为杨景贤的《西游记》、刘兑的《娇红记》和朱有燉的有关作品。

杨景贤的《西游记》杂剧凡六本，每本为四出，共二十四出。第一本为殷夫人主唱，主要内容为"之官逢盗""逼母弃儿""江流认亲""擒贼雪仇"，该本详细介绍了唐僧出世的经过；第二本内容复杂，演唱者不限一人，第五出"诏饯西行"（尉迟恭唱），第六出"村姑演说"（老张主唱），第七出"木叉售马"（木叉主唱），第八出"华光署保"（华光主唱）；第三本情节亦为复杂，出场人物较多，主唱者轮换出现，第九出"神佛降孙"（金鼎国王女主唱），第十出"收孙演咒"（山神主唱），第十一出"行者除妖"（刘太公主唱），第十二出"鬼母皈依"（鬼母主唱）……这种安排使《西游记》这种"连本大戏"，明显是对以往那种体制较为短小的"四折一楔子"杂剧的变革。

除杨景贤的《西游记》外，刘兑的《娇红记》分为上下两卷，每卷皆可作为"四折一楔子"看待，明宪王朱有燉的杂剧中，《牡丹园》《曲江池》两剧不合"一本四折"规范，均用五折。

## 四、其他方面的变化

元末明初杂剧在体例上的变化还表现在演奏方法上，演出时加入了歌舞的场面，等等。

（一）魏良辅的《南词引正》谈到了元曲演奏方法。该著述为曹含斋在明嘉靖二十六年（1547 年）所述记，其文云："北曲与南曲大相悬绝，无南腔南字者佳。要顿挫，有数等。五方言语不一，有中州调、冀州调、黄州调、有磨调、弦索调……唱北曲，宗中州调者佳。伎人将南曲配弦索，真为方底圆盖也。"①

对于元末明初杂剧演奏上的变化，台湾学者曾永义曾有专门研究，他认为：元末明初北曲用"弦索调"，"乃因北曲音乐变革所产生的腔调"，② 他在《有关元人杂剧搬演的四个问题》一文中考证出：北剧起初只用鼓笛板伴奏，用弦索当晚至元末明初。③

（二）一般来说，元人杂剧不用歌舞场面，但到了元末明初这种局面又被打破了。歌舞场面的出现当是元末明初杂剧的又一变化，有人认为"在元杂剧中，是找不到舞唱的"，舞唱"显示了南戏对杂剧的影响和渗透"。④ 应该是有一定道理的。这种变化在藩王作家朱权、朱有燉的杂剧作品中尤为明显。

朱权现存杂剧两种，皆有歌舞场面。《冲漠子独步大罗天》凡四折，最后一折写冲漠子渡弱水后，众仙团员庆贺。首先正末（冲漠子）唱〔双调·新水令〕等五支曲子；接下来嫦娥领仙女队子四人舞"羽衣舞"上；接下来群仙合唱"雅乐"〔沽美酒带太平令〕〔小凉州〕〔三换小凉州〕；接下来是毛女队子打渔鼓上；再接下来岳孔目、钟离汉、淮南子、葛洪、白玉蟾、陈抟、费长房、王真人、周颠、吕洞宾等 10 余位仙人分别唱冲漠子所作的〔蟾宫曲〕……整折戏有男有女、有歌有舞，热闹非凡。朱权的另一杂剧《卓文君私奔相如》的第四折也出现了四个花旦群舞并唱雅乐的场面。

---

① 见路工：《魏良辅和他的〈南词引证〉》之附录《南词引证》，《访书见闻录》，上海：上海古籍出版社，1985 年版，第 236—241 页。

② 曾永义：《也谈"北剧"的名称、渊源、形成、流播》，《中国文哲研究集刊》第十五期，台北：中央研究院中国文哲研究所，1999 年版，第 36 页。

③ 见曾永义：《有关元人杂剧搬演的四个问题》之"二　伴奏乐器、乐队组织及其所处位置"，《中外文学》1984 年 7 月第 13 卷第 2 期。

④ 见解玉峰：《明清时代杂剧观念的嬗变》，《山东师范大学学报（社科版）》1997 年第 5 期。

在杂剧中经常使用歌舞场面的杂剧大家为朱有燉，他深得元人杂剧创作之精髓，打破元人陈规最为着力、最见成效。其神仙庆会剧大多加入歌舞场面以烘托喜庆气氛。《河嵩神灵芝庆寿》一剧第一折，以净扮鼓腹讴歌的队子，当净念〔鼓腹讴〕〔快活年〕〔阿忽令〕等曲时，众人和着"快活""快活年"的词句，并边舞边唱；《东华仙三度十长生》一剧第二折，由南极寿星、西池金母率8人的仙人队子，加上山神、末（东华仙）及十长生（松、柏、竹等10位仙人），边舞边唱，其中唱的是十长生的来历。除此之外，朱有燉杂剧中的《牡丹仙》第二折、《牡丹园》第五折、《蟠桃会》第三折等，都出现了舞唱。

（三）此外，就朱有燉个人作品而言，"滑稽戏谑的风格""两楔子"等特殊之处，亦当为元末明初杂剧体制有所变化的表现。朱有燉《吕洞宾花月神仙会》杂剧，其中有一段《长寿仙献香添寿》院本，最能体现其"滑稽戏谑的风格"，因为它"体现在对包括宋金杂剧院本的模仿和学习"①上，开启了此后李开先的《打哑禅》、王九思的《中山狼》、徐渭的《中山狼》、徐复祚的《一文钱》等一代明人杂剧之先声；朱有燉的《烟花梦》"一剧中境界凡十余转，境本平常，词则珠圆玉润，咀之而味愈长。内多用异调，且有两楔子，皆元人所无也"②。

……

总而言之，元末明初杂剧在体制上对元人杂剧多有突破，这种突破反映了杂剧转折时期一批有勇气的探索家可贵的革新精神，也是他们艰难追求的丰硕成果，这种突破带来了此期杂剧的一时繁荣，表明了元末明初杂剧并不是完全衰落，而是以另外的方式继续发展。

---

① 见戚世隽:《明代杂剧体制探论》,《戏剧艺术》(《上海戏剧学院学报》)2003 年第 4 期。
② 见（明）祁彪佳:《远山堂剧品》(《中国古典戏曲论著集成》(六)),北京:中国戏剧出版社,1959 年,第 140 页。

## 第二节 由俗而雅的倾向

元杂剧从本质上来说是一种"俗"文学。"何为'俗文学'？'俗文学'就是通俗的文学，就是民间的文学，也就是大众的文学。换句话说，所谓俗文学就是不登大雅之堂，不是学士大夫所重视，而流行于民间，成为大众所嗜好，所喜悦的东西。"① 元杂剧正是这样一种"民间的""大众的"俗文学。

元杂剧的直接源头是宋、金杂剧。宋杂剧继承了唐代"参军戏"的传统，并且融合其他表演、歌唱（如宋滑稽戏、宋乐、大曲等）技巧，后来在向南方流播过程中发展成南戏；而金杂剧（金院本）是北宋灭亡后出现于北方的戏曲样式，演出角色同宋杂剧相似，均为五人，演出内容为或滑稽，或严肃的故事，但它的演唱吸收了北方（包括冀州、燕京）地区和少数民族（如女真族）的民间曲调，如〔六国朝〕〔风流体〕〔阿那忽〕〔也不罗〕〔倘兀歹〕〔忽都白〕以及〔黑漆弩〕〔穆护沙〕〔六么序〕〔木兰花〕〔阿忽令〕〔者刺古〕等，这些俗曲名目繁多，极大地丰富、充实了杂剧北曲的音乐成分。就演出地点和欣赏者来说，无论是宋杂剧，还是金院本，在它们的发展过程中都离不开教坊瓦肆、勾栏行院这些民间娱乐场所，离不开进出这些场所的百姓消费者，更离不开那些处于生活底层的艺人，可以说从源头看，杂剧一开始就秉承了"俗"的特质。

当杂剧发展到了元代，它的本质还是没有发生变化，此期的杂剧在一定程度上是与青楼歌妓、书会才人相伴而生的，也离不开乡间城镇的那些农夫市民和商贩走卒。其创作者大多为怀才不遇，有一腔怨言要发

---

① 郑振铎：《中国俗文学史》，上海：上海书店，1984 年版，第 1 页。

的中下层文会才人；其欣赏者多是文化程度有限，但以观看杂剧为精神食粮的城乡百姓；其表演者多为沦落风尘、行走江湖的"路歧人"。可以这样说，从创作到表演再到观众，皆与"俗"密切相连。

但是，杂剧发展到了元末明初阶段，这种"俗"性渐渐发生了变化，代之而起的是"雅"化趋势的增强。关于元代后期以后杂剧"雅化"的表现，已经有学者进行过分析。这里侧重从创作主体和欣赏、表演者的角度分析一下"雅化"的原因。

## 一、杂剧创作主体的变化

我们说，杂剧发展到元末明初阶段，分化成有名氏作家创作和无名氏作家创作两大类，但是影响杂剧发展进程的主要还是有名氏作家创作。这个时期的有名氏作家创作队伍再也不是以前那些"门第卑微，职位不振"的不得志的下层文人，而是一些身份地位较高的文人骚客，其中包括"国朝十六人"中的杂剧家和皇族杂剧家等，他们在元末明初杂剧创作中取得了卓越的成就。他们的参与，使杂剧在创作主体上发生了巨大的变化，标志着杂剧的"雅化"达到了相当的程度。

### （一）"国朝十六人"杂剧家与"燕邸杂剧家"

1. "国朝十六人"的提法首见于朱权《太和正音谱》卷上"古今群英乐府格式"，本指包括杂剧和散曲作家在内的"乐府"作家。吴梅先生在《中国戏曲概论》"明人杂剧"中称之为"明初十六家"[①]，后来中国台湾曾永义先生在《明杂剧概论》中又以"明初十六子"名之。"国朝十六人"的得名始末今已不可考，但我们可以这样说，"国朝十六人"是明初人对当时 16 位较著名的"乐府"作家的统称。尽管现在我们已无法确定这 16 人是否皆有早期北方生活经历，但由于《太和正

---

① 见王卫民主编：《吴梅戏曲论文集》之《中国戏曲概论》"卷中 明人杂剧"，北京：中国戏剧出版社，1983 年版，第 145 页。

音谱》创作于北方的宁王府，在永乐之前就已写成，而这些作家当时不过为中青年，所以可以肯定早在中青年时期，他们"乐府"创作的声名就传播到北方。

"国朝十六人"中有一些人是杂剧作家，但还有少数几个人没有杂剧创作的记载，仅有散曲创作的记载，因此不能被确认是杂剧家。但是在过去很长的一段时间里，"国朝十六人"成为杂剧史上元末明初这段时间里特定杂剧创作集合体的代名词，这实在是一个错误。

经过对相关著述的考察，我们认为："国朝十六人"中9位有杂剧作品，可确定为杂剧家，他们是王子一、刘东生、谷子敬、李唐宾、贾仲明、杨景贤、杨文奎、汤舜民、唐复，另有兰楚芳、陈克明、杨彦华、王文昌、穆仲义、苏复、夏均政等7人未见杂剧流传。根据考证，9位杂剧家生活年代基本与《录鬼簿续编》作者同时，但杨文奎和刘兑（刘东生）较前7人晚一辈，大约与朱权、朱有燉相仿（见本论文第一章"作家分期研究"有关部分）。这些杂剧家的杂剧创作在"国朝十六人"时期前后，杂剧创作有所变化

应该说，"国朝十六人"不仅可以作为一群"乐府"作家的名称，还可以将之看成某一特定时期的界线。从现存史料出发，我们可将1398年前作为这批作家的主要活动时间，其依据是他们的得名是在朱权的《太和正音谱》成书之前，该书成书时间是1398年，以后的著述除转述《太和正音谱》内容，不见有更多有关的新资料。所以，我们可以将"国朝十六人"时期定位于明朝立国后到洪武三十一年（1398年）之间，这段时间是他们活动并得名的时期。

就杂剧来说，"国朝十六人"时期以后，许多杂剧家又创作了新的杂剧，让我们比较一下《太和正音谱》和《录鬼簿续编》就能很清楚地看出：

《太和正音谱》的"群英所编杂剧"中列出"国朝三十三本"，共载

8 位作者杂剧作品 30 种，其中除"丹丘先生"朱权自己 1 人外，其他 7 人皆为"国朝十六人"成员，他们的杂剧创作总数仅为 18 种。

但是，这 7 人中有 5 人被载于成书迟 20 多年的《录鬼簿续编》，他们的杂剧作品在该书中大大增加了。

《录鬼簿续编》中记载了"国朝十六人"中的 5 位杂剧家，他们是贾仲明、汤舜民、杨景贤、谷子敬、刘东生。《录鬼簿续编》与《太和正音谱》对比情况结果是：《录鬼簿续编》所记载的 5 人中除刘东生 1 人仅少一种、汤舜民无变化外，其余 3 人皆大大多于《太和正音谱》。其中杨景贤多出《天台梦》《玩江楼》《偎时救驾》等 16 种，贾仲明多出《双坐化》《裴度还带》《玉梳记》等 14 种，谷子敬多出《借尸还魂》《一门忠孝》2 种，总数多出 31 种。这些多出作品，完全可以被看成相关作家的新增作品，这说明了"国朝十六人"杂剧家的杂剧创作在此后又有所发展。"国朝十六人"中最为著名者当推贾仲明、杨景贤、汤舜民三位"燕邸杂剧家"。

2. "燕邸杂剧家"是本论文的一种新提法，这种提法涉及明成祖朱棣及其宠信的几位杂剧家。朱棣除了是一位雄才大略的帝王，也是一位文艺爱好者。夺取其侄明惠帝建文皇帝朱允炆的帝位前，他被封于燕地（即今北京一带），在他的府邸，就聚集着一批文士，其中不乏杂剧创作名家，无名氏《录鬼簿续编》就记载贾仲明、杨景贤、汤舜民三位杂剧家受燕王宠幸，直到朱棣继位后的永乐年间，他们还依然"遇宠"，为"恩赉常及"①。由于这批作家在起源之初，皆从属于一个主人——燕王，且有显著的群聚性特征，所以我们不妨将之称为"燕邸杂剧家"。

"燕邸杂剧家"有多少成员，因无确切资料记载，我们不得而知，但贾仲明、杨景贤、汤舜民完全可以作为"燕邸杂剧家"的代表。贾、杨、

---

① 见《录鬼簿续编》（《中国古典戏曲论著集成》二），北京：中国戏剧出版社，1959 年版，第 283、284、292 页。

汤三位皆有多方面的才华，如贾仲明极擅"应制之作"，杨景贤"善琵琶，好戏谑"，汤舜民"好滑稽"等，他们"遇宠"的原因也许是多方面的，但他们高超的杂剧创作本领可能是其重要因素。因为整个《录鬼簿续编》记载有名姓作家（包括杂剧和散曲）共 71 人，其中 49 位散曲家未载有杂剧作品，他们中许多人不乏多方面的才能，但均未被提及受燕王宠爱一事，而作为杂剧家的贾、杨、汤三位却被提及，或许与他们擅杂剧有关。贾仲明、杨景贤、汤舜民三人是"燕邸杂剧家"，他们又都属于"国朝十六人"。

3. "国朝十六人"杂剧家的杂剧创作。"国朝十六人"中有 9 位杂剧作家，今知他们创作有 54 种杂剧。从这些杂剧来看，题材相对比较狭窄，不外乎爱情及悲欢离合（主要在夫妻、情人之间）、神仙道化（含佛教、鬼魂）、忠孝节义诸类，神仙道化、忠孝节义等在上一章有所涉及，此处不作赘述，只对其中的爱情及悲欢离合剧作一探讨。

古往今来，爱情、婚姻、家庭在文学创作中是经常表现的主题，元末明初的杂剧亦是如此。就"国朝十六人"中的杂剧创作来说，似乎他们更偏爱编排这些故事——9 位杂剧家中很少有人不写有关作品。就目前资料所知，专写此类主题的杂剧作家竟达 5 人之多：汤舜民、李唐宾、杨文奎、刘兑、杨景贤即为之，其他人间或涉及之。

汤舜民、刘兑二人皆有《娇红记》，前者注为"次本"，后者全名《金童玉女娇红记》，皆根据北宋宣和年间申纯、王娇娘爱情悲剧而创作之。汤另有《瑞仙亭》杂剧，演卓文君私奔司马相如故事，刘兑的另一剧《月下老世间配耕》显然亦是一出爱情婚姻戏，惜今皆未传。

李唐宾今知有杂剧《李云英风送梧桐叶》和《梨花梦》二种，前者今有同名存本，原据五代时蜀国无名氏所作的《玉溪编事》所载侯继图事改编①，写唐代任继图与妻子李云英离合故事。唐以初之《陈子春四女

---

① 该事又见录于:《太平广记》卷 160,题名《侯继图》。

争夫》杂剧尽管佚失，当也不出此类。

杨文奎杂剧今知有四种，皆不见存，从题材看，皆与婚恋及离合有关。他的《封陟遇上元》杂剧即取材于唐人传奇中人神相恋故事。封陟遇上元夫人事载《太平广记》卷第六十八"女仙十三"，文后注云"出《传奇》"（后人皆托名唐人杜光庭撰），后来元杂剧家庾天锡据此作《封陟先生骂上元》杂剧。唐传奇和庾天锡的杂剧对封陟力拒上元夫人的示爱行为都持肯定态度。杨文奎的另一本杂剧《王魁不负心》，取材于宋代笔记小说，但似乎有为古人"翻案"的意图：王魁负桂英故事见于宋刘斧《摭遗》（《类说》卷三四引）、张邦基《侍儿小名录拾遗》和罗烨《醉翁谈录》，或云该故事据北宋嘉祐六年状元王俊民休妻事迹演化而成。

在元杂剧盛期，尚仲贤以此为蓝本作过《海神庙王魁负桂英》。杨文奎之前的笔记所载或杂剧所演对王魁都是取谴责的态度。杨文奎之作显然一反前人的立意，要表现王魁的"不负心"，以取一个"大团圆"结局。

"国朝十六人"中写爱情及悲欢离合剧最多者，当推杨景贤和贾仲明两位。杨景贤写的此类作品有《楚襄王梦会巫娥女》《月夜海棠亭》《月夜西湖怨》《陶秀英鸳鸯宴》《两团圆》《生死夫妻》等。其中《两团圆》注明为"次本"，似与杨文奎所作《两团圆》题材相同；《生死夫妻》元南戏亦有同名作，一名《蒋兰英》，朱有燉《烟花梦》"小引"记："尝闻蒋兰英者，京都乐籍中伎女也。志行贞烈，捐躯于感激谈笑之顷。钱塘杨讷为作传奇而深许之。"由此可知，这当是一出时事剧，将当代的爱情悲剧搬上了舞台。

将当代爱情演绎成杂剧在元末明初似乎是一种风尚，除杨景贤外，同时代的贾仲明、朱有燉等皆有相关剧作。贾仲明的《李素兰风月玉壶春》即将当时的另一位杂剧家李唐宾与妓女李素兰爱情故事编成杂剧，进行演出；皇族杂剧家朱有燉的《香囊怨》写的是乐籍女子刘盼春立志守节，表现了对爱情的忠贞。

贾仲明的爱情及离合剧今存为最多，其中《荆楚臣重对玉梳记》又名《对玉梳》，演妓女顾玉香与秀才荆楚臣恋爱受阻，后得团圆故事；《山神庙裴度还带》述裴度邂逅韩琼英，后结为夫妻事；《萧淑兰情寄菩萨蛮》，写少女萧淑兰主动追求婚姻自主的故事，在本剧中，作者既称颂女主角越礼的追求，又肯定男主人公张世杰循礼合乎规范的行为，表现了两种观念的冲突。贾仲明的这些作品堪称此期同类杂剧中的代表之作。

### （二）藩王作家

正如前面有关章节所谈到的，杂剧从本质上来说是一种"俗"文学。然而，在元末明初杂剧史上，这种"俗"文学产品已不再仅限于平常百姓活动范围，而是走上了富丽堂皇的红氍毹。杂剧的创作者已从中下层文人过渡到中上层文人，"国朝十六人"中类似于"燕邸杂剧家"那样的御用文人类杂剧家，就是这批新兴的杂剧创作力量，而"藩王"杂剧家的参与，更彻底地改变了旧有的格局，使杂剧在品位上一下上升到"雅"文化的行列中。朱权、朱有燉这二位大杂剧家（简称"二朱"），以王室成员之尊贵参与杂剧创作，这在以前简直是不可思议的，杂剧史确实应该为之特书几笔。

朱权是一位有理论、有作品的杂剧大家，他少年英俊，成名极早，20 出头就成为当时杂剧剧坛的领袖人物。他将杂剧提升到"太平之乐事"①"乐我皇明之治"②的高度，不仅撰写了戏曲集大成著作《太和正音谱》，而且亲自实践其创作理论，还自创 12 种杂剧。朱有燉尽管没有形成系统的杂剧观念和理论，但他一生致力于杂剧创作，是现存有杂剧

---

① （明）朱权：《太和正音谱》（《中国古典戏曲论著集成》三），北京：中国戏剧出版社，1959 年版，第 43 页。

② （明）朱权：《太和正音谱》（《中国古典戏曲论著集成》三），北京：中国戏剧出版社，1959 年版，第 11 页。

最多的作家，曾永义先生将他的杂剧分为六类①：仙佛剧、妓女剧、英雄剧、牡丹剧、节义剧、文人剧等。

以我们今天的眼光来看"二朱"的杂剧，发现其中大多歌功颂德，粉饰太平，强调"厚人伦、美教化"的社会功能，但如果我们能体察当时那些"藩王"的处境，就能理解他们之所以如此的不得已的苦衷（前面有关章节已作介绍，此处不作赘述）。尽管如此，我们还是能从他们的作品中，发掘那些曲折地反映了当时的社会现实、包含真实情感、对人生有积极意义的东西。比如：他们热衷于大量创作"神仙道化剧"现象（朱权有《冲漠子独步大罗天》，朱有燉有"仙佛剧"15 种，占其现存杂剧的一半），本身就让人觉察其中隐含着避害远祸的意味；他们都喜欢创作一些爱情杂剧，并且写得非常成功，如朱权的《私奔相如》、朱有燉的《香囊怨》。这些作品充满真情实感，让人们能从中深刻领悟美好的情感。

就两人在杂剧创作上的成就相比较，朱有燉更胜一筹，他的作品数量多（今知有 31 种），质量高，堪称明初杂剧第一人。他的许多作品在明初就广为流传，今天读来依然感人至深：《香囊怨》，在表现忠贞不渝的故事时，不乏摄人心魄的力量；《继母大贤》和《复落娼》两剧形成鲜明的对比，前者赞美清河县一位贤德的母亲，表现美好的道德和情操；后者痛斥轻佻无耻、再入娼籍的刘金儿，鞭笞丑恶行径。此外，《义勇辞金》力倡关云长之"忠义"，《仗义疏财》表彰黑旋风李逵扶危救困……

总而言之，藩王杂剧作家和"文学侍从"的出现表明：元末明初，杂剧作为一种中下层文人所热衷的戏曲形式，已从社会的底层走向社会上层。过去那些"职位不振，沉抑下僚"的"铜豌豆"似的"杂剧班头"所从事的事业，已被王公贵戚继承下来。他们的一大批作品在探索北杂剧的新形式方面，实开风气之先。这些作家，表现了力倡中兴杂剧的愿望，其敢为人先、勇于改革的精神和深厚学识带来了当时杂剧的一

---

① 见曾永义：《明杂剧概论》，台北：学海出版社，1989 年版，第 162 页。

时繁荣，但另一方面，这些杂剧作品很大程度上为上层统治者服务，很多走上了宣传教化之路，在所表现的内容上更显媚俗化，杂剧开始雅化，讲究声律音韵，注重排场结构，终于失去了那种带着自然天成的"蒜酪味"，成为案头之作和少数王公贵族、士大夫们所欣赏的戏曲。当杂剧"雅化"到了一定程度，杂剧便脱离了民众，脱离了它所赖以生存的自然条件，明清时的另外的发展之路（如南杂剧的流行）当是必然结果。

### 二、杂剧的欣赏者和表演者的变化

元末明初之前，杂剧的欣赏者多是文化程度有限，以观看杂剧为精神食粮的城乡百姓；其表演者多为沦落风尘、行走江湖的艺人。元初散曲家杜仁杰的（般涉调·耍孩儿）《庄稼不识勾栏》，写一个庄稼汉初次去城里的勾栏看杂剧，他看"见一个人手撑着椽做的门，高声地叫'请请'"，勾栏里的观众"层层叠叠团圞坐"，"闹穰穰人多"，整个剧场几乎成了"人旋窝"；元末明初无名氏所作《汉钟离度脱蓝采和》中表现了蓝采和一家的行艺生涯，作为家族式戏班，他们不仅在大城市洛阳城的"梁园棚勾栏"中演出（第一折），也"在那公科地，持着些枪刀剑戟，锣板和鼓笛"（第四折〔庆东园〕），进行流动的"路歧"演出，而观众的成分亦相当复杂，连女看客和道士都有；脉望馆抄内府本《刘千病打独角牛》杂剧第一折中白道"路歧路歧两悠悠，不到天涯未肯休；有人学得轻巧艺，敢走南州共北州"……这些散曲和杂剧都应该是对元末明初之前的杂剧演出活动的再现，它们表明，元末明初之前的杂剧，从表演者再到观众，都与"俗"存在着不解之缘。

但是，到了元末明初阶段，杂剧的观众和演出都发生了不同程度的变化，明显越来越显现出"雅"化倾向。这从当时的当政者对民间与贵族不均衡的戏曲政策可略见一斑。

元末对民间的禁戏日益苛刻，明初更达严酷程度。据明代长谷真逸

267

《农田余话》卷上载元末："后至元丙子（1336 年），丞相伯颜当国，禁江南农家用铁木叉……又禁戏文、杂剧、评话等"①；《明太祖实录》卷七十九载：洪武六年（1373 年）二月"壬午（初十，三月四日），诏礼部申禁教坊司及天下乐人：毋得以古先圣帝明王忠臣义士为优戏，违者罪之。先是，胡元之俗往往以先圣贤衣冠为伶人笑侮之饰，以侑燕乐，甚为渎慢，故命禁之"②；洪武二十二年（1389 年），京师奉圣旨出榜严禁军官军人学唱，《客座赘语》卷十"国初榜文"条载"'在京但有军官军人学唱的割了舌头'……府军卫千户虞让男虞端故违吹箫唱曲，将上唇连鼻尖割了……永乐九年七月初一日该刑科署都给事中曹润等奏：乞敕下法司，今后人民倡优装扮杂剧，除依律神仙道扮，义夫节妇，孝子顺孙，劝人为善，及欢乐太平者不禁外，但有亵渎帝王圣贤之词曲、驾头、杂剧，非律该载者，敢有收藏传诵、印卖，一时拿送法司究治。奉旨：'但这等词曲，限他五日，都要干净将赴官烧毁了，敢有收藏的，全家杀了。'"③清代李光地的《榕村语录》卷二十二"历代"条记载："元时，人多恒舞酣歌，不事生产。明太祖于中街立高楼，令卒侦望其上，闻有弦歌饮博者，即缚至，倒悬楼上，饮水三日而死。"④……这些记载揭示出元末明初统治当局加强了对民间俗文化的管理，杂剧作为"俗"文化的典型，当然列名其中。

与此相反，王公贵族却能获得精神享受的特权。如燕王朱棣就在府中养了一批文士，其中不乏像贾仲明、杨景贤那样的"燕邸杂剧家"；又如李开先在《张小山小令后序》中载："洪武初年，亲王之国，必以词曲

---

① （明）长谷真逸：《农田余话》（《笔记小说大观》四编第六册），台北：台湾新兴书局有限公司，1978 年版，第 3643 页。

② （明）史馆臣合撰：《明实录·明太宗实录》，台北：台湾中央研究院历史语言研究所影印本，1962 年版，第 1440 页。

③ （明）顾起元撰，谭棣华、陈稼禾点校：《客座赘语》（《元明史料笔记》），北京：中华书局，1987 年版，第 346—348 页。

④ （清）李光地著，陈祖武点校：《榕村语录》，北京：中华书局，1995 年版，第 402 页。

一千七百本赐之"，李开先距明初不远，所言当有所据；还如朱元璋自己亦喜爱杂剧，当他读到高明的《琵琶记》时，一面赞扬它的教化作用如"山珍海错"，要"贵富家不可无"，一面又"患其不可入弦索"，为它不是杂剧而惋惜，说它是"以宫锦而制鞋也！"……这样，本来为广大百姓所喜好的杂剧到了元末明初越来越成为少数人欣赏的艺术，"大众"被排除出杂剧观赏者的队伍，有演出技艺的人也越来越集中到宫廷和官府，成为达官贵人的附庸。

元末明初杂剧的由俗变雅，还体现在越来越降低了对"俗乐"重视程度上，这一点，可以通过明初教坊地位较元代下降看得出来。为了更好地论述这个问题，有必要对唐代至明代的教坊的相关情况作简要描述。

教坊始设于唐代，它是管理宫廷俗乐的机构，职掌雅乐之外的音乐、舞蹈、百戏的教习、排演，其地位的变化反映出各个朝代对通俗娱乐形式"俗乐"的重视程度。唐玄宗设置教坊的目的"不仅仅为了安置藩邸乐人，还用于安置有功的宦官"[1]。除此之外，教坊的设立还表明唐代开始重视"太乐"之外"俳优杂技"之类的俗乐。《新唐书·百官志》载："武德后，置内教坊于禁中。武后如意元年，改曰云韶府，以中官为使。开元二年，又置内教坊于蓬莱宫侧，有音声博士、第一曹博士、第二曹博士。京都置左右教坊，掌俳优杂技。自是不隶太常，以中官为教坊使。"[2]又，《教坊记》载：玄宗"乃置教坊，分为左右而隶焉，左骁卫将军范安及为之使"[3]。左右两教坊的增设、脱离了太常寺的掌管、以中官和左骁卫将军范安及等为使等史实，都说明初盛唐时期教坊地位之重、品秩之高。到了"晚唐时期，教坊歌伎已经逐渐走向民间，融入社会"。

　　①　柏红秀、王定勇：《关于唐代教坊的三个问题》，《盐城师范学院学报（人文社科版）》2005年第1期。

　　②　（宋）欧阳修、宋祁撰：《新唐书》（第四册），北京：中华书局，1975年版，第1244页。

　　③　（唐）崔令钦：《教坊记·序》（《中国文学参考资料小丛书》第一辑），上海：古典文学出版社，1957年版，第2—3页。

到了宋代，教坊地位有所降低；元代教坊司品秩最高，据《元史·百官志》记载，一般为正四品至正五品之间，大德八年曾升至正三品；至明代，其地位降低到最低点，仅为正九品。由此我们可以看出，杂剧在元末明初的雅化是有它的现实基础，即随统治者的喜好的变化而变化。

《旧唐书·乐志》则载内教坊为："武德已来，置于禁中，以按习雅乐，以中官人充使。则天改为云韶府，神龙复为教坊。"

由于杂剧在元末明初从创作者到表演者，再到观赏者都发生了趋向"上层化"的情势，所以其作品内容不可避免地发生了变化，具体表现在内容和形式上（这些在本章之前皆有不同程度的涉及，此处省略不述），这样，"由俗而雅"的倾向就明显地表现出来了。

## 第三节　多元化的艺术走向

我们说元末明初的杂剧总体发展趋势是"由俗而雅"，但不能排除此期杂剧的多元化艺术走向。地域上的南北之分、无名氏的创作、文人作家的创作各有其艺术指向。

### 一、地域上的南北之分

元末明初杂剧明显存在地域上的区分，这种区分应该说从元杂剧中心南移就已经逐渐开始形成了，到元末明初阶段表现得尤为明显。从作家在地域分布上存在南北之分，可以看出这一点。

北方从金元以来一直是杂剧流行的地区，至元末明初杂剧依然盛行。吴仁卿、秦简夫、罗贯中等不少作家是北方人，明初在驻守北地的明藩王府中，亦重杂剧这种戏曲艺术，最为著名的就是宁、燕两大王府。宁王府主人朱权既创作杂剧，也总结杂剧创作经验。20 岁出头就创作了 12 种杂剧，写下了乐府（主要是杂剧）集大成之作《太和正音谱》，最为难能可贵的是他将杂剧作为自己的追求目标，俨然以剧坛领袖而自居。而在燕王府中，尽管今天我们未见有朱棣自己杂剧创作的记载，但他的府中，经常出入的是贾仲明、杨景贤、汤舜民那样的杂剧创作好手。在宁、燕二府中，杂剧活动应该是颇为频繁的，这确实给荒凉的北方大漠带来了蓬勃的文化生机。

南方的杂剧在元末明初进入了发展繁盛期，南方涌现出一大批杂剧家，许多北方杂剧作家已经生活于南方或有南方的生活经历，他们的杂剧活动与北方的杂剧活动遥相呼应。《录鬼簿续编》所载的杂剧和散曲作家材料，为我们了解南方杂剧家活动提供了依据。

《录鬼簿续编》收杂剧和散曲作家 71 人（杂剧作家为 22 人），他们都是元末明初人。其中 12 人除其字（两人有名、号）外别无其他信息，而另外 58 人能够考证其籍里、迁徙踪迹。笔者就本书进行过考证，发现该书记载的杂剧、散曲作家按籍贯的自然地理范围，可分为三大区域人群：A. 长江流域及其以南人。他们包括谷子敬、孙行简、陈伯将、倪瓒、陶国瑛、宣庸甫、唐以初、张伯刚、夏伯和、花士良、魏士贤、王彦中、徐景祥、丁仲明、沈士廉、李士英、须子寿、金文质、汤舜民、李唐宾、陆进之、刘东生、詹时雨、镏廷信、全子仁、汪元亨、周德清、俞行之、陈大用、金尧臣、王文新等，共 31 人，他们的籍贯为苏、浙、皖（淮东）、赣、鄂、闽籍，基本属于长江流域及其以南人。B. 黄、淮之间人。包括盛从周、刘元臣、龚敬臣、龚国器、赵元臣、杨彦华、钟嗣成、贾仲明、徐孟曾、贾伯坚、罗贯中、张鸣善等，共 12 人，籍贯为豫、皖（淮南）、晋、鲁，这些人基本属黄、淮之间人。C. 北方人。包括高茂卿、刘君锡、刘士昌、邾仲谊、邾启文、丁野夫、兰楚芳、赛景初、沐仲易、虎伯恭、王景榆、月景辉、杨景贤、金元素、金文石共 15 人，原籍幽、燕、陇、西域、康里（钦察汗国，今属哈萨克斯坦）等地，其中有不少人为当时的蒙古、女真、回回（也里可温）、康里色目等北方民族人，他们基本属于长城以北的北方人。

在这三大区域的人群中，被记载得最多、最为详细的是 A、C 两类，其原因可能主要在于 A、C 两类人群经常活动于本书作者目光所及或耳力能闻的范围内。本书作者无名氏是南方人，A 类人群本身为南方人，自然能有更多的机会为本书作者所知晓；C 类人群尽管是北方人，但他们绝大部分有过长江流域及其以南的迁徙史，尤其以苏、浙一带为主，有些与作者还有交往，所以也成了作者记载的对象。这些人应是一些南下的散曲和杂剧作家，他们中著名的有：陇人邾仲谊做过浙江省考试官，后来"侨居吴山之下"；西域人丁野夫"羡钱塘山水之胜，因而家焉"；西域人兰楚芳为"江西元帅"，"之武昌"；西域人赛景初"授常熟判官"，"老于钱塘西湖之滨"；作为故元蒙古氏的杨景贤，"永乐初，与舜民一般遇宠。后卒于金陵"；西域人虎伯恭影响之大，"当时钱塘风流人物，咸以君之昆仲为首"……如此种种，不胜枚举。其中邾仲谊、丁野夫、杨景贤等即为杂剧作家。

## 二、民间杂剧演出和无名氏的创作

元末明初对民间演艺活动进行压制，杂剧趋于"雅化"，这是此期杂剧发展的主要趋势。但是，我们不能排除杂剧在民间依然存在活动的事实。

杂剧是深深为当时大众所喜爱的"俗"艺术，它与民间文娱活动密切相连。在宋元时期，乡村的民间的民俗活动很多，如迎神赛会、春祈秋报、祭祖酬节等，在这些民俗活动中，掺杂有多种多样的表演，杂剧即为其中最为普遍的戏曲种类。元末明初依然不减其火热程度。元朝末年和明初朱元璋都发布过在民间禁演杂剧的法令，这是文化专制的明证，但从另一个角度看也是杂剧在民间盛行的标志。这段时间，杂剧活动依然存在于城市乡村。

在市镇，勾栏演出依然热闹。《辍耕录》卷二十四记载了一条"勾栏压"资料，言及至正二十二年（1362年）夏松江府发生的勾栏倒塌事件，"死者凡四十二人，内有一僧人，二道士"，当时的演出做场者是"歌儿天生秀一家"[①]，而"天生秀"又是"善绿林杂剧"的"天锡秀"之女[②]。这条资料中的巨大伤亡告诉我们，当时杂剧演出时，观众非常多，且观众成分也很复杂，几乎三教九流的人都有，连和尚道士都喜好此道。

一些现今尚能考证的戏曲文物也能说明这个问题。据研究：从至正元年（1341年）到至正二十八年（1368年），山西南部现存戏曲遗迹有8处以上，它们包括新绛县葫芦庙戏台、洪洞县景村牛王庙戏台、临汾市东羊村东岳庙戏台、石楼县殿山寺圣母庙戏台、万荣县西景村东岳庙"舞厅"、沁水县城玉帝庙"舞楼"、襄汾县北膏腴村□□庙"舞楼"、翼城县曹公村四圣宫戏台等[③]。应该指出的是，山西的这些戏台、舞厅、舞楼建于元明交替之际，作用正是为演出之用，而当时北方主要的戏曲演出种类就是杂剧。

元末明初的无名氏作品不仅数量惊人，而且内容丰富，在表现现实生活的方面，远远超过有名氏的作品。相对来说，此期无名氏作品在内容上更多地体现出平民化倾向，反映了下层人的关注点，从"伦理道德剧"所涉及的题材有异于有名氏作品就可看出这种差别。

有名氏和无名氏作家的"伦理道德剧"，主体内容大致相同，多涉及仁、孝、节、义、信等儒家所倡导的伦理道德范畴，但还是有一些区别。其中最大的区别在于有名氏的作品有一些作品关涉"忠"和"礼"，比

---

① （元）陶宗仪撰：《辍耕录》（第三册）（见王云五主编《丛书集成》初编第0220册），上海：商务印书馆，民国二十五年（1936年）据津逮秘书本排印，第345—346页。

② 见《青楼集》"天锡秀"条，《中国古典戏曲论著集成》二，北京：中国戏剧出版社，1959年版，第26页。

③ 见廖奔：《宋元戏曲文物与民俗》，北京：文化艺术出版社，1989年版，第132—133页。

如罗贯中的《忠正孝子连环谏》，谷子敬的《卞将军一门忠孝》，钟嗣成的《冯骥烧券》《孝谏郑庄公》，秦简夫的《陶贤母剪发待宾》，朱有燉的《关云长义勇辞金》等，而无名氏作品较少涉及此类题材。

为什么会出现这样的差别，笔者认为最主要原因在于有名氏作品代表了一种地位较高的士大夫的文化情结，而无名氏作品则反映的是地位较低的普通平民百姓的感情和意识，作为地位较低的下层人，他们是很难或很少体味地位较高的人的内在情愫的，或许与他们的利益和关注点根本不同于上层人有关。

中国的士人，向来秉承"修身、齐家、治国、平天下"这样的人生信条，他们尽管以"穷则独善其身，达则兼济天下"作为进退的理由，但其骨子里还是希冀着终有一天会"金榜题名"，他们"头悬梁，锥刺股"的人生终极目标就是"学会文武艺，货与帝王家"。但是在封建时代，他们的进取是与效忠某个人或某个团体紧密地联系在一起的，所以他们"君君臣臣"观念远远强于一般平民，他们的合"礼"意识远远浓于寻常百姓。这与他们的利益关系有密切关联，所以"忠"和"礼"，则成了上层士大夫生命中最难以割舍的情怀。

然而，对于只能关注眼前、只能奋争于生活苦难、只能将道德准则局限于家庭、亲戚、乡邻等小范围的社会底层人来说，上层士大夫的情怀与他们的情怀是"隔"了许多距离的，在这方面，他们很难达到"共鸣"的。无名氏杂剧很少反映"忠"和"礼"，正说明了这些作品代表了与下层人切身利益有关的声音，也说明了有名氏杂剧和无名氏杂剧在选取题材上，是有一定差异的。

无名氏作品一般来说，并没有更多地突破元人杂剧的风格，艺术形式上大部分也比较粗糙，但也有许多作品文质兼美，如《玉清庵错送鸳鸯被》《萨真人夜断碧桃花》《王鼎臣风雪渔樵记》《阀阅舞射柳蕤丸记》等，还有许多作品不失元人质朴、豪放风范，如《诸葛亮博望烧屯》《耿直张千替杀妻》等。

## 三、文人创作的路途

就此期的许多有名氏作家的作品来说，它们的题材一般较为狭窄，绝大部分作品为宣传教化、歌功颂德、粉饰太平、神仙道化之作，一些作品风格偏于阴柔，"尽失自然流利，质朴刚健的元杂剧特殊韵味和美感"①。但也有一些写得相当成功，如秦简夫的《东堂老》、罗贯中的《龙虎风云会》，还有一些离合悲欢、爱情婚姻和现实批判剧也较为出色，如贾仲明的《萧淑兰情寄菩萨蛮》、杨景贤的《西游记》、朱权的《卓文君私奔相如》及朱有燉的《香囊记》《复落娼》等。有名氏作家的部分作品在艺术风格上，讲究用词用韵华美合律，本色为主，不乏文采之作，其最大特点是很多作品打破了北曲杂剧的限制，如：一本四折和一人主唱的改变、南北曲合用、南北曲联套的形成，舞台上歌舞形式的出现、角色的增加，等等。造成这种状况，当与下列因素有关：

首先，作为一种经历了将近一个朝代发展的杂剧艺术，在元末明初已经相当成熟了。从接受的角度看，它已经拥有相当数量的"受众"，这些"受众"的范围是较为广泛的：即使在文化专制时期，杂剧作为一种娱乐方式依然深得当时不同层次人的青睐。城乡细民喜好杂剧自不待言，一些地位较高的人士也乐于接受它，一方面借助它宣传教化，一方面自娱和欣赏。

诸多资料表明：元末明初阶段许多贵族乃至皇帝皆有喜爱杂剧、豢养文士的习惯，一些有相当才华的杂剧家被拉去做了御用文人，这种情况在明初尤为普遍。明朝开国皇帝朱元璋，就非常喜爱北曲杂剧，当他看到高明的《琵琶记》时，赞之为"山珍、海错，贵富家不可无"，但

---

① 　王星琦：《元曲艺术风格研究》，南京：江苏文艺出版社，1996 年版，第 55 页。

惜之"以宫锦而制鞋",因为"患其不入弦索",要乐工将之改为北曲演出①;明成祖朱棣也是北杂剧的欣赏家,早在他未入主明宫为"燕王"时,其宫邸就经常出没像贾仲明、杨景贤、汤舜民那样的杂剧家;皇室作家朱权、朱有燉有杂剧理论,更有众多的杂剧作品……这些杂剧作家的某些杂剧创作在某种程度上应该是他们的习惯和爱好的结果。

其次,元末明初的许多文人参与杂剧创作在很大程度上也与高台教化的目的有关。这在此期大部分作品所表现主题上,能够明显看出:他们总是脱不了道德教化、神仙道化、歌功颂德等狭隘范围。这些作品对维护封建统治有百利而无一害,但在表现社会现实的广泛和丰富性、揭露黑暗的战斗性上存在很大的局限性,很多作品成为缺乏真实感受、遣兴供奉的"应制"之作。由此观之,这些作品的思想价值和文学价值,都离此前的元人杂剧可谓远矣!

再次,杂剧作为一种自娱自乐、排解苦闷、表现自我、显示文采的工具,一向为一些文人所推崇,它的功能在以往的杂剧家手中已被发挥得淋漓尽致,元末明初杂剧家们也"合理"地利用了这种功能。我们往往能通过此期大量的"神仙道化剧",看出那些作家内心深处的悲哀和无奈。此期杂剧作家中有许多人喜好改编前人作品(如萧德祥),喜好几个人同写一个题材的杂剧(如汤舜民、金文质、刘东生皆作有《娇红记》),恐怕与他们希望借此来展示才情不无关联。由于这些作品所表现的为远离政治的一般性的人情世故,所以作者也不怕在作品上冠以名姓而传播之。

总之,元末明初杂剧在"雅化"的同时,又表现出显著的多元化的艺术走向。

---

① (明)徐渭:《南词叙录》(《中国古典戏曲论著集成》三),北京:中国戏剧出版社,1959年版,第240页。

# 参考文献

## 一、重要著述

（明）宋濂等纂：《元史》，北京：中华书局，1976 年版。

（近人）柯劭忞：《新元史》（《元史二种》），上海：上海古籍出版社，1989 年版。

（清）张廷玉等纂：《明史》，北京：中华书局，1974 年版。

（明）姚广孝等纂：《明实录·明太祖实录》，台北：中央研究院历史语言研究所影印本，1962 年版。

（明）张辅、杨士奇等纂：《明实录·明太宗实录》，台北：中央研究院历史语言研究所影印本，1962 年版。

（明）解缙、姚广孝等：《永乐大典》（第六册），北京：中华书局景印明永乐写本，1986 年版。

（明）申时行等修：《明会典》，中华书局（据万历朝重修本影印），1989 年版。

（清）龙文彬等纂：《明会要》（上册），北京：中华书局，1956 年版。

（清）赵翼著，王树民校证：《廿二史札记》（下），北京：中华书局，1984 年版。

（宋）李昉：《太平广记》，北京：中华书局，1961 年版。

《古本戏曲丛刊》编委会编：《古本戏曲丛刊》（初集），北京：文学古籍出版社，1958 年版。

《古本戏曲丛刊》编委会编：《古本戏曲丛刊》（四集），北京：文学古籍出版社，1958 年版。

王季烈编：《孤本元明杂剧》（一、二、三、四册），北京：中国戏剧出版社，1957 年版。（用涵芬楼藏版）

（明）臧懋循编：《元曲选》，杭州：浙江古籍出版社，1997 年版。（用涵芬楼影印明刻本）

隋树森编：《元曲选外编》，北京：中华书局，1959 年版。

钱南杨校注：《永乐大典戏文三种》，北京：中华书局，1979 年版。

赵景深辑：《元人杂剧钩沉》，北京：古典文学出版社，1956 年版。

隋树森编：《全元散曲》，北京：中华书局，1964 年版。

（元）杨朝英选：《朝野新声太平乐府》，北京：中华书局，1958 年版。

（明）汤舜民著，郭志菊、马冀编：《汤舜民散曲校注》，呼和浩特：内蒙古大学出版社，2009 年版。

钱伯城、魏同贤、马樟根主编：《全明文》，上海：上海古籍出版社，1992 年版。

（明）胡侍：《珍珠船》（《笔记小说大观》四编·第六册），台北：新兴书局有限公司影印本，1987 年版。

（明）长谷真逸：《农田余话》（《笔记小说大观》四编·第六册），台北：新兴书局有限公司影印本，1987 年版。

（元）周德清：《中原音韵》（《中国古典戏曲论著集成》一），北京：中国戏剧出版社，1959 年版。

（元）钟嗣成：《录鬼簿》（《中国古典戏曲论著集成》二），北京：中国戏剧出版社，1959 年版。

（元）夏庭芝：《青楼集》（《中国古典戏曲论著集成》二），北京：中国戏剧出版社，1959 年版。

（明）无名氏：《录鬼簿续编》（《中国古典戏曲论著集成》二），北京：中国戏剧出版社，1959 年版。

（明）朱权：《太和正音谱》（《中国古典戏曲论著集成》三），北京：中国戏剧出版社，1959 年版。

（明）徐渭：《南词叙录》（《中国古典戏曲论著集成》三），北京：中国戏剧出版社，1959 年版。

（明）沈德符：《顾曲杂言》（《中国古典戏曲论著集成》四），北京：中国戏剧出版社，1959 年版。

（明）王骥德：《曲律》（《中国古典戏曲论著集成》四），北京：中国戏剧出版社，1959 年版。

（明）祁彪佳：《远山堂剧品》（《中国古典戏曲论著集成》六），北京：中国戏剧出版社，1959 年版。

（明）吕天成：《曲品》（《中国古典戏曲论著集成》六），北京：中国戏剧出版社，1959 年版。

（清）无名氏：《别本传奇汇考标目》（《中国古典戏曲论著集成》七），北京：中国戏剧出版社，1959 年版。

（清）黄文旸：《重订曲海总目》（《中国古典戏曲论著集成》七），北京：中国戏剧出版社，1959 年版。

（清）黄丕烈：《也是园藏书古今杂剧目录》（《中国古典戏曲论著集成》七），北京：中国戏剧出版社，1959 年版。

（清）姚燮：《今乐考证》（《中国古典戏曲论著集成》十），北京：中国戏剧出版社，1959 年版。

（元）郝经：《陵川集》（《景印文渊阁四库全书》第 1192 册），台北：台湾商务印书馆，1986 年版。

（元）许衡：《鲁斋遗书》（《景印文渊阁四库全书》第1198册），台北：台湾商务印书馆，1986年版。

（元）余阙：《青阳集》（《景印文渊阁四库全书》第1214册），台北：台湾商务印书馆，1986年版。

（元）王逢：《梧溪集》（《景印文渊阁四库全书》第1218册），台北：台湾商务印书馆，1986年版。

（元）孔齐：《至正直记》，上海：上海古籍出版社，1987年版。

（元）孙存吾：《皇元风雅前后集》，明洪武十一年古杭勤德书堂刻本。

（元）欧阳玄：《圭斋文集》（《景印文渊阁四库全书》第1210册），台北：台湾商务印书馆，1986年版。

（元）王礼：《麟原后集》（《景印文渊阁四库全书》第1220册），台北：台湾商务印书馆，1986年版。

（元）戴良著：《九灵山房集·附补编》（第5册），北京：中华书局，1985年版。

（元）张翥著，（明）衡山释大杼编集：《张蜕庵诗集》（《四部丛刊续集》72），上海：上海书店据商务印书馆1934年版重印，1985年版。

（元）陶宗仪：《南村辍耕录》（见王云五编《丛书集成》第218—220册），上海：商务印书馆，民国二十五年（1936年）据津逮秘书本排印。

郭成伟点校：《大元通制条格》，北京：法律出版社，2001年版。

陈高华等点校：《元典章》，天津：天津古籍出版社；北京：中华书局，2011年版。

（明）姚士观、沈鈇仝校刊：《明太祖文集》（《景印文渊阁四库全书》第1223册），台北：台湾商务印书馆，1986年版。

（明）杨基撰，杨世明、杨隽校点：《眉庵集》，成都：巴蜀书社，2005 年版。

（明）林尧俞等纂修，俞汝楫等编撰：《礼部志稿》（一）（《景印文渊阁四库全书》第597 册），台北：台湾商务印书馆，1986 年版。

（明）苏伯衡：《苏平仲文集》（《景印文渊阁四库全书》第 1228 册），台北：台湾商务印书馆，1986 年版。

（明）刘基：《诚意伯刘文成公文集》（《四部丛刊·续集》），1922 年上海商务印书馆据明正德刊本影印。

（明）李开先撰，路工辑校：《李开先集》（上、下册），北京：中华书局，1959 年版。

（明）陈所闻辑：《新镌古今大雅北宫词纪》，万历甲辰（1604 年）龙洞山农题、朱之藩识刻本。

（明）王世贞撰，魏连科点校：《弇山堂别集》（第四册），北京：中华书局，1985 年版。

（明）都穆撰，丁福保辑：《南濠诗话》（《历代诗话续编》下册），北京：中华书局，1997 年版。

（明）贝琼：《清江贝先生集》（四部丛刊本，据乌程许氏所藏明初刊本影印）。

（明）郎瑛：《七修类稿》，上海：上海书店出版社，2001 年版。

（明）田汝成：《西湖游览志余》，上海：上海古籍出版社，1980 年版。

（明）叶子奇：《草木子》（元明史料笔记丛刊），北京：中华书局，1959 年版。

（明）凌云翰：《柘轩集》（《景印文渊阁四库全书》第 1227 册），台北：台湾商务印书馆，1986 年版。

（明）邵亨贞：《蚁术词选》（清·阮元辑《宛委别藏》第 119 册），

南京：江苏古籍出版社据台北台湾商务印书馆 1918 年景印本影印，1988 年版。

（明）邵亨贞：《蚁术诗选》（清·阮元辑《宛委别藏》第 106 册），南京：江苏古籍出版社据台北台湾商务印书馆 1918 年景印本影印，1988 年版。

（明）徐一夔：《始丰稿》（《丛书集成续编》第 185 册），台北：新文丰出版公司，1989 年版。

（明）顾起元：《客座赘语》，北京：中华书局，1997 年版。

（明）姜清撰，四川大学图书馆编：《姜氏秘史》（《中国野史集成》第 23 册），成都：巴蜀书社，2000 年版。

（明）谢肇淛撰：《滇略》（影印文渊阁《四库全书》597 册），台北：台湾商务印书馆，1986 年版。

（明）李诩：《戒庵老人漫笔》（元明史料笔记丛刊），北京：中华书局，1982 年版。

（明）朱长祚：《玉镜新谭》，北京：中华书局，1989 年版。

（清）钱谦益：《列朝诗集小传》，上海：古典文学出版社，1957 年版。

（清）张金吾撰，管庭芬、章钰校正：《爱日精庐藏书志》（《清人书目题跋丛刊》四），北京：中华书局影印，1990 年版。

（清）永瑢、纪昀编，四库全书总目提要编委会整理：《四库全书总目提要》，海口：海南出版社，1999 年版。

（清）赵翼：《札记》，北京：中华书局，1984 年版。

（清）无名氏撰，常茂徕增订，孔宪易校注：《如梦录》，郑州：中州古籍出版社，1984 年版。

（清）陈鼎：《东林列传》，康熙辛卯新镌，铁肩书屋藏版。

（清）顾嗣立编：《元诗选》（初集），北京：中华书局，1987 年版。

（清）顾嗣立编：《元诗选》（三集），北京：中华书局，1987 年版。

（清）佚名：《松下杂抄》，涵芬楼秘笈本。

（元）张铉编纂：《至正金陵新志》（《宋元方志丛刊》第 6 册），北京：中华书局（影印钦定四库全书本），1990 年版。

（元末）无名氏：《无锡县志》（《宋元方志丛刊》第 3 册、第 6 册），中华书局（影印钦定四库全书本），1990 年版。

（清）程芳等修：《金溪县志》（三），台北：成文出版社有限公司，1989 年版。

（清）陈玉璂、于琨等撰：《康熙常州府志》（《中国地方志集成·江苏府县志辑》36），南京：江苏古籍出版社，1991 年影印本。

（清）张承燮、法伟堂等纂：《光绪益都县图志》（《中国地方志集成·山东府县志辑》33），凤凰出版社 2004 年影印光绪三十三年（1907 年）刻本。

王国维：《宋元戏曲史》，上海：华东师范大学出版社，1995 年版。

王国维：《王国维戏曲论文集》，北京：中国戏剧出版社，1984 年版。

吴梅：《吴梅戏曲论文集》，北京：中国戏剧出版社，1983 年版。

王卫民主编：《吴梅戏曲论文集》，北京：中国戏剧出版社，1983 年版。

冯沅君：《古剧说汇》，北京：作家出版社，1956 年版。

傅惜华：《元代杂剧全目》，北京：作家出版社，1957 年版。

傅惜华：《明代杂剧全目》，北京：作家出版社，1958 年版。

青木正儿：《中国近世戏曲史》，北京：中华书局，1957 年版。

青木正儿：《元人杂剧概说》，北京：中国戏剧出版社，1957 年版。

严敦易：《元剧斟疑》，北京：中华书局，1960 年版。

孙楷第：《沧州集》，北京：中华书局，1965 年版。

邵曾祺：《元明北杂剧总目考略》，郑州：中州古籍出版社，1985年版。

庄一拂纂：《古典戏曲存目汇考》（一、二、三），上海：上海古籍出版社，1982年版。

蔡毅编：《中国古典戏曲序跋汇编》，山东济南：齐鲁书社，1989年版。

陈垣：《元西域人华化考》，上海：上海古籍出版社，2000年版。

许凡：《元代吏治研究》，北京：劳动人事出版社，1987年版。

周贻白：《中国戏剧史长编》，上海：上海书店出版社，2004年版。

王星琦：《元曲艺术风格的研究》，南京：江苏文艺出版社，1996年版。

李修生、李真渝、侯光复编：《元杂剧论集》（上、下），天津：百花文艺出版社，1985年版。

郑振铎：《插图本中国文学史》，北京：作家出版社，1957年版。

中国科学院文研所编著：《中国文学史》，北京：人民文学出版社，1962年版。

游国恩、王起等编著：《中国文学史》，北京：人民文学出版社，1964年版。

袁行霈主编：《中国文学史》，北京：高等教育出版社，2003年版。

黄人著，杨旭辉点校：《中国文学史》，苏州：苏州大学出版社，2015年版。

青木正儿：《中国文学概说》，重庆：重庆出版社，1982年版。

郑振铎：《中国俗文学史》，上海：上海书店，1984年重印版。

吴志达等编：《明清文学史》，武汉：武汉大学出版社，1991年版。

许金榜：《中国戏曲文学史》，北京：中国文学出版社，1994年版。

罗锦堂：《元人杂剧本事考》，台北：顺先出版公司，1976年版。

顾学颉：《元明杂剧》，上海：上海古籍出版社，1979 年版。

孙楷第：《元曲家考略》，上海：上海古籍出版社，1981 年版。

徐慕云：《中国戏剧史》，上海：上海古籍出版社，2001 年版。

张庚、郭汉城： 《中国戏曲通史》，北京：中国戏剧出版社，1980 年。

黄天骥主编：《中国古代戏曲与古代文学研究论集》，北京：中华书局，2001 年版。

谭帆、陆炜：《中国古典戏剧理论史》，北京：中国社会科学出版社，1993 年版。

李修生：《元杂剧史》，南京：江苏古籍出版社，1996 年版。

吴怀祺主编，向燕南： 《中国史学思想通史》，合肥：黄山书社，2002 年版。

康保成：《中国古代戏曲形态与佛教》，上海：东方出版中心，2004 年版。

徐扶明：《元代杂剧艺术》，上海：上海文艺出版社，1981 年版。

李昌集：《中国古代散曲史》，上海：华东师范大学出版社，1991 年版。

刘荫柏：《元代杂剧史》，石家庄：花山文艺出版社，1990 年版。

朱万曙：《包公故事源流考述》，合肥：安徽文艺出版社，1995 年版。

陆林：《元代戏曲学研究》，合肥：安徽文艺出版社，1999 年版。

马建春： 《元代东迁西域人及其文化研究》，北京，民族出版社，2003 年版。

赵景深：《元明南戏考略》，北京：人民文学出版社，1990 年版。

曾永义：《明杂剧概论》，台北：学海出版社，1980 年版。

徐子方：《明杂剧史》，北京：中华书局，2003 年版。

戚世隽：《明代杂剧研究》，广州：广东高等教育出版社，2001年版。

廖奔：《宋元戏曲文物与民俗》，北京：文化艺术出版社，1989年版。

桂栖鹏：《元代进士研究》，兰州：兰州大学出版社，2001年版。

罗鹭：《〈元诗选〉与元诗文献研究》，成都：巴蜀书社，2010年版。

邝健行、吴淑钿编选：《香港中国古典文学研究论文选粹（1950—2000）》（小说、戏曲、散文及赋篇），南京：江苏古籍出版社，2002年版。

张庚主编：《中国大百科全书·戏曲曲艺》，北京：中国大百科全书出版社，1983年版。

辞海编辑委员会编：《辞海》，上海：上海辞书出版社，1980年版。

〔澳大利亚〕马克林主编：《中国戏剧：从起源到现在》，檀香山：夏威夷大学，1983年版。（Mackerras, Colin, ed., Chinese Theater: From Its Origins to the Present Day. Honolulu, 1983.）

**二、重要论文**

苏明仁：《白朴年谱》，1933年燕京大学国文学会《文学年报》第1期。

赵万里：《关汉卿史料新得》，《戏剧论丛》1957年第2期。

蔡美彪：《关于关汉卿生平》，《戏剧论丛》1957年第2期。

陈中凡：《元曲研究的成就及其存在的问题》，载《文学评论》1960年第6期。

李春祥：《钟嗣成〈录鬼簿〉划分元杂剧为"两期说"》，载《河南师范大学学报（哲社版）》1983年第5期。

么书仪：《元杂剧中的"神仙道化"戏》，《文学遗产》1980年第3期。

赵兴勤：《略论关汉卿的生卒年代》，载《徐州师院学报（哲社版）》1980 年第 1 期。

李春祥：《钟嗣成生卒辨析》，载《河南大学学报（哲社版）》1982 年第 5 期。

李修生：《元杂剧的分期问题》，《光明日报》1983 年 1 月 25 日"文学遗产"571 期。

曾永义：《有关元人杂剧搬演的四个问题》，《中外文学》1984 年 7 月第 13 卷第 2 期。

路工：《魏良辅和他的〈南词引证〉》之附录《南词引证》，载《访书见闻录》，上海：上海古籍出版社，1985 年版。

王毅：《关于元杂剧分期问题的商榷》，载《湖北大学学报（哲社版）》1985 年第 2 期。

刘荫柏：《北曲在明代衰亡史考》，载《复旦学报（社科版）》1985 年第 2 期。

刘荫柏：《陆登善与〈包待制陈州粜米〉》，载《剧艺百家》（南京）1986 年第 1 期。

廖奔：《南戏〈宦门子弟错立身〉源出北杂剧推考》，载《文学遗产》1987 年第 2 期。

陈美林、冯保善：《钟嗣成〈录鬼簿〉》，载《中国古代文学理论名著题解》，黄山书社 1987 年版。

廖奔：《明代杂剧概说》，载《戏曲研究》第 30 辑，北京：文化艺术出版社，1989 年 9 月。

邓长风：《关于几部元杂剧作者主名之我见》，载《上海师范大学学报（哲社版）》1989 年第 2 期。

曾永义：《明代杂剧演进的情势》，载《中国古代文学论文精选丛刊》，戏剧类（二），台北：幼狮文化事业公司，1990 年版。

杜桂萍：《论元代文人在杂剧兴衰中的作用》，载《社会科学辑刊》1996 年第 2 期。

杜桂萍：《戏曲教化功能的失范》，载《北方论丛》1997 年第 1 期。

解玉峰：《明清时代杂剧观念的嬗变》，《山东师范大学学报（社科版）》1997 年第 5 期。

贺玉萍：《试论道教对元杂剧的影响》，载《洛阳大学学报》1999 年第 1 期。

郭英德：《元杂剧：古典戏曲艺术的奇葩》，《高校理论战线》1999 年第 2 期。

刘淑丽：《元杂剧宗教精神的阐释与消解》，载《艺术百家》2001 年第 3 期。

陈捷：《朱有燉生平作品及其考述》，载《艺术百家》2001 年第 4 期。

刘廷乾：《元杂剧本色当行辨》，《文学遗产》2002 年第 4 期。

杜桂萍：《论元杂剧与勾栏文化》，载《学习与探索》2002 年第 3 期。

李舜华：《教坊宴乐环境影响下的明前中期演剧》，载《戏剧艺术》（《上海戏剧学院学报》）2004 年第 3 期。

李修生：《元代杂剧南移寻踪》，《浙江艺术职业学院学报》2004 年第 1 期。

陆林：《叛逆和创新——钟嗣成〈录鬼簿〉剧学思想综论》，载《艺术百家》1998 年第 3 期。

彭茵：《纽结三纲重接续——试论元代伦理道德剧》，《南京社会科学》2000 年第 10 期。

刘祯：《元大都杂剧勃盛论》，载《文艺研究》2001 年第 3 期。

包晓华：《透视元杂剧中的伦理道德剧》，《昭乌达蒙族师专学报

（汉文哲社版）》2003 年第 6 期。

罗锦堂：《论元人杂剧之分类》，载《香港中国古典文学研究论文选粹》（1950—2000），江苏古籍出版社，2002 年版。

戚世隽：《明代杂剧界说》，载《文艺研究》2000 年第 1 期。

戚世隽：《明代杂剧体制探论》，载《戏剧艺术》（《上海戏剧学院学报》）2003 年第 4 期。

阙真：《挫折、抑郁、自信、理想——从元杂剧看元文人的爱情世界》，《广西师范大学学报（哲社版）》1999 年第 3 期。

索俊才：《元杂剧四期论》，载《内蒙古师范大学学报（哲社版）》2002 年第 4 期。

田同旭、刘树胜：《论元杂剧的兴盛与金元汉人世侯之关系》，载《晋阳学刊》2003 年第 2 期。

田同旭：《元杂剧作家职官考略》，载《哈尔滨学院学报（哲社版）》2004 年第 5 期。

王永健：《关于南杂剧的几个问题》，载《艺术百家》1997 年第 2 期。

周蔚：《元杂剧中所表现出来的道德观念》，《艺术百家》1999 年第 1 期。

王宁：《儒家文化与元人贤孝剧的兴起》，载《山西师大学报（社科版）》1999 年第 4 期。

奚海：《略论元杂剧的本色、当行和蛤蜊风味》，《青海师范大学学报（哲学社会科学版）》1999 年第 4 期。

徐子方：《试谈杂剧史上的所谓"明初十六子"》，载《古籍整理研究学刊》2001 年第 4 期。

虞江芙：《元杂剧家庭伦理悲剧的文化透视》，《江汉大学学报（人文社会科学版）》2002 年第 5 期。

曾凡安：《从〈青楼集〉看元杂剧表演艺术的承传》，载《艺术百家》2002 年第 4 期。

姚品文：《〈宁王朱权〉补说》，载胡忌、洛地主编《戏史辨》，艺术与人文科学出版社，2002 年版。

张正学：《从南戏——传奇、元杂剧到明清南杂剧——试论南杂剧对南北戏曲文化的继承和发展》，《重庆师院学报（哲社版）》2002 年第 4 期。

张正学：《南杂剧的得名、创制与时地考述》，载《重庆三峡学院学报》2002 年第 6 期。

马冀：《杨景贤生平考索》，《黑龙江民族丛刊》2003 年第 6 期。

白汝斌：《〈录鬼簿〉新探》，载《黄河科技大学学报》2000 年第 3 期。

徐子方：《文人剧和南杂剧——明代杂剧艺术论系列之一》，载《东南大学学报（哲社版）》2003 年第 1 期。

徐宏图：《金元杂剧路歧的表演艺术》，载《浙江艺术职业学院学报》2003 年第 1 期。

俞为民：《元代南北戏曲的交流与融合》（上），载《山西师大学报（社科版）》2003 年第 1 期。

俞为民：《元代南北戏曲的交流与融合》（下），载《山西师大学报（社科版）》2003 年第 2 期。

赵义山：《论承前启后的重要曲家汤式》，《四川大学学报》2004 年第 4 期。

曾永义：《也谈"北剧"的名称、渊源、形成、流播》，载《中国文哲研究集刊》第十五期，台北：中央研究院中国文哲研究所，1999 年版。

扎拉嘎：《游牧文化影响下中国文化在元代的历史变迁——兼论接受

群体之结构变化与文学发展的关系》，《文学遗产》2002 年第 5 期。

张乘健：《元剧〈东堂老〉的也里可温教背景》，《文学遗产》2000 年第 1 期。

张大新：《元末雅俗文化的交融与戏剧形态的蜕变》，《文学评论》2004 年第 1 期。

汤君：《宋元以来小说戏文之相如文君故事叙略》，《四川师范大学学报》2008 年第 2 期。

时培磊：《元朝起居注新探》，《史学史研究》2009 年第 3 期。

云峰：《论元代鲁国大长公主祥哥刺吉及其与汉文化之关系》，《中央民族大学学报》2006 年第 1 期。

王平：《明初无名氏杂剧〈危太朴衣锦还乡〉相关问题考辨》，《安庆师范学院学报》2016 年第 1 期。

王平：《试论杂剧体制在元末明初的变化》，《戏曲研究》2008 年 5 月，第 75 辑。

王平：《元末明初杂剧断代划分异议》，《文艺争鸣》2010 年第 7 月号（下）。

王平：《论秦简夫的伦理道德剧》，《阜阳师范学院学报》2007 年第 5 期。

王平：《萧德祥与元末明初杂剧的"改编剧"》，《安庆师范学院学报》2008 年第 5 期。

王平：《已佚无名氏杂剧〈郭桓盗官粮〉创作时、地及作者推考》，《古籍研究》2008 卷下（2009 年 8 月版）。

王平：《天寿太子考》，《古籍研究》（吴怀东主编第 61 卷），江苏凤凰出版社，2015 年 5 月版。

王平：《朱棣京师、中都燕邸生活经历小考》，《安徽广播电视大学学报》2017 年第 2 期。

董玉洪、王平：《元末杂剧家暨诗人陈肃考述》，《江淮论坛》2018年第 4 期。

王平：《元末明初曲家汤舜民考论》，《励耘学刊》2022 年第 2 辑。

# 后 记

博士毕业后，我进入高校工作，先入职安庆师范学院（后来升格为安庆师范大学），15 年后被引进到浙江传媒学院。

作为大学教师，除教学之外，我的很多精力是放在科研上了。近 20 年以来，我探索过很多学术问题，但念念不忘的还是元末明初杂剧研究。这个研究课题是我在苏州大学读博时，在导师朱万曙先生启发下开始的，参加工作后研究兴趣依然不减。长期以来，与之相关的许多问题不断地在心头萦绕。于是，我一方面进一步搜罗资料，对一些元末明初杂剧作家、作品进行考据考证，以弥补前人成果之不足；另一方面更深入地探究元末明初作为杂剧史一个重要转折期的价值，细致分析与之关联的社会、文化、戏曲观念等多方面的要素，以深掘其内在律动性。今天，这些研究成果皆已融入本书的相关章节，这确是个人觉得聊以自慰的快事！

我曾住长江之滨，面对过奔流不息的东逝水；现卜居西子湖畔，正沐浴无限风光旖旎。我相信人生是美好的，而美好的人生与关爱我的亲人、师长、朋友紧密相连。在此，谨以此书奉献给他们！

王 平

2024 年 6 月 20 日